精读名著——亚非拉文学

《精读名著》编委会 编

中国画报出版社·北京

图书在版编目(CIP)数据

精读名著.亚非拉文学/《精读名著》编委会编.
--北京:中国画报出版社,2017.2
  ISBN 978-7-5146-1404-6

Ⅰ.①精… Ⅱ.①精… Ⅲ.①文学欣赏-亚非拉国家
Ⅳ.①I106

中国版本图书馆 CIP 数据核字(2017)第 004937 号

精读名著——亚非拉文学	《精读名著》编委会 编

出 版 人：于九涛
责任编辑：郭翠青
助理编辑：魏姗姗
责任印制：焦　洋
出版发行：中国画报出版社
　　　　　(中国北京市海淀区车公庄西路 33 号　　邮编：100048)
开　　本：32 开(880mm×1230mm)
印　　张：11.5
字　　数：304 千字
版　　次：2017 年 2 月第 1 版　　2017 年 2 月第 1 次印刷
印　　刷：北京通州皇家印刷厂
定　　价：36.00 元

总编室兼传真：010-88417359　　版权部：010-88417359
发　行　部：010-68469781　010-68414683(传真)

目 录

绪论 …………………………………………… 1
摩诃婆罗多 …………………………………… 12
一千零一夜 …………………………………… 29
春香传 ………………………………………… 46
乌云和太阳 …………………………………… 61
吉檀迦利 ……………………………………… 80
先知 …………………………………………… 94
博尔赫斯作品选 ……………………………… 109
总统先生 ……………………………………… 131
马克丘·毕克丘之巅 ………………………… 148
宫间街 ………………………………………… 163
加布里埃拉 …………………………………… 179
弗洛尔和她的两个丈夫 ……………………… 195
帕斯诗选 ……………………………………… 210
佩德罗·帕拉莫 ……………………………… 229
百年孤独 ……………………………………… 245
霍乱时期的爱情 ……………………………… 266
森林之舞 ……………………………………… 281
绿房子 ………………………………………… 297
荆棘鸟 ………………………………………… 312
耻 ……………………………………………… 328
我的名字叫红 ………………………………… 345

前　言

摆在读者面前的这套书,是世界文学名著的精缩版。其特点是"精缩"与"原汁原味"兼顾:既不是介绍性的,也不是摘录式的,而是保持原著结构的完整,并遵照原著的叙述角度和人称,最大限度地体现作品原貌。每部名著精缩为1万字左右,这个篇幅既减小了阅读压力,也使原汁原味成为可能。

这套书的另一特点是权威性。编委会由当前西方文学研究界的顶级专家组成,以确保选目的精度和成文的质量。可以说,这套书体现了目前国内同类书的最高水准。

丛书总计8册,每册涵盖该国(区域)的经典作品。选目兼顾"代表性"和"可读性",即综合了学术标准和通俗标准。体裁上以小说为主,以诗歌、戏剧为辅。

每册第一部分,是五千字左右的绪论,对该地区的文学史做梳理,以使读者有一个提纲挈领式的把握。文风以学术准确性为基础,尽量做到轻松愉快、可读性强。

据有关机构统计,中国人年平均阅读量是4本书,即使在受教育程度较高的一线城市,每人每年读书量也不超过10本,如此算来,普通人要想了解世界文学名著,即使只读其中的 200 本左右,也需要 20 年时间。另外,某些名著的篇幅是很长的,比如《悲惨世界》有一百多万字,部分内容对于中国人来说很是晦涩、无趣,即使硬着头皮读完,也往往因为篇幅过大、阅读周期过长,而无法把握故事情节。

为了让普通读者更切实可行地阅读世界文学名著,我们编著了这套书。如果能实现这个愿望,我们会非常欣慰。

绪 论

最初的曙光

把目光投向历史的纵深时,我们会发现,在亚非拉广袤的土地上曾经闪耀着人类文明最初的曙光。光明的种子深埋在肥沃的田野里,阳光照耀,雨露滋润,最终结出了丰硕的果实,而文学无疑是最引人注目的一个。

古埃及人大约在公元前 3300 年发明了象形文字,这种文字经过发展完善后形成一种由字母、音符、词组组成的复合型文字。有了文字之后,大量流传在口头上的文学作品得以记录和保存下来。当然,单有文字还是不够的,古埃及人把自己的文字书写在纸草之上。

纸草,埃及尼罗河边的一种特产。人们先把芦苇状的纸草茎剖为长条,排齐连接形成一片,最后压平晒干,使用起来就和今天的纸张差不多。纸草可以卷起来,展开,卷起来时扎上细绳,这样方便摆放和保存,好比中国古代的竹简一样。纸草卷有长有短,长的可达十几米,甚至几十米。

纸草卷保存下来的文献资料,以及刻在金字塔墓壁、庙宇墙壁上的文字,都包含最初的文学作品,但令人遗憾的是这些作品中的绝大部分,我们都无法知道作者具体是哪一位。

古巴比伦人把自创的楔形文字刻在泥板上用来保存文学作品。他们的代表作《吉尔伽美什》,讲述的是古代两河流域的神话传说。全诗共三千多行,用楔形文字刻在十二块泥板之上。这是世界文学史上目前已知的最早的史诗作品。

古印度文学使用的语言文字主要是梵语,另外还有巴利文,早期的佛教文献大都用巴利文写就。梵语文学的代表作有诗歌总集《吠陀》、民间故事集《五卷书》、两大史诗《摩诃婆罗多》《罗摩衍那》等。

《摩诃婆罗多》是一部鸿篇巨制,共有十八篇,约十万颂,每颂有两行诗,每行十六个音。这样的规模相当于古希腊荷马史诗(包括《伊利亚特》和《奥德赛》)总和的八倍多,是世界上最长的诗歌作品。

《旧约全书》是古代希伯来文学的珍贵遗产,全书三十九卷,共分为经法书、历史书、先知书和诗文集,这与中国传统的图书分类"经史子集"暗合。《旧约全书》中的神话传说、英雄故事、诗歌以及先知预言等在思想艺术上取得了巨大的成就。

《旧约全书》中有这样的诗篇:一对恋人坐在绿荫下,南风和煦,吹拂着他们的衣裳,女子吟唱道:

求你将我在你心中打上印记,
如你将印记打在臂上一般;
因为爱情如死一样的坚强,
嫉妒如坟墓一般的残忍!

这里的恋情没有任何宗教气息,只有人们对美好爱情的热切渴望,风格清新自然。

万岁,尼罗河!
万岁,尼罗河!
你在这大地上出现,
平安地到来,给埃及以生命。

这是公元前13世纪的尼罗河颂歌。古埃及很早就产生了歌谣、诗歌、故事和箴言等文学样式。埃及古王国时期,大臣普塔霍蒂普在垂垂老矣的暮年,以慈父心肠教诲儿子,留下四十多段训诫和箴言。这些文字不失为古埃及教谕文学的精品,例如:

若要被人称赞,就应避开贪婪,不要同它友善,它是一种顽症,是种种坏事的动因,是一切恶行的根源。

遇事要思考后再去做,不经考虑的举止必将贻笑大方;行事不要傲慢自大,讲话要和颜悦色;宽厚能够克服艰难,暴躁必将搅浑生活。

故事,作为一种文学形式在埃及文学中占有重要地位。中王国时期有这样一个脍炙人口的故事:一个埃及水手受法老之命乘船到远方去,不料中途遇到风暴船只沉没,自己漂到一个荒无人烟的岛上。他醒来后只得四处觅食充饥,与一条大蛇不期而遇:

我听到沙沙、沙沙的声音,心里还以为是海浪呢,树木折断了,土地也震动了。等我把手从脸上放下时,发现有条大蛇向我爬来。它有三十肘长,它的须也有二肘多长,浑身涂着金,它的眉毛是玻璃色的,它把整个身子盘到我前面来……

这条巨蛇没有伤害他,而是帮助他回到埃及。作品有虚有实,把想象中的场景描绘得生动逼真,给人留下深刻印象。

公元前332年,亚历山大征服埃及,并在这片土地上修筑了亚历山大城。这里后来成为希腊化世界重要的商业中心和文化中心。公元前30年,罗马皇帝屋大维征服埃及,埃及由此成为罗马领土的一部分。公元395年,罗马帝国分裂,埃及成为东罗马帝国的行省。公元641年,阿拉伯人攻占了当时埃及的首都巴比伦城,自此埃及开始由阿拉伯人统治,埃及文学也成为阿拉伯文学的一个组成部分。

中古阿拉伯文学的代表作当仁不让地属于民间故事集《一千零一夜》。

时至1988年,尼罗河畔的埃及作家马哈福兹,以家族小说《宫间街》《思宫街》和《甘露街》"三部曲"荣获当年的诺贝尔文学奖,从而成为历史上第一位获此殊荣的阿拉伯语作家。

神的求婚者

1924年4至5月期间,泰戈尔到中国访问。在近五十天的旅程中,泰戈尔造访了上海、杭州、南京、济南、北京、太原、汉口等七个大城市,游览了多处名胜古迹,举行了多场演说。在他即将离开北京时,有人问道:"您有没有什么东西掉下来?"

泰戈尔说:"没有什么了,只有我的心!"

泰戈尔的回答风趣、幽默。作为诗人,泰戈尔有一颗赤子之心,澄澈明净。泰戈尔一直认为自己是"神的求婚者"。受印度传统哲学思想的影响,他的泛神论思想,即"梵我合一",是其所有文学作品的基调。

泰戈尔生逢急剧变革的大时代,受上天眷顾,极富才华,是一位多产作家。自十五岁开始创作并发表诗歌作品,直至1941年8月去世,泰戈尔在六十多年的创作生涯中,共写下五十多部诗集、十二部中长篇小说、一百多部短篇小说、三十多个剧本,另外还有大量的论文论著、游记、书简、回忆录等。泰戈尔创作有两千多首歌曲、两千多幅绘画作品。他谱写的歌曲《人民的意志》,在1950年被定为印度的国歌。

1912年,泰戈尔把自己的两本诗集《吉檀迦利》和《新月集》翻译成英文。这两部作品使他在1913年获得诺贝尔文学奖。泰戈尔成为首位获此殊荣的亚洲人。

泰戈尔用孟加拉语进行文学创作。印度的梵语文学在10世纪之后走向衰落,代之而起的是接近社会生活的、以方言进行书写创作的文学。19世纪,随着近代民族的形成和民族解放运动的开展,印度的近代文学登上了历史舞台。作家们用自己的地方语言进行创作,呼唤自己的人民觉醒。北印度的印地语、东印度的孟加拉语,以及以德里、勒克瑙为中心的乌尔都语是印度近代文学最重要的代表。

泰戈尔出生在加尔各答的一个富有的地主家庭,属于婆罗门种姓。祖父是印度思想启蒙运动中的一员,父亲是一位哲学家,同时也是一名宗教改革者。泰戈尔的家庭在当时的加尔各答是整个知识界的中心,在这里,知识精英经常聚在一起讨论社会政治问题,诵读新的文艺作品,演出戏剧。泰戈尔在这样的家庭环境影响下成长起来,使得他的文艺思想既有深度,又有广度。

泰戈尔的小说大都情节曲折生动、富有悬念,通过人物的命运反映印度现实中最迫切的社会问题。长篇小说《沉船》主要探讨的就是封建制度下的婚姻问题,《戈拉》以男女之间的爱恋纠葛为线索,关注的则是民族解放道路、爱国热忱以及宗教情感等问题。

泰戈尔的短篇小说作品更像一把匕首,刺向传统社会文化的赘瘤,剖解封建婚姻制度、种姓制度的弊端,为民族解放正本清源开辟道路。以《太阳与乌云》《摩诃摩耶》《还债》为代表的短篇小说,大都取材于现实生活,意在反对不合理的社会制度。它们在语言上追求精练准确的风格,叙事中糅合抒情的意境美,是难得的叙事精品。

泰戈尔最让人称道的还是他的诗作,泰戈尔自己也说:"我的声音会因死亡而沉寂,但我的诗歌仍将在你活泼泼的心中唱着。"的确如此,泰戈尔诗歌作品的艺术魅力是抵挡不住的。1914年的郭沫若还在日本留学,当他最初读到几页油印的泰戈尔的英文诗作《新月集》时,有心潮澎湃的感觉:"那是没有韵脚的,而多是两节,或三节对仗的诗,那清新和平易使我吃惊,使我一跃便年轻了二十年!"郭沫若因此和泰戈尔结下不解之缘,且一生都对他的诗歌作品情有独钟。

拉丁美洲文学大爆炸

20世纪60年代,南方大陆上有两件事比其他所有事情都更有影响,首先是古巴革命对拉丁美洲和第三世界的广泛冲击,其次便是拉丁美洲文学大爆炸。

——评论家杰拉尔德·马丁

20世纪60年代,拉丁美洲文学好像在突然之间声名鹊起,人们称为"拉丁美洲文学大爆炸"(西班牙语为 Boom Latinoamericano)。

这一时期有一大批拉丁美洲作家的作品流行于欧洲,并最终流行于全世界。评论家都说他们的作品像排炮一般在世界文坛炸响,震惊了整个思想文化界。法国思想家萨特毫不掩饰自己对拉美小说作品的喜爱,他曾热情地预言:"世界文学的未来属于拉丁美洲的叙事文学……必须把眼光转向这种文体,真正的优秀的创作将出现在这个大陆之上。"

在1492年哥伦布发现新大陆之前,中南美洲讲拉丁语系语言的国家和地区,还是印第安人的栖息地。在殖民地时期印第安文学基本上被消灭殆尽,而殖民者的文学基本是对欧洲文学的仿效和复制,没什么新意可言。自18世纪末开始,拉丁美洲开始民族独立的斗争,拉丁美洲的民族文学逐步走向繁荣。到了20世纪,那里的作家才为拉丁美洲文学赢得了世界声誉。

拉丁美洲文学大爆炸最杰出的代表无疑是哥伦比亚作家马尔克斯。马尔克斯的创作涉及长篇小说、中篇小说、短篇小说、长篇报告文学以及随笔、评论等多种体裁。马尔克斯在长篇小说方面取得了举世瞩目的伟大成就。他的第一部长篇小说《枯枝败叶》以马孔多小镇为背景,用内心独白的叙述形式讲述了这个小镇的生活和变迁。

1967年,马尔克斯出版了经典长篇小说《百年孤独》。这在秘鲁作家略萨看来是西方文化界的"一场文学地震"。小说描写了马孔多小镇百年间的历史变迁,象征地写出哥伦比亚和拉丁美洲近百年来的历史变迁。

以马孔多小镇为代表的那个世界是孤独的,拉丁美洲无疑也是孤独的。马尔克斯希望一个崭新的、灿烂似锦的、生机盎然的乌托邦能出现在拉丁美洲的大地之上。在《拉丁美洲的孤独》一文中,马尔克斯说:"在那里任何人都不会被别人决定死亡的方式,爱情真正成为爱情,幸福得以实现,命中注定一百年处于孤独的世家最终会获得并且永远享有出现在世上的第二次机会。"

马尔克斯在对法国 19 世纪小说反复研读之后,用平淡的顺时叙事方式,分五部分讲述了一个关于爱情的故事。这就是《霍乱时期的爱情》。1985 年出版之后,这部小说迅速风靡全球。有评论家说这是我们这个时代的爱情大全,是一部充满了哭泣、叹息、渴望、挫折、不幸和欢乐的"爱情教科书"。

作家中的作家

博尔赫斯,一位退休的阿根廷图书馆馆长,一位双目失明、风烛残年的老人,一位有卓越叙事才能的作家。他,人虽然远在千万里之外,又有时间上无可挽回的落差,却对中国的当代文坛产生过深远的影响。

有人说他是南美洲的卡夫卡,是作家中的作家;有人说他是叙事迷宫的创建者。20 世纪 80 年代,博尔赫斯的作品陆续被翻译:介绍到中国大陆,中国当代作家,例如莫言、苏童、余华、王朔等都深受博尔赫斯的影响。

在余华的《十八岁出门远行》中就有博尔赫斯迷宫般的作品的影子。小说读起来让人觉得虚幻不定,难以把握,其中提到司机最后跳到了暴民的拖拉机上,并随之而去,此外再没有任何文字对他们的关系去加以解释。这一个不确定的关系构成了作品叙述的盲区,我们无法在常情常理上推断司机与暴民之间究竟是怎样一层关系,他们到底是如何妥协的。读完之后感觉云里雾里,正好比博尔赫斯的一篇小说的名字:小径分岔的花园。

博尔赫斯是拉丁美洲幻想文学的代表作家。在小说《小径分岔的花园》中,空间和时间都是分岔的,混乱地交织在一起。空间没有了秩序性,时间失去了自身的连续性,人物的身份难以明确,一切都像迷宫一般。它分明是在隐喻整个世界的无序和混乱。

余华在《博尔赫斯的现实》一文中说:

与其他作家不一样,博尔赫斯在叙述故事的时候,似乎有意要使读者迷失方向,于是他成为了迷宫的创造者,并且乐此不疲。即便是在一些最简短的故事里,博尔赫斯都假装要给予我们无限多的乐趣,经常是多到让我们感到一下子拿不下。

博尔赫斯和余华的作品都通过迷宫般的叙述技巧,借助纷繁错落的意象,表达着迷宫般的感受。博尔赫斯经常使用的意象有梦和镜子。梦境虚幻缥缈,混乱无序。人生如梦,那么梦幻就成了存在的本质。镜子有折射、复制的意涵,象征着多重的架构。身处迷宫的人感到焦虑、困惑、恐惧,因为没有方向,没有边界,摸不到出口。这是博尔赫斯对世界的感受,也是20世纪人类的生存处境。

博尔赫斯于1899年8月24日出生于阿根廷的布宜诺斯艾利斯。他的父亲是一名律师,同时还是一位语言学家、心理学家、翻译家和演说家,在文学艺术上造诣匪浅,对雪莱、济慈的诗歌作品都耳熟能详,对东方文化也情有独钟。有阿根廷和乌拉圭血统的母亲,则是一位卓有成就的翻译家。博尔赫斯自幼接受了良好的家庭教育,在文学艺术方面表现出极高的天分。

博尔赫斯眼力不佳,青年时期高度近视,后双目失明,年逾古稀之年仍坚持写作,主要靠记忆写诗,靠口述进行创作。博尔赫斯在短篇小说的创作上取得了举世瞩目的成就。

他的小说求新求奇,多姿多彩,叙事、议论和抒情融为一体,具有小说和散文的双重特征。新奇的时空观念贯穿作品的始终,具有象征意义的形象不时出现,对梦境、幻想、死亡和暴力等主题的揭示,使得博尔赫斯的作品具有哲思的品格。其主要作品集有《世界性的丑闻》《小径分岔的花园》《杜撰集》《死亡与罗盘》等。

黑非洲的崛起

我心爱的黑兄弟,几千年来你在
过着非人生活的夜里哭泣!
你的骨灰在大地上,
被热风和飓风刮得四处飞扬。
为了一切强暴的压迫者,
你曾经把那金字塔建立。
你被赶进了猪圈,在从事武力征服的
一切战役中,你被折磨得精疲力竭。

这是刚果扎伊尔民族英雄卢蒙巴的诗作《让我们的人民赢得胜利》,它书写了黑人的苦难。

非洲在文化地理的意义上可以分出"黑"和"白"来。

黑非洲,即撒哈拉沙漠以南的广大非洲地区,包括东非、西非、赤道非洲和南部非洲大陆及诸岛。这一地区的居民主要是黑色人种,故而有"黑非洲"之称。沙漠以北的非洲地区以阿拉伯人为主,自然就是所谓的"白非洲"了。黑非洲这一地区的各民族有着大体相似的历史命运、社会现状和文化结构,属于同一个文化地理区域。

黑非洲的主要居民是尼格罗人,即黑人。如果按语言的分布来划分,尼格罗人可分为苏丹语系尼格罗人和班图语系尼格罗人两部分。前者分布在撒哈拉沙漠和赤道之间,后者分布在赤道以南。

黑非洲是一个多民族的地区,每个民族都有自己的语言,造成区域的民族语言异常复杂。例如,仅西非的主要语言就有一百二十六种之多,还不包括各地方的土语在内,但绝大多数的语言都没有形成书面形式,更谈不上民族语言的书面文学创作。所以,黑非洲不是没有文学遗产,而是这些宝贵遗产几乎全是口头文学,靠民间口头流传下来。

黑非洲有悠久的历史,也有自己的文化传统和文学遗产。黑非洲的文化遗产具有崇高的价值追求,饱含人道主义精神,情感色彩浓烈,但大多数国家的书面文学产生还是比较晚,大约在 19 世纪末和 20 世纪初。进入到 20 世纪以来,黑非洲的社会状况发生了巨大变化。塞内加尔诗人迪奥普这样描写黑人所遭受的苦难:

岁月难熬啊,穷苦的黑人!
漫长的白天没有个完。
日复一日,年复一年,
都得为你的白色老爷,
去扛白色的象牙。

随着各族人民的觉醒和殖民主义制度的瓦解,黑非洲各国文学取得了突飞猛进的发展。时至今日,黑非洲文学因为发展迅速,已成为世界文坛中一支不可忽视的新生力量。第一个获得诺贝尔文学奖的非洲人、尼日利亚黑人作家索因卡在获奖后曾说:"这不是对我个人的奖赏,而是对非洲大陆集体的嘉奖,是对非洲文化和传统的承认。"

西非文学在语言上可分为两类,即运用法语进行创作的法语文学和运用英语创作的英语文学。前者包括塞内加尔、科特迪瓦、喀麦隆等,后者主要是尼日利亚。

东非文学主要用当地的语言斯瓦希里语和外来语言英语进行创作,其中坦桑尼亚和肯尼亚两国的成就比较突出。

南部非洲地区的文学语言更加多样,有使用葡萄牙语的文学,如安哥拉,有运用班图族语、英语、阿非里卡语等的文学。

民族意识的觉醒促使黑非洲文学有了一个跳跃性的发展。就像睡狮猛醒一样,作家们在继承黑非洲优秀文化遗产的基础上,爆发出了惊人的力量。黑非洲的优秀文学作品,以诗歌、小说和戏剧等体裁为主。

非洲首位获得诺贝尔文学奖的作家索因卡被誉为"非洲的莎士比亚",他先后创作了四十二部剧本、四部诗集以及自传、散文集、评论集等作品。1986年,索因卡因其广阔的文化视野和富有诗情画意的想象获得了诺贝尔文学奖。

其代表作是既有现代精神又有非洲乡土气息的《森林之舞》,主要探讨历史和现实之间的关系。索因卡是一位讽刺大师,他的戏剧作品风格诙谐、荒诞,但都直刺社会现实的弊端和病痛的批判精神,可谓针针见血,不留任何情面。例如,《疯子和专家》批判战争对人性的侵蚀,《巨头们》讽刺耀武扬威的独裁统治者,《回家做窝》则揭露丑恶的政治投机行为等。

· 精读名著 ·

摩诃婆罗多

《摩诃婆罗多》是印度古代著名的梵文叙事诗之一,大概成书于公元前4世纪至公元4世纪。在长达八百年的时间里,它都是以口头的方式创作和传承的,内容涵盖世间一切,被人们称为"印度的灵魂"。

《摩诃婆罗多》主要讲述了这样一个故事:在印度列国纷争的时代,婆罗多族的两支后裔般度族和俱卢族,为争夺王位继承权而发生纠纷,最后双方兵戎相见,般度族付出了巨大的代价后击败俱卢族,般度族首领坚战登基称王。

主要人物

婆罗多——婆罗多族的创始人,古印度著名的国王

福身王——婆罗多的后裔

恒河女神——福身王的妻子,与福身王生下天誓

天誓——福身王之子,又名毗湿摩

贞信——渔家女,福身王的妻子

毗耶娑——贞信婚前与波罗奢罗仙人所生的私生子,持国、般度、维杜罗的父亲

花钏——福身王与贞信的长子

奇武——福身王与贞信的次子

持国——奇武之子

般度——奇武之子，持国的弟弟

维杜罗——毗耶娑与一位侍女所生的孩子

玛德利——般度的妻子，玛德罗国公主

贡蒂——般度的妻子

坚战——正法神与贡蒂所生之子

怖军——风神与贡蒂所生之子

阿周那——因陀罗与贡蒂所生之子

无种——玛德利与双马童所生之子

偕天——玛德利与双马童所生之子

甘陀利——持国的妻子，难敌等人的母亲

难敌——持国与甘陀利的长子

难降——持国与甘陀利的次子

德罗纳——著名的武术大师

慈悯——著名的武术大师

尚武——持国与一个侍女所生之子

迦尔纳——贡蒂婚前与太阳神所生的私生子

黑天——婆薮提婆之子，大力摩罗之弟

黑公主——坚战五兄弟共同的妻子，木柱王之女

猛光——木柱王之子

瓶首——怖军之子

激昂——阿周那之子

毗罗吒——摩差国国王

马嘶——德罗纳之子

全胜——持国的大臣、御者

那罗陀——著名的仙人

至上公主——毗罗吒之女，激昂的妻子

继绝——激昂与至上公主所生之子

一、初篇

　　一天,寿那迦大师的十二年祭祀大会在飘忽林中举行。歌人厉声来到那里,向前来参加祭祀大会的仙人们讲,他听护民子仙人讲过毗耶娑创作的《摩诃婆罗多》的故事。在林中仙人的请求之下,厉声把这个故事讲了出来:

　　在婆罗多王的后代中,福身是比较有名的一位君王。他与恒河女神结婚后,生下了一个叫天誓的儿子。后来,恒河女神返回天庭,福身爱上了一个叫贞信的渔家女孩。贞信的父亲提出,如果福身想要娶贞信为妻,必须许下诺言,让贞信所生的儿子继承王位才行。当福身王为此为难时,天誓提出,他愿意放弃王位,并终身不娶。福身顺利地迎娶了贞信,天誓因此被称作毗湿摩(立下可怕誓言的人)。

　　贞信与福身王结婚后,先后生了两个儿子,分别叫作花钏和奇武。花钏继承王位后,在与敌人的交战中丢掉了性命。花钏没有留下子嗣,因此奇武继承了王位。可是,奇武不久后也因病去世。他也没有留下子嗣。为了能够把王位传下去,贞信请求毗湿摩帮忙,希望他能够与奇武的两个遗孀同房。毗湿摩恪守誓言,断然拒绝了贞信的请求。在征得毗湿摩的同意后,贞信召来婚前与破灭仙人所生的儿子毗耶娑,让他来完成生子任务。毗耶娑使得奇武的两个遗孀生下持国与般度。此后,毗耶娑又与一个女仆生下了维杜罗。

　　持国天生眼瞎,王位只好由般度来继承。般度娶玛德利与贡蒂为妻。可是,般度因为受到仙人诅咒,无法与妻子同房。为了留下子嗣,般度让贡蒂用法术召来正法神、风神、因陀罗。贡蒂与他们分别生下了坚战、怖军、阿周那三个儿子。之后,贡蒂又为玛德利召来双马童神。玛德利因此生下无种和偕天两个儿子。持国娶甘陀利为妻,甘陀利为他生了以难敌为首的一百个儿子。此后,般度的后裔被称为般度族,持国的后裔被称为俱卢族。

般度死后,持国执政。般度的五个儿子与持国的儿子们一起生活在宫中。难敌想得到王位,因此便企图谋害般度的五个儿子。为了能够让持国百子和般度五子学习各种武艺,毗湿摩特意请来了赫赫有名的德罗纳大师和慈悯大师。阿周那因为武艺高超,很受德罗纳大师的青睐。这让难敌产生了嫉恨之心。为了对付阿周那,难敌把武艺高强的迦尔纳收为己用。可是,难敌并不知道,迦尔纳是贡蒂婚前与太阳神所生的儿子。

般度五子长大成人后,般度的长子坚战希望持国能够把王位让给他。持国虽然表面同意,但并不甘心把王位让给坚战。他与难敌设计,把般度的五个儿子赶到象城,企图在那里将难敌众兄弟用火烧死。幸亏得到维杜罗的帮助,难敌等人从事先挖好的地道逃入森林,避免了葬身火海的后果。在森林里,他们遇到了一个吃人的罗刹。怖军杀了罗刹,娶他的妹妹为妻。他们生下了一个叫瓶首的儿子。

此后,般度五子遇见了毗湿摩。在毗湿摩的指引下,他们去了独轮城。听说般遮罗国木柱王之女黑公主即将进行选婿大典后,他们便装扮成婆罗门的样子,混入遮罗国京城应试。他们打败了一个又一个强敌,最终使黑公主成为他们共同的妻子。持国和难敌父子听说般度五子的消息后,便又起了杀心。在毗湿摩和德罗纳的劝告下,持国把般度五子召回国,并把荒凉的国土分给他们兄弟。般度五子就在这片荒凉的土地上建了一座天帝城作为他们的首都。

二、大会篇

阿周那曾救过一位名叫摩耶的阿修罗。为了报答救命之恩,摩耶帮助般度五子建造了一座像天宫宝殿一样的大会堂。天上的大仙那罗陀降临那里,向坚战提议说,他应该像王仙诃利旃陀罗一样举行王祭,以示称霸。

坚战拿不定主意，便派人去多门城请来黑天，询问他的意见。黑天认为应该按照那罗陀所说的去做。此外，黑天指出，摩揭陀王妖连做了很多坏事，杀掉他可以获得很多国家的支持。于是，黑天、怖军和阿周那一起去了摩揭陀国京城，向妖连发出挑战。英勇的怖军将妖连杀死，被妖连囚禁起来的许多国王因此获救。之后，坚战派四个弟弟去征服世界。怖军征服了东方，无种征服了西方，偕天征服了南方，阿周那征服了北方。

征服四方之后，坚战正式举行王祭。难敌也参加了此次王祭。看到天帝城的繁荣景象后，难敌产生了妒忌之心。加上又遭到怖军的嘲笑，难敌更加无法忍受了。此时，精通掷骰子的沙恭尼建议难敌，与坚战掷骰子赌博，并保证他会让坚战输得一无所有。难敌觉得这个方法可行，于是说服自己的父亲，向坚战发出了掷骰子的邀请。

坚战并不知道难敌的阴谋，因此便答应了。在与沙恭尼的对决中，坚战一败涂地，他的王国和所有财产都被他输掉了。此时，坚战不但没有停手，反而把自己和四位弟弟，以及他们五个人的共同妻子黑公主当作赌注与沙恭尼赌博。

难敌的弟弟难降剥掉了黑公主的衣服，当众羞辱黑公主。黑公主极力为自己辩护。怖军被难降的粗野行为激怒了，他发誓说，一定要报仇雪恨，打断难敌的大腿，撕开难降的胸膛喝血，让他们受到应得的惩罚。此时，持国王看到双方到了剑拔弩张的地步，为了不使双方发生激烈的冲突，他答应释放坚战五兄弟。

可是，难敌并不死心。他提出要与坚战五兄弟再进行一次赌博，输的一方要被流放在森林十二年，到第十三年的时候如果被发现，还要继续流放十二年。坚战又赌输了，他们五兄弟和黑公主只好到森林里生活。从此，以坚战为首的般度族与以难敌百兄弟为首的俱卢族，成了不共戴天的敌人。

三、森林篇

坚战五兄弟与黑公主按照约定,前往森林,过着非常艰苦的生活。维杜罗劝说持国将坚战五兄弟释放,并让他们返回自己的国土。可是,持国不但没有答应,还将维杜罗赶走了。维杜罗很伤心,便去森林与坚战五兄弟一起生活。

不久后,黑天也来到森林中找坚战兄弟。他鼓动坚战五兄弟带领般度族一起反抗。黑公主与怖军也都同意黑天的说法。他们一起帮助黑天劝说坚战。可是,坚战因为对俱卢族强大的实力感到害怕,并不同意那样做。

坚战听从毗耶娑仙人的劝告,搬到迦摩耶迦林去住。此外,他按照仙人的指示,派阿周那去雪山求取天神的法宝。阿周那离开后,坚战带领般度族人在迦摩耶迦林中艰难地维持着生计。大家都非常相信阿周那。很多仙人去那里看望他们,给他们讲各种故事,让他们振作精神,克服困难。

五年之后,阿周那带着从天国获得的各种法宝返回,般度族五兄弟重新团聚在一起。此后的几年时间里,般度族五兄弟率领他们的族人在森林中继续生活。

即将到达十二年流放之期时,坚战五兄弟外出打猎,孤身留在净修林中的黑公主被信度王胜车所劫。坚战五兄弟发现黑公主被劫后,立即想办法营救黑公主。他们打败了胜车的军队,成功地将黑公主救出。英勇的怖军和阿周那还抓住了胜车,想要杀死他。坚战考虑到胜车是持国王的女婿,便把他放走了。

坚战五兄弟虽然救回了黑公主,抓住了胜车,但是他们仍然感觉受到了莫大的侮辱。摩尔根德耶仙人降临,向他们讲述了罗摩王在妻子被抓后,派兵救回妻子的故事,以解除他们的烦恼。

迦尔纳是贡蒂与太阳神的儿子。他的身上天生长有铠甲和耳环,能够保证他不被敌人杀死。一天,太阳神托梦给迦尔纳说,如果因陀罗扮成婆罗门的样子,向他乞求铠甲和耳环,那么迦尔纳就应该要求因陀罗用"力宝"标枪来做交换。迦尔纳此前曾立下过向婆罗门慷慨施舍的誓言,因此当因陀罗化作婆罗门的样子来找他时,他毫不犹豫地把身上的铠甲和耳环割下来,交给了因陀罗。他按照太阳神的指示,从因陀罗那里得到了"力宝"标枪。般度族的兄弟们听说这件事后,都非常高兴,而持国之子们却非常失望。

十二年的流放期限即将到来。一天,坚战的四个弟弟帮一个婆罗门追赶一头鹿时,喝了一个魔池里的水,全都死了。坚战运用聪明才智,巧妙地回答了魔池的主人提出的问题,怖军等人这才复活过来。

四、毗罗吒篇

按照赌博约定,般度族的兄弟们在森林里生活十二年之后,需要在第十三年隐藏起来,不被难敌发现。如果被发现,他们将会继续在森林中生活十二年。为了不暴露身份,般度族的兄弟们隐藏到了摩差国毗罗吒王的宫廷之中。他们更换姓名,在宫廷中充当各种杂役。坚战担任毗罗吒王的侍臣,阿周那教宫女跳舞,怖军成了厨师,偕天和无种一个放牛一个驯马,黑公主则当了宫女。

黑公主的美貌引起了国舅空竹的色心。空竹约黑公主晚上到舞厅幽会,企图趁机奸污黑公主。黑公主看穿了空竹的诡计,表面上答应了空竹。之后,她把这件事告诉了怖军。晚上,怖军代替黑公主去赴约,将空竹杀死了。

难敌得到摩差国军队统帅空竹被杀的消息后,便趁机攻打摩差国。弱小的摩差国根本无法抵挡俱卢族的大军,眼看就要亡国了。在危急时刻,坚战五弟兄挺身而出,帮助摩差国击败了强大的俱卢族。不过,这也让坚战五兄弟的身份暴露了。难敌此前一直在苦苦寻找他们,想让他们继续在森林中生活十二年。得到坚战五兄弟的消息后,难敌非常高兴。他认为,双方约定的第十三年期限还没有到,因此坚战五兄弟应该在森林中再生活十二年。毗湿摩按照严格的历法推算后认为,第十三年期限已经到了,因此般度族兄弟不需要再遭流放。

此后,般度族五兄弟将自己的身份对外公开。摩差国毗罗吒国王为了表示谢意,把自己的女儿至上公主许配给了阿周那的儿子激昂。

五、斡旋篇

般度族在森林中生活了十二年,之后又没有让难敌在第十三年找到他们。因此,他们不必再过流放的生活了。坚战五兄弟与族人们商量,要求难敌归还给他们一半的国土。此外,为了应付可能与俱卢族发生的战争,他们还四处拉拢盟友。

难敌根本不想把土地归还给般度族。因此,他去向黑天求援。阿周那奉坚战之命,也去找黑天。黑天不知道该帮助哪一边,便让难敌与阿周那在自己和自己的军队中作出选择。难敌选择了黑天强大的军队,阿周那选择了黑天本人。

持国非常了解黑天,因此当他知道黑天要帮助般度族后,便对战争的前景非常担忧。于是,为了避免自己的国家在战争中失利,他主动派出使者向坚战讲和。坚战也不希望双方发生战争,于是便把归还一半国土的要求降低到五座村庄。可是,面对般度族如此低的要求,难敌却毫不退让。此外,他还想把般度族派出的使者黑天囚禁起来。黑天当众显现神通,成功地逃脱了难敌布下的天罗地网。

双方的谈判没有达成一致。谈判不成,解决问题的办法只能靠武力了。因此,般度族集结了七支军队,开赴俱卢之野。俱卢族也不甘示弱,组成了十一支军队迎敌。般度族派阿周那担任最高统帅,黑公主的哥哥猛光为副统帅。俱卢族的统帅则是毗湿摩。难敌派人向阿周那送去一份十分傲慢的挑战书。阿周那看后十分气愤,他表示一定要杀死毗湿摩,以泄心头之恨。般度族与俱卢族的大军都已经做好了充分的准备,双方即将展开一场大战。

六、毗湿摩篇

很快,俱卢族与般度族在俱卢之野进行了一场非常惨烈的战争。第一天,双方大军进入战场。在俱卢族强大的军队面前,坚战感到有些力不从心。阿周那在战争即将开始之前,有些怀疑这场战争是否合法。此时,黑天主动站出来开导他,阿周那这才打消了心中的顾虑。般度族实力不济,所以在战争的开始阶段处于下风。此后的几天里,双方各有胜负,哪一方也没有占据绝对的优势。第九天的时候,毗湿摩表现得异常英勇,在战斗中杀死了很多般度族的战士,阿周那则逊色许多,因此般度族军队遭受了重大损失。当天夜里,坚战五兄弟去找毗湿摩,向他请教用什么办法才能够杀死他。毗湿摩指出,要想杀死他本人,唯一的办法就是阿周那站在束发身后向他射箭。束发的前生是一位与毗湿摩颇有渊源的女人,因此毗湿摩发誓绝对不与束发交战。第二天在战场上相逢,阿周那按照毗湿摩所说,躲在束发身后向毗湿摩射箭,用箭射倒了毗湿摩。看到湿毗摩中箭后,俱卢族与般度族的将士们都停止战斗,围在毗湿摩周围。毗湿摩浑身上下中了很多箭,他倒在地上,就像倒在了箭床上一般。尽管身中数箭,但毗湿摩仍在劝说难敌和迦尔纳,希望他们能够与般度族和解。可是,难敌和迦尔纳根本没有把毗湿摩的话放在心上。

七、德罗纳篇

毗湿摩倒在地上后,难敌任命德罗纳担任俱卢族的军队统帅。德罗纳是一个德高望重的人,在俱卢族和般度族军队中,很多将领都是他的徒弟。其实,他并不想让双方的战争继续下去。可是,军命难违,他不得不服从难敌的命令。因此,在德罗纳上任后,俱卢族与般度族的战斗又继续下去。

为了完成难敌下达的活捉坚战的任务,德罗纳在双方交战时一路向坚战杀过去。此时,阿周那及时赶到,击退了德罗纳的进攻。德罗纳意识到,要想活捉坚战,首先要把阿周那赶出战场才行。因此,在第二天的交战中,德罗纳派出敢死队缠住阿周那,他本人则趁此机会冲向坚战。正当德罗纳即将得手之际,阿周那摆脱了敢死队的纠缠,再一次解救了坚战。难敌的妹夫信度国国王胜车趁乱将阿周那的儿子激昂杀死。阿周那看到自己的儿子被杀后,怒发冲冠,杀死了胜车。迦尔纳使用法宝杀死了怖军的儿子瓶首。

德罗纳杀死了很多般度族的战士。为了杀死德罗纳,黑天提议说,马嘶是德罗纳的爱子,如果德罗纳知道爱子被杀后,一定会伤心欲绝,心神错乱。坚战一向以诚实著称,他并不同意黑天的做法。可是,众人都赞成这样做,坚战为了获胜,也别无选择。于是,在与德罗纳的交战中,黑天杀死了一头与马嘶同名的大象,并高声喊道:"马嘶已死!"德罗纳听到喊声后,立即方寸大乱,不想再活下去了。猛光趁着德罗纳坐在战车上入定的机会,挥舞手中的宝剑,把德罗纳的头颅砍了下来。德罗纳死后,群龙无首的俱卢族军队很快就溃不成军了。

八、迦尔纳篇

德罗纳死后,俱卢族的统帅由迦尔纳来担任。双方在前几天的交战中,都受到了重创,很多兵将都死了。因此,双方在迦尔纳担任统帅的第一天都没有取得突出的战绩。

迦尔纳骁勇善战,心高气傲,他无法容忍自己统领的军队像第一天那样无所作为。因此,第二天天还没有亮,他就整顿部队,想要与阿周那决一死战。在前往战场的路上,迦尔纳的御者摩德罗王沙利耶不断地辱骂迦尔纳。他把迦尔纳比作一只不自量力的乌鸦,让迦尔纳很不高兴。

双方交战后,迦尔纳把坚战打得遍体鳞伤。为了让阿周那在迦尔纳筋疲力尽后再与迦尔纳交战,黑天故意安排怖军先与迦尔纳交战。黑天的做法很正确,可是却让坚战与阿周那产生了误会。坚战责备阿周那畏惧迦尔纳而临阵退缩。被冤枉的阿周那十分气愤,甚至想要杀死坚战。多亏黑天及时阻止住阿周那,这才没有发生意外。

怖军没有忘记难敌的弟弟难降污辱黑公主的那一幕。因此,他在与难降的交战中,表现得异常英勇。他制伏了难降,喝了难降的血,实现了当初立下的誓言。

在与阿周那交战中,迦尔纳战车的车轮不小心陷入了地里。阿周那没有给迦尔纳留下喘息的机会,用箭射死了迦尔纳。

九、沙利耶篇

随着战争的进行,俱卢族军队里的大将大部分均已战死,胜利的天平已经开始向般度族倾斜。迦尔纳死后,难敌又派摩德罗国王沙利耶担任俱卢族的统帅。沙利耶不但没有改变局势,反而在战斗中被杀。

难敌在无将可派的情况下,只好亲自挂帅,收拾残余部队,想要与般度族进行最后一搏。可是,败局已定,他根本无力改变什么。在般度族强大的攻势面前,俱卢族战士们很快就被消灭殆尽。难敌见大势已去,便独自一人逃进了恒河附近的一个池塘。

坚战等人一路追击,终于找到了难敌。难敌为求自保,表示愿意把大地献给坚战。可是,坚战并不领情,他想打败难敌后获得大地。

难敌为了最后的尊严,提出用铁杵进行决斗。怖军为报难敌污辱黑公主之仇,主动要求应战。决斗开始后,难敌凭借杵战方面强大的实力,并没有让怖军占到便宜。在黑天的提醒下,怖军不顾战斗规则,用铁杵砸断了难敌的双腿,为黑公主报了仇,实现了自己当初立下的誓言。

十、夜袭篇

经历了十八天的战争后,俱卢族只剩下马嘶、慈悯和成铠三员大将。他们找到奄奄一息的难敌,在难敌面前发誓说,要让般度族和他们的同盟国付出血的代价。他们决定夜里去劫营,趁般度族人熟睡之时将他们杀掉。

这个计谋果然奏效了。他们率领俱卢族的残余部队,半夜潜入般度族军营,将般度族和以猛光为首的般遮罗族的将士全部杀掉。黑公主的五个儿子也被杀死。坚战五兄弟和黑天因为不在军营居住才躲过一劫。

夜袭成功后,马嘶立即将这个消息报告给难敌。只剩下一口气的难敌听到这个消息后非常欣慰地离开了人世。坚战得到全军覆没的消息后,既痛苦又伤心。黑公主以绝食来威胁坚战,一定要杀死马嘶,为自己的儿子报仇。于是,坚战、怖军、阿周那、黑天等人一同去追杀马嘶。他们找到马嘶后,与马嘶进行了一场激烈的战斗。最后,马嘶为自己的恶行付出了代价,受到了毗耶婆和黑天的诅咒。

十一、妇女篇

般度族与俱卢族的战争终于结束了。双方都为此付出了惨重的代价,战场上到处都是尸体。般度族只剩下七个人,持国的一百个儿子全部阵亡。失去儿子的持国非常悲伤。毗耶婆安慰他说,这场战争是神的安排,没有必要为此伤心。

持国、甘陀利等人带领着妇女们前往战场,为死去的将士们哀悼。马嘶、慈悯和成铠三人遇见了持国,但是他们没有与持国一起去战场,因为他们害怕遭到坚战五兄弟的报复。坚战等人听说持国去了战场,便去战场见持国。双方相遇后,持国非常愤怒,想要置坚战五兄弟于死地。在黑天的劝说下,持国的怒气才逐渐消退。

妇女们都悲痛欲绝,因为他们的亲人就殒命于此。甘陀利认为黑天对这场战争负有责任,于是便诅咒黑天。黑天指出,这场战争与他一点儿关系也没有,完全是俱卢族一手造成的。持国要求坚战为所有阵亡的将士举行一场火葬。坚战按照持国的要求去做了。

十二、和平篇

大战的悲惨局面让坚战的精神受到了极大的打击。他精神消沉,心情抑郁。后来,在众人的劝说下,他才登基为王。登基后,他带着自己的兄弟和黑天前往战场,去找毗湿摩,请求毗湿摩把王者之道传授给他。毗湿摩将国王在国家正常时期的职责、国王在国家危难时期的职责以及应对方法、人达到最高目标——解脱的方法讲给坚战听。此外,毗湿摩还讲述了世界的起源和发展、时间、灵魂、命运、生与死、数论、瑜伽、行动方法等一系列问题。

十三、教诫篇

毗湿摩的教诲让坚战受益匪浅。可是,坚战仍然感到良心不安,无法让自己的心情平静下来。毗湿摩继续开导坚战,并回答了坚战提出的种种问题。之后,毗湿摩的死期已到,离开了人世。毗湿摩死后,般度族为他举行了一场非常隆重的葬礼。

十四、马祭篇

坚战五兄弟在大战之中全都失去了儿子。激昂的遗孀至上公主生下了一个死婴。黑天把这个死婴救活。当时婆多罗族几乎没有留下传人,因此这个婴儿被命名为继绝。

毗湿摩和迦尔纳,一个是坚战的祖父,另一个是坚战的亲哥哥,因此他们的死让坚战内疚不已。毗耶婆对坚战说,举行祭祀可以使一切罪孽得以消除。坚战觉得毗耶婆说得很有道理,便同意举行马祭。可是,刚刚结束的大战消耗了国家太多的财富,国家已经没有足够的钱来举行马祭了。毗耶婆建议去雪山,把以前摩奴多王举行盛大祭祀后留下来的财宝找出来。坚战认为这是一个好办法,便同意这样去做。

从雪山找来财宝后,阿周那在一匹祭马的带领下,开始周游世界。他一路上征服了很多国家,根本没有遇到对手。可是,当他准备征服摩尼城时,却遭到了褐乘王的顽强抵抗。褐乘王是阿周那在流放森林时,与曼奴罗国公主花钏所生的儿子。褐乘王本来并不想与阿周那交战,可是阿周那激励他,不论敌人是谁,都应该战斗到底。受到激励的褐乘王用箭射死了阿周那。褐乘王和他的母亲花钏都非常伤心,想要陪阿周那一同去死。此时,阿周那的另外一位妻子运用法宝让阿周那重新复活。

阿周那带着祭马在一年之后回到了象城。毗耶婆挑选了一个黄道吉日,正式举行马祭。祭司们杀死祭马,把被分割的祭马肢体投入到祭火之中。世界各地的国王都来参加此次马祭,坚战非常慷慨地把金银财宝布施给他们。

十五、林居篇

坚战登基为王后,仍然对持国和甘陀利非常敬重。他当着众人的面说,如果有谁敢违抗持国的命令,那么他将会把那个人驱逐出去。持国感到,自己在坚战统治时期比在难敌统治时期还要快乐。因此,他把一些国王职责方面的东西主动地教给坚战。

怖军却并没有把坚战的话放在心上。他认为难敌所犯的过错与持国有着直接关系,因此他经常背着坚战对持国不恭。持国觉得怖军如此对他情有可原,于是便对怖军一再忍让。在忍耐了十五年之后,持国终于无法继续忍受下去。于是,他请求坚战允许他到森林中过林居生活。坚战同意了持国的请求。在临走前,持国举行了一场祭祀,祭奠那些在俱卢族与般度族战争中丧生的俱卢族人。

坚战五兄弟的母亲贡蒂知道持国要去森林中生活后,便提出与持国一同前往。坚战五兄弟不希望母亲那样做。他们极力挽留她,可是贡蒂的态度非常坚决,非要陪持国一起去森林中修行不可。于是,持国在贡蒂、甘陀利、维杜罗和全胜的陪同下去了森林。

贡蒂走后,坚战五兄弟非常想念她,还带着很多人去森林探望。维杜罗趁坚战没有注意,把自己的生命力完全注入坚战体内,直到自己死去。坚战非常感动,他在维杜罗去世后的一个月里一直留在森林中,陪伴着持国、贡蒂和甘陀利。

两年之后,那罗陀仙人告诉坚战,持国、贡蒂和甘陀利在森林大火中被烧死,全胜保住了性命,前往雪山去了。坚战五兄弟听到这个消息后,都非常伤心。他们赶往恒河,祭奠死去的持国、贡蒂和甘陀利。

十六、杵战篇

黑天的雅度族在大战结束后的第三十六年灭亡了。事情是由黑天的兄弟婆罗那恶作剧引起的。

婆罗那让黑天的儿子商波扮成孕妇,戏弄来访的众位仙人。这一无礼行为惹怒了众仙人,他们发下诅咒,让商波生下一根铁杵。尽管铁杵被粉碎后扔进了大海,但是仙人们的诅咒并没有失效。被粉碎后的铁杵长出了很多灯芯草。

后来,雅度族在海边饮酒作乐。喝醉了酒的成铠和萨谤奇因为言语不和而大打出手。随着事情不断扩大,整个雅度族都卷入其中。他们大打出手,自相残杀,随手抓来灯芯草做抵抗。可是,他们手里的灯芯草变成了铁杵。丧失了理智的人们继续用铁杵作战。此时,黑天已经明白,这是神的旨意,雅度族将在这一天走向灭亡。于是,他也拿起武器,参加了战斗。当他独自坐在地上沉思时,一个猎人误以为他是一头沉睡的猛兽,把他射死了。如此一来,黑天完成了在凡间的使命,重新回到天国之中。

阿周那在多门城亲眼目睹了雅度族灭亡的惨状。他先安葬了黑天等人,然后把雅度族的孤儿和老人带到俱卢之野。

十七、远行篇

雅度族灭亡和黑天逝世的消息让坚战五兄弟和黑公主大彻大悟。他们觉得,尘世的生活已经失去意义,因此决定要放弃尘世生活。坚战把王位交给了阿周那的孙子继绝,并让尚武担任摄政王辅佐继绝。之后,坚战五兄弟和黑公主一起赶往雪山,并以雪山为起点,绕行大地一周,然后开始登上天神居住的须弥山。在登山的过程中,黑公主、偕天、无种、阿周那和怖军相继倒下死去。怖军在临死前问坚战,为什么别人都倒下了,而坚战没有倒下。坚战解释说,黑公主是因为对阿周那偏爱而倒下,偕天是因为对自己的智慧太过自负而倒下,无种是因为太过于注重自己的美貌而倒下,阿周那因为过于迷恋武力而倒下,怖军则是因为贪吃而倒下。

最后,坚战得到了天仙的迎接,他还因为功德伟大而被天神允许带着肉身升入天国。

十八、升天篇

坚战进入天国后,看见神位上坐的是难敌等一群恶人,而他的弟弟们和黑公主并不在那里。他非常气愤,非要去找弟弟们和黑公主。当他看到弟弟们和黑公主正在地狱里受尽折磨时,表示要与弟弟们一起生活在地狱之中。

因陀罗对他说,他看到的一切只是幻象而已,此时他的弟弟们和黑公主正在天国之中。正法之神说,坚战像人间其他的国王那样,做过欺骗别人的事情,因此需要见识一下地狱。之后,正法之神把坚战带到天国恒河。坚战在恒河里沐浴后,彻底摆脱了凡人的躯体,之后他进入到天国之中,并在那里见到了他的弟弟们和黑公主。他还看到,般度族和俱卢族的所有死者,包括黑天在内,都成了天国里的神仙。

一千零一夜

《一千零一夜》是一部阿拉伯民间故事集。12世纪,埃及人开始用《一千零一夜》为它命名,后来本书在流传中又不断加入新的内容,直到15世纪末16世纪初才最终成书。

相传在古印度和中国之间的一个海岛上,有一个萨桑国,国王叫山鲁亚尔。生性残暴的他每天娶一位女子入宫,第二天早晨就将该女子杀掉。丞相的女儿知道了这一消息,为使无辜的女子不再受害,自愿进宫嫁给国王。她用讲故事的方法吸引国王,每当讲到精彩处就停下来。国王为了继续听故事,只好不杀她。就这样,她一直讲了一千零一夜,国王被她的诚意感动,最终赦免了她,并愿意和她白头偕老。

国王山鲁亚尔

从前,在古印度和中国之间的海岛上,有一个萨桑国,国王名叫山鲁亚尔。

山鲁亚尔每天都要娶一个女子。女子在皇宫刚过了新婚之夜,第二天就会被国王残忍地杀掉。这样一直过了三年,他一共杀掉了一千多个女子。

老百姓们既愤怒又害怕,家里有女儿的要不把女儿藏起来,要不就是搬到别的地方。没多久,皇城里就找不到年轻的女子了。国王命令丞相,每天都要找到一名女子,供他虐杀。

丞相找遍皇城也找不到一个女子,只好怀着忧惧交加的心情回到了家。

丞相的女儿山鲁佐德见父亲闷闷不乐,就问道:"父亲,您为了何事愁眉不展,为什么忧愁烦恼呢?"

丞相回答说:"我们的国王疯了!三年前,王后背叛了他。他一怒之下杀了王后,如果只是这样也就罢了,可是他竟要报复天下所有的女人。因此,他每天娶一位女子,第二天再把女子杀掉。现在,京城已经找不到女子了,他又逼着你父亲为他找女子,我上哪儿给他找去啊!"

山鲁佐德说:"爸爸,我要嫁给国王!我进宫之后,会想办法和他长期生活下去。这样也能解救全天下的女子了。"

"不!你可不能去啊,去了就是死路一条啊!"

"以现在的形式来看,如果我不去,国王会怪罪父亲的。"

丞相无论怎么劝说,都无法阻止女儿进宫的念头,他只好把女儿送进宫。

山鲁佐德进宫前对妹妹敦亚扎德说:"我进宫后会让人来接你。你到王宫后,见到我就说'姐姐,请给我讲一个故事'。也许,这样能救我们的命。"

国王一见美丽的山鲁佐德,顿时高兴得眉开眼笑,立刻重赏了丞相。

山鲁佐德见到国王,却悲痛地哭了起来。

国王问道:"何事如此伤心啊?美人!"

"陛下,我还有个妹妹,希望陛下让我和她见一面,我要向她告别。"

国王答应了她的要求,派人接敦亚扎德进宫。敦亚扎德看见姐姐,高兴地和她抱在一起。

敦亚扎德说道:"姐姐,给我讲个故事吧。"

"只要国王应允,我就讲给你听。"

国王也想听听山鲁佐德会说什么故事,就答应了她妹妹的请求。

于是,姐姐就给妹妹讲了一段故事。

山鲁佐德讲的故事很精彩,国王和敦亚扎德听得津津有味。但是,正当她讲到故事最精彩的部分时,天亮了。她马上停住,不再讲下去。

敦亚扎德说:"姐姐!你讲的故事太精彩了!"

山鲁佐德说道:"陛下如果不杀我,我明晚还会讲一个更精彩的故事。"

国王暗想:"这个故事确实挺吸引人的。先不杀她,等她讲完故事再说。"

第二天,丞相准备好了棺材,打算替女儿收尸。可是一直没见女儿的尸体被抬出去,也没有接到国王让他找下一个女子的命令。丞相又惊又喜,他想:难道女儿没死吗?

这天夜里,山鲁佐德接着讲她的故事。天亮的时候,她对国王说:"陛下若是不杀我,那么下一个故事比这个更精彩!"

国王又同意了。

山鲁佐德每天讲一个故事。国王每天都想:先不杀她,等她讲完故事再说。

就这样,山鲁佐德一直讲了一千零一夜,也就是一共讲了一千零一个故事。

国王终于被她感动了。他说:"我不杀你了,你的故事让我感动。我已经把你讲的故事都记了下来,让后世之人都能看到这些精彩的故事。"

渔翁和魔鬼

很久以前,有个老渔翁,他每天都靠打鱼为生。家里除了老婆外,还有几个子女,都靠他养活。

有一天中午,老渔翁照旧来到海边打鱼。他把网撒在海里,等了一会儿,便开始收网。渔网很重,他很高兴,心想这一网一定有不少鱼。他费了九牛二虎之力,才把网拉上来。这时他才发现,网里只有一匹死驴子,因为驴子太大,渔网都给撑破了。

老渔翁很沮丧,他感叹道:"安拉啊!怎么会有这种东西,真奇怪啊!"

渔翁心情郁郁地说:"再打一网吧,安拉保佑我这一次一定能打到鱼。"

渔翁整理好网,把它撒入水中,然后道:"安拉祝福我吧!"

他开始收网了,这次网比上次更加的重,似乎捕到了一条大鱼。

拖上来一看,里面却只是一个灌满泥沙的大瓦缸。

他感到非常痛苦,甚至有些绝望了。他对着天空说:"安拉啊!我每天只打三网鱼。今天我已经打了两网,可是连个鱼鳞都没见到。安拉啊!我一家子还要靠这个吃饭呢,这最后一网您可一定要发发慈悲啊!"

他再次念着安拉的名字,把网撒入海中。这一次,网没那么重,拉上来一看,里面有个黄铜瓶子。瓶口用锡封住,锡上印着苏里曼·本·达伍德(古代以色列王国第三位国王所罗门的儿子)的印章。

渔翁不禁笑了:"这个瓶子拿到集市上能卖十个金币呢。"

他抱起瓶子晃了晃,里面似乎装了什么东西。他自言自语地说:"这个瓶子里装的到底是什么?我应该先打开看看,然后再把它卖了。"他把瓶子上的锡剥掉,然后把瓶子倒过来,摇了几下。可是,里面好像什么也没有,他不禁很奇怪。

过了一会儿,瓶中冒出一股青烟,飘荡着升到半空中。烟雾到了半空,又缩小成一团,最后变成一个魔鬼。

魔鬼像一座小山一样高大,他披头散发地站在渔翁面前,用一双灯笼大的眼睛盯着渔翁。他长得怪模怪样,既凶恶又丑陋。

渔翁被魔鬼的样子吓坏了,浑身发抖地站在那里,不知道该怎么办。

没过多久,他听到魔鬼说:"渔翁,你遇到我真是可喜可贺啊!"

"喜从何来?"

"我马上要杀了你。"

"什么?我把你从海里捞出来,又把你从瓶子中放出来,我救了你一命,你却要杀我?难道救你也是一种过错?"

"是的。说吧,你想怎么死,我给你选择的机会。"

"我到底做了什么,你要这样对待我?"

"渔翁,我给你讲讲我的故事,你就明白了。"

"说吧,难道我真的要死了?"

"渔翁,我本是邪恶的天神,曾与苏里曼·本·达伍德作对。他在恼怒之下,派丞相拜鲁海亚把我抓住。当时苏里曼劝我跟随他,不要跟他作对。可我没有答应。他就让人把我封在这个瓶子里,然后把我沉入了海里。

"就这样,我一直在海里度过了四个世纪,也就是四百年。第一个世纪的时候,我曾发过这样的誓言:'谁要是在这一百年里救我,我会让他终身荣华富贵。'可是,一百年过去了,没有人救我。第二个世纪,我发誓说:'谁要是在这个世纪救了我,我会帮他找到所有的地下宝藏。'还是没有人来救我。第三个世纪,我想:'谁要是在这个世纪救我,我会满足他任意三个愿望。'可是,还是没人救我。

"这个时候,我非常生气,发誓说:'谁要是在我被囚禁的第四个世纪救我,我就杀死他,不过我可以让他选择如何去死。'而你就是在这个时候救了我,因此我要杀死你,不过你可以选择死亡的方式。"

"啊!我可真倒霉啊!请你饶恕我吧。"

"我已经发了誓,非杀你不可!快告诉我,你想怎么死?"

"我救了你,你不能看在这一点上放过我吗?"

"正因为如此,我才要杀你。"

渔翁不禁绝望了,但他转念又想:我是人,他只不过是个魔鬼,哪有人类的智慧。我应该用计对付他。于是,他对魔鬼说:"你一定要杀我?"

"是的。"

"那么,我在死之前能不能问你一件事?"

魔鬼说道:"好吧,你问吧。"

"当初你是住在这个瓶子里的,可这个瓶子连你的一只手也容纳不了,你是怎么进去的呢?"

"你不相信当初我就在这个瓶子里吗?"

"我不信,我又没有亲眼看到。"

这时候,魔鬼摇身变为一股青烟,慢慢地钻进了瓶子。

等到青烟全都进入了瓶子,渔翁迅速盖上锡,封住了瓶口。然后,他大声道:"说吧,魔鬼,你想怎么死?现在,我想把你扔到海里。我还会告诉别人,这片海里有个魔鬼,不要来这里打鱼,这样你就永远也出不来了。"

魔鬼的身体重新被封在了瓶子里,无法再回到外面来。魔鬼这才知道自己上当了,不禁大为惊恐,说道:"渔翁,我刚刚是开玩笑的,我是不会杀你的。"

"无耻的魔鬼!你的谎话说得可真不高明。"渔翁拿着瓶子,打算扔进海里。

魔鬼赶忙谦卑地请求道:"渔翁,饶了我吧,只要你不把我扔到海里,我会报答你的。"

"该死的魔鬼,你还想骗我!刚才要不是你非要杀我,怎么会落到这个下场?看我不把你抛入大海里闷死你!"

魔鬼哀求道:"你不能这样做!我虽然做了坏事,但你是善良的人,怎么能和魔鬼一般见识呢!你就原谅我一次吧!"

"别说了,我一定要把你扔进海里,让你永远也没法出来作恶。"

"渔翁,放我出来吧,这不也是在成全你以德报怨吗?我对你发誓,出来后绝不伤害你,而且还给你一样能使你发财致富的东西。"

渔翁终于被魔鬼说动,打算放了他,就打开了瓶子。

魔鬼从瓶子里出来了,他信守诺言,果然没有伤害渔翁,而且给渔翁指了一条发财的路。

阿里巴巴和四十大盗

波斯国的一个城市里住着兄弟俩,哥哥叫戈西母,弟弟叫阿里巴巴。他们的父亲去世后,两人各自继承了一点儿财产。钱很快就花光了,两人的生活越来越困难。

后来,戈西母和一个富商的女儿结了婚,他还继承了岳父的一笔庞大的遗产。此后,他开始做生意。生意越做越红火,不久之后,他就成为远近闻名的大商贾了。

阿里巴巴和一个穷苦人家的女儿结了婚,夫妻俩很穷,家里除了一间破屋,就只有三头毛驴。阿里巴巴每天赶着毛驴去丛林中砍柴,再把柴驮到集市去卖,以此来维持生计。

有一天,阿里巴巴赶着毛驴上山砍柴。就在他砍好柴,准备下山的时候,却看到一伙强盗,这伙强盗正好四十个人。阿里巴巴很害怕,他不仅担心自己的性命,还担心自己的毛驴会被抢走。这样想着,他就躲在了一块岩石后面。

强盗们在树下拴好马,从马身上取下沉甸甸的袋子。阿里巴巴想,里面应该是打劫来的金银珠宝。

这时,一个首领模样的强盗背着鞍袋,对着洞门前的那块石头说:"芝麻开门!"随着那个头目的喊声,石头就自动挪开了。首领刚进入洞内,石头又封住了洞口。随后,喽啰们也以这种方式进去了,他们把财物放进了洞里。

强盗们安排完这一切,便开始念道:"芝麻关门!"石头就把洞口遮住了。然后,他们就骑着马走了。

等他们走远了,阿里巴巴才出来。他暗想:我要是说那句话,能不能把门打开呢?我要试一下能不能把这个洞门打开。"于是,他大喊道:"芝麻开门!"他的喊声刚落,洞门就开了。

里面是一个大洞,通过洞外透进的光线可以看到,洞里堆满了财物:金子、银子,还有一大批宝石、绫罗绸缎等珍贵的东西。

突然看见这么多的金银财宝,阿里巴巴深信这肯定是强盗们长期掠夺所积累起来的宝库。阿里巴巴进入山洞后,洞门又自动关闭了。

阿里巴巴从里面拿出了一袋金币,把它放在毛驴的背上,然后说了句"芝麻关门!",就赶着毛驴回家了。

到家后,他把装着金币的袋子放在老婆面前。他老婆看见金币,以为阿里巴巴一定是抢的别人的,就骂他不该见利忘义,更不该做坏事。

"我从不做坏事。"阿里巴巴申辩道,随后把自己的经历告诉了老婆。

阿里巴巴的老婆听了很高兴,就坐下来数那些金币。

阿里巴巴说:"这么数下去,什么时候才数得完?要是有人进来看到了,就会引起麻烦,不如我们先把这些金币藏起来。"

阿里巴巴的老婆说:"好吧,可我很想知道这些金币有多少。"

"千万要注意,别对别人说。"

第二天,阿里巴巴的老婆到戈西母家去借量器。她对戈西母老婆说:"嫂子,你家的量器借我一下好吗?"

"行啊,不过你要量什么呢?"

"借给我一下就行了,我一会儿就还。"

"好吧,我去拿给你。"戈西母的老婆说。

戈西母的老婆很想知道阿里巴巴的老婆量什么,就在量器的底部刷上了一点儿蜡,无论量什么,总会有一些粘在蜡上。

阿里巴巴的老婆拿着量器回到家中,立刻开始量起金币来。量完之后,阿里巴巴和他的老婆一起把金币埋在了挖好的洞里。

量器的底部有蜡,所以粘上了一枚金币,但他们却一点儿也没察觉到。

当阿里巴巴的老婆把量器还给她嫂子时,戈西母的老婆马上就发现了那枚金币,她自言自语地说:"啊!原来他们是量金币。"一时间不禁既羡慕又嫉妒。

她想,阿里巴巴一个穷光蛋怎么会有金币呢?戈西母的老婆怎么想也不明白,就把这事告诉了戈西母。

戈西母开始并不相信,但当他看到那枚金币时,不禁有些疑惑了。第二天,他起床后就去找阿里巴巴。见了面之后,他说道:"弟弟啊!你表面装得很穷,其实却有很多金币。"

"我不明白,你在说什么?"

"你别装糊涂!你知道我在说什么。"戈西母拿出了那枚金币,"这样的金币你有成千上万个,这是你量金币时粘在量器底下的。"

阿里巴巴恍然大悟,心想:此事已无法再隐瞒下去,不如将它说给大哥知道,这样也许会有危险,但现在也没有别的办法了。

因此,他就将发现宝库的事告诉了他哥哥。

戈西母声色俱厉地说:"那个储存金币的山洞在哪儿,开、关洞门的那两句暗语是什么?你必须全部告诉我,不然我就去告你。官府会没收你的金币,还会抓你去坐牢。"

阿里巴巴只好把一切都详细地告诉了戈西母。

第二天一大早,戈西母赶着雇来的十匹骡子来到山中,他找到了那个神秘洞口,高声喊道:"芝麻开门!"

洞门开了,戈西母走进山洞,洞门便自动关上了。他立刻被洞里遍地的财宝吸引住了,他很激动,平静了一下自己狂喜的心绪后,才开始往袋子里装金币和宝物。他装满了好多大袋子,打算把它们用骡子驮回去。当他想出去时,却发现自己因为太兴奋了,竟忘记了那句开门的暗语,无论他怎么喊,洞门就是不开。

这天半夜,强盗们抢劫回来,看到一群骡子在自己的洞口,他们非常惊讶:这些骡子是哪儿来的?强盗首领说了那句暗语,洞门便应声而开。当他看到戈西母在洞中时,顿时明白了怎么回事,立刻恼火地抽出宝剑,将戈西母拦腰砍为两截。

强盗们很奇怪,这是个很隐秘的地方,怎么会有人知道呢?而且要进来就必须知道那句开门的暗语,可除了他们这些强盗,是没人知道的。强盗首领怕别人再进来,就把戈西母的尸体挂在了洞里,以警告还敢进来的人。之后,他们就离开了。

戈西母一夜未归,他的老婆感到事情有些不对,就到阿里巴巴家去询问:"兄弟,你哥哥早上出去,到现在还没有回来。会不会发生什么意外,要不你去看看?"

阿里巴巴也认为一定出了什么变故,就打算前往山洞探视一番。他用暗语开了门,进门就看见戈西母的尸体。阿里巴巴极为害怕,硬着头皮收拾了哥哥的尸体,然后又装了几袋金币,用毛驴驮着回去了。

回家后,他把金币交给老婆,让她藏好。接着,他用毛驴驮着哥哥的尸首到了哥哥家。他从驴背上卸下戈西母的尸首,对使女说:"马尔基娜,你们的老爷死了。"

戈西母的老婆看见阿里巴巴来了,就问他戈西母的事。阿里巴巴把事情的经过说了一遍,并嘱咐她一定要替自己保密。

戈西母的老婆知道丈夫已经遇害,泪流满面地对阿里巴巴说:"现在也只好认命了。为了你的安全,我答应为你保密。"

"你安心休息吧。办完了丧事,我娶你为妾,你会幸福地过完一生的。"

"就按你的意思办吧。"她忍不住又哭了起来。

丧期过去之后,阿里巴巴娶了他的嫂子为妾。

这一天,强盗们返回洞中,发现戈西母的尸首不见了,而且洞中还少了许多金币。他们感到非常诧异,强盗首领恼火地说:"这件事必须查清楚,不然的话,有再多的金子也会被偷完的。"

强盗们经过调查,觉得阿里巴巴很有可能就是那个进入山洞的人,于是强盗首领扮成贩油商人,带着几个大桶,带领强盗们去阿里巴巴家探探虚实。因为怕人多起疑,强盗喽啰都藏在了大桶中。

强盗首领扮成商人在天黑前赶到了阿里巴巴家,见到阿里巴巴后,对他说道:"我是从外地来这里来做生意的,现在天色已晚,您能让我在你的院子中住一夜吗?"

阿里巴巴虽然见过强盗首领,但由于他现在伪装得很好,再加上天已经黑了,一时没认出他,就同意了他的要求,为他安排了一间空闲的房子,并吩咐女仆马尔基娜:"家中来了客人,给他预备些水,再做点儿晚饭,好好招待一下。"

阿里巴巴说完之后,就回房休息了。

马尔基娜点着油灯,忙里忙外地一直没有消停。半夜的时候,油灯没油了。马尔基娜想,今天来的那人不是油贩子吗,他还带来好几大桶油,从他的桶里稍微取一些油吧。她来到第一个大桶前,这时,桶里的一个强盗听到了她的脚步声,以为是强盗首领来叫他们的,就低声问道:"开始行动吗?"

马尔基娜悄悄退了出去,她想:原来这些桶中装的不是油,竟然是人。看来这个贩油商一定有什么不可告人的秘密,也许会对我的主人不利呢!要想想办法,看看怎么对付他们!

她来到最后一个大桶前,发现只有这个大桶里装的是油,便灌了一大壶,拿到厨房把油烧沸。然后,她往每个大桶里浇了一大瓢油,躲在大桶里的匪徒还不知怎么回事,就被烫死了。

马尔基娜镇定地做完了这一切,所有的人还都在安睡,没有人知道。

过了一会儿,强盗首领醒了过来,他对桶里的匪徒们发出了暗号,叫匪徒们出来行动。但是,桶里毫无动静,没有一个人出来。他又试了一次,还是无人回应。他想,难道都睡着了?他跑到柴房中,惊恐地发现自己的手下竟然全部被烫死了,他害怕了,赶紧跳墙逃了出去。

第二天,阿里巴巴发现昨晚那个贩油商不辞而别了,而且他的那些大桶并没有带走,不禁感到很惊讶。这时,马尔基娜告诉阿里巴巴昨晚发生的事,并嘱咐他最近一定要小心,还说昨晚逃走的那人一定会想办法对付他。

阿里巴巴听了很高兴,说道:"你做得很好,我一定会奖赏你的,我该赏赐你什么呢?"

"这是应该的。我们还是把那些死人埋了,不要被别人发现了。"

一共死了三十七个强盗,阿里巴巴赶紧和仆人把尸体埋了。虽然如此,阿里巴巴并不能真正地安下心来,因为强盗首领和两个强盗没有死,随时可能找到自己。

强盗首领逃回到山洞里,想着损失的财物和人马,不禁恼怒异常。他想,必须杀掉阿里巴巴,才能出自己这一口恶气。但是,他想到阿里巴巴一下杀死三十七个人,一定有什么过人之处,因此不能力敌,那就只能智取了。

于是他乔装打扮了一番,在集市上租了间铺子,并从山洞中搬来一些货物卖,暗暗打探阿里巴巴的消息。

巧的是他铺子的对面就是被他杀死的戈西母的铺子,现在这里由戈西母的儿子——阿里巴巴的侄子经营。强盗首领很快就跟附近各商号的老板们混熟了,而且对戈西母的儿子格外友好,常常和这个小伙子套近乎。

有一次,阿里巴巴到铺子里去看望侄子,被强盗首领看到了。待阿里巴巴走后,强盗首领向小伙子打听阿里巴巴的情况:"刚才到你铺子中来看你的是谁呀?"

"是我叔叔。"

这之后,强盗首领对阿里巴巴的侄子更好了,还给了他许多贵重的东西,但其实他暗地里却在策划着怎么对付阿里巴巴。

阿里巴巴的侄子觉得强盗首领对自己太好了,就打算请他吃饭。但是,他自己的住处太小了,怕客人笑话自己寒碜,就去问叔父阿里巴巴该怎么办。

阿里巴巴对侄子说:"你是该请那位朋友来作客,要是你嫌自己家里小,就带到我们家里来吧,我们一起招待他。"第二天,阿里巴巴的侄子邀强盗首领吃饭时,就带他到了阿里巴巴家。

强盗首领听了很高兴,心想如果能自由进出阿里巴巴家,那么早晚能够杀了阿里巴巴。

阿里巴巴谦恭而有礼貌,他很高兴强盗首领能来,就说道:"欢迎!谢谢你平时照顾我侄子,我知道你像父亲一样地关心他。"

"你侄子为人不错,我很喜欢他。他现在年纪还小,但以他的资质,以后前途一定不可限量。"强盗首领说了一些应酬的话。

接着,他们就开始交谈起来。过了一会儿,强盗首领说:"我还有些事,得先走了,有空再来看你。"

阿里巴巴起身挽留他说:"你上哪儿去?还没吃饭呢,总得吃了饭再走啊。"

"我也想吃完饭再走,可我真的有事,还请你原谅。"

"看你心神不宁,到底是什么事呢?"

"我近来有病,医生不让吃带盐的东西。"

"那我跟做饭的打个招呼,让她不放盐就行了。你等一等,我去说一声,马上就来。"说着便去了厨房,并吩咐马尔基娜做菜不要放盐。

马尔基娜很奇怪,就问道:"谁要吃没有盐的菜啊?"

"你只管照我的话做就行了。"

"好吧!"马尔基娜很好奇,很想看看到底是什么样的客人不吃盐。

马尔基娜做完最后一盘菜,并把它端到了饭厅,终于看到了这个不吃盐的人。她一看到这人,就认出了他就是那晚来这里借宿的强盗首领。马尔基娜仔细地观察着他,发现他的外衣里面藏着一把短剑。"原来是这样!"她暗想,"这个坏蛋要吃无盐的菜肴,就是要借机杀了我主人。我必须想办法在他动手之前杀了他。"

马尔基娜从客厅回到厨房,一路一直在想对付强盗首领的办法。

突然她灵机一动,想到了一个办法。马尔基娜回到自己的房间,脱掉衣服,换上了一身戏服,腰下挂着一把匕首。打扮完之后,她对一个仆人说:"带上手鼓,我们一起去为主人和客人表演。"

仆人带上手鼓,跟她来到饭厅。仆人打着手鼓,马尔基娜随着节奏跳起舞来。

阿里巴巴很高兴,于是就吩咐道:"知道我有客人在,你们就来表演歌舞,很好!要表演一些精彩的节目,让客人高兴。"

"啊!你如此盛情款待,我真是感到高兴。"强盗首领说。

马尔基娜跳着轻盈的舞步,让主人和客人都感到很愉快。这时候,马尔基娜抽出了腰间的匕首,做出一个优美的姿势。然后,她旋转着匕首,继续舞了下去。当她舞到强盗首领面前时,突然将匕首插入了他的胸口。强盗首领立刻气绝身亡。

阿里巴巴吃了一惊,大吼道:"你为什么杀了他?他是我的朋友啊!"

"你再仔细看看他是谁。"马尔基娜理直气壮地说,"我刺死的这个家伙就是上次要杀你的人。"

阿里巴巴这才注意到他贴身藏着一把短剑,又仔细看了看他的面孔,才知道他就是强盗首领。

阿里巴巴立刻知道强盗首领是来杀他的,因此非常感谢马尔基娜,说道:"你救了我两次,我一定要报答你。现在我就恢复你的自由,以后你不再是仆人了。"

后来,仅剩的两个强盗也死了,现在除了阿里巴巴,没有人知道宝库的秘密。

阿里巴巴把山中宝库的秘密告诉了自己的子孙们,因此阿里巴巴及其子孙一直过着极其富足的生活,成为远近闻名的大户。

蠢汉和骗子

从前,有一个人非常蠢笨,因此常常被人骗。

一次,蠢汉带着他的毛驴去闲逛,路上碰上两个惯骗甲和乙。甲见蠢汉呆傻的样子,便起了坏心。

"我要把那头驴骗过来。"甲对他的伙伴说。

"你打算怎么骗呢?"乙问。

甲十分自信,就说:"你就瞧好吧!"

于是,甲悄悄地走到毛驴旁边,偷偷地把笼头取下来套在自己的头上,然后把毛驴交给乙。甲套上驴笼头,像一头毛驴一样跟在蠢汉后面走。

过了一段时间,甲估计乙已经把毛驴牵走了,就停了下来,不再往前走了。蠢汉突然觉得牵不动绳子了,毛驴好像不走了,就有些奇怪,回头一看才发现自己竟然牵着一个人!他不由得大吃一惊,惊讶地问道:"喂!你是什么东西呀?我的驴子呢?你怎么在这里?"

甲暗觉好笑,便随口道:"我就是你的毛驴啊!是这样的,我有过一段离奇的遭遇。我的母亲非常虔诚,有一次,她看我喝醉了,就对我说:'孩子,不能喝醉,喝醉了是一种罪过,要向安拉忏悔。'可是,我当时因为酒气上涌,不但没有听从母亲的话,还动手打了她。母亲一气之下求安拉惩罚我。果然,我受到了惩罚,变成了一头毛驴。从这之后,我就一直受苦,而你就是我的主人了。今天,我母亲觉得我受到的惩罚够了,就请求安拉赦免了我的罪过,我就从毛驴恢复成我原先做人时的样子了。"

蠢汉听了之后,既感到惊奇又深感惭愧,叹道:"啊!安拉保佑你!兄弟,我以前一直骑你,还让你干重活儿,这真是不应该啊。不过,我发誓,我当时不知道你是人。我骑过你,鞭挞过你,现在我向你忏悔,只请你原谅我。"蠢汉诚惶诚恐地对这个骗子忏悔了一番,然后非常沮丧地丢下骗子回家了。

蠢汉的妻子看他人回了,却不见了毛驴,就奇怪地问道:"咱们的毛驴呢?是不是出了什么意外?"

蠢汉把这件事从头至尾说了一遍。

蠢汉的妻子听了,也有些闷闷不乐,但毕竟毛驴已经变成了人,总不能把人当毛驴使吧。想到自己也曾驱使过驴子,她也虔诚地忏悔一番,希望弥补自己的过失。

过了一段时间,妻子见蠢汉一直赖在家里,也不出门,什么也不干,便对蠢汉说:"你不能老是这样不务正业,自从那头驴子没有了以后,你就什么都不干了,要是一直这样,我们吃什么啊!你上街再买一头毛驴回来,然后做点儿小生意。"

蠢汉听了老婆的话,只好去市场上买驴子。他看到有一头准备卖的毛驴很像自己以前的那头毛驴,就上前仔细打量了一番,发现那正是自己以前的那头驴子。他不禁大吃一惊,于是他凑近毛驴,低声对着驴的耳朵说:"你这倒霉的家伙!你是不是又喝醉了,还打了母亲,所以你母亲又请求安拉将你变成了一头驴子?这次我可不问你了,谁让你又打你的母亲呢。我也不会买你了,别到时候你又变成人了。"说完,他向旁边去寻找别的驴子了。

两个强盗

有一个非常富有的商人,经营着多家店铺,生意一直很好。

有一次,富商准备了大批的货,准备运到某个城市。有两个强盗装扮成生意人的模样,和他一起上路,准备走到偏僻的地方时打劫这位富商。

这天晚上,他们来到一家旅店。晚上睡觉的时候,两个强盗商量了一会儿,打算明天就下手劫富商的货。

商量完之后,两个强盗因为太兴奋都睡不着,强盗甲暗想:我为什么要和强盗乙一起抢劫富商呢?我自己一个人抢劫,那些财物不都是我的了吗?那我怎么办呢,对,杀了他!

强盗乙也想:和强盗甲一起抢劫,抢完了还要分他一半,不如杀了他!自己独享富贵。

两人真可谓"同床同梦"!

第二天,两个强盗起床之后不动声色,偷偷地在对方的饭里下了毒药。

富商已经打算上路了,在外面等了好久也不见那两个强盗出来,就到他们的房间去看,发现两人都已死去。

两人只知道杀死别人,却没有提防别人也要杀死自己,就这样双双中毒死去。

春香传

《春香传》是朝鲜民族家喻户晓的民间故事,故事早在 14 世纪就已经开始流传,作者不详。随着时间的推移,故事内容被逐渐丰富,于 18 世纪末 19 世纪初最终成型。这部作品曾被拍成电影,改编成歌剧,甚至还进入了韩国的高中国语课本。

春香是一名从良艺伎的女儿,李梦龙是南原府使之子。清明时节,两人在广寒楼一见钟情,并私订终身。在经历了幸福的初婚之后,李梦龙随父回京赴任。在春香等待李梦龙来接她的这段时间内,新任南原府使卞学道欲霸占春香,春香誓死不从,结果被投入了大牢。在牢中,春香受尽折磨。后来,李梦龙高中,以御史身份返回南原,罢黜了卞学道的官职,将春香救出大牢。

朝鲜肃宗大王继位以来,天下太平,百姓安居乐业。全罗道南原地区有一个幸福美满的家庭,男主人名叫成参判,是隐退的大官;女主人名叫月梅,是从良的艺伎,两人唯一的遗憾是膝下无子。一想到老了之后无人照顾,死了之后无人扫墓,两人便唏嘘叹息。

一天,月梅对丈夫说自己准备到名山宝刹去求神拜佛,希望能感动上天,怀上孩子。从此,她便踏上了寻觅仙山神庙的道路。这天,她来到南原郊外的乌鹊桥,发现这里风景优美,便登上南边的智异山,在山顶参拜诸路神仙。突然,天上霞光万道,一名仙女乘鹤而来,她说自己是被玉帝贬谪到凡间的洛神宓妃,正好无处可去,希望投胎到月梅家中,做她的女儿。

月梅听到这些非常高兴,就在此时,仙女与仙鹤却又突然消失了。月梅猛地醒来,原来这只是自己的一个美梦。没想到从此之后,她便怀上了身孕,十月之后,产下一女,取名叫春香。春香七岁入学,聪明过人,并且知书达理,十分孝顺,惹人疼爱。

新的南原府使李翰林上任之后,精简行政,打击舞弊;再加上南原风调雨顺,五谷丰登,当地百姓对新府使交口称赞。

不知不觉已是春天,大地到处花红柳绿,春意盎然。李翰林的公子李梦龙也被这美好的春景感染。李公子年方二八,琴棋书画,无所不通,为人聪明机智,心胸豁达。这样好的春日,他决定去南原南门的广寒楼和乌鹊桥一游,李翰林还叮嘱他不要忘了作几首诗。

李梦龙相貌俊美,所以策马走在南原的街道上,引来人们的一片目光。广寒楼高高耸立,宏伟壮观,四处风景秀丽,相映成趣。可与洞庭湖畔的岳阳楼、姑苏城外的姑苏台相媲美。李公子登上广寒楼,尽赏周边美景。

就在这时,他看到不远处有一位美女,像是陶醉在春天里的小鸟,头上插着杜鹃花,嘴里含着一朵芍药,纤纤玉手,樱桃小口,一会儿蹲下戏水,一会儿拿小石子去扔远处的黄鹂,一会儿又把摘来的柳叶一点点撒在溪水之中,看它们顺水漂走。蝴蝶在她身边上下翻飞,鸟儿在她身边成双成对。

游览完广寒楼,李公子又游览了乌鹊桥,美丽的风景让他不禁诗兴大发,作诗留念。官府衙役早已备好酒菜,李公子不胜酒力,喝了一杯之后便面带红晕。他看着眼前的美景想到了蓬莱仙阁,想到了月亮上的蟾宫。

今天恰逢五月端午,又是这样一个春光明媚的好日子,只有在这种时候,春香这种深闺中的小姐才可以出来游山玩水、打秋千。春香带着侍女香丹一起来到郊外的广寒楼游玩,现在的春香看上去端庄文雅,亭亭玉立,乌黑的头发扎在脑后,锦缎做的长裙从胸间垂到足边。

春香跳到一副系在大柳树上的秋千板上,让香丹将她推起来。她弯腰屈膝,使劲蹬脚下的秋千,一会儿就前后荡得很高。她就像是一只飞在空中的燕子,又像是上下翻飞的蝴蝶。

正巧,荡秋千的春香被李公子看在眼里。他看到这样的妙龄少女,不禁神往,萌生了爱意。他向下人方仔打听那女子的身世,这才得知原来是附近村子里的姑娘春香。方仔还告诉他,春香才貌双全,知书达理,是个还未出阁的姑娘。

李公子命令方仔去将春香带到面前,可是方仔说春香这人很有骨气,多少有钱人的公子拜访都被她拒绝了。李公子哈哈大笑道:"人各有主,物各有属,这都是命中注定,快去吧。"

春香刚从秋千上下来,累得身上出了汗。这时,一名下人跑到跟前,说自家公子在广寒楼上看到她荡秋千,便想让她过去见一面。

春香听后大怒,坚决不肯,说在这春日里荡秋千的并非自己一人,为什么唯独让自己过去呢?再说,自己是未出阁的小姐,又不是青楼女子,怎么能随便有人召唤,自己就要跑到对方面前?

方仔被训斥了一顿,无言以对,只好回去向公子如实禀告。李公子不但没有生气,心中还对春香多了一丝钦佩。他让方仔再去请春香。

谁知这时春香已经回了家,方仔只好来到她的家中。方仔如实禀告了自家公子并未瞧不起春香,也没有半点儿戏谑的意思,纯属爱慕,所以再来邀请相见。春香心中想,莫不是缘分注定?但是由于害羞,不作言语。她的母亲月梅说昨晚梦到青龙,而李公子名叫梦龙,说不定是缘分注定。春香这才起身,跟着方仔去了广寒楼。

李公子在广寒楼上看到春香来了,心中十分高兴。当春香站在面前的时候,他仔细打量,发现比自己想的还要漂亮,赶忙请她入座。春香也暗中观察李公子,发现他相貌堂堂,不禁动了春心,但是她又怕别人知道,于是便低头坐在那里不言语。

李公子先开口,问道:"夫妻同姓是大忌,不知小姐贵姓?贵庚?"

"公子免贵,小女姓成,年方十六。"

这个结果令李公子很满意,他说:"我也年方二八,并且我们不同姓,这真是上天注定的缘分,不知小姐愿不愿意与我结为夫妻,白头到老?"

春香说:"古人说,一女不嫁二夫,您是官家的公子,我是穷苦人家的孩子,他日你若将我抛弃,我就要独守空房,因此恕我不能答应。"

李公子忙发誓:"你我结为夫妻之后,我定不会变心。"

之后,春香便害羞地离开了,李公子告诉她晚上要去她家中拜访。

春香的父亲成参判早已去世,只剩一对母女相依为命。月梅见女儿回来,问她李公子都说了些什么。春香说只是坐了坐,李公子说晚上要来拜访。

与春香一别之后,李公子怅然若失,回到府中的书房中丢了魂一般呆坐在那里,满脑子都是春香那清秀的脸庞和甜美的声音。就这样,一直呆坐到黄昏。此时他已经没有心思吃饭,躺在床上等天黑下来。他辗转反侧睡不着,便顺手拿起一本书翻看,没想到第一句就是:"关关雎鸠,在河之洲;窈窕淑女,君子好逑……"随即便大声朗读起来。

李府使原本打算上床休息,突然听见外面有人大声念书,便派人去看一下公子屋里出了什么事。李公子不想让父亲知道这件事,于是便说自己高声朗读是为了参透书中的道理。李府使听了之后非常高兴。

好不容易等到天黑,李公子迫不及待地让方仔点上灯笼,陪自己去春香家拜访。他们专拣小路走进了村子,生怕别人看见。这晚春香无事可做,便在院内弹琴,听到方仔喊她开门,便急忙叫醒已经入睡的母亲和香丹。

月梅蒙蒙眬眬间被女儿喊醒,听说是李府使的公子来拜访,便赶忙吩咐香丹点上蜡烛,备好坐席。此时的她虽年龄已大,但是风韵犹存。她来到门口,将李公子请到里面。他们穿过大门和中门,来到后院的草堂。

春香害羞地站在一边,默不作声。李公子则打量墙上挂着的字画,都是出自名家之手。这些字画将来肯定是春香的嫁妆,他起初疑惑春香哪里弄来这么珍贵的字画,但是想到月梅当年做过艺伎,便知道答案了。

月梅对李公子说:"公子是达官贵人,今天光临敝舍,有失远迎。"

李公子回答道:"我对春香一见钟情,希望能与她成为夫妻,不知道您老人家意下如何?"

月梅回答:"公子的话让老妇诚惶诚恐,你且听我说,当年我与成参判生下春香,可是春香刚断奶,他就离开人世,抛下了我们母女二人。我含辛茹苦将春香抚养成人。她既知书达理,又聪明伶俐。只可惜没有生在大户人家,谈婚论嫁没有优势。今天承蒙公子不嫌弃,我很高兴,但是就怕公子只是一时兴起,过后会反悔。所以,公子还是请回吧。"

这当然不是月梅的心里话,她不过是在试探自己的这位姑爷而已。李公子发誓自己一定会善待春香,与她白头偕老,永不分离。

尽管李公子背着父亲私自提亲没有准备聘礼,但是他的誓言比聘礼还要管用。月梅思考了一会儿,心想自己昨晚梦见青龙,一定是姻缘的预兆,便欣然答应下了这门亲事。

接着,月梅令香丹备下酒席,权当作喜宴,并将春香的房间布置成洞房,留李公子在这里过夜。

洞房花烛夜,最开始的时候,和李公子这么近距离的接触,春香还会感到害羞。但是,过了三两日,她就显得自然多了。两人恩恩爱爱,举止亲昵,像是一对戏水的鸳鸯。李公子来了兴致还会作几首诗,春香有时候也会附和。

幸福总是短暂的,与春香在一起没几天,有人就来通报李公子,说李府使有事情找他,让他赶紧回去。原来是李府使升职,被皇上调到京师去担任同副承旨,李府使还有一堆文件需要整理,所以安排夫人和儿子先行一步,明日就起程进京。

虽然父亲升职是件喜事,但是一想到自己将与春香分别,李梦龙就心急如焚。但是,父命难违,他只得含着泪答应了。他不敢将自己与春香私订终身的事情告诉父亲,便告诉了母亲。原本是想征得母亲的支持,没想到,反被母亲斥责一顿。

母亲斥责他婚姻大事瞒着父母不说,娶的竟然是艺伎之女,这不但有辱门庭,更会影响他的仕途。最后,母亲赶着他去春香家,将这门婚事退掉。李公子拗不过母亲,只得亦步亦趋,朝着春香家走去。

春香听到李公子在门外哭泣,不知发生了什么事情,便赶紧出来询问。李公子先是将父亲升职,一家人要去京师的事情告诉了春香。

春香反以为这是件好事情,她说:"父亲大人升职,本是喜事,为何要哭呢?你可以先到京城去,我别无他求,只求你在府上附近买下一所小房子,将我与母亲安顿在那里即可。这样免得招致他人非议,也不影响公子有朝一日娶王公大臣家的千金。"

"这事我自然不敢告诉父亲,"李公子焦急地说,"但是我告诉了母亲,没想到母亲勃然大怒,命令我来与你分手。看来,咱俩的缘分到今天就要结束了。"

春香听了这话之后,立刻像是被偷走了魂,一下子瘫倒在地上。她有气无力地说:"我的命好苦啊,二八芳龄就遭人遗弃。你真是太狠心了,当时找我的时候,说了那么多海誓山盟的话,现在说走就走,若是没了你,我也活不了几日。"

女儿的哭喊声引来了母亲月梅,她知道事情原委之后,哭着将春香责骂了一顿:"你真是个傻丫头,我们贫贱人家哪里能攀得起达官贵人,偏偏你眼光这么高,想出风头,这下可好了,你要是死了,我也不活了。"训斥完女儿,月梅又将李公子训斥了一顿,说他忘记了当初立下的誓言,是不折不扣的负心汉。

李公子自知理亏,又怕自己做的这些事传到父亲耳朵里,便急忙答应月梅,自己肯定不会抛弃春香不管,会带她进京。

春香这时已经恢复了理智，她劝阻母亲说，既然李公子觉得我们缘分已尽，你这样逼他带我走也没有什么意思，要怪就怪自己的命不好。

烛光下，春香与李公子两人默默流泪。春香平心静气地说出了自己的苦衷，母女二人孤苦伶仃，原本以为找到了一个坚实的依靠，结果没想到是一片浮云。李公子听了之后，羞愧难当，表示自己肯定不会抛弃春香，有朝一日，定会来将她迎娶。

就在这时，有人急忙跑来通报李公子，说李府使正在找他，让他快点儿回去。两人就此分离，看着春香伤心欲绝的样子，李公子心情十分沉重，他把怒气全都凝聚到鞭子上，狠狠抽打胯下的马，离开了村庄。

李公子走后，春香独守空房，整日唉声叹气。李公子在去京师的路上也是吃不好，睡不香，整天想着自己早日考取功名，这样就能被派往外地任职，也就能与春香团聚了。

李府使被调走后几个月，朝廷又任命了新的南原府使。新府使名叫卞学道，富家子弟出身，有才无德，尖酸刻薄，刚愎自用，还喜欢拈花惹草，是个十足的小人。

这位卞府使到任的时候，唯恐人们不知，摆足了排场。南原的地方官员和大户人家也前去迎接。新府使一到南原，第一件事便是命令吏房将本地的艺伎全部召唤来。吏房只得照办，将本地的艺伎全部聚集到一起，让新府使过目。

看过艺伎的点名册之后，卞府使勃然大怒，问怎么没有春香的名字。原来，这位新府使来南原上任之前就听说南原有一位才貌双全的姑娘，名叫春香。吏房赶忙解释，春香的母亲月梅当年曾经是艺伎，但是很久以前就从良了，春香不是艺伎。

这个解释不能让卞府使满意，他骂道："胡说八道！如果不是艺伎，怎么会有那么多人知道她的名字？"

吏房说："春香真的不是艺伎，只因她是艺伎的女儿，加上颇有姿色,所以才名声在外。曾经有很多富家子弟去登门求亲,都被她们母女给拒绝了。不过,说来也巧,前任李府使的公子与春香一见钟情,并且私自定下终身。后来,李府使被调往京师任职,李公子不得已才与春香分别,但是立下誓言,一定要考中状元,回来迎娶春香。春香这个傻丫头,居然信以为真,整日守着空房,等着李公子回来。"

卞府使听说春香已经与别人私订终身,非常生气,呵斥了吏房一顿,说他们是在给李公子造谣,并让他们赶紧把春香找来。吏房觉得为难,因为春香并非艺伎,没有正当理由是不能传唤良家女子的。卞府使哪管这些,说若是不去,就将你们撤职问罪,吏房和衙役只好硬着头皮前往春香家。

刚来到春香家门外,衙役就听到春香在自己的房内一边哭一边唱,唱的是对李公子的思念。众人踌躇了半天,最后还是不得不硬着头皮敲门。月梅猜透了来者的用意,为了保护女儿,她使尽了招数,将衙役们灌醉,然后又偷偷塞给他们五两纹银,最后总算是将他们打发走了。

不一会儿,一个老艺伎跑来对春香说,你自己守贞洁也就罢了,但是这一次不是你一个人的事情,衙役没有将你带回去,他们恐怕会因此性命难保。春香听后,抱着视死如归的想法前往府使的官邸。

卞府使看到春香,心想果然名不虚传,随即喜笑颜开,但是春香正襟危坐,不说不笑,让他无处下手。最后,他命令官府的会计当媒人,要春香留在府中照顾自己。

春香义正词严地说道:"自古一臣不事二君,一女不嫁二夫,我早已嫁给了李公子,怎么会再来服侍你呢?我即使不要命了,也不会不顾及贞操。请大人随便发落。"

卞府使哈哈大笑,说:"你真是天真,李公子是官家子弟,将来前途无量,哪里还会记得你这样的路边花草。你若是苦等下去,将来一定会后悔。还不如现在就为自己的将来做好打算,你再好好想想,是继续独守空房等着你的李公子,还是来照顾老爷我?"

春香态度坚决,宁愿独守空房一辈子,也不会在这里住下照顾卞府使。一边的会计看不下去了,跳出来训斥春香不知好歹。春香予以还击,将会计臭骂了一顿。她理直气壮地给卞府使和会计上了一课,最后说,无论是从仁义礼智信哪个方面讲,卞府使都不占理。

春香的一席话让卞府使无言以对,恼羞成怒,气急败坏的他以对上司不敬之罪,判春香有罪,并指示手下衙役对春香用刑。刚开始衙役支支吾吾,不愿意帮助卞府使徇私枉法,但是迫于卞府使的威胁,最终还是对春香用了刑。

衙役原先与李公子关系不错,因此不忍心下重手伤害春香,便挑选了一根快要断掉的棍子,还叮嘱春香如何如何躲闪,那样就不会被伤得太重。春香听从了衙役的话,照他说的去做。

春香一边被施杖刑,一边哭着喊冤,最终将南原府的男女老少都引了过来。人们纷纷谴责新来的府使狼心狗肺,下流无耻,并说若是他敢迈出官邸半步,就要了他的狗命。

等打了十杖之后,人们原本以为会停下,毕竟受刑的是一个柔弱女子。没想到,卞府使心狠手辣,喊衙役继续打。十五、二十、二十五,等打到二十五杖的时候,人们已经吓得战战兢兢,都替春香担心。春香此时已经遍体鳞伤,有气无力地昏了过去。

片刻之后,春香醒来,用仇恨的目光盯着卞府使,问道:"要杀要剐随你便,我是不会从了你的。"说完又昏了过去。

府中的衙役此时都别过脸去,不忍心再看躺在地上的春香。旁边的男女老少也个个义愤填膺,谴责府使凶残,称赞春香是个有骨气的姑娘。

醒来后的春香依旧对卞府使责骂不止,恼羞成怒的卞府使为了在众人面前挽回颜面,气急败坏地给她加了一个侮辱长官的罪名,将她打入大牢。

就在这时,月梅赶到,她一看女儿被摧残成了这副模样,不禁泪如雨下,痛骂卞府使是个狗官。最后,她决定让香丹立刻赴京,将这件事告诉李公子。昏迷中的春香听到后,眯着眼睛,用微弱的声音说:"妈妈,不要让李公子知道这件事。他若是为此急出病来,有个三长两短,那就不好了。让女儿去蹲大牢就是了。"

春香被衙役背进牢房,等她醒来时,看到四周都是石灰剥落的墙壁,地面潮湿,到处弥漫着一股腐臭的味道。看到自己眼前的处境,她不禁悲从中来,感慨自己红颜薄命。哭了半天,周围连个说话的人也没有,只有月光透过窗户照进牢房里。春香挣扎着爬起来,倚靠在窗户底下,自言自语道:"月亮啊月亮,你能不能告诉我,我的情郎在做什么,是在读书还是在睡觉?月亮啊月亮,这个时候只有你能安慰我。"

迷迷糊糊的春香,觉得眼前一片迷幻,不知不觉间来到了一座庙前,庙中走出三位仙女,一边向春香走来,一边对她招手。春香赶紧跪倒在地,向她们施礼。原来这三位分别是当年舜帝的两位夫人湘君夫人娥皇和女英,以及当年出塞的昭君,她们听说了春香的贞烈事迹,特意向她表示敬意。

就在这时,突然听到有凄厉的声音传来:"春……香……我是当年汉高祖的爱姬戚夫人,后来被吕后嫉妒,她断了我的双手双脚,挖了我的双眼,割了我的耳朵,还逼我吃下哑巴药,我冤呢……"

这时,外面传来鸡打鸣的声音,湘君夫人赶忙对春香说:"你快走,此地不宜久留。"说着便命令一位丫鬟送春香下凡。迷迷糊糊中,春香醒了过来,原来是做了一个梦。

自此之后,春香便经常回想梦中的情景,她不知道自己为什么会做这样奇怪的一个梦。每当刮风下雨的时候,她在牢房里都能听到一些鬼魂出来喊冤,有的是被棍棒打死的,有的是被勒死的,各种死法的都有。一开始,春香还会感到害怕,到了后来也就习以为常了。

这天夜里,外面下起了雨,鬼魂们又出来喊冤。春香厌烦了,便骂道:"你们这群死鬼,真是吵人,是不是觉我一个人闲得慌,故意来戏弄我?"

就在这时,她听到外面有人喊:"算卦,算卦,有没有人要算一卦?"

第二天,春香便让母亲去将那个算命先生找来,自己想算上一卦。这位算命先生是位盲人,月梅好不容易把他带到了牢房里。一看到算命先生来了,春香十分高兴,赶紧上前把自己想求的卦告诉他。她说:"老先生,我曾经做了一个怪梦,不知是凶是吉,我今天要求一卦,想知道我与李郎再相见会是哪天。"

算命先生听后,一边摇卦桶,一边口中念念有词,最后从桶中摇出了一根竹签。他捡起来摸了一下上面的文字,说道:"这是一支上上签,当年周文王在狱中算卦,求得的也是这一签,后来他功成名就,衣锦还乡。此乃大吉大利之签,看来用不了多久,你的李郎就会来救你出去,为你一雪前耻。"

春香听后很高兴,赶忙让母亲付钱给这位算命先生。算命先生说:"你给我再多钱我也不要,只求你将来过好日子的时候,再见面不要冷待我就好,就这样,我走啦,再见。"

"先生保重,后会有期。"春香说。

送走了算命先生,春香就陷入了幻想,日夜等待李公子来救自己出去。她不知道,此时李公子正在京师发奋读书,准备参加太平科考。

科考开始后,李公子立即报名参加。他在考场上发挥很好,对自己的答卷信心十足。他是整个考场里面第一个交卷的考生。阅卷人现场阅卷,李公子的答卷不仅文采斐然,字写得也是流畅自如,最终被评为第一名,高中状元。

肃宗十分欣赏这位状元的才华,任命他为御史,安排他去全罗道暗访一下民心。新状元谢过皇上以后,回家辞别父母,便带着几个随行人员,偷偷出了城,奔向全罗道。

他们日夜兼程,走了六天才来到全罗道的地界。李公子此时已经成为了李御史,他告诫手下不得仗势欺人,做出危害百姓的事情。然后,他又为每一位手下分配了需要暗访的地方。为了暗访时不被识破,他将自己打扮成一名乞丐,一边游走,一边暗访。

全罗道地区的地方官员,早就听说有一位御史要来微服私访,心中都七上八下,唯恐在自己地界上被查出什么冤案错案。于是他们不分昼夜地查阅以前积压下的卷宗。

话说这日,李御史来到了一片田野旁边,此时正值丰收季节,远处不时地传来农民的歌声。农民们唱歌,李御史就站在一边听。后来,他看到几个白头发的老农聚在一块休息,便上前打问:"听说南原府使卞学道荒淫无道,当地女子春香靠陪他喝酒,得到宠爱,听说她不但自己行贿,还弄得百姓民不聊生,不知道可有此事?"

这几位老农一听这话,立刻火冒三丈,将扮成乞丐的李御史骂了个狗血喷头。他们说:"春香姑娘不但没有陪酒,反而因为不顺从卞府使,被打入大牢。像她这样贞烈的女子,举世罕见。那个卞府使实在是令人厌恶,不仅自己巧取豪夺,还想强迫春香顺从自己,简直禽兽不如。说到春香,就不能不提那个李公子,他自己一个人跑到京师去享福,留春香自己独守空房,现在春香命悬一线,那小子居然不闻不问,真是令人心寒……"

李御史告别了这几位老农,又遇到了一位急匆匆的孩童。一问才知,原来是帮春香去京师给李公子送信的。李御史赶忙拿过信来,看到春香在上面诉说了自己的遭遇,还交代若是自己死了,请李公子代她照顾母亲。信的最后,春香还写了一首血诗。看完信之后,李御史心急如焚,痛不欲生。

李御史来到南原,看到眼前的广寒楼、乌鹊桥,一切都是那么熟悉,那么亲切,再想想春香现在的遭遇,不禁伤感落泪。这时他看到乌鹊桥下有几个女孩子在洗衣服,一边洗一边说笑。其中一个说:

"春香这人真是可怜啊!卞学道那个狗东西总想霸占她,可春香岂是那种背信弃义的人?她越是不从,卞学道对她就越残忍。"

另一个姑娘说:"那个李公子也不是什么好东西,一去不返,连一点儿消息都没有,真是无情无义。"

李御史听后羞愧得面红耳赤,赶忙溜走。他先是去了春香的家中,只见家中到处破败,野草丛生,像是多年没人住了一样。他继续往里走,听到了月梅说话的声音,说的是:"可怜我的女儿春香啊,你何时才能走出牢狱;李公子你真是个负心人啊,难道你忘了世上有个春香了?"

当时月梅与香丹正在煮粥,煮好粥之后,她换了一身干净衣服,提着粥准备去大牢给春香送饭。还没出门,就听到有人在外面喊门。开门一开原来是李公子,两人都喜出望外。

月梅看到昔日风流倜傥的李公子,今天居然是一身乞丐打扮,身上的衣服破破烂烂,还发出一股馊臭味,赶忙问他原因。李御史摇着头说:"真是一言难尽啊!上次回京之后,我父亲被罢官,只得去私塾教书,母亲投奔娘家去了,剩下我孤苦伶仃,只好回来找春香借点儿银两,看来,你们过得也不富裕啊!"

月梅听后非常生气,将这位姑爷痛骂了一顿。原本想攀一门好亲事,没想到事情到了如此地步,春香还被关进了大牢。眼前的这位姑爷,也不像是有本事能将春香救出来的样子。想到这些,她忍不住哭了起来。

李御史先是要了一碗剩饭,狼吞虎咽地吃了下去,然后要求跟月梅一起到牢中去看望春香。月梅对李御史十分冷淡,但香丹却一如既往,她还劝月梅对李御史好一点儿,不然春香知道了肯定会伤心。

等过了五更,衙门传来了咚咚的鼓声,每天鼓响之后衙门开门,才可以探监。此时,天才蒙蒙亮,街上一个人都没有。春香借着微弱的灯光,认出站在对面的就是自己朝思暮想的李公子,两人激动万分,相拥而泣。

哭了半天,两人才停下来,春香看李御史一身乞丐打扮,听他说了自己的遭遇之后,不禁感慨道:"我的命真是苦啊!我原本盼你来将我救出大牢,现在看来,我只能死在这里了。"

她停顿了一下之后,对母亲说:"把我以前的绸缎衣服和金银首饰都卖了吧,用换来的钱好好款待李公子。这些东西对我来说已经没有用了,明天是卞学道的生日,也是我的死期。到时候,他喝完酒肯定会将我拖到大堂上施杖刑,我已经经不起打了,这次必死无疑。"

她转头对李公子说:"希望你将我埋在我们第一次见面的地方,来日你若是做了大官,就将我迁入你家祖坟的角落。"

李御史心中满是悲愤,他向春香保证,肯定会救她出去。人都走后,春香自己还在哭哭啼啼,一直哭到昏了过去。

李御史回到春香家中,盘算着如何救出春香。他立刻到大街上去四处暗访,知道本地百姓都对这个卞府使怀恨在心。于是,他下定决心要铲除这个狗官。

第二天是卞府使的生日,李御史来到了衙门外,只见里面花天酒地,热闹非凡。既有乐器伴奏,又有艺伎跳舞,南原地区的地方官员和豪绅都齐聚此地,给卞府使祝寿。李御史抬腿便往里迈,门口的衙役见是一个叫花子,便要将他轰出来。李御史怒目圆睁,喝道:"你敢挡我的路?叫你们老爷出来,就说有贵客到访,来讨碗酒喝。"管家见来者虽然是乞丐打扮,但是器宇不凡,说不定是没落的贵族,便将他请进府内,让他随便吃喝。

宴席上有人提议要作诗助兴,李御史站起来说:"在下小时候也曾读过两年书,今天不能白吃白喝,这第一首诗就由我来作吧。"

管家赶忙命人拿来笔墨纸砚,李御史挥毫泼墨,写下了一首绝句。写完之后,他扔下笔就笑着走了。众人赶忙过来看他作的这首诗,这是一首讽刺贪官污吏鱼肉百姓的诗。管家大喊一声:"坏了,我听说最近京师来的御史打扮成乞丐,四处寻访,刚才那位看上去器宇不凡,又有如此好的文采,肯定就是御史本人。"

卞府使听后赶忙命人清点历年的账目,查阅冤案的卷宗。就在这时,外面突然有人高喊:"御史驾到!御史驾到!"宴席上的人纷纷四处逃散,卞府使也被吓得屁滚尿流。

李御史此时已经脱去乞丐衣服,换上了御史的官服。他坐在大堂上,对在场的百姓和跪在下面卞府使宣布:即日起,罢黜卞府使官职,将其押送汉阳治罪。堂下众人一片欢呼,人们将这个好消息奔走相告。

  随后,李御史又将狱中的犯人一一重审,无罪者当场释放。春香看到堂上坐着的御史大人便是自己的丈夫,不由得泪流满面,她的李郎果然没有让自己失望。月梅和香丹也闻讯赶来,一家人兴高采烈,喜悦之情无以言表。

  处理完南原的政务,李御史带着春香母女和香丹离开了南原。李御史与春香之间的故事一时被传为美谈,并传到了肃宗的耳朵里。肃宗封李御史为吏曹参议和大司丞,将春香封为贞烈夫人。李御史后来官至丞相,并与春香生有三男两女。他们的孩子个个知书达理、德才兼备,三个儿子都官居一品,家族世代繁盛,经久不衰。

乌云和太阳

泰戈尔(1861—1941),印度著名的文学家、哲学家、艺术家,1913年诺贝尔文学奖获得者。他与黎巴嫩诗人纪伯伦一起,被称为"站在东西方文化桥梁上的两位巨人"。代表作品有:诗集《新月集》《飞鸟集》《园丁集》《吉檀伽利》等;长篇小说《沉船》《两姐妹》;短篇小说《乌云和太阳》《摩诃摩耶》等。

《乌云和太阳》是泰戈尔众多短篇名著中的一篇,主要写了这样一个故事:天真善良的小姑娘吉莉巴拉与世无争的大学生绍什普松相爱。当时他们太年轻,所以没有意识到彼此的重要性,后来吉莉巴拉被迫嫁给一个陌生人,绍什普松则含冤入狱。几年之后,他们再次相逢,当年的那段感情重新被唤醒了。

一

昨天下了一场雨,到今天才停下来。早晨,天空中一会儿乌云密布,一会儿阳光明媚,即将成熟的麦田,在乌云和阳光的交替统治下,不断地变幻着色彩。乌云和阳光在天空这个舞台上进行着表演,而在大地这个舞台之上,无数戏剧也正在上演着。

在乡村路边的一所房子里,一个年轻人坐在木床上,专心致志地看书。可能是因为觉得有些热吧,他没有穿上衣。在乡村小路上,一个穿着条格衣服的小姑娘,一边吃李子,一边在年轻人的窗外来回踱步。她的表情告诉我们,她和屋子里那个坐在木床上读书的年轻人关系很不一般。她希望坐在屋里的年轻人能够注意到她,可是又因为倔强,她故意摆出一副满不在乎的样子。坐在屋里的年轻人正在埋头苦读。他因为眼睛近视而没有发觉站在窗外的那个小女孩。关于他近视这一点,小姑娘非常清楚,因此她只得把李子核顺着窗户扔到屋里去。正在专心读书的年轻人察觉到了李子核造成的声响,于是便抬头向外看去。小女孩非常狡猾,她发现了年轻人的动作,就假装正在从口袋里挑选可以吃的李子。

年轻人朝小姑娘的方向用力看了一眼,这才认出她来。年轻人很高兴。他放下手中的书本,走到窗前,非常开心地大声叫道:"吉莉巴拉!"

吉莉巴拉好像有些生气。她没有理睬年轻人,挑着李子继续向前走,慢慢地离开了这座房子。

年轻人看出了吉莉巴拉的心思。他赶忙从房间里走出来,对吉莉巴拉说:"我还等着吃你的李子呢,你今天怎么没给我带来啊,吉莉巴拉?"

吉莉巴拉好像没有听到年轻人说话。她仍然在自顾自地挑选着李子。挑了半天,她终于挑出了一个合适的,于是便吃了起来。

吉莉巴拉家有一个李子园。她每天都会给这个年轻人带一些李子来。也许今天她忘记了应该给年轻人带李子,因为她总是在不停地吃着。不过,这好像不合情理。李子是从她家的园子里摘的,她为什么非要到这里来吃呢?

年轻人走到吉莉巴拉面前,把吉莉巴拉的手握在自己的手里。吉莉巴拉开始想把手抽回来,可是后来突然哭了起来,急匆匆地跑掉了。刚才李子还在她的口袋里,这会儿却都被她扔到了地上。

傍晚时分,早晨不安分的乌云和阳光都消停下来。吉莉巴拉再次来到年轻人的窗前。这次她没有带李子,屋里的年轻人也没在看书。

这个特别的小姑娘,为什么当天傍晚又跑到这个地方来呢?她的行动表明,她并不想和坐在屋里的年轻人交谈。也许她再次来到这里,只是为了看看她扔下的李子吧!

她并没有找到李子。那些李子都被年轻人捡起来,放在他的木床上了。年轻人看到窗外的小姑娘假装出一副找东西的模样后,便挑出一个李子,认真地吃了起来。他的表情看上去好像很严肃,但是他正在心里偷偷发笑。

偶尔会有几个李子落在吉莉巴拉的脚边。这时,她才明白,她的高傲态度遭到了年轻人的报复。但是,这样对待她公平吗?她这次来就是为早上的傲气来认错的。能够不顾心中的傲气,来到这里准备低头,这已经非常难能可贵了,没想到年轻人还要多给她设置一些障碍,这可真是太残酷了。

小女孩意识到自己此行的目的后,脸色因害羞而变得红润。她不想继续留在这里,她要离开。可是,就在这个时候,年轻人从房间里走出来,拉住了她的手。

小姑娘像早上那样,想把手从年轻人的手中抽回去。与早上不同的是,这时她没有哭。她红着脸,依偎在年轻人的身上,大笑起来,之后就陪着年轻人一起走进了房间。

地上的这对生灵,像天上的乌云和太阳那样,经历了平凡而短暂的戏耍。其实,天上的乌云和太阳并非戏耍,只是我们认为它们戏耍而已。同样地,这两个小人物之间发生的故事,虽然在芸芸众生中显得微不足道,但是对当事人来说,这并不是一件小事。伟大的命运之神,总会没完没了地在一个时代还没有结束之时,便开启另一个时代;也正是命运之神,让小姑娘在早晨的哭泣、傍晚的欢笑里体会到人生的苦与乐。然而,这个小姑娘为什么会感到委屈呢?这个问题不仅观众无法理解,就连那个年轻人也摸不着头脑。为什么这个小姑娘会在早晨和傍晚有完全相反的表现呢?这是一个很难回答的问题。某一天她会想尽各种办法,来讨年轻人的欢心,某一天她又会对年轻人愤恨不已。如果她让他感到痛苦,那么她就会更加狠心地对他;如果她做到了她想做的,那她的心就会软下来,并流出同情的泪水。

下一章将会简要地叙述乌云与太阳戏耍的第一个小故事。

二

村里的人拉帮结派地干坏事,只有绍什普松和吉莉巴拉两个人与众不同。他们研究文学,探讨人的情感问题。尽管他们不同于村里的其他人,但是没有人会对他们产生兴趣,更不会为他们担心。这是因为,绍什普松是一个获得了文学硕士和法学学士学位的成年人,吉莉巴拉只是一个十岁的小姑娘。他们只是普通的邻居而已。

吉莉巴拉的父亲叫霍罗库马尔。他曾在一个时期内是本村土地的转租人,过着非常不错的生活。现在,因为家境衰落,他只得把所有的家产都给卖掉,为一个住在外乡的地主做事。那个地主的田产就在他所在的乡里,因此他可以留在自己的家乡工作,免遭背井离乡之苦。

绍什普松先生通过了文学硕士和法学学士的考试。现在他一身轻松,什么工作也没有做。他是一个沉默寡言的人,不善于与人交谈。因为眼睛近视,他也很少出门。

如果在加尔各答,一个人不与其他人交往,倒是一件十分正常的事情。可是在乡村,情况就大不一样了。你不与别人交往,别人会以为你故作清高,看不起别人。为此,他的父亲没少劝他到外面去工作。可是,无论父亲说什么,绍什普松都听不进去。无奈之下,父亲只好让他到乡下去看管他们在那里的家产。

村民们并不欢迎绍什普松的到来。他们经常对他进行欺压、谴责和讥讽。此外,绍什普松因为喜欢安静而不想结婚,这也是他受到谴责的原因之一。很多家长因为女儿难以嫁出去而烦恼,可是他到了结婚年龄却不想结婚,这不明摆着是和那些人过不去吗?因此,那些人看他不顺眼也就很正常了。

面对村民们的欺负,绍什普松没有反抗。他待在自己小窝里的时间越来越长。他坐在堆了很多英文书籍的房间里,拿起一本喜欢的就读起来。他的工作就是读书。至于照看田产,他根本就没放在心上。前面已经介绍过,愿意与他接近的人只有吉莉巴拉。

吉莉巴拉有好几个哥哥。他们都在学校里读书。每天放学回家后,他们经常拿"地球是什么形状的"一类的问题来问这位稚气未脱的妹妹。有一天,他们问她,太阳和地球哪个大。对于一个还没有上学的小姑娘来说,这个问题实在是太难了。可是,他们并不这样看。如果吉莉巴拉回答错了,他们就会非常轻蔑地说,她回答得不对。如果吉莉巴拉对他们的答案提出质疑,他们就会更加轻蔑地说:"反正我们的书上就是这样写的。"吉莉巴拉听到他们这样回答,也就无话可说了。她特别渴望能像哥哥们一样,坐在学校的教室里读书。有时候,她会一个人坐在房间里,打开一本书,做出一副读书的样子,但实际上,她连书中最简单的字母都不认识。她请求哥哥们教她读书,可是结果却总是让她失望。她的哥哥们根本就不听她的话。愿意帮助她的人只有一个人,他就是绍什普松。

开始的时候,绍什普松留给吉莉巴拉的印象并不好。她觉得他是一个充满了神秘感、难以理解的人。这个年轻人经常坐在公路边的小房间里,全神贯注地读书。吉莉巴拉经常站在绍什普松的窗外,看他一个人坐在木床上读书。她感到非常惊奇,把绍什普拉看作一个怪人。她从书的数量中判断出,绍什普松的学问要比她的哥哥们大多了。这让她吃惊不已。她断定,绍什普松一定读完了世界上所有最重要的课本。因此,她一动不动地站在窗外,看着绍什普松一页一页地翻书。她搞不懂他到底有多少知识。

后来,眼睛近视的绍什普松察觉到了这个小姑娘的举动。一天,绍什普松翻开一本书,让吉莉巴拉看一下书里的插画。吉莉巴拉有些不知所措,立即跑掉了。第二天,吉莉巴拉又站在绍什普松房间的窗外,仍然像前一天那样,注视着正在读书的绍什普松。绍什普松再次叫她,可是她仍然没有理会,甩着小辫子就跑掉了。

就这样,绍什普松和吉莉巴拉开始认识了。但是,从什么时候开始,他们的关系越来越好,又是从什么时候开始,吉莉巴拉不再站在窗外,而是坐到绍什普松房间的木床上,那就无人知晓了。

绍什普松把吉莉巴拉当成自己的学生,开始教她读书写字。绍什普松不但让吉莉巴拉学习字母、拼音和语法,还让他的学生听他翻译的很多长诗。只有老天知道,这个小姑娘是否能够理解那些诗。不过,她倒是很喜欢听。绍什普松读诗时,吉莉巴拉会非常用心去听。在听的过程中,她偶尔也会提几个并不恰当的问题。有时候,她还会把话题扯到离诗的内容很远的地方去。绍什普松对此却非常宽容。他从来也不会把她的话给打断,因为他觉得,吉莉巴拉这位小评论家评论那些长诗时非常有意思,听到如此评论,他会觉得开心。吉莉巴拉是他在村子里唯一的知音。

与绍什普松开始相识时,吉莉巴拉只有八岁。如今两年时间过去了,吉莉巴拉已经十岁。她在这两年的时间里,学会了孟加拉文和英文字母,还读了几本浅显易懂的书。有了吉莉巴拉的陪伴,绍什普松觉得,两年寂寞枯燥的乡村生活并不是那样难以忍受。

三

绍什普松在与吉莉巴拉的父亲霍罗库马尔相处的过程中,发生了不愉快的事情。开始的时候,霍罗库马尔认为绍什普松既是硕士,又是学士,学识一定非常渊博,便来请教他关于诉讼方面的问题。绍什普松对霍罗库马尔说,自己对法律一窍不通,因此无法回答他提出的问题。这位地主的管事先生认为,绍什普松不是不懂法律,只是不想帮忙而已。两年时间很快过去了。此时,霍罗库马尔想以不同的罪名和要求,到不同的地方去控告一个不听话的佃户。为了这件事,他又来请教绍什普松。没想到,绍什普松非但没有给他出主意,还对他出言不逊。后来,霍罗库马尔去很多地方控告佃户,可是结果一场官司都没打赢。这件事让他断定,那个佃户一定是得到了绍什普松的帮助。因此,他发誓说,一定要把绍什普松赶出村子。

此后,绍什普松遇到了更多的麻烦。别人经常和他发生争吵,他的佃户不但不上交租,反而还准备诬告他。他还听别人说,有人准备夜里把他的房子给烧掉,如果他敢在夜里出门,就会有人揍他。

最后,可怜的、喜欢安静、性情温和的绍什普松再也无法忍受村里人的各种行为。他准备离开村子,返回加尔各答。当他收拾好东西,准备启程的时候,副县长大人来了。副县长命人在村子里架起很多帐篷。整个村子被侍从、警官、卫兵、清扫夫、马夫、马和狗等各种人和动物搞得不得安宁。孩子们从来没有见过这种大场面,因此他们非常好奇,经常战战兢兢地在这位大人的帐篷四周徘徊。

这位副县长大人的食物都是管事先生霍罗库马尔供给的。虽然管事先生十分慷慨,供给的食物远远地超过了副县长大人所需,但是一天早晨,大人的清扫夫提出,为了喂大人的狗,管事先生要立刻拿出四公斤酥油来。霍罗库马尔根本无法忍受这种明目张胆的讹诈。他对清扫夫说:"就算大人的狗与众不同,消化能力比当地的狗强很多,但是它吃这么多酥油,会影响到健康的。"他没有给清扫夫酥油。清扫夫很生气,把这件事报告给了副县长大人。他没有说他去要酥油,只说去管事那里打听从什么地方可以给狗弄到肉吃,因为他是清扫夫,所以管事瞧不起他,还把他当众赶走了。副县长大人听后非常愤怒,他命令侍从马上把管事叫来。

霍罗库马尔到来后,副县长大人大声问道:"我的清扫夫做错了什么事,你为什么要把他赶走?"

霍罗库马尔非常恭敬地回答说,他从来不敢做出把大人的清扫夫赶走一类的事情,虽然他开始并不赞同给狗吃那么多酥油,但是大人的清扫夫走后,他就立即派人去搜集酥油去了。

副县长大人非常详细地询问,他都派谁到什么地方去了。霍罗库马尔随口胡诌了几个人名。副县长大人把管事先生留在帐篷里,然后派几个得力的手下出去调查。那些人回来后说,根本就没有人去找酥油。副县长大人据此认定,管事所说的都是谎话,清扫夫向他报告的才是实情。为了惩罚管事先生,他让清扫夫揪住管事先生的耳朵,在帐篷里跑几圈。于是,清扫夫在众人面前让管事先生很没面子。

全村人很快都知道了这个消息。霍罗库马尔回到家后,既不说话,也不吃饭,躺在床上像个死人一样一声不吭。他为地主经营田产的过程中,与很多人发生过矛盾。他的仇人们都为他丢脸的事而欢呼雀跃。

正准备离开的绍什普松听到这个消息后,激动得一夜都没有睡好。第二天一大早,他就来找霍罗库马尔。绍什普松的到来让管事先生非常激动。他拉着绍什普松的手,哭了起来。绍什普松说:"我对你的遭遇深表同情。不过,你不应该就这样算了。你要去控告他,控告他污辱了你的人格。我来给你当辩护人。"

霍罗库马尔听后深感震惊。他可没有胆量去控告副县长大人。但是,绍什普松坚定的态度让他鼓起了勇气。他考虑之后,决定请绍什普松帮他洗刷耻辱。

四

一直以来,绍什普松都是足不出户的。可是今天,他竟然在众目睽睽之下来到了法院里。县长听说他来法院的目的,就对他说,希望这个案子能够私底下和解。绍什普松并不同意那样做。他说:"我的当事人是当众被污辱的,私下和解无法洗刷他的耻辱。"县长认为绍什普松并不是一个容易被说服的人,也就不再做无谓的尝试了。他对绍什普松说:"既然如此,那就让我们期待结果吧!"之后,县长大人把审理这起案件的日期向后推迟,然后出去旅游了。

副县长大人也有所行动。他给霍罗库马尔的雇主写了一封信。信中写道:"你的管事太不像话了。他不仅侮辱了我的仆人,对我也不够尊重。我相信,你十分清楚怎么对待他。"

地主收到信后恐惧极了。他找到霍罗库马尔,了解了事情的经过。之后,他生气地对霍罗库马尔说:"不就是四公斤酥油吗?你为什么不按照清扫夫的吩咐去做?"霍罗库马尔承认自己错了。地主继续问他说:"你为什么要去控告大人?是谁让你这样去做的?"

霍罗库马尔回答说:"我并没有打算去控告他。这都是我们村里的绍什普松干的。他只不过是一个小孩子,从来没有帮人打过官司。他没有征求我的同意,就做出了这种蠢事。"

地主听后非常生气。他认为,绍什普松只是一个初来乍到的新律师,想借此机会出出风头。他命令霍罗库马尔把控诉撤回,以便让正副两位县长尽快息怒。

管事带着礼物去了副县长大人家中。他对这位大人说,他并没有打算要控告大人,这件事完全是村里的年轻律师绍什普松一个人干的。这位律师在没有通知他的情况下,就做出了这种事情。副县长大人听后,改变了对霍罗库马尔的态度,并认定绍什普松才是罪魁祸首。之后,霍罗库马尔又去拜见县长大人。霍罗库马尔把绍什普松的"无礼"行为讲给县长听后,县长大人说:"听你这么一说,我才明白了一切。以前我一直感到纳闷,管事先生是一个好人,怎么会突然提出控诉呢?"最后,县长问绍什普松是不是加入了国大党。管事非常坚决地回答说是。县长大人"非常清醒地"意识到,这件事是国大党所为。国大党这群混蛋,总是和政府对着干。他一直在责怪印度政府太软弱。如果政府能够给他更大的权力,他就会非常轻松地把国大党那群无耻之徒给镇压下去。从那天开始,县长大人记住了国大党分子绍什普松。

五

绍什普松正在为与副县长打官司而忙碌着。他把法律条文从厚厚的书籍中摘录出来,演练如何进行发言和询问证人。一想到开庭时壮观的场面和官司胜利后的情景,他就会非常兴奋。他的那位女学生还是每天按时来到他的门前,每次她都不会空手而来。她有时会带来水果,有时会带来鲜花,有时会带来她母亲做的泡菜和具有菠萝味的果酱。

吉莉巴拉发现,绍什普松把一本没有插画的厚厚的硬皮书打开,做出一副认真阅读的样子,却总显得心不在焉。吉莉巴拉记得,以前她的老师读这些书的时候,总会向她讲解其中的一部分。可是,现在这位老师在读这本厚厚的黑皮书时,为什么一点儿也没有向自己讲述呢?难道是这本书里没有可以讲述的东西?又或者是自己太小,那本书太大的缘故吗?

吉莉巴拉做出各种举动,以吸引老师的注意力。可是,她的做法并没有任何效果。因此,那本厚厚的黑皮书成为她厌恶的对象。她觉得那本书就像一个既狠心又残忍的人。她希望有哪个小偷能把它偷走,她祈求神灵能够把它给彻底毁掉。

吉莉巴拉感到十分苦恼。她已经有一两天没有去老师家里学习了。她想知道,他们两天不见面将会出现什么情况。为了得到结果,她来到老师房子对面的小路上。她向老师的房间偷偷地望了一下。她看到,绍什普松一个人站在铁窗前,正在练习演讲。他想通过这种练习使自己的演讲更具感染力,从而在法庭上打动法官的心。天真的毫无生活经验的绍什普松可能在想,古代的那些著名的演说家们,可以通过语言来实现抨击残暴行径、推翻不合理制度的目的,那么在贸易时代的今天,这一点同样可以做到。他站在一个破旧的小房间里,琢磨着如何才能让那个高傲的副县长感到羞愧,并对自己的无礼行为进行忏悔。

  那一天,他满脑子想的都是控诉方面的事,根本没有注意到他的小学生。吉莉巴拉的口袋里也没有装李子。自从上次扔李子核被抓后,李子就成了她非常敏感的水果。有时候,绍什普松无意地问她带没带李子,她也会认为是在讽刺自己。今天没带李子,没有李子核了,她只能采取另一种方法来引起老师的注意。突然,她大声说道:"绍尔诺姐姐,你等等我。"

  可能有人会认为,她在与一个叫绍尔诺的姑娘打招呼。其实,这只是她使用的伎俩罢了。可是,这个方法并没有奏效,绍什普松虽然听到了她的声音,却没有理解她的意图。绍什普松以为,小姑娘真想去玩耍,而那一天他正在为控诉的事情做准备,他没有工夫把想要出去玩的小姑娘给拉回来。

  吉莉巴拉发现自己的方法失败后,只能选择离开。可是她并不甘心就这样离去。她慢慢地向前挪动,好像在用后背感知是否有人在后面跟着她。当她确定并没有人跟在后面时,仍然没有死心。她怀着最后一线希望,回过头向后看了一下。结果再次让她感到失望。如果能够把从绍什普松那里学到的知识都还给他,那么她一定会非常乐意那样去做。吉莉巴拉发誓说,在与绍什普松再次见面之前,把从他那里学到的知识统统忘掉。要是绍什普松让她回答问题,她就假装什么不也会。那个时候,绍什普松一定会感到脸面无光。

  吉莉巴拉委屈得要哭了。当她想到绍什普松为她忘记所学的知识而难过的时候,她感到一丝安慰,心情不再那么压抑了。可是,仅仅因为绍什普松所犯的错误,就把自己所学的知识全部忘掉,吉莉巴拉对此感到惋惜。天空中布满了阴云,雨季时就是这样,每天如此。吉莉巴拉躲到路边的一棵大树后面,伤心地哭了起来。哪一天都会有很多女孩子,像她这样无缘无故地哭泣。这是一件非常普通的事情。

六

霍罗库马尔突然撤销了对副县长的控诉。绍什普松在法律研究和演讲方面的努力都白费了。因为这件事,霍罗库马尔竟然还成了本县的名誉陪审员。现在,霍罗库马尔经常戴着一条满是油渍的头巾,穿着一件脏兮兮的长衫,去县里拜访那些大人们。

绍什普松那本厚厚的黑皮书,终于因为吉莉巴拉的诅咒而被扔到一个黑暗的角落里。从此以后,绍什普松再也不去理睬它了。如果吉莉巴拉能够看到这一切的话,她一定会感到称心如意的。可是,此时她在哪里呢?

绍什普松放下法典的那天,突然意识到有些不对劲。他思索之后才明白,原来是吉莉巴拉没来。于是,他便开始把这几天里发生的事情,一件一件地回想一遍。终于,他想到,吉莉巴拉在一个阳光明媚的早晨,给他带来了一大把水灵灵的素馨花。当时绍什普松正在专心致志地读书,他虽然看见了她,但并没有放下书本。这个小姑娘高涨的情绪一下子就低落下来。她把一根带线的针从衣服上取下来,然后开始慢慢地把那些花朵穿成一个花环。黄昏时分,吉莉巴拉该回家了,可是绍什普松并没有停止读书。吉莉巴拉很伤心,把花环放在木床上后就回家去了。他清楚地记得,吉莉巴拉好像一天比一天委屈,因此她经常走到他房前的路上就返回,根本不到他的房间里来了。最后,这条路她都不来了。几天以来都是如此。吉莉巴拉可能觉得太委屈了才会这样。绍什普松背靠着墙坐在木床上,感觉到茫然若失、无所事事。没有吉莉巴拉的陪伴,他读书不再像过去那样有意思。他随手拿过一本书,翻了几页后就放下了。在写东西的时候,他也会因为期待着吉莉巴拉的出现而无法专心地写下去。

绍什普松认为,吉莉巴拉一直没来是因为她生病了。可是,通过暗中了解之后,他才明白了事实的真相。家里为吉莉巴拉找了男人,现在吉莉巴拉已经不再出门了。那天吉莉巴拉把课本撕毁,并把碎片扔在了路上。第二天一大早,她就急匆匆地往外走。坐在屋外抽烟的霍罗库马尔叫住她,并问她去哪里。吉莉巴拉回答说去见绍什普松。霍罗库马尔威胁吉莉巴拉说:"你赶紧回屋去吧,不要再到绍什普松家里去了。"另外,他还责备吉莉巴拉说:"你都快要嫁人了,怎么不知道羞耻呢!"从那天开始,吉莉巴拉就无法再到外边走动了。正是因为这个原因,她的委屈情绪就再也没有得到消除的机会。她再也不能给绍什普松送东西了。

七

吉莉巴拉结婚那天,村子里很热闹。绍什普松没有收到参加婚礼的邀请。那一天他坐船去了加尔各答。

自从撤销了那次诉讼之后,霍罗库马尔就断定,绍什普松必然看不起他。因此,他也总会用恶毒的眼光来看绍什普松。他感觉,他被侮辱的那件事,村里的所有人都已经忘得一干二净,只有绍什普松一个人不会忘记。因此,他无法心安理得地去面对绍什普松。在面对绍什普松的时候,他会感到羞愧,同时也会产生了同种强烈的憎恶之感。霍罗库马尔发誓,不把绍什普松赶出村子,他绝不会善罢甘休。

霍罗库马尔很快就实现了他的愿望,因为赶走绍什普松这样的人,并不是一件困难的事。

一天早晨,绍什普松提着几个铁皮箱和一捆书登船,准备回到加尔各答。这场壮观的婚礼,把他与这个村子之间存在着的唯一的幸福纽带给扯断了。直到今天他才深刻地意识到,这条温柔的纽带是多么重要啊!船已经离岸起航了。渐渐地,村子里的景物越来越模糊,婚礼上的鼓乐声也越来越小。这个时候,他伤心欲绝,仿佛整个世界都变得模糊起来。

因为是逆风,船行驶得并不快。这时,绍什普松的旅行因为河中发生的一件事,不得不中断。不久前,一条新的客轮航线在火车站附近的码头与区中心镇之间开通。一艘客轮逆流迅速地行驶过来。这家轮船公司的一位年轻的经理和很少的几名乘客坐在客轮上。

正当这艘客轮平稳前行的时候,一个商人的帆船从后面赶了上来。这艘帆船不自量力地想要与客轮进行一番角逐。它飞速前行,一会儿把客轮甩在身后,一会儿又被客轮反超过去。船夫比赛的兴致越来越高。他把三个帆都拉了起来。帆船借助风力向前飞奔,在河道中的弯曲处抄近路超过了客轮。

经理大人津津有味地看着这场比赛。当帆船以最高的速度前行,超过客轮两三尺的时候,他突然向鼓满风的船帆开了一枪。船帆中弹后立即破裂。刚才还趾高气扬的帆船,很快便沉入水中。客轮转过河湾后,便消失了。这位英国人这样做的目的实在让人难以理解。也许印度帆船和他竞赛让他无法忍受;也许他想从帆船的沉没中寻求快感。我不知道他为什么这样做,但我知道,这个英国人的心里早就形成了这样一种观念:帆船上的那些人根本不算人,他们无论是死是活,都与他无关。他只是与他们开了一个小小的玩笑,并不会因此受到任何惩罚。

绍什普松所乘坐的小船当时就行驶在帆船出事地点不远的地方。他亲眼目睹了上述事件的经过。在他的救助之下,除了一个坐在船里捣香料的人没有找到,其他人都得救了。

绍什普松感到异常愤怒。把救上来的人带回村子后,他便建议帆船的舵手去警察局控告客轮经理。可是,舵手拒绝那样做。他说:"我可不想自己像帆船一样沉没。要控告,贿赂警察是必不可少的。之后还要天天往法院跑,工作也做不了,吃饭睡觉都会受影响。此外,就算我去控告那个人,真能得到好的结果吗?"绍什普松看到难以说服舵手,就说自己是一位律师,全部诉讼费用他愿意承担,而且他还保证,一定可以通过诉讼让对方赔偿损失。舵手听后将信将疑。最后,经过绍什普松的一再劝说,舵手才勉强同意进行诉讼。绍什普松的努力虽然使舵手同意诉讼,但是他又遇到了另外一个麻烦,当时与他同时在船上的几个同村人,都不肯出庭作证。他们说,他们什么也没有看见,什么也没有听见。绍什普松无奈之下,只得亲自到县长那里提出诉讼。让绍什普松感到意外的是,客轮经理承认他是放了一枪。他说,他当时看到天空中飞过一群仙鹤,因此朝它们放了一枪,至于这一枪打到哪里,他就不知道了。后来,经理大人被无罪释放,绍什普松非常气愤地回到村子里。

绍什普松回来的那天,正赶上吉莉巴拉出嫁。当时人们正在扎彩船,吉莉巴拉将会坐着彩船到婆家去。虽然没有受到邀请,绍什普松还是不自觉地走到了河岸上。人们把河边台阶围得水泄不通。绍什普松站在离台阶不太远的地方,默默地注视着彩船。当彩船从他面前经过时,他瞥见了坐在里面的新娘子。吉莉巴拉低着头,蒙着面纱,一动不动地坐在彩船里。最近这些天,她一直都希望能够在离开村子之前,想方设法与绍什普松见一面。但是今天,她的老师就站在离她不远的地方,而她却全然无知。她一直坐在彩船里默默地哭泣,都没有抬头向外看一眼。

船渐行渐远,热闹的河岸很快就平静下来。绍什普松失魂落魄,一步一步地挪回他的小屋。突然,他仿佛听到吉莉巴拉在亲切地呼唤他的名字。他赶紧四处寻找,但是无论如何都找不到吉莉巴拉的身影。

八

绍什普松把东西收拾好,再次打算回到加尔各答。他去加尔各答,并不是为了工作,也没有其他目的,他的时间非常充裕,因此才决定乘船从水路走。

·精读名著·

绍什普松动身的时候，天气晴朗，阳光明媚，但是不久后天就阴了下来，并且开始下雨。当时正处于雨季，雨下起来没完没了。绍什普松坐在船舱里，感到非常烦闷，于是就决定放弃乘船，改坐火车。在一个水面开阔的地方，他下船想去吃些东西。这个时候，他又遇到了一件倒霉的事情。

在两条河交汇的地方，渔民们插上了竹竿，下了一张大网。为了让过往船只顺利通行，只在一侧留下了一个通道。他们长期以来始终从事着这个工作，并没有发生任何问题。可是，今年却不一样了！今年这条水路将迎来一位非常重要的客人——县警察局长大人。渔民们看到有船只驶来，就大声呼叫，让那艘船绕道走侧面那条路。可是，县警察局长大人的船夫根本无视面前的障碍，把船直接从网上开了过去。船虽然开过去了，但是船桨却被脱落的网给缠住，船夫解了半天才解开。

警察局长大人非常生气。他命令他的船夫们把渔网砍破，又下令逮捕那几个渔民。四个渔民看到警察局长大人的表情后，吓得魂不附体，后来就消失得无影无踪了。局长大人的手下找不到他们，就随便抓了四个人应付差事。被抓的四人个人苦苦哀求警察局局长放了他们，可是警察局局长仍然下令将他们带走。

正是这个时候，绍什普松衣冠不整地跑到局长的船前，用颤抖地声音对局长大人说："先生，你凭什么带走这四个人，你没有权利让你的手下砍破渔民的网，更没有权利把这四个人带走。"

警察局长用一句非常粗鲁的话狠狠地骂他。这个时候，绍什普松发疯一样，立即从河滩跳到船上，扑向警察局长，然后对那位大人拳打脚踢。

后来，绍什普松被带到了警察局，受到了警员们特殊的"照顾"。

九

绍什普松的父亲出面了。他聘请了律师,先是从警察局中保释出绍什普松,之后开始为打这场官司做准备。

那四个逃跑的渔民,是绍什普松的同乡,他们经常来找绍什普松,向他请教法律方面的问题。被警察局局长带走的那四个人,也同绍什普松关系不错。绍什普松请他们出面,为自己作证。但他们都是有家有口的人,不敢与警察作对,因此都不愿意出庭作证。他们说:"先生,你这是不想让我们活了!"绍什普松并不气馁,他一再劝说他们,并保证不会出什么问题。那些人这才同意出庭作证。

后来,霍罗库马尔到县里拜访各位大人。警察局局长对他说:"管事先生,我得到一个不太好的消息。你的佃户们为和警察打官司,准备提供假证据。"

"怎么会有这种事呢?他们这群畜生,简直无法无天了!"管事先生感到非常震惊。

绍什普松的这场官司以失败而告终。渔民们都出庭作证了,但他们所说的和事实大相径庭。他们说,他们的渔网并没有被警察局长大人砍坏,警察局长大人也没有下令带走任何人。非但如此,那几个后来被带走的人还说,他们赶到出事的地点,亲眼看到警察局长遭到绍什普松的侮辱。

法官以打人、妨碍警察执行公务等罪名判处了绍什普松五年有期徒刑。绍什普松的父亲觉得不公平,想要上诉。绍什普松阻止了他,并说:"监狱是一个好地方。外面的世界,虽然看着充满了自由,但其实那种自由完全是假象。在监狱外面,到处都是说假话、忘恩负义的人。监狱因为地方有限,那种人可就少多了。"

十

绍什普松的父亲在儿子被投入监狱后不久便去世了。绍什普松只剩下哥哥一个亲人。他的哥哥在中央邦做事,并在那里定居,一般很少回家来。他家在村子里的田产,大部分都被霍罗库马尔据为己有。

失去了亲人和财产的绍什普松,在监狱里要比大多数囚犯多受一些苦,也许这就是命运的安排吧!

然而,虽然吃了不少苦,绍什普松总算熬到重见天日的时刻。五年时间过去了,绍什普松走出了监狱的大门。他重新获得自由,可是除了自由,他变得一无所有。

正当他思索着下一步的计划时,一辆双马大车向他驶来,并停在他的面前。从车上走下来一个仆人,对他说:"您是绍什普松先生吗?"

"我是。"

仆人听后立即将车门打开,请他上车。绍什普松问仆人要把他带到哪里去。仆人回答说,他的主人请绍什普松前去。

绍什普松觉得这肯定是一个误会,但是他并不在意,就让这误会来开启一段新的生活吧。

那一天,乌云和太阳交替在天空中称王。路旁碧绿的田野受过雨水的洗涤,呈现出五彩缤纷的景象。在市场附近,有一个杂货店,一伙毗湿奴派的行脚僧,正在这个商店里唱着歌:

回来吧,回来吧,主人!

我那焦虑、干渴的心,

哦,回来吧,情人!

随着马车向前行,歌声变得越来越模糊了。但是,歌声的旋律深深地触动了绍什普松。在他的内心深处,正在创作着一行行新的歌曲。他一边创作一边低声唱了出来:

回来吧,我那永恒的幸福!

回来吧,我那永恒的痛苦!

回到我的心里来吧,苦乐交融产生的财富!

回来吧,我那心灵的眷恋!

回来吧,我那永恒的渴望!

……

马车穿过一个花园,停在了一座两层楼房面前。这时候,绍什普松不再唱下去了。他跟着仆人走进楼房里的一个房间,坐下来等候主人到来。在那个房间四周,摆着很多装有各种颜色封皮书籍的玻璃书橱。看到这些书籍,绍什普松感觉又回到了以前的岁月之中。有几件东西放在书桌上。他低头看了一下,发现了一块有裂纹的石板。几个旧的笔记本、卡什拉姆达斯编译的《摩诃婆罗多》以及一个残破的算术课本摆在石板上面。在石板的木框上,他还看到了自己亲手写下的"吉莉巴拉女士"几个大字。同一个名字,同样的字迹也出现在笔记本和几本书上。

现在,绍什普松心中的疑虑完全被打消了。他知道自己来到了什么地方。他非常激动,以前与吉莉巴拉相处的美好时光此刻又浮现在他的眼前。

过了很久,一阵轻微的声音将他从回忆拉回到现实之中。他惊奇地抬起头,发现吉莉巴拉就站在他的面前。吉莉巴拉看到他抬起了头,就走到他的身边,跪在地上向他行礼。她的样子有些憔悴,身上穿着素服,没有佩戴首饰,完全是一副寡妇打扮。

寡妇站起来,用深情而怜悯的双眼,打量着绍什普松。看到绍什普松身体瘦削、面容苍白,她心痛地流下泪来。

绍什普松不知道该说些什么。强忍住的泪水,让他哽咽得说不出话。刚才在集市上唱歌的那群行脚僧人,来到这座楼房前请求布施。他们一遍遍地唱道:"回来吧!回来吧!"

吉檀迦利

《吉檀伽利》是最能代表泰戈尔艺术风格的一部作品,作者简介见《乌云和太阳》部分。

《吉檀伽利》以清新的笔触歌唱生命、描绘生活,抒发了作者对祖国的热爱之情。

一

当你命令我歌唱时,我自豪得连心都快炸裂了。我凝视着你,泪水模糊了我的视线。

我生命中或喜或悲的插曲,都幻化成了柔美、动听的和谐乐章。我唱响颂歌,歌声像一只欢乐的鸟儿一样振翅飞过大海。

我知道你喜欢听我唱歌,我知道我只能以歌手的身份出现在你面前。

我从来没有奢望能够靠近你,所以只好用我的歌声轻轻地抚摩你的双脚。

我忘情地歌唱着。你明明是我的主人,我却只能称你为朋友。

二

我的上帝啊,我知道你会温柔地抚摩我的四肢,所以我一定会努力保持我身体的纯洁。

我知道你就是照亮我内心的真理,所以我一定会努力摒弃虚伪,净化我的心灵。

我知道你已经在我心里种下了善良,所以我一定会努力驱逐我内心的邪恶,并让我的爱开花结果。

我知道你给了我力量,所以我一定会努力地用行动来证明你的存在。

三

请你让我在你身边坐一会儿,之后我一定马上就把我的工作完成。

一旦见不到你,我的心就无法安定下来,工作也变成了一件苦差事。

夏天蹑手蹑脚地来到了我的窗前:庭院里鲜花盛开,蜜蜂在花丛中尽情地歌舞。

如此闲适的时光,正适合与你面对面坐着,唱响生命的赞歌。

四

摘走这朵小花儿吧!不要再迟疑了,我担心它会凋谢,然后化为泥土。

也许这朵小花儿配不上你的花冠,但还是请你以举手之劳摘走它吧。白天很快就会过去,我担心会错过供奉的时辰。

尽管这朵小花儿的颜色和香气都很淡,但还是趁早摘下它去做礼拜吧。

五

给孩子穿上王子的服装、戴上珠宝,孩子就会失去做游戏的兴致,因为那身衣饰阻碍了他的行动。

孩子害怕衣饰被磨破或弄脏,所以总是回避一切,甚至不敢动一动。

母亲啊,如果华丽的衣饰剥夺了孩子体验平凡生活的机会,那就要不得了。

六

别再诵经念佛了!你在这座重门深锁的庙宇里向谁祈祷呢?你的上帝不在那里,你快醒醒吧!

你的上帝在哪儿?你去坚硬的土地上看看耕地的农民,去筑路现场看看筑路工人,上帝就跟他们在一起!无论是赤日炎炎还是风雨飘摇,上帝都会陪着他们,所以上帝的身上沾满了灰尘。快脱下你的圣袍,到尘土飞扬的土地上去找他吧!

解脱?为什么要解脱?这个世界是上帝满怀希望创造出来的,他自然要永远陪着我们。

别再供奉鲜花和香烛了,也再别整日陷入沉思中无法自拔了。即使衣着破旧而脏乱,即使额头上流下辛勤的汗珠,也没什么要紧的,因为上帝与你同在。

七

  我一直想唱歌儿,可是至今都没有唱出来,因为我一直在做准备工作。
  歌词还没配好,节奏还不合拍,我日夜承受着期待唱歌的煎熬。
  花儿含苞待放,一阵风轻轻吹过。
  我没看见他的脸,也没有听到他说话,只听见他轻轻地走过我家门前的大路。
  我忙碌了一天,已经给他准备好了座位,但是灯还没有点亮,我还不能请他进屋来坐。
  我时刻期待着能够见他一面,但现在还不是与他相见的时候。

八

  我的内心充满了欲望,经常为了博得你的同情而哭泣,可你总是坚决地拒绝我。这样反倒救了我,让我的生命越来越饱满。
  你日复一日地磨炼我,以便我能够坦然地接受你的馈赠:天空、光明、生命和灵魂,让我摆脱了欲望的泥潭。
  我时而散漫时而警醒,没有为实现自己的目标做好长期规划,可你却忍心对我置之不理。
  你坚决地拒绝了我,使我从欲望的泥潭中解脱出来,渐渐地把我磨炼成了一个能够被你接受的人。

九

我来这里,就是为了唱歌给你听。我默默地坐在这座大厅的角落里。

我不知道该为你做些什么,只能怀着自卑的心情,漫无目的地唱歌给你听。

午夜的钟声响起,是时候去黑乎乎的庙里默默地向你祷告了。我的上帝啊,你就吩咐我为你高歌一曲吧。

我很希望能够在清晨弹奏金色的竖琴,请赐我这份荣耀吧。

十

我有机会去参加庆祝这个重大节日的盛宴了。我看到也听到了那份真挚的祝福。

我为宴会奏乐,我让自己的才能得到了淋漓尽致的发挥。

现在,我可以进去向你致敬了吧?

十一

乌云压城,天空一片昏暗。噢,我的爱人,你怎么忍心让我孤零零地守在门外?

我已经和大伙儿一起忙碌了一上午,现在就想和你待在一块儿。

如果你不见我,如果你对我根本不屑一顾,那么我该怎么度过这个漫长的下午呢?

我凝视着远处的阴霾,一颗心随着狂风四处流浪。

十二

莲花盛开了,而我却视而不见。我的花篮里没有一枝花,可我却始终无视身边的鲜花。

我心头萦绕着一股哀愁,令我经常从睡梦中惊醒。这时,我才会闻到一缕馨香。

一丝柔情抚慰了我痛楚的心,令我忍不住对它产生了渴望。

当时,我并没有意识到那一丝柔情已经属于我,而且已经在我心灵深处开了花儿。

十三

狂风暴雨在黑乎乎的夜里肆虐,好像一个绝望的人在哀号。我的朋友,你还跋涉在爱的旅途上吗?

我的朋友,我怎么也睡不着,只好再三打开大门,张望着门外的茫茫黑夜。

我什么也看不见,不知道你在哪儿!

我的朋友,你是走在昏暗的河边或黑乎乎的森林边,还是穿过幽深寂寥的小巷,风尘仆仆地向我走来?

十四

他坐在我身边时,我却沉睡着。这个可恶的睡眠!哦,我真不幸哪。

他是在夜深人静时来的,手上还拿着竖琴,琴声与我的梦产生了共鸣。

唉,我虚度了无数个这样的良宵。噢,为什么他总是在我沉睡时来临,令我总是见不到他呢?

十五

我被罗网束缚得死死的,可是撕破它时我又会感到疼痛。

我渴望得到自由,却又为自己怀有这种渴望而羞愧。

我确信你才是无价之宝,你才是我最好的朋友。可是,当我面对屋子里那些华而不实的摆设时,我却舍不得清除它们。

我身上覆盖着尘土和死亡的阴影,我恨它们,却又忍不住抱紧了它们。

我欠了很多债,承受了多次失败和屈辱,可是当我向你祈求幸福时,我又生怕我的祈求会变成现实。

十六

我用名利把真我囚禁,使他在囚牢里哭泣。我天天在真我周围筑墙,于是囚牢的墙越来越高,最终让真我被阴影淹没。

我为这座伟大的城垣感到自豪。我用沙土抹墙,费尽心思不让这座名利之墙有漏洞,可我却看不到真我了。

十七

寂静的夜里,我独自走在约会的路上,却发觉有人在跟着我。

我靠着路边走,却仍然无法摆脱他。

他大踏步地向前走,扬起了脚边的尘埃。我每说一句话,他都会大声嚷嚷。

他是小我。上帝啊,他不知羞耻地跟着我来朝见你,我却羞于与他同行。

十八

"囚徒,是谁把你绑起来的?"

"是上帝您哪。我是世上最富有的人,而且具有至高无上的权力。我感到身体疲乏时,就睡在了我为您准备的床上,可我醒来时却发现自己被囚禁在了自己的宝库里。"

"这座坚不可摧的牢笼是谁建造的?"

"是我自己费尽心思建造的。我以为一旦拥有了至高无上的权力,我就能征服世界,就能自由自在地生活,于是我日夜不停地赶工。可是,等到工程完工时,我才发现自己已经走不出这座坚不可摧的牢笼了。"

十九

那些爱我的人都想尽办法要拴住我,然而你对我的爱却很伟大——你给了我自由。

他们寸步不离地守着我,生怕我一离开他们就会忘记他们。可是,我却很久都没有看到你。

即使我在祷告时没有呼唤你,即使我不能时刻惦记你,你也会耐心地等待我的爱。

二十

只要我还有一丝气息,你就是我的一切。

只要我的心还在跳动,我就会感觉到你的存在,事事都去请教你,时时刻刻爱着你。

只要我还有一丝气息,我就会让你沐浴阳光。

只要有镣铐能够把你我结合在一起,这样你的一切目的就可以达到,而这副镣铐就是你对我的爱。

二十一

我以为我已经到了旅程的终点,我以为我已经精疲力竭,我以为我的前途一片黑暗,我以为我已经吃光了所有的粮食,所以只有静静地坐以待毙。

我却突然想起了意志坚强的你。话说完了,就用心唱歌儿;车辙被掩盖了,就会形成一片新的田野。

二十二

清晨,我俩悄悄约定要驾一叶扁舟去旅行,让谁都不知道我们将要去哪里。

在那广阔无边的大海上,你微笑着倾听我的歌唱。我的歌声高低起伏,意蕴超越了字面的意思,自由地飞跃在海面上。

现在还不是时候?工作还没完成?瞧瞧,海岸被暮色笼罩,海鸟正往窝巢里飞。

谁知道铁链什么时候解开,然后这一叶扁舟就像落日的余晖一样消失?

二十三

我喜欢在阴晴不定、夏季初雨的时候,静静地守候在路边。

不知从何而来的使者,向我致意之后又匆匆地踏上了旅程。我心里无比高兴,觉得拂面的风都甜丝丝的。

我一天到晚坐在门口。我知道,当我看见你的时候,幸福的感觉就会飘然而至。

每当这个时候,我都会微笑,继而歌唱,觉得空气中充满了馨香的味道。

二十四

你听见他那轻轻的脚步声了吗?他正向我走来,一刻都没有停。

每一个瞬间,每一个时代,无论白天还是黑夜,他都在行走,一刻都没有停。

我唱了很多歌,但是无论我唱歌时的心情如何不同,曲子的主调都是在宣称他正在一刻也不停地向我走来。

在阳光明媚的四月,他走在林间小路上,一刻都没有停。

在阴雨连绵的七月,他坐上轰鸣的雷电车,一刻也不停地前进。

在愁云满布的日子里,他踏着我的心走来,他的双脚让我的内心充满了无穷的欢乐。

二十五

我在沿街乞讨的时候,你乘坐金色的马车远远地来了。我感觉你像一场奢华的梦一样不真实,我很想知道你是谁。

我看到了希望,以为我的苦日子到了尽头。于是,我站在那里等候你主动地施舍我,等候着你把钱财投掷在我脚边的尘土里。

金色的马车在我面前停下了。你看了我一眼,微笑着走下了马车。我以为好运终于降临了,可是你却突然把右手伸到了我面前:"你能给我什么?"

啊,王者竟然伸手向乞丐乞讨,真是开玩笑!我不知所措地站着,然后慢腾腾地从行乞的袋子里摸出一粒小麦递给了你。

黑夜来临,我倒空了袋子,发现只讨到了一点儿东西,其中有一粒像小麦一样大的黄金。我大吃一惊,然后痛哭流涕,怨恨自己当时为什么不把一切都贡献给你。

二十六

夜色深沉。我们忙完了白天的工作,以为不会有客人再来投宿,就关上了房门。不过,有几个人说国王要来。我们大笑着说:"不,国王根本不可能来!"

外面好像响起了敲门声,我们以为是风,就关灯睡下了。有几个人说:"是使者来了!"我们大笑着说:"不,这一定是风!"

夜深人静时,外面又有了动静。我们睡眼蒙眬地说那是远处传来的雷声。接着,地面和墙壁都摇晃起来,搅得我们根本无法入睡。有几个人说:"有马车正向我们靠近。"我们睡眼惺忪地说:"不,这肯定是雷声!"

夜黑沉沉的,外面响起了"咚咚"的鼓声,有人大喊:"快醒醒!立刻准备国王接见!"我们的心跳得厉害,吓得浑身发抖。有几个人说:"看,国王的队伍!"我们立刻翻身起床,大喊:"快行动,我们没时间了!"

国王来了,可是灯呢?花环呢?国王的御座呢?哎,我们都没有准备好,真是丢人!丢人哪!大厅在哪儿?里面有没有布置好?有几个人说:"现在叫喊也晚了!就空着手把国王迎进那空无一物的房间里吧!"

打开房门,吹起法螺吧!我们的国王在凄清的深夜里降临了。屋外电闪雷鸣,把天空都震得颤抖起来。快拿出你的破席子,把它铺在院子里吧。

在这个恐怖的深夜,我们的国王和暴风雨一起到来了。

二十七

我不要求你做什么,也不会把我的名字告诉你,只是默默地站在那里看着你离开。我独自站在树影斑驳的水井旁边,看妇女们头顶盛满水的褐色瓦罐向家里走去。她们大声招呼我说:"快到中午了,跟我们一起回家吧。"但是,我依然慵懒地沉浸在无边的遐想之中。

我没有听到你走近我。你用充满哀伤和倦怠的目光看着我,低声说:"我口渴了。"我正在做白日梦呢,现在一下子被你惊醒了,接着就往你的手掌里倒水。树叶在头顶沙沙作响,杜鹃在某个隐蔽的地方歌唱,一缕花香从大路拐角飘过来。

你问我叫什么名字,我害羞地站在原地,一句话也没有说。说实在的,我并没有为你做什么,为什么你会对我念念不忘呢?不过,有时候我会想起我给你水喝的那一幕,然后就觉得心里充满了甜蜜。时间不早了,已经快到中午了。鸟儿慵懒地唱着歌儿,楝树叶子在头顶沙沙作响,我坐在那儿思绪飘飞。

二十八

你的心被倦怠笼罩,你的眼睛里充满了睡意。

难道你没听说荆棘丛中开满了绚丽的花朵?快醒醒吧!别虚度光阴了!

在石头小路的尽头,在寂静的田野里,有我一位独自静坐的朋友。不要欺骗他。醒醒,快醒醒!

正午的骄阳照得空气在不停地颤抖,照得沙子口干舌燥。即便如此,也没什么好怕的。

难道你从来都没有快乐过?你每每前进一步,大路都会唱起悦耳的歌儿,即使它内心非常痛苦。

二十九

孩子,在我送你五彩玩具时,我知道了为什么云里、水里会出现缤纷的色彩,为什么百花会如此绚烂。

孩子,在我的歌声使你情不自禁地跳起舞来时,我明白了为什么绿叶也会开心地歌唱,为什么大地会侧耳倾听波浪的歌声。

孩子,在我把糖果送给你这个馋嘴猫时,我知道了为什么花蕊里会有蜜,为什么水果里会充满香甜的汁液。

孩子,在我的亲吻使你微笑时,我明白了为什么晨光中会充满喜悦,为什么夏天的凉风会如此清爽怡人。

三十

当我和你一起游戏时,我从来不问你是谁。我既不害羞也不害怕,只想高高兴兴地玩儿。

清晨,你会像我的朋友一样叫醒我,然后带着我来到森林里,我们就在空地上跑来跑去。

那时候,我从来没有想过你唱的歌儿有什么意义,只是身心都会和着节拍跳起舞来。

如今,游戏已经结束,我眼前出现了什么情景呢?整个世界都肃穆地盯着你的双脚。

先 知

卡里·纪伯伦(1883—1931),黎巴嫩诗人、作家、画家,被称为"艺术天才""黎巴嫩文坛骄子",是阿拉伯现代小说、散文、艺术的主要奠基人,20世纪阿拉伯新文学道路的开拓者之一。他的作品蕴涵了丰富的社会性和东方文化韵味,饱含情感。代表作品有《先知》《我的心灵告诫我》《论友谊》《人子的耶稣》等。

《先知》是一部哲理散文诗,被称为"东方送给西方的最好礼物",作者用诗一般的语言讲述了生活中的各种道理。一位先知将要离开生活了十二年的阿法利斯城,城里的民众都聚集在一起为他送行。在走之前,他回答了民众们的各种问题:爱、婚姻、孩子、工作、法律、宗教以及死亡等。

船的到来

被爱戴的亚莫斯达法,被选送到阿法利斯城已经十二年了。在这里,他一直备受尊敬。

在收获的七月里,他在清晨登上山顶,向大海远眺,看见来接他的船从烟雾中驶来。船是来接他回故乡的。

他闭上双眼,轻轻地祷告。

他忽然觉得有些悲哀,心里想:我就这样宁静地离去而没些许悲凉吗?

他在这里度过了许多个痛苦的白天和孤独的夜晚,难道毫无眷恋地离开自己的痛苦和寂寞吗?

这里的街道上,似乎还能听到他说的只言片语;这里的山中,有许多他怜惜过的孩子;就要离开他们了,他的心情很沉重。

他不能再留下了。那召唤万物归来的大海在召唤他,他要上船了。

他不能不走,如果再留下来的话,也许他就再也舍不得离开了。

他要能把这里的一切都带走,该有多快乐啊!但这又怎么可能?

他看见船慢慢地进入港口,船头上的艄公正是他的老乡。于是他向他们呼唤:

多少次,你们出现在我的梦里。我已准备好了,和你们一起扬帆,等着风来就离开。在走之前,我要再呼吸一口气,我要再瞥一眼这里。

就在他即将离去的时刻,他看见远处有许多人快速地赶到城边。他听见他们叫着他的名字,对他说"船来了"!

他自言自语道:离别的日子能成为聚会的日子吗?

那些在田里耕作的人,我能给他们什么呢?我的心能成为一棵果实累累的树,把果实分给他们吗?我的愿望能奔流如泉水,可以倒满他们的杯子吗?

许多人来迎接,他们一齐喊着他的名字,城中的长老说:你不要走吧。你让蒙眬的我们看得清晰,你让散乱的我们变得团结,你给了我们梦想。对我们来说,你不是异乡人,也不是我们的客人,而是像我们的孩子一样。我们爱自己的孩子。

一班男女祭司对他说:不要让船把我们分离,使你在我们这里度过的时光成为回忆。你曾是我们的神灵,你的身影曾照亮我们的面孔。我们深深地爱着你。不过我们的爱无声无息,又被蒙着一层轻纱。现在我们对你的爱在对你呼唤,它要在你面前表露出来。在临别的时候,才知道爱得有多深。

他没有答话,只是低着头。离他近的人,看到了他的眼泪。

他和大家一起走向殿前的广场。

有一个叫艾尔梅特拉的女子从圣殿走出来,她是一个预言者。她说:上帝的先知、尊敬的追寻者,你常向远处寻望你的航帆,现在它终于来了,你要回故乡了。你对故乡和自己要实现更大的愿望,有着深深的渴求。这渴求是这样的深,以至于我们的爱不能挽留你,我们的情也不能让你继续守护这里。

在你离开以前,我们要请你对我们说说真理。

我们要把你的话留给我们的子孙,子孙也把这些话留给他们的子孙,子孙的子孙……一直这样下去。

现在请告诉我们,你所感悟的生和死中间的一切吧。

他回答说:阿法利斯的民众们啊!我还能说什么呢?我只能有问必答!

爱

艾尔梅特拉说,给我们谈谈爱吧。

他用洪亮的声音说:当爱向你召唤时,跟随着它,虽然通向它的路艰难又险峻。

当爱展翅拥抱你时,依顺着它,虽然它羽翼中的剑刃会伤害你。

当爱对你们说话的时候,听从于它,虽然它的声音可能会击碎你的梦。

它让你成长,也修剪你的枝丫;它脱去你的外皮,让你变得纯洁。

爱除了自身别无所有,除了自身也不接受外物。

爱不占有,也不被占有。因为爱在爱的过程中已经满足了。

当你爱的时候,不要说"上帝在我心里",要说"我在上帝心里。"

爱没有别的目的,只要成全自己。

假如你爱了,就必定有所求,希望下面的能成为你的所求:

你像河流一样对清夜吟唱。

过度的温柔会带来痛苦。

对爱的理解伤害了你自己。

心甘情愿地付出。

清晨带着一颗虔诚的心迎接一天的到来;中午,默默想着爱到浓时;傍晚,带着感激回家;睡前,为你爱的人祈祷,唇间吟诵着赞美诗。

婚 姻

艾尔梅特拉又说,给我们说说婚姻吧!

他回答说:一对恋人就像一个人一样,可以和在一起,也可以分开。不过这种结合不能太过紧密,甚至不留一丝缝隙。彼此相爱的两个人,不要让爱成为相互的羁绊。奉献你们的心,不要互相保留,因为只有生命的手才能接纳你们的心。站在一起却不要站得太近,就像殿里的柱子都是分立两旁一样。

孩 子

一个怀中抱着孩子的妇人说,说说孩子吧。

他说:你们的孩子,其实并不是你们的孩子,孩子是生命因为自己的渴望而诞生的。他们和你们同在,却不属于你们。你们可以给孩子爱,却不能给他们思想,他们有自己的想法。你们能保护他们的身体不受伤害,却不能庇佑他们的灵魂。因为他们的灵魂在将来,那是你们想见不到的地方。

你们能教育他们,却不能使他们都像你们。因为时间是不会倒转的,你的经历永远也无法代替孩子的经历。

施 舍

一个富人说,请给我们谈谈施舍。

他回答说:你把你的财物给人,那只算一点点的布施。

有人有财物,却只施舍一点点给别人。他们为求名而施舍,这样施舍的目的,使他们施舍的行为有了缺陷。

有人财物虽少,却全部都捐给别人。

有人施舍的时候快乐,那快乐就是他们的回报。

有人施舍的时候痛苦,那痛苦就是对他们的洗礼。

当有人请求的时候,你才施舍,那很好;而当无人请求时,你默默地施舍,那就更好了。

乐善好施的人,去寻求需要他帮助的人的快乐,是让施舍者最快乐的事。

没有什么东西是必须保留的!

当那一天来临时,无论谁都要交出自己的一切。

工 作

一个农夫说,给我们谈谈工作吧。

他回答说:你们常听人说,工作很辛苦。

我却对你们说,只有在劳动的时候,才体现出你生命的价值。

还有人说,一个生命体从诞生到消亡,是一个痛苦的过程。

我认为也是这样,除非是有了理想;一切的理想都是盲目的,除非是有了知识;一切的知识都是虚无的,除非是有了工作;一切的工作都是空虚的,除非是有了爱。

耐心地播种,高兴地收获,就像你要吃这些产物一样。

工作中能看见爱。

假如你无精打采地烤面包,烤出的面包是苦的。

假如你满怀怨愤地酿酒,是酿不出好酒的。

欢乐与悲哀

一个妇人说,给我们说说欢乐与悲哀吧。

他回答说:欢乐就是揭开面具后的悲哀。

忧愁的创伤在你身上刻得越深,你就越能获得更多的欢乐。

当你欢乐的时候,想想自己现在为何而笑,你会发现这些让你发笑的就是当初曾使你忧愁的。

当你忧愁的时候,再想想自己现在为何忧愁,你会发现这些让你忧愁的就是当初曾令你欢乐的。

欢乐和忧愁是不能分开的。

罪与罚

法官说,请给我们谈谈罪与罚吧。

他回答说:一片树叶如果不是得到大树的默许,是不会独自变黄的;作恶者如果不是大家无形地怂恿,也不会为恶。

正直的人对于犯罪者的行为不能说是无辜的。

清白的人对于犯罪者的过错也不能说是毫无干系。

你们不能把善良与邪恶、公正和不公正分开,因为它们是一起的。

假如你们发现有一位妻子不忠,那么应该先看一看她丈夫的心,应该先审视一下她丈夫的灵魂。

主持公正的法官们,你们怎样对待那些外表忠诚,而实际上只是钻法律空子的人?

你们又将怎样控告那些行为上残暴,而事实上也只是被别人虐待的人?

你们又将怎样惩罚那些悔过之心远远大于自己所犯之罪的人?

法 律

律师说,我们的法律怎么样呢?

他回答说:你们喜欢建立法律法规,却也更喜欢冲破这些法规。

就像一个淘气的孩子,很辛苦地堆了一个雪人,然后又顽皮地将雪人毁坏。

谈 话

一个学者说,请你讲讲谈话吧。

他回答说:在你不安于现状的时候,就想找人谈话。

在你无法忍受心中的寂寞时,你就说话吧。

在你谈话的时候,你的思想也会随之运转。

许多人因为寂寞去找人聊天。

在独处的时候,许多人会想到自己最赤裸的一面,他们想逃避。

有些人没有知识和思想,他们却想告诉别人连他们自己也不明白的道理。

也有些人是有知识的,他们却不用语言来表达。

你对着别人的耳朵说话,他就会从你的话里找出自己的真理,形成自己的认识。

就像酒被喝完,酒味还存在一样。

享 乐

有一个每年都会进城一次的隐士走上前来说,给我们谈谈享乐。

他回答说:享乐是一首自由的歌,却不是自由。

是你的愿望开出的美丽花朵,却不是结下的果实。

你们可以唱好这首歌,却不要在歌唱中迷失自己。

有些年轻人寻求享乐,似乎这便是活着的一切。

这样想的人已被谴责了。

我不要谴责他们,而要让他们去寻求。

因为他们必会找到享乐。

美

一个诗人说,给我们谈谈美吧。

他回答说:我们不论在哪一方面都追求美。

失意的人说:"美是仁爱的,像一位年轻的母亲,在她自己的光荣中,半含着羞涩行走在我们中间。"

热情的人说:"美是一种让人感到可敬的东西,它像暴风一样震荡着天地。"

忧郁的人说:"美是温柔的微语,只存在于我们内心深处。它的声音传达到我们的寂静中,如同昏暗的光,在阴影的恐惧中颤动。"

烦躁的人说:"美在群山中呼号,和美的呼声一起,还能听见动物奔跑的声音。"

夜里守城的人说:"美和初升的太阳一同升起。"

在冬天,除雪的人说:"美要和春天一同来临。"

在炎热的夏天里,割麦子的人说:"我们曾看见美和麦子一起跳舞。"

这些都是你们关于美的谈论。

实际上,美不是一种需要,只是一种欢乐。

美不是饥饿的肚子,不是干渴的口,也不是伸出的手……

美不是你能看到的声音和图像,但是你闭上眼却能看到美,捂上耳朵也能听见声音。

美是一座永远盛开的花园,一群永远翱翔在天空中的天使。

宗 教

一个年迈的祭司说,请给我们谈谈宗教。

他说:这一天中我说的都是宗教,它是对世间万物的反省。

也许那不是反省,只是在凿石或织布时灵魂中永远流露的一种感叹和惊讶!

谁能把自己的愿望和时间分开,把自己的信仰和事业分开呢?

谁能把时间分为两部分,说一部分时间是为上帝的,另一部分时间是为我自己而活的?或者说一部分时间是为自己的灵魂,而另一部分时间是为自己的肉体呢?

那穿上道德外衣的人,还不如赤裸着,

太阳和风不会洞穿他的皮。

把人的行为用道德来禁锢,是把自由之鸟关在笼子里。

最自由的歌声,不是从竹木笼子里发出的。

那些每天做着礼拜的人,就像打开了一扇窗户,开启后又关上。

但是,他还没有探访到宗教的最深处。

你的日常生活,就是你的宗教,就是你的圣殿。

当你进入圣殿时,带上你的一切吧。

带着犁耙和火炉、经书和琵琶,这些是你陶冶情操所必需的。

在梦幻中的你,不能超越自己最高成就,却也不会低于你处于人生低谷时的状态。

你也要把一切的人都带着:因为你不可能自负到比他们的希望还高,也不能卑微到比他们的失望还低。

想认识上帝就不要做一个解谜的人。

环顾四周,你将看见宗教在和你的孩子游戏。

仰望宇宙,你会发现宗教在云中行走,在雷电中伸手,随雨水降临。

你会注意到宗教在花中微笑,在树叶中舞蹈。

死

最后,艾尔梅特拉说,现在给我们谈谈"死亡"吧!

他说:你想知道死亡的秘密。

但如果不在生命的心中寻找它,是找不到它的。

夜枭的眼睛在白天是看不见的,它看不到什么是光明。

假如你真要探究死的灵魂,就应当在面对活着的生命时,敞开自己的心扉。

因为生和死是统一的。

在你的欲望最深处,潜藏着你对于来生的认知;就像雪下的种子,在盼望着春天的到来一样,你们的心也在梦想着春天。

相信梦吧,那里潜藏着永生的大门。

一个牧人站在国王的座前,当他被国王用手安抚时,会有一种震颤的感觉,你们的怕死就是如此。

牧人在受到安抚时,不是应该高兴的吗?

可他怎么还会感到自己的震颤呢?

在日光下消蚀,在风吹雨打中裸露,这就是死,死还是什么呢?

在沉默的河中,当你们啜饮河水时,才真能歌唱。

在你们达到山巅时,才开始真正的攀援。

在大地索取你们的躯体时,你们才真正地起舞。

拔锚起航

不知不觉已是黄昏。

艾尔梅特拉说:愿今天你说的话都能住进我们的心灵。

他回答说,说话的是我吗? 我不也是一个听众吗?

他走下台阶,众人跟随着他。

他上了船,站在船头。

他面向众人,提高声音说:

阿法利斯的民众们啊! 风命令我离开这里。

我没有风速快,却也要离去了。

我们漂泊着,永远寻求更寂寞的道路,朝阳和落日不会在同一个地方找到我们。

世界在睡眠时,我们依然在路上。

我们是植物的种子,在我们成熟的时候,就会被大风吹散到各地。

我在你们中间的日子不是很长。

但是,当你们忘记我的声音,当你们对我的话感觉到模糊的时候,当你们几乎忘记我的时候,我还会再来。

我会以更成熟的心,用更灵性的嘴唇和你们谈话。

是的,那时我要随着潮水归来,也许死亡要覆盖我,沉默会包围我,我却仍要寻求你们的了解。

阿法利斯的民众呵,我将乘风而去。

我将在更大的沉默中归来。

在寂静的夜里,我曾走在你们的街市,我的灵魂曾进入你们的住宅。

我曾感受到你们的呼吸,我曾听到你们的心跳,我不会忘记你们。

我知道你们的喜乐与哀痛。

你们做的梦就是我的梦。

我就像你们的山涧,照见了你们的高峰与危崖,还有你们徘徊在云中的思想和愿望。

孩子的欢笑,青年的想望,都像溪水一样流到我寂静的心里。

当它流入我心中最深处时,这溪水还在不停地歌唱。

还有比欢笑还甜美,比向往还伟大的东西流过。

那是你们心中潜藏的无穷力量。这种力量就像个巨人一样,你们不过是它的血脉和皮肉,在他的吟诵中,你们的歌声只是无声的微颤。

因为你们只有在这巨人里才伟大。

我因为关心巨人,才关心和怜爱你们。

因为如果不是有这广阔的空间,爱怎能达到更远的地方呢?

幻象、期望和愿望怎么能够无阻碍地实现呢?

你们本性中的巨人就像一株开满花的大橡树。

树的神力把你固定在地,树的香气把你升入高空。

树永存,你永不死。

有人说,你们是一条锁链中最脆弱的一环。

但这并不全对,你们其实也是最坚固的一环。

不能用你做的最小的事来衡量你,就像我们不能用滴水来衡量大海。

你们像大海。

载重的船舶停在你的岸边。

你们虽是大海,却不能操纵潮涨潮落。

哲人将智慧给你们。我却是来取走你们的智慧:我找到了比智慧更伟大的东西。

那就是你们心里越烧越旺的火焰一样的心灵。

你却不关心心灵,只是哀叹时间的流逝。

在宇宙这个大生命中寻求扩大的是心灵,而躯壳却在恐惧的坟墓里。

这里没有坟墓。

无论何时,当你从祖先的坟墓旁走过,你也许会看见自己和子女们在跳舞。你们常在不知不觉中快乐。

你们将生命中更深的渴求给予了我。

对一个把一切目的变作道理,把一切生命变作泉水的人,这个是最好的礼物了。

这就是我追求的荣誉和报酬。

我到泉边饮水时,觉得那流水也很渴;我饮水时,水也在饮我。

有人责备我领受礼物时太傲慢。

在领受金钱时我是太骄傲了,但在领受礼物上却不是这样。

你们请我赴席时,我却在山中采野果。

你们款留我时,我却睡在庙宇的廊下。

你们对我的关怀,给了我很大的鼓励。

慈悲在照镜子的时候会变成石像,善行在自诩的时候变成了诅咒的根源。

"你们中有人说我高傲,说我的高傲和自己的孤独是伙伴。"

你们还说过:"他独自坐在山巅,俯视我们的城市,和山林谈论,却不和人说话。"

我确实会上高山,也会去较远的地方。

我只有在更高更远的地方,才能看见你们。

还有人对我说:"异乡人,你为什么住在那高高的山峰上呢?为什么你要追求那不能达到的事物?你在山峰上,是期待风雨降临,还是要捕取天空中那虚幻的飞鸟？下来到我们的队伍里来吧,我们有面包和美酒。"

他们在灵魂的静默中说了这样的话,如果他们能再静默些的话,就知道我所要的只是想知道你们欢乐和哀痛的秘密。

我要捕取到你们在天空中飞行的大我。

我的船主真有耐心,已经等我一天了。
海风吹着,帆篷似乎都等得不耐烦了,船主却静候着我说完话。
水手们听见了那更大的海的歌声,他们也在耐心地听我说。
溪水奔流入大海,那伟大的母亲又把儿子抱在胸前。
阿法利斯的民众们啊！别了！

这一天过完了。
他如同一朵莲花在我们心目中闭合。
我们要把他给我们说的话保藏起来。

不要忘了,我还要回来。
我向你们,和我曾在你们中度过的青春告别。
不过是昨天,我们曾在梦中相见。
在我的孤寂中,你们曾对我歌唱。
为了你们的渴望,我曾在半空中建了一座高塔。
现在我们的睡眠已经醒来,我们要分手了。
再见面时,你们要对我唱更深沉的歌。
在另一个梦中,我们会相聚,我们要在半空中再建一座高塔。

他向水手们挥手,水手们扬帆起航了。
岸上的人民发出了送别的哭泣声,声音如同号角的声响穿过了海面,在半空中回响。

只有艾尔梅特拉静默着,凝望着那船渐渐消失在烟雾中。

岸上的人渐渐地散去了,她仍独自站在岸边,心里默念着他说过的话。

博尔赫斯作品选

博尔赫斯(1899—1986),阿根廷诗人、小说家、翻译家,一生中的大部分时间都是在书房和图书馆中度过的,有"图书馆作家"之称。1935年出版的第一本短篇小说集奠定了他在阿根廷文坛上的地位。

博尔赫斯认为宇宙的唯一主宰就是时间,在《小径分岔的花园》中,他用自己的文字,加上非凡的幻想,为读者构建了一座时间的迷宫。故事以第一次世界大战为切入点,在讲述了中国籍间谍俞琛为了把重要的军事情报向上司汇报,不惜杀死著名的汉学家阿尔贝的经过中,阐释了作者对时间的深刻思考。《玫瑰色街角的汉子》采用了侦探小说的形式记述了在一个物欲横流的社会里,一个年轻人因为看不惯一个小头目的胡作非为,冒险暗杀了此人并成功脱险的过程。《刀疤》以自述的口吻讲述了一个开口闭口讲大道理的假革命者背叛同志的过程。

小径分岔的花园

翻开英国军事作家利德尔·哈特所著的《欧洲战争史》,可以在第二十二页上看到这么一段记载:英军集结了十三个团的兵力,以一千四百门大炮作为后盾,决定于1916年7月24日向法国的塞尔-蒙特邦防线发动进攻,可后来这一进攻计划却被迫推迟到二十九日上午才

·精读名著·

实施,因为突然下了一场倾盆大雨。当然了,这一变故的原因从表面上看是没有什么问题的,可是人们根据曾经担任过青岛市某高等学校英语教员的俞琛博士的声明,却发觉这件事另有端倪。俞琛博士曾经亲口说出下面这段声明(前两页已经遗失),还在声明上签了名。

……

我挂上了电话。对方是用德语与我交谈的,我立刻想起他是理查德·马登上尉,没想到他竟然会在维克多·洛纳柏格的房间里。这就是说,洛纳柏格已经被捕或被杀,同时也意味着我们的工作暴露了,我们的生命更是危在旦夕。在此之前,我的处境也与洛纳柏格一样危险。马登表面上非常无情,其实他并不是一个冷血的人。马登是爱尔兰人,理应效忠于英国,可是却有人说他似乎对报效祖国不太热心,甚至还有叛国的嫌疑。这次马登完全可以抓住这个大好的机会逮捕甚至杀死两个日耳曼帝国的间谍,所以我想他一定会不遗余力的。

我来到楼上自己的房间,觉得这件事非常可笑,随手锁上门,仰面躺在床上。这时大约六点钟,朦胧的太阳像往日一样照射在屋顶上。没想到这一天竟然会是我的死期,它就那样没有任何征兆地来了,令我措手不及。我是在中国一个整洁的花园里长大的,我父亲已经过世,难道就因为这些我就得去死?后来,我想有些事情是会恰恰发生在某个人身上的,现在轮到了我。虽然过了一个又一个世纪,世界上生活着那么多人,可它却偏偏就发生在了我身上……

我想着想着,脑海里浮现出马登那张令人无法忍受的脸,这才摆脱了刚才那些胡思乱想。我心里充满了仇恨和恐惧,同时也觉得马登很可笑。这个爱热闹的军人,他看起来非常开心,却根本没发觉我已经得知了英国把大炮阵地设在了法国阿尔贝这一机密。一只小鸟掠过灰白的天空,我误以为它是一架飞机,又想象它变成了多架飞机,直捣英国设在阿尔贝的大炮阵地。如果我能够让德国人听见阿尔贝这个地名,我一定会不惜性命地大喊。虽然我的上级非常讨厌,整天就坐在柏林那毫无生气的办公室里一边翻阅报纸一边等我们的情报,而且不认识我和洛纳柏格,只知道有一群人在英国司坦福郡打探情报,可我还是要让他知道这个机密,所以我现在必须逃走。四周一片沉寂,我悄悄地起了床,好像马登已经发现了我似的。这时,我产生了一种想要证实自己并非一无所有的念头,就检查了一下我的衣兜,虽然我很清楚自己身上都有什么:一只怀表、一枚方形硬币、一个挂着洛纳柏格房间钥匙的钥匙扣、一个笔记本、一封有必要立刻销毁的信、假护照、几枚硬币、一支铅笔、一条手绢,还有一支仅剩一颗子弹的左轮手枪。我掂了掂手枪,希望能够借此多一点儿勇气,同时也意识到枪声会传得很远。不过,十分钟之后,我就重新做出了决定,于是立刻翻开电话簿,找到了那个唯一能够帮我传递情报的人。这个人住在司坦福郡芬顿郊区,那里离此不足半小时的车程。

我生来就非常胆小,这个计划对我来说尤其危险,要实现它很可能会丢掉性命。尽管如此,我还是要尽全力去实现它,这决不是为了德国这个原本跟我毫无瓜葛后来又使我沦为一名间谍的野蛮国家。我认识一个朴实的英国人,我觉得他像歌德一样优秀。我跟他聊过将近一个小时之后,就把他当成歌德了。我决定实施这个计划,是因为我认为我的上级很轻视我的民族,我要向他证明我们黄种人有能力拯救他的军队。马登随时都有可能追上我。我悄悄地穿好衣服,向镜子里的我挥手道别,走到楼下,朝街上瞄了几眼,然后走上宁静的街道。车站就在不远处,可我还是决定搭车去。我原本以为这样就能够降低被人认出来的危险,可是在冷清的街道上,我觉得自己反倒更醒目,所以更担心了。在距离车站还有一段路的地方,我慢腾腾地下了车,感到非常痛苦。我原本要去阿什哥洛夫村的,却买了一张再过一站才下的票。火车还有几分钟就开了,而下一班要一个小时以后才能到站,我急忙上了车。月台上空荡荡的,我走过一节节车厢,还记得车上的一些人:几个农民、一个戴孝的妇女、一个青年、一个伤兵。那个青年正在聚精会神地读着塔西佗的《罗马编年史》,那个伤兵看上去很开心。火车总算开动了,这时我看见马登正跟着火车奔跑,不禁吓得浑身颤抖,赶紧缩到座位的一角。

这种恐惧感逐渐被一种令人既失魂落魄又痛快的感觉代替,因为我已经赢得了决斗第一回合的胜利。至少在接下来的四十分钟里,我能够幸运地躲开对方。我安慰自己要乐观,因为这个小小的胜利也可能使最后的胜利属于我。我又觉得这个胜利并不是一个小小的胜利,因为只要火车晚点一会儿,我就有可能被抓甚至被杀。接着,我又有点儿做作地自我安慰起来,并认为我虽然有些怯懦,却有能耐在这个冒险计划中取胜。我从这种怯懦的欢乐中汲取了持久的力量,并意识到穷凶极恶的事情促使人们快速地变成了武夫和强盗。我希望他们能够想象自己已经完成使命,并视未来像过去一样无法改变。我就这样浮想联翩,同时像一个死了的人一样想着刚刚过去的白天和即将到来的黑夜,也许这是我最后一次旁观这个世界了。火车穿梭在白杨树中间,然后没报站名就在田野中间停了下来。我看见月台上站着几个孩子,就问这里是不是阿什哥洛夫村,他们说是,我才下了车。月台上虽然点着一盏灯,可我还是没能看清孩子们的脸。有一个孩子问我:"您是不是要去找史蒂芬·阿尔贝博士?"另一个孩子立刻跟着说:"他家虽然离这里很远,却很容易找。你只要沿着左边这条路走,每遇到十字路口就向左拐就可以了。"我把仅剩的一枚硬币扔给了他们,就按着他们的指示沿着一条坡度不大、非常冷清的土路向下走去。树木的枝叶在我头顶,一轮圆月低垂在空中。

有那么一会儿,我担心马登会识破我的计谋,可我很快又否定了这一想法。那几个孩子告诉我要一直向左走,令我想起了迷宫,因为人们在寻求迷宫的中心时往往都会这么做。我是崔朋的后代,自然对迷宫有些了解。崔朋原来是云南总督,后来辞了官,并在接下来的十三年里写了一部人物比《红楼梦》中人物还多的小说,建造了一座没有一个人能够闯出去的迷宫。之后,他被人暗杀,他的小说变得毫无意义,他的迷宫也成了一个谜。我一边走一边想着这个迷宫,想象它正完好无损地坐落在某座山的山顶或是埋在稻田里,也有可能正沉睡在水里。我认为,这个迷宫不应该是由八角凉亭和曲折的小径构成的,而应该是宽广无边的,就像河流、州郡甚至国家一样;也许其中还包含着迷宫,总之它能够无限扩展,不但囊括了过去和将来,还包容了广阔无边的日月星辰……我沉浸在幻想之中,一时忘记了自己的目标,只知道抽象地观察着这个世界。

我的四周一片朦胧,却生机勃勃,虽然暮色越来越重,可是那轮圆月也渐渐明亮起来。我走在那条下坡路上,丝毫也不觉得累,只觉得心情舒畅。我继续向下走着,穿过一片草地。一阵尖锐的音乐声透过重重阻隔,伴着微风忽远忽近地从远处传来。我想,一个人的敌人在不同的时刻极可能是不一样的。但是,无论如何,一个人的敌人都不可能是萤火虫、语言、景物这种东西。我一路思考着,不知不觉就走到了两扇高大的铁门跟前。铁门另一面有一条两旁栽种着杨树的小道,还有一间凉棚。直到这时,我才意外地发现刚才那阵尖锐的音乐就是从这间凉棚里传出来的,而且是中国音乐,所以我立刻就接受了它,一心只想着听音乐,没有留意周围的其他景物。

房屋深处有一只灯笼正在向我靠近,它的光芒在树干之间忽明忽暗。这只灯笼是纸做的,外形像一只鼓,透过金黄色的光芒。提灯笼的是一个身形高大的人。我的眼睛被灯笼照花了,看不清他的脸。他打开门,用乡音缓缓地说:"原来是郗班兄啊!您是来参观花园的吧?"

我知道郗班是我们的一位领事,就下意识地说:"花园?"

"是的,布满了交叉小径的花园。"

"那是我祖先崔朋的花园。"我脱口而出。

"您的祖先?快请进。"

小径还是我记忆中的小径,曲折、潮湿。我被领进一间书房,只见里面装满了东西方的书籍,其中一本是用黄绢装订的《永乐大典》手抄本。桌子上摆着一部留声机,唱片正在一只铜凤凰旁边不紧不慢地旋转着。还有一只数百年前的蓝色古董花瓶,它的工艺是从波斯传过来的……

给我开门的人就是史蒂芬·阿尔贝,他长着深深的皱纹,留着灰白的胡子,正微笑着用一双灰色的眼睛观察我。他看上去既像一位教士又像一名水手,后来我才从他口中得知他曾经去天津传过教,并且从那里开始渴望成为一名"中国通"。

我在一张低矮的床上坐了下来,他则背对着窗户坐着。我大致估算了一下时间,马登至少也要等到一个小时之后才会追到这里来。我决定坐在这里等他。

"崔朋的一生就像一部传奇。"阿尔贝说,"他原本是个博学多才的总督,不但通晓天文、历史,还擅长琴棋书画,可他却为了写小说和造迷宫而抛弃了这一切,把自己关在明寂阁里长达十三年,死后只留下了一大堆凌乱的手稿。您大概也知道,这些手稿差点儿被他的家人烧掉,是一个出家人遵照他的遗嘱把它们集结成书出版了。"

"我是崔朋的至亲,"我说,"至今还对那个坚持要出版这些手稿的和尚耿耿于怀呢。这本书的体例很混乱,里面有很多地方都是相互矛盾的。我大致翻了翻那本书,发现主人公竟然会死而复生;至于那座迷宫……"

"那座迷宫就在这儿。"他指着一张又高又滑溜的写字台对我说。

"一座袖珍型的象牙迷宫!"我大喊。

"一座具有象征意义的迷宫,"他用纠正的语气说,"一座跨越了时间的迷宫。我作为一个英国人,有幸揭开了其中的秘密。虽然这座迷宫已经历时一百多年,可是当时的一些细节现在还是能够揣测出来的。崔朋曾经在这一时刻说要隐居起来写一部小说,并在另一时刻说他要隐居起来去造一座迷宫。大家都以为写小说和造迷宫是两件不同性质的事,却没想到二者根本就是一回事。明寂阁位于一座布满交叉小径的花园中央,这一点暗示它就是一座迷宫。崔朋死后,就没有人得知这座迷宫在哪里,可我却从这部充满矛盾的小说中洞悉小说本身就是一座迷宫。我有两个证据可以证明这一点,一是崔朋打算造一座迷宫的传闻;二是我发现了崔朋留下的一封不完整的信。"

阿贝尔说完,就起身背对着我站了一会儿,然后从那张写字台的一个抽屉里拿出了一张纸。这是一张印有方格的薄纸,原本应该是鲜红色的,现在已经变成了大红色,看上去很脆弱,上面有崔朋的手笔。崔朋的字写得果然很出众,我怀着热切的心情,费力地念着一行由我祖先手书的毛笔字:"我将这座小径交叉的花园托付给未来的各种可能。"看完之后,我把这张纸还给了阿尔贝。

阿尔贝说:"我在发现这封信之前,曾经自问什么样的小说才具有无限性,可是想来想去只想到了一种可能,那就是这部小说的第一页与最后一页是完全一样的,就像《一千零一夜》似的能够循环下去;此外,就是这部小说是从上一代传到下一代的世袭作品,由后辈在前辈的基础上增加一个章节或修改部分章节。这些猜想令我非常高兴,可是无论哪一种猜想,都不适用于崔朋的那本充满矛盾的小说,我因此陷入了苦恼之中。就在这时,有人从牛津给我寄来了您刚才看过的那张纸,于是我的注意力很自然地就集中在了它上面,并且顿悟'小径交叉的花园'就是这本充满矛盾的小说,因为由'未来的各种可能'这几个字,我想到了小说里的形象是在时间而非空间上是交叉的,于是我又重读了那本小说并证实了这一结论。

在其他小说里,人们在面对各种可能的选择时,都只会选择其中一种。可是,崔朋这位与众不同的作者却考虑到了种种可能的选择,他就这样创造了各种可能的未来,使它们看上去既相互独立又有交叉点,从而使整部小说充满了矛盾。例如,方君有个秘密怕别人知道,于是决定杀死陌生的来访者,接下来的情节就不止一种可能了,既可能是方君杀死陌生的来访者,也可能是方君被杀,还可能是两个人都没死或都死掉等。在崔朋的小说里,会出现种种可能的解决办法,而且各种办法之间相互有交叉,有时还会集中于一点。比如,我们在以往的某一时刻很可能是敌人,而在另一时刻又有可能是朋友。如果你不介意我那糟糕的发音,我们可以从这本小说里选几段来念念。"

他的脸被明亮的灯光照射着,使他看上去像一位信仰坚定的老人。他用缓慢的语调把小说里两种不同的写法都正确地念了一遍。在第一种写法里,一支军队取道一座荒山去打仗,官兵们看到山上怪石嶙峋、山谷里阴沉沉的,觉得活着没什么意思,结果却轻而易举地打了胜仗。在第二种写法里,一支军队经过一座里面正在举行宴会的宫殿,官兵们觉得这场战争就是宴会的继续,于是奋勇杀敌并取得了胜利。我恭敬地倾听着这个古老的故事,更多地是怀着一种对创作这本小说的祖先的尊敬的心情,而不是对小说本身的欣赏。此外,我还非常敬佩面前的这位先生,他冒着生命危险把这本小说归还给了我。我记得两种写法的末尾都是同样的几句话:"英雄们在面对杀戮和死亡时,会平静地握紧利剑奋勇杀敌。"

我感到无论是我的周围还是我的身体里,都有既看不见又摸不到的东西在慢慢滋生,不过它们并不是齐头并进最后汇合在一起的队伍,而是以各种难以预测的方式朝着不同的方向发展的。

阿尔贝接着说:"你的祖先那么有名望,我不相信他会无聊到要花费十三年的时间去玩这种变幻莫测的文字游戏,他也不可能只是在研究修辞。写小说在您的国家里是被轻视的。崔朋虽然具有写小说的天赋,但他同时也具有渊博的学识,肯定不可能仅仅是个只会写小说的人。据与他同时代的一些人说,崔朋非常喜欢道教和神学。他的小说里还有很多具有哲理的辩论,可见他对哲学也有所研究。我知道,除了'时间'这个深刻的问题之外,没有任何事物能够给他带来困惑,这一点也是他在小说里唯一没有提及的问题,他甚至刻意避免使用与'时间'这个词意思相近的字眼。关于这种刻意的回避,您是怎么看的?"

我提出了几种看法,但它们都不能说明这个问题。接着我们又讨论了一会儿,然后阿尔贝说:"如果一个谜语的谜底是棋,那么这个谜语中将不会出现哪一个字?"

我思索了一会儿,然后回答:"当然是'棋'字了。"

"对,'布满交叉小径的花园'本身就是一个谜,谜底就是时间。作者的心思是那么缜密,他始终没有明确地提到时间,而是采用了一些不够贴切的比喻拐弯抹角地让人联想到时间,这或许也是指出谜底最贴切的方式吧。崔朋走过很多弯路,却一直孜孜不倦地写小说,所以他习惯了在曲折之处运用这种回避方式。我翻阅过手稿,改正了抄写错误,从矛盾中理清了构思,自认为已经恢复了它的面貌,并重新对它进行了翻译,所以我清楚地知道他自始至终都没有使用过'时间'这个词。'布满交叉小径的花园'是崔朋构想出来的一副关于宇宙的图画,虽然没能完成,却是实实在在的。崔朋不赞成牛顿、叔本华所认为的时间是绝对一致的观点,他认为时间是一张能够无限连续、扩展的网,各个网线能够相互接近、交叉或者数百年都不相干,总之它包含了所有的可能性。我们也存在于这张时间的网中,既可能同时存在,也可能无法共存。现在,我有缘与你共处于同一个屋檐下;假设您走过花园,则可能会发现我已经死去;而在另一时期里,可能我说了同样的话,但我却说错了,甚至可能像幽灵一样令人恐惧。"

"我非常感谢您所做的一切,是您重建了崔朋的花园。"我颤声说。

"我所做的并非一切,"他喃喃地说,脸上还挂着微笑,"因为时间是无限交叉的,在其中一个交叉点上,你我很可能会是敌人。"

我再次感觉到有东西在周围无形地滋长,其中就有我和阿尔贝,我们正在另一时间范围内悄悄地变形。直到我抬起头,这种感觉才倏地消失。昏黄的花园小径上,有一个人正步伐坚定地向这边走来,他就是马登。

"将来的确有各种可能,"我说,"但我们现在还是朋友,您能把那封信再给我看看吗?"

阿尔贝站起身来,背对着我打开写字台的抽屉,我立刻准备好左轮手枪,小心地扣动了扳机。阿尔贝马上一声不响地倒在地上,当场毙命。

其余的都不值一提。马登冲进来逮捕了我。我虽然被判了绞刑,可还是一个胜利者,因为我已经通过杀死阿尔贝的方式把他们的袭击目的地告知了柏林。昨天,我在报纸上看到他们果然轰炸了法国阿尔贝。就在同一天,我还看到著名的"中国通"阿尔贝被一个名叫俞琛的人暗杀的报道,这件事对整个英国来说都是一个谜,只有我的上级知道谜底。他知道,在战乱的情况下,我只有通过杀死一个名叫阿尔贝的人这种方式,才能指明他们的袭击目的地。可是,没有人知道我心里有多悔恨。

玫瑰色街角的汉子

我站在人群中间,您走过来问我知不知道弗朗西斯科·雷亚尔的事。

我还真认识他,虽然他的地盘在我们这一带以北(从瓜达洛佩湖至炮兵营这片狭长地带)。我最多见过他三次,而且是在同一天晚上见的,当时的情景我至今还记忆犹新。

那天晚上,洛哈娜拉说她决定来跟我睡觉,卢森多·霍亚里斯则识相地离开了马尔多纳多河畔的舞厅。当然了,您并不是那种重视名声的人,可是卢森多的名气实在太大了,令我不得不提及他。卢森多外号叫"神刀",他在尼古拉斯·帕瑞德斯手下当差,是比利亚·里塔一带的风云人物。他以善于玩刀子和衣着华丽而出名,经常骑着一匹黑马出没于各个窑子,是窑子里的上宾。大家都知道,他至少杀过两三个人。他留着一头披肩发,经常戴一顶窄边的高筒软帽,活得非常潇洒。大家都很羡慕他,尤其是像我们这样的年轻人。我们对他崇拜至极,甚至连他吐痰的样子也要模仿。可是,那天晚上,我们却认清了他这个人,并由此改变了对他的看法。

当晚发生的一切,看起来一点儿都不真实,却实实在在地发生了。刚开始时,有一辆华丽的红车轮轻便马车疾速驶过拥挤而肮脏的马路,在砖窑和空地之间穿梭。车上挤满了人,其中两个身穿黑色衣服的人在弹吉他,车夫则不断地挥着鞭子去抽打那些试图咬马腿的野狗,还有一个人裹着宽大的呢子方形斗篷一声不吭地坐在马车正中间。坐在马车正中间的这个人,就是远近闻名的雷亚尔,他因为曾经在牲畜场工作而得了"屠夫"这个绰号。不知道他要干什么,也许是去打架或杀人吧。

那天晚上凉风习习,非常舒适,有两三个人甚至坐到了卷起来的车篷上,好像是要去参加狂欢节派对似的。总之,那天晚上发生了很多事。

我们老早就去胡丽娅的舞厅了,所以后来才得知开始时的情况。胡丽娅的舞厅其实只是一个用带条纹的铁皮围成的大窝棚,位于高纳街和马尔多纳多河之间,门口挂着一盏红灯,里面的喧闹声在几条街之外都能听见。胡丽娅虽然是个黑人,可她一向行事谨慎,所以她的跳舞厅里很少有人闹事。那里既有音乐又有美酒,还有能陪客人玩通宵的舞女。不过,这一切都比不上洛哈娜拉,她是那样光彩照人,只是由于她是卢森多的女人,所以很少有人敢打她的主意。如今她已经去世多年,所以我也不怕您笑话,就承认我一度对她念念不忘。您不知道她当年有多美!她长着一双迷人的眼睛,任谁见了都会想她想得睡不着。我们跟卢森多一起喝酒、听音乐、和女人逗乐。卢森多满嘴豪言壮语,还不时地拍拍我们的后背,这对我们来说可真是莫大的荣幸,令我们觉得他把我们当成了朋友。总之,那天晚上我非常开心。

我有一个舞伴,她跟我配合得很好。我们踏着探戈的节拍转圈、分开又靠近,我发觉音乐声渐渐变高了。后来,我才知道原来是因为那辆轻便马车正在靠近我们,马车上两个吉他手弹奏的音乐声和舞厅里的音乐声交织在了一起。接着,风向一变,我听不到外面的音乐声,才把注意力转到了我和我的舞伴身上,继续踏着节拍翩翩起舞,玩得好不快活。

大约半个小时之后,外面有人敲门,还有人大声嚷嚷。我们以为是警察,就立即安静下来。接着,有人用肩膀使劲儿撞开门,然后闯了进来,他就是雷亚尔。他穿着一身黑色的衣服,肩膀上搭着一条栗色的围巾,颧骨很高,看上去像印第安人。

我忽然被门撞到,下意识地一边伸手拔出藏在背心里的刀子,一边扑向雷亚尔,准备给他一刀。可是,雷亚尔稳稳地站在那里,挥手就把我推到他身后,接着又毫不费力地推开了其他阻挡他前进的人。这个比在场所有人都至少高出一头的傻大个儿,就这样轻松地一路向前,好像我们根本不存在似的。那些欧洲小伙儿被他吓得瞠目结舌,看见他靠近就赶紧向后退。可是,坐在后排的那个"红头发"却不怕他,他面无惧色地等着雷亚尔靠近。雷亚尔还没来得及抓住"红头发","红头发"已经把刀子伸到雷亚尔面前,还在他脸上平拍了一下。人们都被吸引了。这间舞厅是长方形的,大约有三四十尺长。人们都握紧拳头去打雷亚尔,把他从舞厅这一头打到那一头,还骂他、朝他身上吐唾沫。他也不还手或挡开。人们干脆伸开拳头,用手掌或围巾抽他。当然了,人们没有狠狠地收拾他,而是把这个权利留给了卢森多。

在此期间,卢森多一直默默地靠墙站着,一边抽烟一边静静地看我们打架。"屠夫"虽然遭到群殴,却没有倒地,只是身上有一两处已经见红。人们一起推搡他,慢慢地把他推到了卢森多跟前,直到他和卢森多面对面站着。这时,"屠夫"一边用袖子擦了擦脸,一边瞪着卢森多说:"我叫弗朗西斯科·雷亚尔,是从北区来的。我根本不把这些打我的混蛋放在眼里,因为我要找的是一个男子汉。我听人们说,在这个到处都是土坯房的村子里,有一个很会耍刀子的硬汉,人称'神刀'。我是专程来找他切磋技艺的。即使我技不如人,也可以向他学习学习。"

雷亚尔说这番话时,一直盯着卢森多,接着突然从袖子里抽出一把明晃晃的刀子。人们原本都在往前挤,见这架势都赶紧向后退,以便为他们腾出空间,同时安静地注视着他们。就连那个拉小提琴的瞎眼黑人,也把头扭过来,让两片厚厚的嘴唇对着我们。

这时,背后传来一阵脚步声。我扭头一看,只见六七个人正向舞厅走来。其中有个人看着最年长,他留着一大把灰白的胡子,脸部线条像牛皮板子一样生硬,看着就是乡巴佬。这个人向前走了几步,走到明亮的灯光下,看到有女人在场就恭敬地取下帽子。其余几个人则瞪大眼睛四处张望,好像担心会被暗算似的。

卢森多则令人失望地低下头,一动不动地站着,根本没有收拾雷亚尔的意思。又过了一会儿,他嘴里的烟头掉了下来(也有可能是他吐出来的),他才低声说了几句话。至于他说的是什么,我们这几个站在舞厅另一头的人都没有听见。这时,雷亚尔又要跟卢森多比试比试,可卢森多还是纹丝不动地站着。这时,擅自闯入的人中最年轻的那个吹了一声口哨。洛哈娜拉瞪了他一眼,立刻令他闭上了嘴巴。接着,洛哈娜拉摇摇晃晃地穿过拥挤的人群,来到她男人身边,拔出他的刀子,一边把刀递到他手上,一边说:"卢森多,我想你用得上这个。"

卢森多双手接过刀子,把玩几下之后突然高举手臂,把它扔向了那扇朝着马尔多纳多河的大长窗子。我想,刀子一定掉进了马尔多纳多河,心头掠过一阵寒意。

雷亚尔对卢森多说:"我看见你就讨厌,不想让你弄脏我的刀子。"说着就要动手揍卢森多。这时,洛哈娜拉赶紧跑到"屠夫"跟前,狐媚地勾住他的脖子,恶狠狠地说:"您别跟那家伙计较,只当他不存在好了。"

雷亚尔一下子眩晕了,一两分钟之后才反应过来,然后伸出胳膊搂住洛哈娜拉,并叫乐师奏乐,还命令所有寻欢作乐的人都去跳舞。舞厅里顿时响起了探戈和米隆加舞曲。雷亚尔的舞步很僵硬,但他紧紧地搂着洛哈娜拉,不一会儿就让她陶醉了。他们跳到门口时,雷亚尔高声大叫着说:"小伙子们,快让一让,她现在归我了!"接着,他们就脸贴着脸地跳到了门外。

我觉得我的感情受到了羞辱,脸顿时涨得通红。我不停地换舞伴,跟她们转了几圈就放手,然后以想去外面透透气为借口走出舞厅,在外面四处转悠。夜色很好,可我却一点儿也没心情欣赏,只顾盯着那辆停在街道转角处的马车。那两把吉他竖放在马车车座上,看上去就像两个人。我忽然觉得我们那一大群人就像这两把吉他一样,没有一点儿用处。我一想到自己没用,就痛苦得无以复加。我揪下身后的一朵石菊,把它扔进一个泥坑,目不转睛地盯着它看了很久,可脑海里还是会浮现出刚才的情景。我真希望新的一天赶紧到来。就在这时,我的痛苦得到了解脱——有人用胳膊把我推到了一边。我扭头一看,只见卢森多一边躲躲闪闪地向外走,一边对我大吼:"小子,你干吗挡我的路?"我想他心里很可能有什么不快,也就没和他计较。他沿着马尔多纳多河一直向前走,最后消失在夜色里。这是我最后一次见他。

我仍然站在外面,漫无目的地看着我天天都能见到的事物。天空是那么空阔、高远;河水"哗哗"地顺势流着,根本不能左右自己的去向;一匹马正在打盹儿;街道既脏又乱,此时正沉浸在一片死寂之中;砖窑破败不堪,就像一个迟暮的老人;杂草到处疯长……我突然觉得自己就像一株生长在垃圾堆里的野草,我身边也都是野草。我们再怎么疯长,也只是一株杂草。这种荒芜的环境,除了长出我们这种废物之外,还能长出什么呢?后来我转念一想,条件越恶劣,我们越要好好生长!

这时,舞厅里还是很吵闹。外面清风拂面,空气中有一股水杨藤的清香,令人顿时觉得心旷神怡。天上群星闪烁。这个夜晚的确很美好。不过,如果你老盯着群星看,又会有一种头晕目眩的感觉。

我的思绪又回到了刚才发生的那些事情上。我试图说服自己忘掉它们,因为它们与我无关,却发现自己根本办不到。我一直被卢森多的懦弱和雷亚尔的猖狂纠缠着。雷亚尔实在太可恨了,他目中无人地霸占了一个女人,很可能不只是今夜,还有明晚,甚至更久。他们俩去哪儿了呢?没有人知道。不过,应该不会走太远,说不定这时候已经在行好事了。

我回到舞厅时,人们依然非常兴奋。我悄悄地溜进去,发现我们的几个小伙子已经离开了,北区的那几个人还在,此刻正和姑娘们跳舞呢。音乐声很低缓,令人听了昏昏欲睡。姑娘们跟陌生人跳着舞,不知道该说些什么,就有一搭没一搭地开口又闭上。

我密切地注视着舞厅里的一切,没想到果然发生了意外。

门外传来女人的哭喊声,接着就是雷亚尔的声音。他原本是个大嗓门,想不到这时的声音却异常低沉。

"进去。"雷亚尔说。

女人继续哭喊。

"开门!"雷亚尔的声音变得有些急促,"臭婆娘,听到没有?快开门!"

接着,门又被撞开了,洛哈娜拉跌跌撞撞地走了进来,好像后面有人推她似的。

"她肯定是被鬼攥进来的。""红头发"说。

"不是鬼,但也差不多了。"雷亚尔跟着洛哈娜拉磕磕碰碰地走了进来,就像喝醉了似的。我们赶紧躲开了他,让他可以按自己的意思行走。他摇摇晃晃地走了几步,然后像一根木头似地栽倒在地。他的一个朋友赶紧走上前去,把他的身子翻过来,用围巾托住他的头,结果沾了一身血。雷亚尔的胸口有一个很大的血洞,此刻还在流血。他脖子上那条鲜红的领巾,已经被血染成了黑色。一个女人拿来白酒以及一些烧焦的破布,试图为他止血。雷亚尔这时几乎已经失去意识,所以根本没法向大家解释到底是怎么一回事。

洛哈娜拉垂着双肩,双眼瞪得大大的,不知所措地盯着雷亚尔。每个人的脸上都充满了疑惑。最后,洛哈娜拉给大家作了答复。她说,他们从舞厅里出来之后就向一片空地走去,没想到有人突然捅了雷亚尔一刀,然后就逃走了。洛哈娜拉发誓说,她不知道这个人是从哪儿冒出来的,也不知道他是谁,但她敢肯定绝对不是卢森多。虽然她的表情很坦诚,但我还是认为没有人相信她。

不久前还很猖狂的雷亚尔,现在却一动不动地躺在我们脚边,说不定马上就要死去。我认为,无论这事儿是谁干的,都大快人心。真希望雷亚尔能早点儿断气!他第二次撞门进来时,胡丽娅正在沏茶。接着,茶壶就传到了大伙儿手上,最后到了我这里。这时候,雷亚尔还没有断气,他声音低缓地说:"替我把脸蒙上。"这是他最后的骄傲,他不愿意大家看到他临终时的痛苦表情。有人拿起他的斗篷,蒙住了他的脸。他就这样不声不响地在他那顶黑色的斗篷下面闭上了眼睛。人们都不敢轻举妄动,直到看到他的胸部不再起伏才拿掉斗篷,只见他一脸死灰,的的确确没有了生命的迹象。他活着的时候,是瓜达洛佩湖至炮兵营这片狭长地带最猖狂的人;如今,他成了一个无法开口的死人,我也就不讨厌他了。

"人总有一死。"一个姑娘感慨地说。

"如此高傲的一个人也难免一死,而且死得这么不光彩。"另一个姑娘也深有感触。

这时候,北区的那几个人聚在了一起,他们悄声商量了一会儿之后,派出两个代言人。这两个代言人齐声说:"他是被这个女人杀死的。"

第三个人也大声地痛骂洛哈娜拉。接着,其他人都围着洛哈娜拉大骂。我一向非常谨慎,可是当时却忍不住跳进了包围圈。我本想拔刀与他们对峙的,却不知道被什么力量阻止了,只是冷冷地对那些盯着我的人说:"她只是个手无缚鸡之力的弱女子,怎么可能杀死一个大男人?再说了,这个地方从来就没有出过事。他在自己的地盘上是个天不怕地不怕的人物,谁能想到他竟然会在这里出意外?"

没有一个人敢站出来反驳我。

就在这时,远处传来马蹄声,打破了这儿的死寂。是警察来了。你也知道,无论出于任何原因,人们都或多或少地不想跟法官打交道。这时候,能够使大家都不与法官纠缠的最好方法,就是把雷亚尔的尸体扔进马尔多纳多河。几个人争先恐后地去搜雷亚尔的身,掏走了他身上所有的钱币,还剁下了他的一根手指——因为那根手指上戴着一只略微显小的金指环。接着,雷亚尔这个穿着一身黑衣的死人被抬到大长窗跟前,然后被扔到了窗外。一个原本很强大的人,就这样被一个更强大的人杀死,最后被一群无用的人扔进河里。这群无用的人,在一具死尸面前倒是很胆大。只要把尸体扔进河里,流水就会带走一切罪证。他们为了不让尸体浮出水面,把他的内脏都挖掉了。这一幕我没看,也不想看。在这一过程中,那个长着灰白胡子的乡巴佬不时地盯着我看,好像生怕我会出来干预他们似的。洛哈娜拉则趁着大家手忙脚乱的工夫,悄悄地逃了出去。

警察进来的时候,大伙儿都在纵情舞蹈。那个拉小提琴的瞎眼黑人手艺的确不错,给我们拉了好多动听的曲子,只可惜您没有听到。

天渐渐亮了,但是还看不到附近山坡上那道篱笆墙的铁丝,只能看见一根根木桩孤零零地站立在地面上。

我悠闲地在大街上溜达,接着又上了另一条街,然后才向家里走去。我看见我家的窗口还亮着灯,随即又熄灭了。我加快脚步冲进屋里,把右手伸进背心,抽出藏在左腋下的刀子。我不紧不慢地坐在椅子上,翻来覆去地看着刀刃,那上面没有一点儿血迹,看起来光洁如新。

刀 疤

他脸上有一道从一侧太阳穴一直延伸到另一侧颧骨的灰白色伤痕。这让他看起来非常险恶。塔夸伦波人不知道他的真实姓名,都管他叫"红土牧场的英国佬"。红土农场原来的主人是卡尔多索,据说他当初是不愿意出卖红土牧场的。直到这个英国佬说出他脸上那道伤疤的来历,卡尔多索才把牧场卖给了他。

这个英国佬来自南里约格朗德边境地区,因此有很多人都说他曾经在巴西做过走私生意。

红土农场的水原本是苦的,后来这个英国佬就和他的雇工一起辛勤地劳动,硬是把水质改善了。据说,这个英国佬对待雇工非常严厉甚至有些残酷,可是办事却非常公道。此外,他还酷爱喝酒,每年都会纵情酗酒好几次。他每次酗酒,都会连续两三天地把自己关在牧场看守的房间里,直到喝够了才出来,出来时要么像刚下战场的人一样疲惫不堪,要么像精神病患者一样坐立不安。但是,这些都不影响他的威严。他的眼睛里透着冷漠的光芒,胡子灰白,身子骨很单薄。他只会说几句带有巴西腔的西班牙语,基本上不跟别人来往。他偶尔也会收到一些邮件,但都是商业信件或小册子这类东西。

我喜欢去北方各省旅行,最近一次去旅行时却遇到瓜塔河发洪水,所以只好到红土农场借宿。不过,我刚坐定还不足十分钟,就后悔来红土农场了。当时,我为了拉近与这个英国佬之间的距离,谈起了"爱国"这个最容易令人激动的话题。

我是这么说的:"如果一个国家的所有国民都像英国人一样爱国,这个国家就是不可战胜的。"

英国佬回答:"没错,但我不是英国人,我来自爱尔兰的邓加凡地区。"他说到这里,立刻闭上了嘴巴,好像刚刚不小心说了什么不该说的。

吃过晚饭,我和他来到屋外。这时雨已经停了,不过南部高原背后的天空还有闪电划过,这预示着将有一场暴风雨降临。我俩只好重新回到餐厅。餐厅里已经被收拾干净,我俩就在饭桌旁边坐了下来。刚才侍候我俩吃饭的雇工端来一瓶朗姆酒,于是我俩都一言不发地慢慢品尝着。

不知过了多久,我觉得有些醉意,就在兴奋(或者说是厌烦)情绪的影响下问起了他脸上的伤疤。

英国佬听完,脸立刻拉了下来,然后就是好几秒钟的沉默。我立刻后悔了,并猜测他很可能会立刻赶我走,没想到他却平静地对我说:"这个伤疤的来历,我可以告诉你。虽然其中有些情节很不光彩,让我丢尽了面子,可我还是决定把它们全都如实地说出来。"

我当然没有任何异议,于是他就给我讲了他那道伤疤的来历。他讲的时候,一会儿用英语,一会儿用西班牙语,有时甚至还会插进几句葡萄牙语。下面就是他的讲述。

"事情要从1922年开始说起。当时我住在康诺特郡,我知道有人密谋争取爱尔兰独立,就加入了他们。我的那些战友,有的依然健在,成了为和平而奋斗的人;有的却莫名其妙地成了英国人,整日坚守在海上或沙漠里;有的被关进敌人的监狱,在黎明时被一伙睡眼惺忪的士兵杀害;还有一些在内战期间加入秘密部队,成了默默无闻的人物。

"我们既提倡共和,又虔信天主教,还是浪漫主义者,甚至是无政府主义者。在我们看来,我们的祖国爱尔兰虽然陷入了水深火热之中,但她的前景是美好的,她的崛起终将成为一个神话。你想想啊,她拥有圆形的尖塔、红色的沼泽地,还有带领人民独立的领袖帕内尔……她拥有这么多珍贵的东西,人们怎么会让她长期忍受压迫和剥削呢?

"我永远也忘不了当年秋天的某个傍晚。那天傍晚,从蒙斯特省来了一位名叫文森特·穆恩的同志。穆恩刚满二十岁,非常瘦弱,看着就像一根软面条。他非常向往共产主义,曾经完完整整地读过一本好像名叫《共产主义》的手册,却没有什么收获。另外,他还坚持用辩证唯物主义的观点来解释所有问题。就像人们厌恶或喜欢一个人有很多理由一样,历史也有多样性。可是,穆恩却认为历史其实就是一部肮脏的利益冲突史,并由此断定革命者会取得最后的胜利。我则认为,仁人志士即使失败也可以力挽狂澜,并能找出失败的原因……

"当时已经很晚了,可我们的辩论还是没有停止。我们先在走廊上辩论,然后一边下楼一边辩论,直到来到空荡荡的大街上还在辩论,这使我对这次辩论产生了深刻的印象。不过,使我印象深刻的并不是穆恩的观点,而是他那令人不容置疑的口气。在我看来,这位同志虽然初来乍到,话语里却充满了蔑视和挑衅的味道,并用命令的口气向我们发号施令,根本不是来跟我们讨论问题的。

"我们一边辩论一边向市郊走去。就在我们到达市区尽头时,不远处忽然传来一阵枪声,于是我们赶紧奔向一条小巷,结果发现附近有一间茅屋起火了。就在这时,一个士兵从茅屋里冲出来,他被火光映衬得异常高大,大声喝令我们站住。我立刻加快脚步向前跑,却没见那位新来的同志跟来,就扭头向后看,只见穆恩被吓得一动不动地站在原地。我立刻跑到他身边,一拳打倒那个士兵,又用力地推推穆恩,还狠狠地骂了他几句,然后叫他赶紧跟我一起跑。可是,穆恩已经被吓得完全失去了行动能力,我只好拽紧他的胳臂,拉着他在黑夜里冒着枪林弹雨夺路而逃。一颗子弹擦过穆恩的右臂,吓得他刚逃进隐蔽的小松树林就抽泣起来。

"接着,我们躲进了贝克莱将军的别墅。这位将军我从来没有见过,他当时正在孟加拉担任某一行政职务。他那栋别墅里有很多回廊和闲置的门厅,整栋建筑虽然不满一百年的历史,看着却非常破旧,很多房间的光线都不好。摆着古董或书籍的房间里,杂草丛生;书籍的内容和观点都不尽相同,有的甚至是对立的,刚好反映了19世纪的现实。

"我记得我们躲进了别墅的底层。穆恩双唇干裂,身体在不停地颤抖,喃喃地说:'今晚的经历真有意思。'我先倒了一杯热茶给他,然后开始给他包扎伤口,发现他只是被子弹擦伤,没有伤筋动骨。突然,他疑惑地说:'虽然我们现在逃脱了,可是您刚才冒的险也太大了。'我叫他不必担心我。其实,我在内战中就养成了像刚才那样拼命逃跑的习惯;而且,只要有一位同志被捕,我们的整个事业就有可能遭到致命的打击。

"直到第二天,穆恩的精神状态才恢复正常。我递给他一支烟。他接了过去,然后开始严肃地盘问我,问我们革命党的经济来源是什么。这个问题提得非常合理。我如实地跟他说我们的经济来源很紧张,形势非常严峻。南面枪声密集,震得人心惶惶。我说同志们正在等着跟我们会合,然后回到我的房间去取外套和手枪。等我再去找穆恩时,只见他正闭目躺在沙发里。他猜测自己发烧了,而且感到肩膀传来一阵阵锥心的疼痛。

"最后,我终于不得不承认他非常怯懦,只好无奈地请他保重,然后独自离开了。我一想到这个懦夫就觉得羞耻,好像怯懦的人是我自己似的。任何一个人的所作所为,都或多或少地反映了一群人的所作所为。因此,如果我说穆恩违抗命令之举败坏了全人类,根本不为过;同样地,说一个被钉在十字架上的犹太人就是救世主,也不是毫无道理。叔本华有一句名言说得好:'我即他人,他人即众生。'所以说,在一定条件下,莎士比亚和可怜的穆恩其实是一类人。

"我们在贝克莱将军的别墅里总共待了九天。战争是痛苦的,但也令人倍感光荣。我在这里不多说战争的事,重点说说这道使我破相的伤疤是怎么来的。这九天其实并没有给我留下什么特别的印象,除了第八天之外。那天,我们的人攻下一座军营,为我们的十六位同志报了仇。这十六位同志都是在艾尔芬被机枪扫射而身亡的,他们死得真是英勇。我是天蒙蒙亮时从别墅里溜出来的,直到傍晚才回去。这时候,穆恩正在楼上等我,因为他伤势严重,无法去底层找我。我看见他手里有一本军事著作,那本书可能是英国军事家茅德的作品,也有可能是普鲁士军事家克劳塞维茨的作品。他曾经对我说:'在所有的武器当中,我最喜欢大炮。'他还向我打听了我们的作战计划,并自以为是地加以批判,还提出了修改意见。他还时常谴责我们经济基础薄弱,并忧心地预言我们终将因此而战败。他嘀咕着说:'情况真是糟糕透顶。'他为了掩盖他在肉体方面的怯懦,竭力证明他的头脑很睿智。我们就这样一起待了九天。

"第十天,武装警察控制了局势。警察们一个个身高马大,骑着马一言不发地在街上巡逻。一阵风吹过,带来了许多灰烬和烟雾。广场中央竖立着一个假人,有些士兵正在用它练习枪法。街角躺着的一具死尸,被士兵们又补射了几枪,血肉模糊……我是大清早出门的,不到中午就回来了。穆恩正在书房里跟什么人说话,听语气像是在打电话。后来,我听见他提到了我,说我晚上七点钟会回来,对方只需要埋伏在花园里就能逮住我。原来,这位辩证唯物主义者正在理性地出卖我,并请求对方保证他的人身安全。

"讲到这里,这个故事的头绪就乱了,也断了。我只记得我穿梭在阴暗的回廊之间,晕头转向地追逐那个出卖我的人。穆恩对别墅的格局非常熟悉,险些逃脱,但最终还是被我逼到了一个死角。我从将军的兵器架上拔出一把新月形的钢制弯刀,在穆恩脸上划下一道新月形的血印,给他打上了一个耻辱的印记,接着我就被士兵们抓住了。博尔赫斯,因为你我素昧平生,所以我才把这件事告诉了你。你大可以瞧不起我,我是不会因此而难受的。"他说到这里就停住了,双手微微颤抖着。

"后来呢?"我问。

"穆恩带着赏钱逃到了巴西。那天傍晚,我看见广场上多了一具尸体,几个喝醉酒的士兵正在用它练习射击。"

我等他继续讲下去,可是等了半晌,也没听见他再说一句话,只好请他把故事讲完。

他深深地叹了一口气,动作轻柔地指了指他脸上那道新月形的伤疤,喃喃地说:"难道你没有看到这道耻辱的印记吗?我会用这种方式讲述这个故事,只是为了让你听完它。没错,我出卖了庇护我的同志,我就是文森特·穆恩。你尽管唾弃我吧。"

总统先生

阿斯图里亚斯(1899—1974),危地马拉的著名诗人、小说家,1965年诺贝尔文学奖获得者,现代拉丁美洲最早步入国际文坛的杰出作家之一,主要作品有《危地马拉传说》《总统先生》《疾风》《云雀的鬓角》等。

《总统先生》是阿斯图里亚斯的代表作,它以反对独裁统治这一拉丁美洲近代史上最突出的社会现象为主题,讲述了主人公安赫尔从帮助总统实施独裁统治到暗中反独裁,最后被总统设计陷害的过程,描绘了独裁者的阴险狡诈和被统治者的凄惨生活,使人们意识到只有推翻独裁统治才能获得自由。

一

晚祷的钟声不停地在城市上空回荡,乞丐们拖着疲惫的身躯从闹市区的小饭馆向大军广场会集,然后各自挤在天主教堂的门廊下过夜。唯一把他们联系在一起的纽带就是贫穷。

他们像仇人似的对骂、推搡、吐唾沫,从来没有相互帮助和信任过,宁愿把剩饭菜扔给狗吃也绝对不肯分给同伴一小口。每天晚上,他们都会悄悄地把剩余的乞讨所得打成小包枕在脑袋下或拴在肚皮上,然后躺在地上开始做噩梦。

一个外号叫"空心腿"的醉汉在睡梦中不停地喊"妈妈"。傻子培里莱一听到喊声,就吓得像往常一样大哭起来,把野狗和伙伴们都吵醒了。几个火气大的乞丐看场面如此混乱,急得跳起来说:"别闹了,小心招来警察!"其实警察才不愿意来这儿呢,因为这儿没有人交得起罚金。

有些人蜷缩在破毯子里,一边嘲笑一边辱骂培里莱,可培里莱全都不在乎,照样哭喊,直到累得筋疲力尽才迷迷糊糊地睡去。后来,城里所有的乞丐都知道了培里莱只要一听见有人喊"妈妈"就会发狂,所以无论他走到哪里都会有人冲着他喊"妈妈"。培里莱为了躲避这个"咒语",几乎跑遍了全城,可是无论他到哪儿都会遭到驱逐。城市很大,他跑得筋疲力尽;城市又很小,小得没有他的一块藏身之地。

这天晚上,培里莱被贫民们用石块和死耗子打得头破血流,背上拖着一条风筝飘带逃出了贫民窟,来到天主教堂门廊的台阶上。乞丐们有人在数钱,有人在斗嘴,有人在做梦;还有人被跳蚤咬得睡不着,索性竖起耳朵听广场上宪兵们的脚步声和刀枪碰击声。培里莱已经几天几夜都没合眼了,这会儿就半死不活地躺在地上昏睡。

每天晚上,披着条纹布斗篷的宪兵都会在附近的兵营里站岗,保护共和国总统。不过,由于总统有很多处官邸,所以谁也不知道总统到底在哪里就寝,也不知道他是怎么睡的。有人说,总统睡觉时也守着电话,手里还攥着一条像猴子尾巴一样的皮鞭。

一个黑影向门廊走来。乞丐们缩成一团,猫头鹰咕咕地叫,只有培里莱一个人直挺挺地躺在地上呼呼大睡。

黑影来到培里莱身边,踢了他一脚,开玩笑地喊了一声"妈妈"。

培里莱霍地跳起来,还没等来人掏出枪来还击就把他按倒在地,用手指捅他的眼窝,几口就咬烂了他的鼻子,又跪在他的肚子拼命地打他,直到打得他一动不动才罢休。

乞丐们都吓得闭上了眼睛。培里莱疯疯癫癫地跑到了大街上,消失在黑暗之中。舒兰特上校就这样死在了一个傻子手里。

天渐渐亮了。警察局二处阴冷潮湿的过道里坐满了探监的妇女,她们各自低声地诉说着自己的不幸,还不时地用披巾擦眼泪。几个值班警察没精打采地用唾沫清洗着赛璐珞领章。

乞丐们都被抓进了黑乎乎的地牢,被一群满身汗臭味和烟味的看守看着,一个个正在那里呜呜啼哭。黑暗、饥饿和恐惧一点点地吞噬着他们的意志。最令他们害怕的是,听说警察可能会把他们宰了熬油或吃掉。

在同一个地牢里,一个大学生闷得发慌,无话找话地对一个教堂司事说:"先生,你为什么被捕?"

"据说是因为政治……"

大学生声音颤抖地说:"我也是……你的案子有什么进展?"

"和你一样,还没有审讯……我是因为一个无心之过被抓的,我误揭了总统先生太夫人寿诞弥撒的通知,被他们说成革命党,然后给关进了这间与世隔绝的地牢。"

不知什么时候,乞丐们被带到审讯室。一个身形粗短、满脸皱纹、眼小如豆的人挨个儿审问乞丐,问他们知不知道是谁谋杀了舒兰特上校。

乞丐们异口同声地说凶手是培里莱。

"你们得老实招供!"审讯者咆哮着说。

乞丐们还是众口一词。审讯者做了一个手势,乞丐们就被一帮在门口待命的警察推进了一间梁上拴着一根长绳子的空屋子。

"凶手是傻子培里莱!我敢向上帝起誓!"第一个受刑者说,他以为只要说了实话就能逃避酷刑。

"什么?放明白点儿!快说,是谁唆使你说假话的?"

可怜的乞丐被拴住两根大拇指吊在空中,脑袋里充血,根本听不到审讯者的怒吼,只顾一个劲儿地叫:"傻子是凶手……"

"胡说!我告诉你,凶手是克纳莱斯和卡瓦哈尔!"

经过一番审讯,除了缺少双腿的瞎子"苍蝇"之外,所有的乞丐都浑身颤抖地认同了审讯者的说法。最后,"苍蝇"的尸体被一辆破轿车拉到了野外的墓地。

天亮了。获释的乞丐们回到了街头,市民们也开始活动。有些人为了养家糊口,天不亮就开始劳作了;另外一些人虽然不劳作,却可以享受荣华富贵。后一种人是总统先生的朋友,包括大房产主、放高利贷者、达官贵人、地主、当铺老板、赌场老板、酒厂老板、妓院老鸨、报馆馆长等。

培里莱气喘吁吁地一路狂奔到远郊,然后倒在一个垃圾堆上呼呼大睡。几只黑色的兀鹰以为他已经死了,就围上去啄他的嘴唇,痛得他一骨碌滚下了高高的垃圾堆,摔断了一条腿,神智渐渐模糊,不停地说着呓语,后来被一个樵夫扶着走到了有人居住的地方。

兵营里连续死了一百四十多人,巴雷诺医生被捕,他申辩说:"我解剖了五具尸体,死者都是因为吃了某种药物致胃穿孔而死的,后来我查明是主任军医为了几个比索,把变质的硫酸钠当成泻药用在他们身上了。可是,我的同事们却不同意我的观点,他们也因此没有被捕……"总统秘书装作有礼貌地倾听着。

总统先生劈头盖脸地训斥巴雷诺说:"你听着,我绝对不允许任何人破坏政府的名誉,滚!叫那个畜生进来!"

坐在角落里的一名文书应声走进总统办公室,不小心打翻墨水瓶,弄脏了文件,被军棍打死。

巴雷诺回到家还满心恐惧,连忙躲进卧室的衣橱,直到听见妻子叫他,才冲到书架旁边假装看书。

"你老是啃书本有什么用?如今这世道,学问比一双袜子低贱,能说会道才值钱!"

"这个么……你就别指望了。我刚才被总统大骂了一顿。"

"天主教堂门廊下发生了可怕的谋杀,总统怎么会不发火呢?你呀,就是胆子太小……"

"住嘴!这是一件大快人心的事,这个杀人不眨眼的刽子手死有余辜!"

"你这么轻信别人,哪里像个男子汉……"

"我要是轻信别人,早就把你休了,拿去!"巴雷诺说着,不耐烦地从口袋里摸出一张纸条递给妻子。

妻子飞快地读起来:"医生:舒兰特已经归天,请好好安慰您的太太! 一伙关心您的人敬上。"她的脸顿时白得像一张纸。

长着天使面孔的总统亲信安赫尔来到总统办公室。

"你亲自去舒兰特家替我吊丧,并以总统的名义给她三百比索安葬费。"总统吩咐,他像往常一样穿戴一身黑。

"您真是爱民如子,不愧是个好总统!"

总统不经意地笑了笑,然后转变了话题:"安赫尔,还有一件事,我希望你今晚就去办。有关当局明天一早就会去抓捕克纳莱斯,你要设法劝他今晚就逃走,注意保密。"

安赫尔来到克纳莱斯家门前,发现那里已经被一群宪兵严密监视,就来到对面一家小酒馆,一边喝啤酒一边等待时机。靠墙的板凳上坐着一个人,那个人行迹有些古怪,看起来像是老板娘的朋友。安赫尔为了拖延时间,掏出一张一百比索的钞票,又要了一杯啤酒。就在老板娘用眼神示意坐在板凳上的那个人帮忙看店铺,她好出去换钱时,从将军家里走出一位小姐。安赫尔急忙迎了上去,得知她是将军的女儿之后,叫她赶紧转告她父亲马上去找他,然后就跑回了酒馆,碰巧撞见坐在板凳上的那个人正要强吻老板娘,他为了顺利地实现自己的计划,赶紧上去调解,然后若无其事地提起了将军的女儿。

老板娘说:"我看你们已经打得火热了,你运气真好!"

安赫尔听完,忽然心生一计:"是啊,可是她父亲不同意我们结婚,所以我决定今晚就带着她一起逃走。"然后递给巴沙格斯一支烟,又叫了酒,请巴沙格斯和老板娘帮助他。

老板娘一向不喜欢将军,她爽快地答应了。巴沙格斯是一位便衣警察,他晚上有公干,不过他说他可以叫他朋友罗达斯代替他。

·精读名著·

"找罗达斯不太合适,因为他老婆想让将军的女儿做她儿子的教母。"老板娘说。

安赫尔同意老板娘的看法,并向他们表达了谢意,然后就匆匆地离开了酒馆,他心头沉甸甸的。

自从舒兰特上校被杀之后,当局就派出便衣警察在天主教堂附近警戒,并赶走了所有的乞丐,还叫附近的店铺出资修缮教堂,因为命案是在他们身边发生的。

罗达斯想做便衣警察,就托巴沙格斯帮忙,没想到那个职位被副局长的教子给顶了。巴沙格斯还说总统明天早上就会派人去抓克纳莱斯将军。

"既然你们已经知道谁是凶手,为什么还监视教堂?"罗达斯疑惑地说。

"为了除掉培里莱,因为他得了狂犬病,已经咬伤了很多人!"巴沙格斯尖叫,"在我来这儿和你碰头之前,有个陌生人再三请求我今晚帮他抢走克纳莱斯将军的女儿。看样子,他已经听说了逮捕将军的消息,想提前把她弄走。"

两个人喝完了酒就向家里走去,巴沙格斯在教堂附近发现培里莱正在沿街爬行,就一枪杀了他。

罗达斯回到家里还觉得培里莱在盯着他,就跟妻子费迪娜说起了他的所见所闻。

"什么?抢走我儿子的教母可米拉小姐?"费迪娜听到这个消息,立刻伤心地哭了起来。

克纳莱斯将军一离开安赫尔家就小跑起来,一边思考着安赫尔的话。他身后紧跟着几个密探。

"无论如何我都要留在家里,因为逃走就等于承认我有罪,但是不逃走肯定会死……"克纳莱斯心想,他对祖国、家庭和女儿都怀着无限的热爱,也没犯什么错,怎么会遭遇这样的不幸呢?最后,他决定安置好女儿,然后独自逃亡。

克纳莱斯将军的一切举动,已经被总统收买的人监视并报告给了总统。

巴沙格斯和罗达斯分手之后,就飞快地向玛莎卡特家跑去。玛莎卡特正紧张地躺在床上等待凌晨两点钟的到来,这一次她温柔地满足了巴沙格斯的欲望。

安赫尔带着一群流氓来到将军家附近,吩咐他们在凌晨两点时扮成贼去将军家偷盗,从而吸引宪兵队的注意,使他能够趁乱掩护将军出逃,连带假戏真做地抢走将军的女儿。他心想,如果他能够顺利地救出将军,那么他对将军的女儿就能拥有某种权利。可是,当他走近将军家时,才发现宪兵人数增加了很多,他们明显是要趁将军出逃时杀死他。安赫尔知道自己掉进了一个精心设计的圈套,成了一个杀人工具,他为自己被愚弄而懊恼,又担心得不到将军的女儿,就决定按照原计划行事,最终成功地帮助克纳莱斯逃走,可米拉则被带进了老板娘的酒馆。

二

可米拉还是一个不谙世事的十五岁小姑娘,经常连续几个小时地对着镜子端详自己,叔叔、婶婶和堂兄弟姐妹们都很关心她,所以她几乎不知道什么叫苦难。现在,她突然失去了所有的爱,忍不住哭了起来。

老板娘安慰了可米拉一番就出去了,屋子里只剩下可米拉和安赫尔。安赫尔突然有一种要占有可米拉的念头,但是当他看到可米拉是那么的疲惫和憔悴,不禁心生怜悯,温柔地用手绢给她拭泪,并让她耐心等待他的消息,然后就离开了。

清晨,费迪娜就向克纳莱斯将军家跑去,叫将军赶紧逃跑,才发现将军家已经变成了一座废墟,奶妈满头是血地躺在院子里。于是,她赶紧逃进屋里,并拣起了窗下的一封将军写给他兄弟胡安的信。就在这时,一群宪兵冲了进来,一听说将军已经逃跑,就跑到将军的邻居家翻箱倒柜地搜查。

玛莎卡特正要送可米拉离开,宪兵队却停止了搜查。奄奄一息的奶妈被抬向陈尸场,费迪娜被宪兵押走了。

接着,宪兵队逮捕了卡瓦哈尔硕士,把他关进了监禁大学生和教堂司事的那间地牢。

国庆节快到了,歌颂总统的歌声响遍全国:"总统先生万岁!"

安赫尔来到了胡安家。胡安夫妇以为他们受到了谋杀案的牵连,都吓得竭力与将军分清界限。等到安赫尔说明来意,他们才松了一口气,却坚决不肯收留可米拉。

费迪娜被关进了女牢房。牢房的墙上涂满了下流的图画或诅咒当权者的漫画。放风的女囚们唱着"从女牢房到妓院只有一步之遥……"

入夜,女牢房里黑得伸手不见五指。费迪娜连忙开始祷告:"主啊,请怜悯我这个罪人……"深夜十二点的钟声响起,她想起了儿子,接着就被带到了审讯室。

"将军去哪儿了?"审讯者问。

"我不知道。我根本就没见到他!"

"那么你身上的那封信又怎么解释?"

"信是我在将军家拣的!"费迪娜急忙申辩说。

可是,他们根本不相信她,还用儿子的性命来威胁她说出真相。她能怎么办呢? 她只有奉命搓石灰,并偷空恳请他们让她给孩子喂奶,可他们丝毫不为所动,除非她说出将军的下落。她的儿子在不停地啼哭……

天快大亮时,她被带回监房,发现儿子浑身冰冷,就急忙把儿子抱在怀里,给他喂奶。孩子慢慢恢复了生气,立即贪婪地吸吮奶头,可是马上又被石灰的辛辣味儿刺激得把奶头吐了出来。

可米拉相信安赫尔一定能带回好消息,因为她的那些叔叔是不会不管她的。

安赫尔回来之后,闭口不谈她叔叔胡安拒绝收留她的事。她再三追问,他才道出了实情。

她当然不相信,并要证明给他看,就跟着他悄悄地来到胡安家。她拼命地敲胡安家的门,吵醒了沉睡的邻居却没能吵醒胡安一家。她又去敲另外几个叔叔的门,同样吃了闭门羹。她一边走一边念叨着:"天无绝人之路!"天渐渐亮了起来,他们回到了酒馆。

安赫尔把可米拉交给忧心忡忡的老板娘之后就离开了,走出门时眼泪不禁夺眶而出。

费迪娜被军事法官卖给了妓院。这时,她的儿子已经死去,她万念俱灰,只顾傻傻地抱着儿子的尸体任人带到了妓院。到了妓院,人们才发现她怀里抱着一个死婴,就强行抢走并安葬了死婴。费迪娜的美貌引得客人们都想"尝尝鲜",可是没过几天她就病倒了,气得老鸨大呼上当,声明一定要从军事法官那里要回一万比索。

罗达斯和巴沙格斯也受到了牵连。罗达斯吓得把他那天晚上的所见所闻都招了,结果被皮鞭打得连扭动身体和喊痛的力气都没有,活像一块破布。

巴沙格斯承认是他杀死了培里莱,不过马上又声明他这是在执行总统的口头命令。军事法官自然不信,并警告他说:"口说无凭,我会向总统先生证实的。不过,你知道的事情未免多了些,当心你的脑袋!"巴沙格斯听完,马上低下了头。

安赫尔听到很多人都在议论他,说他糟蹋了可米拉,他又气又委屈,就躺在床上试图睡去,却怎么也睡不着,眼前总是会浮现可米拉那楚楚动人的姿态和姣好的身材。

一个小男孩跟着女仆来到他的床前,气喘吁吁地说:"开酒馆的太太……请你赶紧去看……小姐……她病重……"安赫尔立刻赶了过去。

可米拉得了肺炎,持续发高烧。

告发邻居、朋友的密信堆满了总统的办公桌。

妓院里的姑娘整天忙于招待客人。一个外号叫"小肥猪"的姑娘把法尔凡少校迷得神魂颠倒,并乘机解除了少校的佩剑,以抵押少校来消费时欠下的债务。老鸨琼太太曾经是一位绝色佳人,引得上至总统、法官下至肉铺老板都为她争风吃醋,她说费迪娜现在躺在医院里。

神父三步并作两步地赶来听可米拉的忏悔,以拯救她的灵魂。可米拉犯的罪包括不听父亲的话、和女伴吵嘴、少做一次弥撒、有一次像男人那样骑马……她说着说着,就拼命地咳嗽起来。

安赫尔来到骑兵营房,向值班的军官打听法尔凡少校。那军官请他稍等,然后就命令一名班长去叫法尔凡少校。

安赫尔站在大门口等着。一个古铜色皮肤的女人走近值班军官,希望他能让她见见她儿子。

"你儿子叫什么名字?"值班军官问,他满口都是烂黄的牙齿。

"他叫伊斯梅尔·米霍,先生。"

"你还是改天再来吧,我们今天没空。"

"先生,我是远道来的,来一趟不容易,请您行行好吧……"

"快走开,我们很忙!"

安赫尔为了能够让可米拉好起来,打算做点儿好事,就对值班军官说:"中尉,请把那个小伙子叫出来,我请你抽烟。"

那军官看都没看安赫尔一眼就收下了他的钱。

法尔凡少校不在营房。安赫尔又去法尔凡的住处找他,依然没有找到,就决定先去看看可米拉,然后再去妓院继续找。法尔凡少校果然在妓院,喝得醉醺醺的。

安赫尔与法尔凡少校寒暄一阵,然后对他说:"我得到一个可靠消息,上头将会命人干掉你,因为一个名叫'小肥猪'的妓女给总统写了密信,说你鼓吹革命。"

"啊,这个臭婊子!"法尔凡吓得一动不动地说,"我该怎么办呢?"

"你暂时别喝醉酒,也不要在营房里吃饭,也不要跟别人说起这件事。"

"好。你救了我的命,以后只要有机会,我一定会报答你的。"

"作为你的朋友,我建议你想办法讨好总统先生。"

对于这一点,两个人都心照不宣,因为他们都知道总统先生最喜欢有人干罪恶的勾当,尤其是杀一个亲近的人。

"你人真好,我都不知道该怎么感谢你了。"少校说。

"你不必感谢我,因为我是为了救一个病危的女人才这么做的,希望上帝会因此而让她恢复健康。"

少校没想到自己一生杀人无数,现在居然可能挽救一个人的生命。

可米拉一直恍恍惚惚,嘴里不停地呼唤着她的父亲、奶妈,还有那不肯收留她的叔叔和婶婶。

安赫尔把手放在她的额头上,祈祷她快点儿好起来,虽然他明知道要她好起来除非出现奇迹。他目不转睛地盯着她看,心想如果她死了,他活着也就没什么意思了。

克纳莱斯将军骑着骡子一路逃亡,认识了另一个逃犯。这个逃犯原来是个种田人,后来被一个政治特派员逼得家破人亡。克纳莱斯将军听完他的遭遇,为自己的国家感到痛心。最后,两个逃犯决定逃到国外去。他们找到克纳莱斯的朋友——三个没有出嫁的姐姐,希望能够得到她们的帮助,没想到她们也遇到了困难。她们为了给母亲看病,请了附近的大夫。那个大夫来看过十五次病,不但没有治好母亲的病,还叫她们把房子抵给他做医药费。

克纳莱斯将军一枪结束了医生的性命,并在一个走私犯的帮助下逃到了边境地区。

三

卡瓦哈尔硕士、大学生和教堂司事依然被关在黑暗的地牢里,他们无法预知自己的未来,只好无话找话地打发时光。

第一个声音说:"要是能喝上一杯热茶该有多好啊!"

第二个声音说:"现在几点钟了?"

第三个声音说:"被鞭子抽打的滋味真不好受!"

……

克纳莱斯和卡瓦哈尔被指控犯有叛国罪。十四名证人一致作证说是他俩联手杀死了舒兰特上校,他俩的杀人动机是威慑各兵营的军官们交出武器,推举克纳莱斯将军为最高军事统帅。

他们准备审讯卡瓦哈尔,就把他单独关押,让他读一下起诉书以准备辩护词。他借着一丝光线读着那本厚厚的起诉书,感到既惊讶又荒诞。不过,他怎么都笑不出来,只顾快速地看起诉书。等到光线完全暗下来时,他还有九十一页没有看完。

他被法警带进了法庭。

"庭长先生,我还没有看完起诉书,怎么替自己辩护呢?"卡瓦哈尔急切地说。

"时间紧迫,我们今天就得了结这桩案子。"

接下来发生的一切,对卡瓦哈尔来说就像举行宗教仪式或演戏。乞丐们神气活现地坐在证人席上,宣读事先拟定的起诉书、发表证词……最后,卡瓦哈尔被判处死刑。

卡瓦哈尔极力反抗,可是根本没有用,他被关进了一间不足十平方米的地牢里。这间地牢里面已经关了十二个死囚,到处都是被踩烂了的粪便,根本没有一块干净的下脚地。

不远处的一个单人牢房里传来一阵阵捶打牢门、跺脚、撞墙的声音,同时伴随着哀号:"中尉,请给我一点儿水!水!水!水!……"

可米拉病重。几个老处女为了显示自己的神通广大,决定帮助她。她们从酒馆老板娘打听到长着天使面孔的安赫尔是可米拉的未婚夫,做起事儿来就更加卖力了。最后,她们找到一位懂得招魂术、占星术等法术的英文教员,请他挽救可米拉的性命。

"老先生,这位姑娘的未婚夫特别痴情,愿意为她做任何事情,请你一定要救救她。"

"医生都已经束手无策了?"那位老教员不紧不慢地说。

"是的,他们说除非出现奇迹。她的未婚夫都快伤心死了……"

"那就创造一个奇迹吧。只有爱才能战胜死神。既然他一心一意想娶她为妻,那就让他们举行婚礼吧。"

当天,可米拉和安赫尔就结了婚。

卡瓦哈尔的妻子跪在一位军事法官面前:"先生,我到处找您,总算找到您了。请您告诉我,我丈夫现在还活着?"

"还活着,太太。军事法庭今晚就会开庭审理他的案子。"

她高兴得连话都说不出来了。只要丈夫还活着,她就有了希望!

"太太,快去求总统先生饶恕你丈夫吧。根据法律,你丈夫会被判死刑,之后最多还能再活二十四小时……"

她的脸顿时变得煞白,直愣愣地站在那儿不知所措,接着立刻雇了一辆马车去找总统先生。她催促车夫快一点儿,再快一点儿……尽管如此,她还是觉得车轮好像没动似的,就从车夫手里夺走鞭子,狠狠地抽打着快速奔跑的马。马的臀部被抽得火辣辣的,立刻拼命地奔跑起来,可她还是嫌慢。她必须抓紧时间去见总统先生,挽救丈夫的性命……快!快!快!她的衬衣扣子开了,可她根本无暇顾及。车夫见她一直拼命地抽马,又从她手里夺回了鞭子。

马车终于离开大路,上了通往总统先生官邸的一条小路,最后停在总统先生的官邸门前。

她跑上一条通往内宅的林荫道,被一个军官挡住了去路。

"我要见总统先生,他们要枪毙我的丈夫!将军,请你替我通报一下!"

可是,无论她怎么哀求,都没有人理会她。她只好闯进荆棘丛,希望可以找到一个入口,结果又被哨兵拦了回去。她还想碰碰运气,就立刻像疯子似的奔向马车,恳请车夫再等一会儿。

最后,马车又把她送回了监狱。她把脸紧贴在墙上,等待着宣判丈夫死亡的枪声从监狱里传出来……

总统先生命令安赫尔火速赶到总统府。安赫尔看着病情渐渐好转的可米拉,犹豫不决,最后还是赶到了总统府。总统先生打着酒嗝儿,倒了一杯酒给安赫尔,接着又捶着胸口想缓缓气力,之后就大笑着说:"哈哈哈……你的死期快到了!"他一边大笑,一边追起苍蝇来,弄得衣衫不整,口水直顺着嘴角向下流。

"舒兰特曾经给我出过恶气,我是那么喜欢他,可他却被人谋杀了,我绝对不会放过杀害他的人!"总统先生说着,突然"哇"地吐了安赫尔一身。

各大报纸上都刊登了这样一则婚讯:"安赫尔与可米拉喜结良缘,由共和国总统主婚,婚礼将在总统官邸举行……"

安赫尔看到这条消息时,震惊不已,完全不知道到底是怎么一回事。

卡瓦哈尔被杀。亲友们没有一个敢吊唁他。他的遗孀到处碰壁,她绝望地躺在床上,一连好几个小时一动不动,好像一心等待时机好追随丈夫而去。唯一令她还有一丝生的希望的,是人们写给她的匿名信。这些信有的称赞她丈夫是一位英雄,希望她节哀顺变;有的描述了她丈夫被害的经过,可是还没写完她丈夫的埋葬地点就中断了……

卡瓦哈尔的遗孀去找军事法官,却没有找到,就请女仆替她转交一封信。妓院老鸨也来了,还带着一位姑娘,说是找法官索要一万比索。

罗达斯被判坐牢,刑期六年半,尽管他一再重申自己不是巴沙格斯的同谋。巴沙格斯被判了死刑。

"巴沙格斯真可怜,不过这都怪他爱管闲事,我也没有办法。"罗达斯说。

"总统需要你这种因政治原因而被捕过的人。总统先生怀疑他的朋友安赫尔背叛了他,就想让你去监视安赫尔的一举一动。另外,如果你答应签了这张单据,你明天就能获得自由。"

罗达斯立马签了字,心里高兴得不得了,却不知道军事法官已经让他变成了那一万比索的债务人。

女仆拿着卡瓦哈尔的遗孀写的信来找军事法官,说那个可怜的女人想打听她丈夫埋在哪里。军事法官不耐烦地说:"我跟你说过多少遍了,叫你不要给任何人以希望,你怎么就是记不住呢?"女仆听完,就把那封信扔进了火炉。

可米拉在安赫尔的精心照料下,一天天康复。夫妻二人整天都亲亲密密的,忘却了一切烦恼。

克纳莱斯将军在边境地区组织了一支农民军。就在他带领农民军准备起义时,却从报纸上看到了女儿的婚讯,猝然离世。农民军没了领袖,很快就解散了。很多天之后,可米拉才透过一个陌生人打来的电话得知父亲去世的噩耗,伤心不已。

安赫尔像以前一样出入舞会。美国佬詹金斯对他说:"我听见法官们在谈论你,说你反对总统先生再度当选,站在革命人士一边。"

安赫尔一听,内心充满了不安:"如果这话传进总统先生的耳朵里,可不是闹着玩儿的……"不一会儿,他就离开了舞会,他要向总统先生解释清楚。

安赫尔离开之后,詹金斯得意地对众人说:"说不定安赫尔现在正在向总统先生表达他对共和国的忠诚呢。啊……哈哈……干杯!"

总统先生正在办公室里来回走动,他在等待安赫尔的到来。安赫尔坐定之后,总统先生就开始向他诉说治理国家的艰辛,还说共和国就需要他这样的人才,并请他帮忙去华盛顿处理一些事情。

安赫尔正惴惴不安地想着要不要向总统先生表明自己的立场,谁知总统先生竟然没有追究这个问题,而是给了他一条活路,所以他立即爽快地答应了,并表示会誓死效忠总统先生:"总统先生,您的任何命令我都会无条件服从,不过军事法官曾经指控我暗中反对您,我希望您先调查清楚这件事。"

"这纯属无稽之谈,我相信你!"总统先生真诚地说。

安赫尔没有再多说什么,可是内心却充满了不安。

可米拉得知安赫尔要远走美国,不舍地哭了起来。安赫尔也舍不得已经怀有身孕的妻子,却也无法违抗总统的命令。他跟妻子约好了,等他在美国安定下来之后,就把妻子接过去。他做好一切准备,按照既定计划赶到了火车站。火车徐徐开动,他看着眼前那片满目疮痍的故土,心里充满了不舍,也暗自庆幸一切顺利。

火车驶入海港,安赫尔向正在月台上等候他的警备司令打招呼,却惊讶地发现那位司令竟然是法尔凡少校。

"安赫尔先生,总统先生发电报要我听从你的差遣。"

"多承关照,少校!"

这时候,旅客们几乎都下了车,车厢里空荡荡的。

"中尉,快叫士兵们上车取行李!"一群手持武器的士兵应声出现在车窗前。

法尔凡少校举起左轮手枪对安赫尔说:"我奉总统先生之命来逮捕你!"

可米拉每天都期盼能有安赫尔的来信,可是等了一个月、两个月、三个月……一点儿消息也没有等到。她想到了很多种可能,最后认为一定是丈夫遗弃了她,就决定去找他,希望她分娩时身边有丈夫陪着。她做好了一应准备,却没能成行,因为上面命令不准给她发出国护照。可米拉想尽了各种办法,都没打探到丈夫的消息,很快就消瘦了。她生下了儿子米格尔,然后来到乡下疗养,此后就没再回过城。

一年又一年过去了。安赫尔在牢里尝尽了折磨,染上了痢疾、风湿、慢性神经痛,视力也逐渐下降,是重见爱妻的渴望使他一次又一次挺了过来。

　　牢里来了一个名叫维奇的新犯人,他整天寻死觅活的。安赫尔非常关心他,两个月之后两个人就成了好朋友。一天,维奇说他在入狱之前,曾在街上邂逅过一位美若天仙的年轻寡妇,就忍不住尾随她到了她家,此后又多次在她家门口徘徊,后来才得知她竟然是一位将军的女儿,她为了报复遗弃她的丈夫,竟然主动去追求总统先生的亲信,天下怎么会有这样的女人呢?!

　　安赫尔听完,疯狂地抓住自己那早已被折磨得只剩下一层皮的身体,倒地身亡……

　　警察局局长把安赫尔的死讯向总统先生做了汇报,并把那个名叫维奇的人大大地表扬了一番。

　　大学生和教堂司事重获自由。他们在经过天主教堂门口时,看见一个疯子正在宪兵队中间穿梭,他嘴里唱着:"谁人嘴上不上锁,就等着身上套枷锁……"

　　晚祷的钟声在城市上空回荡。大学生回到家里,听见母亲正在喃喃地念:"祈求上帝,保佑那些反对天主教的人,超度炼狱里的冤魂……"

·精读名著·

马克丘·毕克丘之巅

巴勃鲁·聂鲁达(1904—1973),智利当代著名诗人,1971年诺贝尔文学奖获得者。聂鲁达的诗歌充满热情,想象力丰富,思想深刻,蕴涵着一种自然的力量,有很强的艺术价值。

《马克丘·毕克丘之巅》是聂鲁达最有代表性、最有影响力、发表次数最多的诗作之一,收录在他的《诗歌总集》中。作者通过回忆四百年前为在毕克丘山顶修建因卡城而死去的工人们,来讽刺现代的劳动剥削现状。诗中穿插了对奇异的自然风光的描写,表达作者从与世隔绝的人生观,向与人民站在一起的人生观的转变。

一

我犹如行走在一张空旷的网里,
来来回回。
秋天的树叶好似硬币般僵硬,
落下来又逝去。
春天和麦穗之间所蕴藏的深情,
像一只遗落的手套里一轮明月的爱。

(时光荏苒,我的身体经历了风暴,

钢铁在无言的酸中变化,
夜晚被撕成碎片,
欢喜中的祖国受到侵犯。)

一个在提琴中等我的人,
发现了一个深埋地下的世界。
在地下更深的地方,
我甜蜜而颤抖的手深入到地球的繁衍之地。
我的额头在深沉的浪潮间起伏,
好似水滴落入平静之中,
又好似一个盲人回到了开着素雅的花的暮春。

二

倘若幼芽还在花朵间传送,
花朵零零落落地在岩石和钻石之间,
汹涌的波涛里送来花瓣,
人们收集起它们,将它们揉碎,
雕琢着他手中颤动的金属。
很快,烟雾笼罩了衣服,
塌陷的桌子上开始了一场赌博的游戏,
留下了灵魂:
石英,或是妒忌,又或是泪洒海中,
好像坠入了冰冷的泥潭;可他还是
以怨恨和文字作为武器,去摧残和折磨它,
把它丢到地毯上践踏,
在用铁丝编织的衣服里撕碎它。

不,走廊上、陆地上、天空中、大海上
到处都是用刀枪守护他的血液的人(好似肉色的毒花),
愤怒降低了市场上生灵商品的价值,
而露珠照旧千百年如一日地
将晶莹剔透的信息挂在枝头上。啊,心哪!
秋天是如此空虚,将额头磨成光秃。
多少次我想停止最深沉的孤寂,
寻找那恒久、神秘的脉络,
以前在岩石中,或是在亲吻电光火石间,
我都有过感受。

(它宛如谷物里的胚芽,
萌芽时就在讲述一个金黄的故事,
到了成熟落地之时,
脱去束缚露出锋芒,就好像一根根象牙。
而在水中透明的祖国,
从孤独的白雪到有着血红波浪的原野。)
我抓住一张张脸庞或是一个个面具,好像空心的金戒指,
好像秋天里衣衫不整的狂暴女孩,
使那些树木吓得哆哆嗦嗦。

我的手无处歇息,
它像是泉水般流动,
或者说是矿石般坚定,
手伸出之后,
应该有热情或是冰冷让它恢复活力。
人是什么?他言谈中的哪一部分将生命扩展?
在他那如钢铁般的举止中,

跳动着永恒的生命意义。

三

生灵的前进之路,
跟谷玉米的轨迹一样:
不断地在谷仓中遭受失败和悲惨的事情,
渐渐变得七零八落,一而七,接着是第八个,
开始时少数死亡,然后无数人倒下,
死亡扩展为每个人的阴影。
每天都会有如微尘般的小小个体死亡,
变成尘土,变成蛆虫。
郊野的泥泞中,灯熄灭了,
死亡扑打着强壮的翅膀,
像一支短矛刺向每个人。
面包或是短刀困扰着那些人,
他们是牧人,是海港之子,是皮肤黝黑的首领,
或是在热闹大街上的咬东西的动物。
他们昏迷、无力,每天都等待着死亡,短促的死亡,
岁月凄惨痛苦,好像黑色的酒杯在他们手中颤抖。

四

霸道强悍的死神多次向我发出邀请:
它就像波涛汹涌中没有踪迹的盐,
那盐虽然看不见,却散发出高升或是坠落,

又好像风和冰结合而成的巨大框架。

我去了锋刃,去了河道,去了农田和戈壁,
去了最后的星空,去了盘山公路;
但是,死神啊,你不像大海一样翻涌着波浪而来,
却在清朗的黑夜降临,好像集合了所有的黑暗。

你来了,衣袋不会有响动,
不会没有红色的袍子,
没有被晨光笼罩却沉默的毯子,
没有让人落泪的遗物。

我不能爱每一个生灵都像爱一株树,
树冠肩负着一个小小的秋天,无数树叶的消亡。
那些死亡和复生是虚无的,
没有泥土,没有深渊。
我要畅游在宽广的生命中,
当人们开始排斥我,堵上一切入口,
不让我的双手碰触有伤痕的尸身,
我便沿着街道、河流,穿过城市,去流浪,
将自己置身荒野,在最后的贫穷中,
没有灯火、面包,孤独、犹豫地去会见死神。

五

肃杀的死神,你不是长着钢铁羽毛的鸟,
不是继承那破落房屋的人,

随着奔忙夹带在食物中、空虚的躯体中而来,
是别的,是凋零的花瓣,
是停止战斗的心中的原子,
是落下来敲打额头的露珠。
这是死亡的小小片段:
不可再生,没有宁静,没有墓地,
只有骨头和停止的钟。
我解开绷带,把手伸进被害者的痛苦中,
创伤深处,除了吹遍灵魂的寒风,什么也没有。

六

所以,我从大地的阶梯拾级而上,
穿过林海,来到你马克丘·毕克丘面前。

你是岩石筑成的城堡,神秘莫测,
掩藏在沉睡的寝衣之下,
却没有改变大地的本来面目。
闪电和人类仿佛两条平行线,
在你这里的狂风中,纠缠在一起。

你是岩石的祖先,是鹰隼的泡沫,
是迎接第一缕阳光的高大石城,
是深埋于地下的石铲。

这里曾是富饶之地,
颗颗饱满的玉米高高挺立,

然后又如红色冰雹般落下。
在这里,骆马的金色的毛被织成衣服,
献给爱人、坟墓、母亲、国王、神父、战士。

晚上,人和鹰一同栖息于高山洞穴;
黎明,迈着雷电一样的步伐,踏着薄雾,
亲近土地和岩石,
直到死亡和黑暗认出它们的面目。

我看着衣服和手,看着洞穴里流出的水,
看着被脸磨光的墙,
它通过我的眼睛眺望大地的灯火,
通过我的手给无形的木板涂油:
所有的一切都落入泥土,消失了。

空气中带着柠檬花香,
如手指般抚摸着那些长眠的人:
空气穿越千年,蓝色的气息,
铁的山岭的呼吸,
宛如脚步急促的风,
把寂寞的岩石打磨得发出亮光。

七

死在同一个深渊里的人,沦陷的暗影,
深邃如你的庄重严肃。
真正的、灼热的死亡来了,

满是裂缝的岩石,赤色的石柱,
节节高升的管道倒下了,
好像是到了秋天,只有死亡之路。

现在空气不再悲泣,
不再熟悉你们粘土的脚,
忘记你们那些大陶罐,
忘记你洗净了天空,
被闪电的长剑刺穿,
茁壮的大树直耸云霄又被劲风吹倒。

高举的手突然无力地垂下,
从空中来,去到了时间的终点。
蜘蛛的脚,易断的丝,缠结的网,
都已成为你的过去。
风土习俗、有韵律的音节、亮丽的面具,
这些都失去了。

然而语言和石块却保留了永恒,
好像城市里的人都在高举手中的杯子:
活着的,死了的,无语的,忍耐的,
那么多的死亡砌成一道墙,
那么多的生命在石头上绽放花朵,永远的玫瑰,
就是那冰冷的安第斯山。

当抓黏土的手化为黏土,
当眼睑合上,
土墙修筑成城堡,人们进入安居的墓穴。

唯有那个精致的建筑还高耸在那里,
人类迎接曙光的遗址;
这高大的器皿充满了静寂:
众多血肉之躯陨落之后的冰冷石头。

八

跟我一同攀爬吧,我的爱——美洲。
随我一起亲吻那神秘的岩石。
乌拉邦巴河的急流,
激扬飘舞的花粉,飞进黄色的树冠。
穿梭于石头般的植物的藤蔓间,
穿过坚硬的花环,
在群山的空寂上飞翔,
如尘的生命,来吧,到大地的翅膀之下,
那里晶莹和寒冷激荡着空气,
将战斗的玉石劈裂,
粗野的水啊,你来自雪中。

爱,即便在阴暗的黑夜,
从安第斯山的岩石,
到红腿跪着迎接的曙光,
都在全神贯注于那个雪的盲子。

维尔卡马约河奔腾的流水如白练,
在轰响声中,水流飞溅成如雪的泡沫,
你疾风如电,一直向南,

嘈杂声惊醒天空,
你将什么语言送入刚从安第斯泡沫中解脱的耳朵?
是谁抓住了冷峻的闪电,
将它锁定在高空,
挥动锋利的剑,
劈开结冰的泪滴,
击碎强壮的花蕊,
带到战士的床前来,
让岩石惊慌失措?

那被追逐的闪光在说什么呢?
那神秘叛逆的闪光可曾带着语言呼啸而过?
是谁将冰凌敲碎,模糊的话语,金色的旗帜,
沉默的嘴,深沉的期盼,
流淌在你纤细的血管里?
是谁让花睁眼,眺望大地的风景?
是谁扔下累累的果实,让它们落下,
深埋于地下,成为地底的煤,
置身永远的黑夜?

是谁抛弃了树枝?
是谁将离别的问候埋藏?

爱啊,不要靠边站,
也不要向往低下的头,
任时间走完自己的路,
枯竭于完成雕像的厅堂,
然后,在高墙和激流间汇集空气,

平行的风,山间流淌的河,露珠无礼的问候,
在树丛和花草间穿过,
踩在高处掉下的蛇身上。

山坡上,树林间,
如星星一样的绿色微尘,发光的树木,
山谷曼图如跃动的湖般沸沸扬扬,
又像是沉默寡言的新地带。
到我的生命,我的黎明中来吧,
直到孤独变得高尚。

消失的王国依然活力四射。
时间的轨迹上,一只鹰隼留下血色阴影,
像一艘疾行的黑船。

九

石头、空气、时间,人在哪里?
你也有今时旧日的踪迹,
如秋天的落叶,
踏着灵魂走入坟墓的无形之人。
是在山上穴居的鹰吗?
可怜的生命,光明一度照看着你,
就像雨滴落在旗子上,
它们给你的空无一物的嘴里送过食物吗?
饥饿,是人的集结,神秘的绿色,砍树人的根。
饥饿,要抬高海底的礁石,

使之成为耸立的高塔?

我问你,撒满盐的道路,
让我看看勺子,
房屋,让我咬石头的芯,
让我走到阶梯的尽头,
让我看到人的真心。

马克丘·毕克丘,是你累积了岩石,
却是以破布烂衣为基础?
是你让煤层加深,最底下却是眼泪?
火中的黄金上还有殷红的血?
把埋于地下的奴隶还来!
穷人的黑面包在泥土里,
我要看他们的衣衫和窗户。
告诉我,他生前是怎样入睡,
如果因为疲劳睡去,他会不会打鼾,
会不会眯眼,好像要挖墙上的洞?
墙啊,告诉我!是否他的梦中也有石块,
是否他被压在下面,
就像落到月光之下?

美洲,新娘,你在丛林中伸出手指,
指向神的居所,在婚礼的彩旗之下,
响起了鼓与矛的合奏。
你的手指也是抽芽的玫瑰,寒流的姿态,
新谷物带血的胸膛,变成织锦,坚实的器具;
被埋藏在美洲深处,

饥饿的脏腑依然痛苦。

十

我把手伸进灿烂的光辉,
伸进坚硬的黑暗;
让衰老的心如一只被囚千年的鸟,
在胸中跳动。
让我忘掉比海宽阔的幸福,
因为比海宽的就是人;
落入井底,
再借助水和理性的藤条从井底跳脱。
忘了吧,大石板,空旷、
普遍的规则,蜂巢的基础。
让我的手从曲尺上滑落,
抚摸血污和粗布衣裳的边沿。

怒飞的鹰,好似一块儿蹄铁,
撞击我的额头。
那狂暴的翅膀充满杀气,扬起尘土。
我看不见这食肉的鸟,看不见她如钩的利爪,
我看见的只是老人、奴隶和死在田野里的人。
我看见千百具尸体,有男人也有女人,
在风雨之夜的黑暗中,
与沉重的石雕在一起:
采石人是雷电之子,
贫苦人是绿星之子,

光脚人是绿松石的孙子,
兄弟,我们一起在攀岩中重生吧。

十一

兄弟,我们一起在攀岩中重生吧。
当你悲伤时,把手伸给我。
你们不要回地下的岩石中去。
别再呻吟,望眼欲穿,
从地底看着我:
农民、工人、牧人,
帮你驯服骆马的人,高处的泥瓦匠,
安第斯的运水人,宝石匠,佃户,陶工,
把你们深沉的悲哀带给新的生命吧,
让我看到你们的血和磨砺,
告诉我:会在这里受苦,
是因为宝石不再发光,土地没有产出。
让我看看你们倒下的岩石,
折磨你们的木头,
指给我古老的石头和明灯,
数世纪给肉体带来重创的鞭子和带血的斧头。
我来传达你们死了的嘴里的话,
把因为沉默被分裂的意志联合起来。
在地下讲给我听吧,在这个漫长的夜晚,
就好像我们一同被囚禁,
把一切都告诉我,
把你们的刀磨快,放在我的胸前、手上,

犹如一条闪着光的河,
一条藏着老虎的河。
让我无时无刻地流泪吧,
懵懂的时代,如星的百年。
让我宁静,给我水和希望,
让我奋斗,给我铁和火,
为了我的血和言语,支持我!

宫间街

纳吉布·马哈福兹(1911—2006),埃及著名作家,1988年获得诺贝尔文学奖,著有"开罗三部曲"《宫间街》《思宫街》和《甘露街》。这三部作品是阿拉伯现实主义小说的顶峰,将阿拉伯文学推上了世界文坛。

《宫间街》描写了20世纪20年代埃及一个典型家庭的故事。男主人公艾哈默德对待家人非常专制,自己却在外面寻欢作乐。艾哈默德的妻子爱米娜温柔善良,长期对丈夫逆来顺受。后来,女儿相继出嫁,二儿子在民族独立运动中牺牲,这些打击令艾哈默德陷入了痛苦的沉思,并逐渐改变了以往对待妻子的态度。

午夜,爱米娜准时从睡梦中醒来。窗外依旧一片喧闹,屋里漆黑而又安静,她的丈夫还没有回来。

爱米娜从青年到中年,每天都会习惯性地在这时候醒来,以便服侍消夜回家的丈夫睡下。她点亮煤油灯,陈设豪华的卧室顿时亮堂起来。她睡眼惺忪地对着镜子整了整自己的头巾,然后端详了自己那张清秀的脸,又匆匆戴上面纱,透过封闭阳台上窗格子间的小圆孔向马路望去。

爱米娜看了那条马路二十五年,却怎么都看不厌倦,反而觉得很温馨,因为它们比孤独要亲切得多。在孩子们出生之前,她几乎整天都一个人待着,一直熬到丈夫消夜回家。后来,孩子们相继出世,她才有了伴儿。无论在清醒还是睡着时,她都紧紧地搂着孩子,生怕孩子受到惊吓。

尽管如此,爱米娜还是无法安心,除非等到丈夫回来。结婚第一年时,她丈夫就天天寻欢作乐到深夜才回来。她委婉地表达了自己的不满,丈夫竟然揪住她的耳朵厉声呵斥:"我是个男人,不需要任何人对我发号施令。你给我好好听话,否则别怪我教训你。"

经过多次的教训,爱米娜终于明白,只有逆来顺受才能与丈夫和平共处,甚至以为男人生性就应该蛮横无理、每天都玩乐到深夜……她一切都顺从丈夫,并觉得这样的生活很美满,即使她经常会感到恐惧和悲伤。

忽然,纳哈辛街传来一阵马蹄声,一辆轻便马车缓缓驶来。爱米娜如释重负地吐了一口气:"总算回来了。"她的丈夫艾哈默德从朋友的马车上下来,亲切地向朋友告别,令她大吃一惊,因为丈夫在家里时一向粗暴、蛮横。可是,艾哈默德刚穿过庭院,又恢复了冷峻的表情。

艾哈默德身形高大、穿着讲究,是个潇洒、迷人的男人。爱米娜像往常一样小心地侍候丈夫洗漱,然后盘腿坐下,不敢主动跟丈夫说话。艾哈默德依然沉浸在醉生梦死的夜生活中,也只有在这时,他才会显得和蔼一些,偶尔还会与妻子谈论家事或国事。他意味深长地问起了小儿子的状况:"凯玛勒那个小捣蛋最近怎么样?"

"他很听你的话。"爱米娜回答,其实她觉得儿子只不过是像其他孩子一样玩玩而已,根本不必担心,可是丈夫却认为所有的游戏和娱乐都是不正当的。

"侯赛因太子真高尚,他竟然拒绝继承亡父的王位。"

"祈求真主保佑太子!"爱米娜不知所措地说。

"富阿德亲王继承了王位,今天举行了登基大典。"艾哈默德和蔼地看着妻子说,令妻子非常高兴。

第二天一大早,爱米娜就像往常一样起床了,和女仆乌玛一起把家里收拾得干干净净的,又去准备一家人的早餐。

爱米娜捶打面团的声音定时响起,像闹钟一样把一家人都吵醒了。艾哈默德皱着眉头起了床,虽然白天的生活很乏味,但他从来不耽误正事,总是八点以前就赶到自己的店铺,等到晚上再出去快活。

身高体瘦的二儿子法贺姆刚醒来就想起了美丽的邻家姑娘玛莉亚,然后对着邻床正在打呼噜的胖哥哥大叫:"亚新,起床啦!"

亚新瓮声瓮气地说:"我早就醒了。"不一会儿又打起了呼噜。

"快醒醒,时间到了,你得按照家规正常起床。"

亚新睁开一双布满血丝的眼睛,摇头晃脑地勉强爬了起来,他看见三弟凯玛勒睡得正香,不禁羡慕地说:"他真幸福啊!"

长相平凡的大女儿海蒂杰像母亲一样警醒,她老早就起床了,然后故意弄出声响。漂亮的二女儿阿伊莎被吵得睡不着,免不了会和姐姐吵嘴。

艾哈默德像往常一样洗了个冷水澡,接着容光焕发地开始做晨礼,祈求真主保佑他、宽恕他、让他生意兴隆,并赐福给他的儿女。

阿伊莎长得非常漂亮,却什么都不会做。海蒂杰倒是对一家人都关怀备至,可是亚新和法贺姆却总喜欢和她开玩笑,因为她不但长着一只难看的大鼻子,而且说话尖酸刻薄。

"海蒂杰,如果天下的女人都长得像你这样,男人们就会彻底对女人死心。"亚新说。

"要是天下的男人都像你一样,那么世界上将没有一个清醒的男人。"

早餐准备好了,孩子们战战兢兢地陪着父亲吃完了早餐。之后,在学校做文书的亚新去上班,法贺姆和凯玛勒去上学。凯玛勒是个活泼好动的孩子,到处都会捣蛋。阿伊莎走上阳台,希望能够看到她心仪却不认识的青年警官从窗前经过。已经二十岁的海蒂杰则越来越担心自己嫁不掉。

亚新要去他每晚都必去的地方。他像往常一样貌似漫无目的地走在大街上,实则不时地抬眼瞄着别人家的窗户,以致不一会儿就觉得头晕目眩。此外,他还喜欢偷看女人,就像一头发情的公牛一样欣赏女人的眼睛、胸部、臀部。但是,每当经过父亲的店铺时,他立刻就变得儒雅起来。他的生母是个水性杨花的漂亮女人,被他父亲休掉之后又有了几次婚姻。亚新和生母一起度过了幸福的童年,后来却认为生母很肮脏,并与她断绝了母子关系,但他生母却总是做出一些令他难堪的事。他与酒友们饮酒作乐,喝到高兴时又想起了生母,不禁诅咒生母快点儿死去,好让他继承她的遗产,这样他才会安生。

艾哈默德忙完店铺里的事,就去找歌女祖贝黛调情,或是和朋友们一起在祖贝黛家里举办私人聚会,玩儿得非常开心。

亚新从亲戚那里得知生母又要嫁人,就忐忑不安地对父亲说:"我妈又要嫁人啦,而且是嫁给一个才三十来岁的男人!"

艾哈默德非常同情儿子,因为一个女人多次再嫁毕竟非常不体面,可是他不打算把事情闹大,就故作轻松地说:"我们不是已经说好了吗?你就当没她这个人。"

"可是,她在别人眼里永远都是我妈……父亲,你有权有势,就伸手帮帮我吧。"

"女人结婚是天经地义的,你要想开一点儿。不过,是什么促使那个比她小十来岁的男人娶她的呢?"艾哈默德说,其实他心里也非常反感这种有辱家门的丑事,所以他努力转移重心,以便儿子能够不再一直考虑他生母为何再嫁这个敏感的问题。

"一定是为了钱。"

"孩子,你说得对,你母亲毕竟有些家产。我们能做什么呢?我认为你最好去你母亲那儿走一趟,或许你的出现多少会把她拉回正道上。"

亚新觉得丢脸,根本不愿意去,不过他一想到他可能会因此而无法继承生母的财产,就无奈地照着父亲的意思到了生母那里。

他生母住在思宫街,当她见到与自己分开十一年的儿子时,就一把将儿子搂在怀里,然后泪眼婆娑地说:"当女仆说亚新来了时,我简直不敢相信。以前我一次次派人去叫你,都被你拒绝了,你已经忘记了我这个母亲,实在是太狠心了。"

"母亲?真是好笑!"他心想,然后抬起头困惑地看着生母,沉默不语。

"你怎么不说话?"

"我经常想念你,可是你做的那些事令我非常痛苦。"

"那都是什么事儿呀,也值得你一走十一年都不见我?"

"什么事儿?"

"女人再嫁也没什么。"

"没什么?你结婚离婚,再嫁再离,你还有脸说这种丑事没什么?!"

"这只能怪我命不好。"她绝望地说。

"你别再替自己开脱了,那样只会让我更痛苦。"

"你是我唯一的亲人,怎么忍心让我这么难过?你就不能忘记过去的那些不快吗?"

"这要取决于你。如果你能取消新婚计划,我可以考虑原谅你。"

"你是为此而来的?"她有气无力地问。

"是的!你总是随心所欲,从来没顾虑我的感受,让我成了一个牺牲品。我原本以为你上了年纪会收敛一些,可你竟然又要结婚!你隔几年就要结一次婚,简直没完没了,实在丢尽了我的脸!"

"我也是牺牲品。我没有错……没想到你跟你父亲一样绝情!"她伤心欲绝。

"够了!别再提我父亲!我要不惜一切代价阻止这件丑事。"

"来不及了,婚书都已经写好了。"她冷冰冰地说。

"我恨不得杀了你!"亚新愤怒地说,然后深恶痛绝地看了她最后一眼就离开了,把他过来谈论财产这一首要目的忘得一干二净。

法贺姆日夜思念邻居家大他两岁的姑娘玛莉亚,就请求母亲替自己向父亲求情,让父亲答应他和玛莉亚订婚。

爱米娜细声细气地对丈夫说:"老爷,法贺姆是个为人正派、成绩优异的好孩子,他希望你能够答应他向邻居家的姑娘玛莉亚求婚,等时机到了再结婚……"

"什么?求婚?太太……这孩子……他还是个学生,怎么会有这种歪念头?你这个母亲是怎么当的?"

"老爷,你别生气。他只是天真地把心里的想法告诉了我,既然你不同意,我回去劝劝他就是了,他一定会听你的。"

"他必须听我的!你这个母亲太没用了,告诉我,他是不是见过那姑娘?"

"不,老爷,我儿子从来不会抬眼去看任何姑娘……"

"那他怎么会提这种要求?真没想到我儿子竟然会去偷看别人的女儿!"

"也许他是听他的姐姐或妹妹说起那姑娘的……"

"她们姐妹俩什么时候变成媒人了?"

"老爷,我敢保证你的家人都是清白的,"爱米娜急得都快哭了,"你别生气,就当这件事从来没有发生过。"

"你好好管教他,让他知道什么是礼义廉耻!"

爱米娜答应下来,然后悄悄地离开了,经验告诉她只有这样才能让丈夫慢慢消气。艾哈默德在家里大发脾气,在店铺里却把儿子这件事当趣事讲给朋友们听,等朋友们离开之后,他又微笑着自言自语地说:"像他父亲的儿子!"

爱米娜正在为下午例行的"咖啡会"做准备时,仆人说有三位陌生的太太前来拜访。爱米娜凭直觉认为是媒人,就吩咐海蒂杰好好去打扮一番。

海蒂杰连忙叫凯玛勒去玛莉亚那儿借胭脂水粉,然后又回到卧室去换衣服。

阿伊莎一边帮姐姐挑衣服,一边笑嘻嘻地说:"我好像闻到了喜庆的味道。"

海蒂杰"扑哧"一声笑了,然后慌乱地对着镜子端详着自己,自我解嘲地说:"我这副模样,只有靠真主垂怜才能嫁掉了。"

阿伊莎一边帮姐姐穿上一件白底紫碎花的连衣裙,一边微笑着说:"你就不能说一句好听的?别老是这么自卑!你想想啊,你除了鼻子大一点儿之外,眼睛、头发都很漂亮,性格又活泼。"

海蒂杰撅着嘴说:"可是别人都只会注意我的缺点……"

"你的确只会注意别人的缺点。但是,并不是所有的人都像你一样。"

"我现在没时间跟你计较。"

阿伊莎帮姐姐整理好衣服,然后轻轻地拍着她的腰说:"你的身体真是既丰满又柔软,你可要自信啊!"

海蒂杰笑着说:"如果对方是个瞎子,我就不用为此发愁了。"

阿伊莎等姐姐穿好衣服,抱怨道:"我们家竟然连胭脂水粉都没有,又不是家里没有女人。"

"这个你得问爸爸!"

这时,凯玛勒刚好借来了胭脂水粉,于是阿伊莎就帮助姐姐化妆。化妆完毕,凯玛勒高兴地大叫着说:"大姐,你现在就像爸爸买的洋娃娃那样漂亮!"

那三位太太果然是来说媒的,她们看到海蒂杰,就问爱米娜是不是有两个女儿,结果被爱米娜搪塞了过去,然后她们没有明确说什么就离开了。

冬天来临时,法贺姆对母亲说:"我的朋友赫桑警官想向阿伊莎求婚,他希望我把他的意思传达给父亲。"

直到这时,爱米娜才从法贺姆口中得知那三个媒人原来是想给阿伊莎说媒,她知道丈夫是不会同意的,因为大女儿还没有嫁人。可是,她又不希望阿伊莎错过这么好的机会,只好找丈夫商量,看看事情有没有商量的余地。

艾哈默德大吼:"既然媒人们没见过阿伊莎,为什么这位警官偏偏只向阿伊莎求婚?"

爱米娜故作镇定地说:"老爷,他就在附近的警署工作,而且是本地人,也许听说过阿伊莎。"

"胡说!他经常在这一带巡视,如果他娶了阿伊莎,人们就会怀疑他之前偷看过我女儿,这样就会败坏我的名声。我不同意这门婚事!"

海蒂杰知道自己阻碍了妹妹的婚事,因此倍感自责,不过阿伊莎并没有责怪姐姐。

这一天,艾哈默德去塞得港办事了,一家人顿时觉得轻松了很多。正好这一天又是周末,于是孩子们就鼓励母亲跟他们一起出去散散心。

爱米娜一直都想去拜谒侯赛因陵墓,却担心丈夫知道之后会责怪自己,最终被五个孩子说动,和小儿子一起出了门。爱米娜刚出门时心里很慌乱,一发现有人看她就觉得羞愧,后来才慢慢适应,看什么都觉得新鲜。凯玛勒不厌其烦地当起了母亲的向导,带着母亲走过大街、广场,随着拥挤的人流来到侯赛因的陵墓前,完成了母亲多年的心愿。

爱米娜瞻仰完圣墓,不禁有种失魂落魄的感觉,不过她生性容易知足和顺从,就和儿子一起向家里走去,没想到路上竟然被汽车门碰到,后背右边的锁骨骨折。爱米娜回到家,儿女们都非常担心她的身体,所幸她没有大碍。可是,他们不知道该如何向父亲交代,因为他们背着父亲怂恿母亲外出已经犯了大错,现在母亲又受了伤,父亲一定不会轻饶他们的。

爱米娜也提心吊胆的,她知道,如果丈夫知道了,一定会暴跳如雷的。艾哈默德知道妻子受伤之后,果然非常生气,爱米娜只好绝望地说出了真相。艾哈默德沉默了很久,才平静地说:"你就卧床静养吧。"爱米娜想到了丈夫的种种可能的反应,唯独没想到他会如此平静。可是,出人意料的事还在后头,等到爱米娜完全康复,艾哈默德就命令她立刻离开这个家。

爱米娜没想到丈夫会如此绝情，但她知道丈夫说一不二，只好回娘家去了。爱米娜走后，可苦了五个孩子，尤其是海蒂杰，她不担心揽下所有的家务，却害怕去伺候父亲。孩子们想尽了各种办法让父亲心软，可是都没有奏效。

这一天，肖克特先生的遗孀苔伊珊来到艾哈默德家，说要替她的小儿子赫里勒向阿伊莎提亲。肖克特家是当地的显贵，苔伊珊又是艾哈默德和爱米娜的媒人，几个孩子也都是她接生的，所以艾哈默德非常敬重她。但是，艾哈默德还是坚守"大女儿未出嫁前坚决不嫁小女儿"的原则，所以请求苔伊珊让他好好考虑一下。他希望两个女儿都能获得幸福，却不得不承认大女儿的确没有姿色。另外，他也不太满意整天游手好闲的赫里勒。他左右拿不定主意，又不好找外人商量，只好吩咐儿子把妻子接回来，可是又没有好好征求她的意见就答应了这门亲事。

尽管新郎不是那个年轻警官，阿伊莎还是非常高兴。她对婚姻充满了憧憬，现在终于梦想成真了。海蒂杰看见妹妹都嫁人了，心里充满了失落甚至绝望，却拼命装出不在乎的样子。

在阿伊莎的婚礼上，所有人都知道了艾哈默德和女人鬼混这个秘密。亚新的触动最大，他没想到父亲竟然是个道貌岸然的伪君子。这天晚上，亚新在酒精的作用下浑身灼热难耐，就想去外面发泄一下欲望，碰巧发现女仆乌玛穿着睡衣躺在厨房门外的案子上，不禁情不自禁地把她压在了身下。乌玛吓得尖叫起来，引来了艾哈默德。艾哈默德气得大骂："快回屋去，狗崽子！"接着，他就为亚新张罗了一门婚事，把亚新高兴得不得了。

阿伊莎出嫁之后，爱米娜想和海蒂杰一起去看看她，就去征求丈夫的意见，没想到丈夫竟然答应了。阿伊莎见到母亲和姐姐来看望自己，高兴得和她们说东道西的。就在这时，苔伊珊在大儿子易卜拉欣的陪同下走了进来。易卜拉欣与赫里勒长得简直就像一个人，一副慵懒、安详的样子，看上去只有三十来岁，可实际上已经四十岁了，他结过一次婚,有过两个孩子,后来妻儿都亡故了,如今还单身。海蒂杰忍不住看了看他,发现他正端详着自己,就羞怯地垂下了眼皮,担心他会讥笑自己的大鼻子。

亚新刚结婚时,整天与妻子赞娜布猫在屋里不出门,夫妻生活过得非常和谐。可是,生性刻薄的海蒂杰却对赞娜布百般挑剔,整天挖空心思找赞娜布的麻烦。

就在这时,一场意外解决了这对姑嫂的矛盾——苔伊珊带着阿伊莎替易卜拉欣向海蒂杰提亲。这个消息令爱米娜惊喜不已,她立刻就答应了。

凯玛勒听说大姐也要出嫁,担心她像二姐一样离开他,一直忍到晚上才很不高兴地对母亲说:"妈妈,你是怎么想的呀?你已经失去了一个女儿,难道还要再失去一个?"

艾哈默德是晚上才知道这件事的,他虽然埋怨妻子没把易卜拉欣与海蒂杰见面的事告诉他,但为了女儿的幸福,他还是同意了。

一天晚上,亚新夫妇没向任何人打招呼就去了剧院,直到很晚才回家,因此引起了一场大争论。后来,海蒂杰出嫁,亚新一下子找不到与他逗趣的对象,顿时觉得生活中少了很多乐趣。他想,海蒂杰就像食盐一样,食盐本身不是美味,可是美味佳肴少了食盐一样没有味道。他刚结婚才几个星期,就慢慢地厌倦了这种循规蹈矩的生活,就连他那漂亮的妻子都无法提起他的兴趣,他甚至认为结婚是最大的骗局。

就在这时,学校盛传埃及有官员组成代表团前往英国高级专员公署请愿,要求取消英国对埃及的保护权,宣布埃及独立。法贺姆得知这一情况时激动万分,就把这一情况告诉了哥哥和母亲,希望他们能积极响应,可是他们根本不怎么感兴趣。艾哈默德虽然具有一种"爱国主义精神",却没有因为国内形势发生变化而改变他的生活方式,把时间都花在了家庭、经商和寻欢作乐上。

亚新彻底对婚姻失望了,重新开始了夜生活,一到晚上就沉湎在咖啡馆或酒吧里,直到深夜才会晃晃悠悠地回来。赞娜布对丈夫每天都去消夜的行为极度不满,就向丈夫发牢骚,可是亚新反倒要妻子像他继母一样顺从。

与此同时,艾哈默德也找机会与情人约会,根本没意识到国内局势已经逐渐紧张起来。但是,就连凯玛勒都感觉到生活受到了革命的影响,因为路上时常有游行队伍,有时甚至有人开枪,他已经不能像以前一样自由地在路上玩耍了,这令他非常苦恼。赞娜布则吓得要命,一个劲儿地大骂革命者,还说他们是吃饱了没事儿干。

这天一大早,宫间街上就挤满了英国兵。亚新和法贺姆兴致勃勃地站在平台上观察了他们大半个上午。之后,亚新就觉得度日如年,一心想着要去酒吧里饮酒作乐,完全不顾妻子的感受。晚上,亚新在阳台上散心,无意中发现了妻子陪嫁过来的那个四十来岁的黑女仆,不禁情欲高涨,试探着与她调起情来。女仆嘴里说不行,却没有阻止他的行为,使他越来越大胆。这时,赞娜布刚好在四处寻找丈夫,不经意发现了丈夫正与女仆做苟且之事,气得号啕大哭,第二天一大早就回了娘家。没过几天,赞娜布的父亲阿大特来找艾哈默德,要艾哈默德同意女儿与亚新离婚,尽管这时他发现赞娜布已经怀孕。艾哈默德怎么劝他都没有用,最后只得同意,好在两个人的交情并没有因此而受到影响。

凯玛勒倒是和驻扎在他家门口的英国兵很谈得来,他一天中最快乐的时光就是在英国军营里度过的。不过,法贺姆并不喜欢凯玛勒这样。一天,亚新快走到家门口时,突然被一个英国兵拦住,他顿时吓得浑身颤抖。没想到这个英国兵竟然微笑着向他借火柴,于是他立刻喜出望外地去买了一盒火柴给英国兵。英国兵对他说了声"谢谢",令他高兴得就像喝醉酒了似的脸颊绯红。

侯赛因街区被英国兵占领,那里的游行示威活动因此相对减少,所以艾哈默德才恢复了周末中午带儿子们去侯赛因清真寺参加聚礼的习惯。法贺姆从小就对宗教充满感情,所以他非常乐意参加聚礼。亚新就不同了,他是被迫的,因为他天生散漫、懒惰。不过,越靠近清真寺,他的心就越虔诚,他会真心祈求真主赦免他的罪过。艾哈默德和亚新一样,从来没有真心向真主忏悔过,只是为了祈求真主的宽恕。凯玛勒是最近才被父亲带着参加主麻礼拜的,他认为这代表他已经成年了,所以特别自豪。侯赛因陵墓就快到了,凯玛勒非常高兴,因为他要为自己同时也为母亲拜谒。

就在这时,一个大学生突然拦住了他们的去路,用充满敌意的目光盯着亚新,引得人们纷纷投来好奇的目光。艾哈默德心里非常不舒服,就冷冷地问:"年轻人,你这是干什么?"

大学生指着亚新大喊:"他是英国人的奸细!"

艾哈默德怒不可遏地叫嚷起来:"胡说!他是我儿子,我们一家都是爱国者,不信你问问这一带的人。"

大学生轻蔑地大声说:"我亲眼看见他在宫间街和英国兵亲切地交谈,这还有假?打倒卖国贼!"

清真寺里顿时愤怒声四起,好像随时准备着要扑上去抓住亚新这个卖国贼。艾哈默德不顾一切地保护儿子,亚新则站在父亲和法贺姆中间颤声说:"我不是奸细……不是奸细……"凯玛勒吓得呜呜直哭。

人群里有人大喊:"等等!这位先生是纳哈辛学校的文书亚新,不是奸细!"

可是大学生根本不相信,引得人群剧烈地骚动起来,挥舞着鞋子和鞭子要揍亚新。亚新扫视着周围怒气冲天的人群,顿时绝望了。艾哈默德和法贺姆本能地护着亚新,可是内心也一样压抑和绝望。凯玛勒则号啕大哭,哭声几乎比人群的怒吼声还大。

大学生猛地扑向亚新,想让亚新脱离艾哈默德和法贺姆的保护,以便人们能够好好地揍他一顿。艾哈默德奋不顾身地与大学生动起手来。法贺姆第一次见父亲如此冲动,于是也不顾一切地用力推了大学生一把。大学生被推得向后打了个趔趄,于是疯狂地大喊:"大家快揍他们!"

就在这时,一个年轻人大声喝令大学生住手,然后随同三位伙伴一起迈着坚定的步伐挤到了大学生身边,问奸细在哪儿,然后就用严峻的目光盯着亚新看。法贺姆急忙上前一步,好像是有意让领头的那个年轻人注意到自己。领头的年轻人看到法贺姆,立刻诧异地说:"是你?!"

法贺姆苦笑着说:"这位大学生说的奸细是我哥!"

领头的年轻人扭头问大学生:"你能肯定自己没弄错吗?"

法贺姆抢先回答:"他也许是看见了我哥与英国人交谈才会这么认为的。你也知道,英国兵就驻扎在我家门口,我们出出进进时难免要与他们应酬几句,就这么回事而已。"

大学生还想说些什么,却被领头的年轻人挥手制止了。接着,领头的年轻人把手放在法贺姆的肩上,对众人说:"这位年轻人是圣战者,和我在同一个委员会里工作,请大家放他们走!"

大学生应声离开了,接着人群也散了。父子四人这才心情沉重地向清真寺的大门走去。艾哈默德当众受辱,觉得颜面尽失,他越想越气,心里大骂亚新这个畜生、祸根老是给他惹麻烦,让他操碎了心。可是,过了一会儿,他又觉得亚新现在已经够可怜了,就强行压住了教训亚新的念头。接着,他想到了一件更麻烦的事,他必须立刻设法解决,否则一旦出事,他哭天抢地都没有用。于是,他立刻叫来了法贺姆:"你把'圣战者'这件事给我讲清楚!"

法贺姆虽然习惯了应对革命中的各种风险,可是面对父亲时,他却觉得自己什么都不是,他思索了半天,然后温顺地说:"爸爸,可能是我那位朋友为了替我们解围才随口说的。"

"随口说说?你必须给我讲清楚!"

"我们只是曾经在一起聊过国家大事而已。"

"难道你只跟他聊过国家大事,他就称你为'圣战者'?"艾哈默德怒不可遏地说,好像无法容忍儿子玩弄他。

"我们有时也散发一些激励人民爱国的呼吁书。"法贺姆立刻像罪犯似的招供了。

"你竟然去散发传单?!"艾哈默德不禁拍着双手说,以掩饰他内心的恐惧。他知道当局明令禁止民众散发传单,违者将被处以极刑。

艾哈默德逼迫儿子对着《古兰经》发誓不再参加革命,法贺姆说:"宽恕我吧,爸爸!我什么事都可以听您的,唯独这一件我做不到。我想您也不愿意自己的儿子当个逃兵,更何况我做的工作根本微不足道,绝对没有生命危险!"他说完,就激动地跑了出去。

凯玛勒和英国兵越混越熟,甚至和他们成了朋友。这天傍晚,他照例去英国军营,路过玛莉亚家时发现玛莉亚正微笑着跟一个英国兵对望。他意识到这件事很不寻常,就在家庭咖啡会上提起了这件事。爱米娜、亚新和法贺姆这才认清玛莉亚是个不检点的女人。

一天深夜,艾哈默德摸黑从情人家回来,竟然被一伙英国兵抓住,吓得他都快魂飞魄散了,好在有惊无险,只是去帮英国兵填平一条大沟。听说那条大沟是侯赛因街区的一帮小伙子挖的,已经有一辆卡车翻进去了。艾哈默德被折磨了一夜,对英国人充满了仇恨。

亲友们听说艾哈默德被抓丁,纷纷上门探望他。海蒂杰姐妹都怀了身孕,她们也赶来了,把凯玛勒高兴得不得了。一家人聊起了家常,亚新说他的生母生病离世,他怀孕的妻子他也不打算管了,玛莉亚果然是个不检点的女人。海蒂杰说她和婆婆的关系还没有改善……

艾哈默德再也没心思找女人寻欢作乐了,一心扑在生意上,只有这样他才能够暂时忘记战乱带给他的精神折磨。事实上,尽管他躲进店铺,还是会不断地听到一些流血事件,他只祈求一家人都能平平安安的。他可以舍弃钱财和感情,却绝对不会舍弃一家人的性命,可是法贺姆这个逆子却拼死都要投身革命!

这时,谢赫走进了店铺。他先跟艾哈默德寒暄了一阵,然后清了清嗓子,又抹了一把脸,说:"我昨晚梦见你向我招手,所以我就过来看你了。"

艾哈默德虽然心中有些忧愁,但依然微笑着说:"谢谢你的祝福,愿真主保佑你。"

"我听说你前几天遇到了一点儿麻烦,是真的吗?"

"是的。"艾哈默德回答,接着就耐心地把他前几天被英国兵抓去干活儿的事详细地叙述了一遍。这几天来,这件事已经被他重述过好几十遍了。

"你应该带上护身符,你的家人也应该带。"

"但是,我的儿子法贺姆……他开始不听我话了,像那些年轻人一样做一些危险的事情。"

"愿真主保佑他。但是,你一向说一不二的,法贺姆怎么敢忤逆你呢?"

艾哈默德的心被这句话深深地刺伤了,他不想让人以为他懦弱,就说:"当然了,我儿子还不敢公开顶撞我,可是他却不肯凭《古兰经》发誓不参加革命。我该怎么办呢?"

"他有没有参加游行?"谢赫不安地问。

"没有,但是他散发过传单。"

"法贺姆是个温顺的孩子,怎么可能做出这种事呢?难道他不知道英国人都是一群残忍的野兽吗?万能的真主啊,请您为这孩子祈祷,请您保佑我们!"

"不断有人牺牲,就是要我们引以为戒,可是法贺姆就是不听话,真不知道他到底中了什么邪!"艾哈默德忧心忡忡地说。

接着,嘉米勒也来了,三个大男人一说起英国兵烧杀抢掠的恶行就激动不已。

阿伊莎即将分娩,痛得死去活来。赫里勒心疼妻子,就请来了医生。艾哈默德没想到女婿会带一个陌生男人来给女儿接生,不过他什么也没说,只是忧心地站在门外,同时也觉得丢脸和愤慨。医生进去大约二十分钟之后,接生了一个心跳非常微弱的女孩儿。

这一天早上,法贺姆向父亲赔罪,并请求父亲谅解他。艾哈默德虽然逐渐开始支持儿子参加革命,却拉不下面子向儿子低头。刚好这时爱米娜过来请他们吃饭,这才化解了父子俩的矛盾。法贺姆高兴地走出家门,径直向革命委员会走去,然后带领群众示威游行,结果在经过贝基亚公园时被英国伏兵的子弹射中,当场身亡。

  三个青年把法贺姆牺牲的消息通知了艾哈默德,还说他们明天下午会为法贺姆等十四位烈士举行葬礼,请艾哈默德节哀顺变。艾哈默德听完,魂不守舍地向家里走去。等到他双目无神地看到自家的阳台,才想起妻子,一下子站住了。他心想:"如果妻子知道儿子再也不会回来了,她该有多伤心呢?我绝对不允许她去和儿子的遗体道别,甚至不许女人们哭哭啼啼,可是这么做又有什么意义呢?我也想放声大哭啊……"

  他不知不觉地挪到了家门口,听到凯玛勒正甜甜地唱着:"每年都要来看望我,一定不要忘了!"

·亚非拉文学·

加布里埃拉

若热·亚马多(1912—2001),巴西著名小说家,有"民众作家"之称,曾获得诺贝尔文学奖提名。他一生创作出了二十多部长篇小说,一大批中短篇小说、诗歌、散文等。

《加布里埃拉》是亚马多最著名的代表作之一,主要讲了这样一个故事:酒店老板纳西布新雇来了一个叫加布里埃拉的厨娘。相处中,纳西布爱上了她,并且娶他为妻。可是,加布里埃拉是一个崇尚自由的人,她因受不了纳西布的种种约束而出轨。纳西布知道这件事后,把她赶出了家门。后来,纳西布无法放弃对加布里埃拉的爱,两人又走到了一起。

1925年,正当混血姑娘加布里埃拉与阿拉伯人纳西布处于热恋之时,巴伊亚州伊列乌斯市迎来了漫长的雨季。庄园主们都显得非常不安,因为收获可可的日子马上就要到了。根据经验判断,如果老天不再下雨,那一年的收成将会远远超过此前的任何一年。可可的价格最近几年一路飙升,人们的生活有了显著的提高,伊列乌斯市也发生了翻天覆地的变化。

这些变化与一个人有着密不可分的关系,他就是年轻的可可出口商蒙迪尼奥。蒙迪尼奥本来是首都里约热内卢人,有两个非常有成就的哥哥。他们一个是国会议员,另一个是企业家。蒙迪尼奥本来可以在家中轻松愉快地过日子,可他是一个有理想的人。他不想就那样碌碌无为地过一辈子。正是由于这个原因,他才会来到伊列乌斯市。

过去的伊列乌斯城和兵营没有多大差别。庄园主们腰里别着手枪,骑着高头大马走在街上,他们的仆人手里握着来复枪跟在他们身边。街道没有铺上柏油路面,一下雨就泥泞不堪。路边到处都是流动的商贩,他们的叫卖声吵得人不得安宁。现在,这里完全变了。在蒙迪尼奥的努力之下,市区各条道路都铺上了柏油,不再像过去那样难走了。蒙迪尼奥还免费给俄国人雅科布和年轻的车库老板莫阿西尔·埃斯特莱拉提供贷款,让他们买来汽车成立一家运输公司。此外,伊列乌斯市的第一份报纸《伊列乌斯日报》也在蒙迪尼奥的努力之下得以出版。他还打算疏通港口,为可可的直接出口创造有利条件。

蒙迪尼奥种种促进伊列乌斯市发展的举措得到了当地百姓的一致夸奖。可是,以拉米罗上校为首的地方保守势力却对他特别不满。拉米罗曾两次担任该市的市长,保守的性格使他根本无法容忍新生事物出现在伊列乌斯市。最近,有一件事让他十分生气:蒙迪尼奥竟敢不听他的话,公然挑战他的权威。

酒店老板纳西布是个唯利是图的人,为了挤进有钱人的队伍,他非常慷慨地答应了运输公司为庆祝伊列乌斯市与另外一座城市伊塔布纳市之间首次顺利通车而举办的宴席。可是,正当他为这次重要的宴席精心准备的时候,他的厨娘菲洛梅娜却辞职回老家去了。无奈之下,纳西布只能去寻找一个新的厨娘。他决定去"奴隶市场"看一下。

"奴隶市场"在火车站附近。很久以前,那些内地移民为找工作来到此地,他们临时租住离火车站不太远的地方。因此,当地人便把那里称作"奴隶市场",后来这个称呼就流传了下来。有很多来找工作的人守候在"奴隶市场"。他们为了来到这个富裕的地方,一路上克服了各种困难,吃尽了各种苦头。有人对他们讲过,这里曾发生过很多暴力事件。可是,他们知道,随着可可的行情不断上涨,他们在这里将会有机会赚更多的钱,甚至会成为令人羡慕的可可庄园的主人。

纳西布来到"奴隶市场"后遇到了梅尔科·塔瓦雷斯上校。梅尔科用轻蔑的语气对纳西布说:"纳西布,你到这里来,也是为了雇工人的吧?你也有了可可园了?"

"上校,你不要拿我开玩笑了,我怎么能和你比……我以前的那个厨娘辞职回老家去了,我到这里来是为了找一个新的厨娘。"

"我现在要把这些工人带回庄园去了……雨总算是停了,今年的收成肯定会比往年好。"梅尔科指了指他刚刚挑好的工人说,"当地人不愿意干重活儿,可这些人却不同。他们干起活儿来毫不含糊……"

纳西布把上校决定要雇的那些人打量了一遍。他觉得上校的眼光非常不错。看着上校挑到了满意的工人,他生出一种羡慕之情。他只想找一个能替他收拾房间、洗衣服做饭,有时间再给酒店做些点心的厨娘,要说这个要求一点儿也不高,可是他找了很久都没有找到合适的人选。

"要想在这个地方找到合适的厨娘,那可不容易……"梅尔科说。

纳西布在等待招工的人群中走来走去。找了半天后,他终于看到一个身高体壮的女人。

"先生,我丈夫在路上死了。"

"真是不幸!你会不会做饭?"

"我只会做普通的饭菜,要是讲究一点儿的,那我就做不了了。"

纳西布感到有些失望。过了一会儿,他又看到一个老太婆。这个老太婆看上去年纪已经非常大了,她弯着腰,用一根拐棍支撑着身体。不一会儿,一个衣衫褴褛的女人向老太婆走来。那个女人的衣服不但又破又烂,而且非常脏。她手里端着一瓢水,递到了老太婆手中。老太婆接过水后迫不及待地喝了起来。

"谢谢你,好心人,上帝会保佑你的……"

"老奶奶,不用客气。"那个女人回答说。从她的声音上判断,她应该是一个年轻的姑娘。

这个女人看到老太婆喝完水后,接过空水瓢准备离开。这时,纳西布拦住了她,并问道:"你是她的孙女吗?"

"不是。我们前几天在路上遇到她的。"她微笑着回答说。此时,纳西布才看清楚,原来她是一个年轻的姑娘。

"我们?你是和别人一起到这里来的?他们在哪儿?"

她用手指了指不远处的一群人说:"他们都在那边。我们来自同一个地方。那里闹旱灾,所有的河都干了,家里的牲畜都被饿死了。在路上,我们还遇到了其他一些和我们一样出来逃荒的人。"

"他们是你的亲戚吗?"

"不是的,小伙子。我的亲人都死了。"姑娘不但没有悲哀,反而非常轻松地笑了起来。

"你都会干些什么?"

"家里的活儿我样样在行,小伙子。"

"会洗衣服吗?"

"你不是在开玩笑吧,谁不会洗衣服啊?"她感到很吃惊,"只要有水和肥皂不就行了吗?"

"会不会做饭?"

"我以前曾在有钱人家里当过厨娘……"她又笑了起来,好像想到了开心的往事。

纳西布并没有看中她,可能是因为她总是笑个不停。这些人从内地来到这里,已经饿了好几天了,他们为了能够尽快找到活儿干,不惜说谎博得别人的信任。她或许真会做饭,可是做的只不过是一些最简单的家常饭。纳西布要找的不是这样的人。他要找的是一个年纪大些,既爱干净又勤快的人。

姑娘在急切地等待着纳西布的回答。可是,纳西布摇了摇头,断断续续地说:"哦……那就这样吧……再见,祝你好运!"

纳西布说完后转身要走。可是,他还没有迈开步子,就听见那个姑娘说:"真是一个漂亮的小伙子。"

纳西布只有在小时候听到过母亲这样夸奖自己。现在这个姑娘居然会对他说出这样的话,这让他感到相当意外。

"请等一下。"纳西布又把这个姑娘重新打量了一番。纳西布对自己说,她长得很结实,试一下又何妨。

"你把我带回去,我不会让你失望的。"姑娘说。

"我该给你开多少工钱?"纳西布问道。

"这由你决定。"

"我先把你带回去,看看你能干什么,然后再定工钱,你看这样行吗?"

"好,我同意。"

"那你现在就去把你的行李取来吧!"

听到纳西布这样说,姑娘又笑了起来。纳西布觉得自己干了一件十分愚蠢的事情。他同情这个姑娘,把她带回家,可是如果她什么也不会做,那不是白忙活了吗?

姑娘很快就回来了。她手里拿着一个捆好了的小包袱。纳西布心情沉重地离开"奴隶市场",姑娘则跟在他的后面,手里拿着包袱。走了一会儿,纳西布回头问道:"我还不知道你的名字呢?"

"我叫加布里埃拉。"

加布里埃拉拿着包袱,紧紧地跟在纳西布的身后。她为自己能够离开又脏又乱的"奴隶市场"而高兴。她真想哼一首家乡的小曲儿来表达一下高兴的心情。可是,她害怕纳西布听到后会不高兴,于是就没有哼出声来。

纳西布把加布里埃拉带回家中。隔壁的阿尔明达太太看到纳西布回来了,便非常热情地向他打招呼。

"这是我刚雇来的为我洗衣服做饭的女用人。"

阿尔明达把加布里埃拉上上下下地打量了一番,然后说道:"孩子,如果你有什么需要,和我说一声就行了,咱们是邻居,千万不要见外啊!"说着,她把头转向纳西布说:"是个年轻的姑娘吧?像菲洛梅娜那样的老太婆,已经让你受够了吧?"说完,她非常神秘地笑了笑。

"我也想雇一个更好的,可是……"

纳西布带着加布里埃拉进了家门。他首先带着加布里埃拉看了看她住的房间,然后又把她需要干的活儿交代给她。需要加布里埃拉干的活儿并不多,只有洗衣服、做饭、收拾房间三项。纳西布没有提去酒店做甜点的事。他打算先看看她会做什么样的饭菜,再决定是否让她去酒店干活儿。之后,纳西布又带着加布里埃拉去看了一下食物储藏室。

"有什么不明白的地方,可以去问阿尔明达,她会帮助你的。"

纳西布已经累了一天了。天已经黑了,酒店还有很多事等着他去做。临走时,他对加布里埃拉说:"去洗个澡吧,看你浑身上下都脏成什么样子了。"

纳西布在酒店里忙到很晚才回家。他打开房门后,看到加布里埃拉在一把椅子上睡着了。此时的加布里埃拉完全变了一个人。她乌黑松散的头发披在肩头,身上的衣服也变得非常干净。裙子裂开了一个大口子,肉桂色的大脚裸露在外面。一对乳房随着睡梦中的呼吸上下起伏,幸福的微笑挂在脸上。

纳西布被眼前的一切惊呆了,他简直不敢相信自己的眼睛。

"天哪,真是一个漂亮的姑娘!"纳西布轻声惊呼道。

加布里埃拉从睡梦中醒来。她一睁开眼睛就马上笑了起来。之后,她从椅子上站起来,把身上的衣服整了整。

纳西布愣了半天之后才开口说:"你怎么睡在这里?为什么不到床上去睡?"

"我没有得到小伙子的命令。"

"哪个小伙子?"

"就是你啊!衣服我洗过了,房间也收拾好了。干完这些活儿之后,我就想在这里等你回来,没想到竟然会睡着了。"

一股丁香味儿从加布里埃拉的身上散发出来。

"你真会做饭吗?"

"先生,我当然会做饭。我以前给别人家干过活儿,那时我就学会了做饭。而且,我也很喜欢做饭……"说着,她又笑了起来。

纳西布坐到了一把椅子上。他说:"要是你说的是真的,那我就多给你开些工钱。这里的工钱每个月大多是二万雷斯,最多的也超不过三万。我给你开五万。如果你觉得你要干的活儿太多了,我还可以给你找个小孩儿来帮忙。不过,我以前的厨娘菲洛梅娜虽然年纪大了,却仍然不愿意别人帮她的忙。"

"她不需要,我也不需要。"

"那你觉得工钱怎么样?"

"随便你给多少,我没什么意见。"

"你先做些饭菜让我尝尝。明天我会派人回家来取午饭,你好好准备一下。现在……已经很晚了,你回去睡觉吧!"

加布里埃拉的脸上浮现出一丝笑意,接着她向自己的房间走去。纳西布看着她走路时来回晃动的身体和两条迷人的大腿。

"小伙子,晚安……"加布里埃拉回头对纳西布说道。不一会儿,她的身影就消失在黑暗的走廊里,房间里还散发着丁香的味道。

纳西布决定,第二天就要去给加布里埃拉买一件印花布衣服和一双拖鞋,作为送给她的礼物。

宴会举办的日期很快就到了。蒙迪尼奥和拉米罗两派的主要人物都参加了这次宴会。刚开始的时候,大家都有些放不开,《伊列乌斯日报》上发表的那篇赞扬蒙迪尼奥、抨击拉米罗的文章也没有人敢提起。大家虽然都在忙着吃喝,但是心里总觉得有些不安,担心会发生什么特别的事情。拉米罗上校只喝了几口酒,并没有吃东西。他用他的那双小眼睛仔细地打量着在场的客人。当蒙迪尼奥出现在他的视线里的时候,他的脸色不由自主地沉了下来。随着宴会的进行,气氛才逐渐活跃起来。

宴会结束后,纳西布感到异常的轻松愉快。他为加布里埃拉买了一件新衣服,非常激动地回到家中。他想把礼物放在加布里埃拉的床头,那样她第二天早上醒来就能够看到。

纳西布向加布里埃拉的房间看去。一束月光正照在加布里埃拉裸露在被子外面的一截大腿上。他仔细地向她看去，心头陡然涌起一股激情。他本来打算在夜总会找那个叫作里佐莱塔的妓女，可是一想那个从大城市来的妓女那种样样精通的样子，他就没了兴致。现在，加布里埃拉裸露在被子外面的大腿就在他的眼前，被子里面的乳房他也能够想象得出是什么样子。纳西布把眼睛睁得大大的，竭尽全力想要看个清楚。可是，他被一阵丁香的气味弄得有些头晕。

加布里埃拉睡得很香。纳西布想要走进她的房间，可是又感到有些害怕。他不敢去碰正在熟睡中的加布里埃拉。他怕自己的举动吓到她，她因此辞职不干。要知道，找一个像加布里埃拉这样的厨娘并不是一件很容易的事情。他最后决定，把买来的礼物放在她的床头，第二天早上晚些出门，先取得她的信任后再把她搞到手。

当纳西布把礼物放在加布里埃拉的床头时，加布里埃拉醒了过来。她看到纳西布正站在床头注视着她，就下意识地去拉被子，以便盖住裸露在外面的身体。可是，不知什么原因，被子却掉到了地上。加布里埃拉并没有惊惶失措，她坐了起来，冲着纳西布轻轻地笑了一下。

"我给你买了礼物，想把它放在你的床头，可是……"纳西布断断续续地说。

加布里埃拉像个孩子似的微笑着。尽管她全身几乎都暴露在纳西布的视线之中，可是她并没有感到羞涩。她把纳西布给她买的礼物拿了起来。

"小伙子，谢谢你，你真是一个好心人，上帝会保佑你的。"

说着，她笑着打开那件新衣服，然后贴在身上。

"它可真漂亮啊！你真是太好了。"

纳西布被一股强烈的欲望憋得有些喘不过气来。他又闻到了阵阵的丁香气味，这让他感觉有些目眩神迷。

加布里埃拉把衣服拿到眼前，仔细地端详着。纳西布再次看到了她近乎赤裸的身体。

"真是太漂亮了。我刚才一直在等你回来,想问问你明天想吃什么饭,可是我一躺下就……"

"今天事太多了。"纳西布憋了好半天,终于憋出这么一句话来。

"小伙子,真是可怜啊,你累不累?"加布里埃拉一边叠衣服一边问。

"让我把衣服放在衣架上去吧!"

在拿衣服的一瞬间,纳西布的手和加布里埃拉的手碰到了一起。

"你的手怎么这么凉呢?"加布里埃拉笑着说。

纳西布已经忍了半天了,这下他再也忍不住了。他一只手把她的胳膊抓住,另一只手则去抚摸她的乳房。然后,他把加布里埃拉紧紧地抱在了怀里。

拉米罗极力反对蒙迪尼奥疏通港口的计划,可是蒙迪尼奥利用他哥哥的影响力,使得疏通港口的计划得以顺利进行。之后,蒙迪尼奥宣布他将参加联邦国会议员的选举。为了能够获得成功,他还把一位政府要员拉拢到自己这边。拉米罗知道这件事后非常生气,竟然派人去暗杀那位政府要员。可是,暗杀行动没有成功,拉米罗陷入非常被动的处境之中。

虽然蒙迪尼奥与拉米罗两派斗争得异常激烈,但是对于纳西布来说,这些事好像跟他一点儿关系都没有。他只关心如何使自己的酒店能够赚更多的钱,以及如何使加布里埃拉成为自己的妻子。

一天,加布里埃拉穿上了一身新衣服。她好像变了一个人,就连大户人家的小姐都没法跟她相比。

阿尔明达看到后,夸奖她说:"你简直是伊列乌斯市场最漂亮的人!无论是没结婚的小姐,还是结过婚的太太,没有一个人比得上你。"

加布里埃拉对镜子里的自己非常满意。她说:"阿尔明达,你肯定想不到,有一个漂亮的小伙子想让我到他那里去住。"

"是吗?你可不能随便跟谁住在一起啊,你应该挑个好的。"

"是啊,我才不会那样呢!"

"就你这个模样,谁不喜欢呢?纳西布先生更是对你情有独钟。他都快急死了……"

"他为什么会这样呢?纳西布先生真是一个好人,他总会给我买很多礼物,我都有些不好意思了……他为什么要送给我这么多礼物呢?他真是一个好人。"

"如果有一天他向你求婚,你可别感到意外啊!"

"他为什么会向我求婚呢?我觉得他没有必要这么做。"

加布里埃拉的一颗牙有洞,纳西布发现后,让她去治疗一下,还亲自为她挑选了一位有名的牙科大夫。加布里埃拉镶上了一颗金牙。纳西布替她付了钱,尽管她并没有要求他来付。此外,纳西布还会买各种各样的礼物送给她。

不久后,纳西布向加布里埃拉求婚。加布里埃拉感到既意外又兴奋。她答应了纳西布的求婚。婚礼举行的那天,纳西布家里挤满了人。很多没有受到邀请的人也来了,因为他们不想错过这个热闹的场面。

婚礼结束之后,纳西布开口说:"加布里埃拉……"

"什么事,纳西布先生……"

"你为什么要管我叫纳西布'先生'?我不再是你的老板了,现在我是你的丈夫了。"

加布里埃拉没说什么。她看到杂乱的房间后,就脱掉鞋子准备收拾。纳西布用责备的语气对她说:"以后再这样可不行了!"

"怎么了?"

"现在你已经是一位太太了,不能再像以前那样光着脚走路了。"

加布里埃拉听到后相当意外。

"我为什么不能光着脚走路?"

"我说不行就是不行。"

"为什么?"

"你现在已经成了我的太太,是有身份的人了。"

"纳西布先生,我不是什么有身份的人,我还是加布里埃拉。"

"你不要着急,我会慢慢教你的。"说着,他把加布里埃拉轻轻地抱到了床上。

"真是一个漂亮的小伙子……"

几天后,纳西布在酒店忙了一天回到家中。他感到非常困,就倒在床上睡觉。加布里埃拉想和他聊聊天,就像每天晚上那样叫醒他。

"纳西布先生,你怎么这么晚才回来……告诉你一件新鲜事吧!"

纳西布困得要命,根本不想和加布里埃拉说话。他有些不耐烦地说:"我困得要命。有什么新鲜事,你赶紧说吧!"

"图伊斯卡现在成了马戏团里的演员,他还要演节目……"

"在马戏团里?演节目?你到底在说什么啊?"纳西布一边摸着加布里埃拉的大腿一边说道。

"这个你就不知道了吧?"她显得非常兴奋,"这是他亲口告诉我的……"她非常调皮地在纳西布身上挠痒。

"你想干什么?"纳西布偷偷地笑了一下,"那你……"

加布里埃拉不明白纳西布的话是什么意思,她只想和纳西布谈论马戏团和图伊斯卡。

"纳西布先生,明天你能不能少去酒店一会儿,你陪我去看图伊斯卡的表演吧!"

"明天?明天可不行。明天我要带你去参加一个讲座。"

"纳西布先生,你说一个什么?"

"讲座。我们这里来了一个律师,他是一个了不起的大人物,他曾获得过两个博士头衔……无论是写诗,还是讲话,他样样在行。明天他要举行一场讲座,我买了两张票,打算带你去看。"

"讲座是什么?"

"讲座是一种非常高雅的艺术。"纳西布摸着胡子说。

"难道比电影还好看吗?"

"当然了。"

"和马戏相比呢?"

"讲座比马戏要强一百倍。只有小孩才会去看马戏团里的节目,除非节目特别精彩,大人才会去看。讲座是可遇不可求的。"

"讲座有唱歌和跳舞吗?"

"唱歌?跳舞?"纳西布有些无奈地笑了,"怎么会有唱歌和跳舞呢?加布里埃拉,你还有很多东西要学习。"

"那么讲座哪一点比马戏和电影好?"

"你仔细听着。有一个非常有名气的人,他既是一个诗人,也是一个博士,他对着台下的观众,对一件事发表他的看法。"

"他会讲什么事?"

"不管什么事,都会非常精彩。他一个人在台上讲,我们很多人在台下听。"

"我们听着,然后怎么样?"

"然后?他讲完了,我们对他报以热烈的掌声。"

"这些就足够了。关键是他讲的内容。"

"他会讲些什么?"

"他给我们讲美好的东西。有时候他会讲得非常深奥,让我们无法听懂。可是,这正是他讲得好的最好证明。"

"他一个人讲,我们只听着……纳西布先生,这和电影、马戏相比,又算什么东西?纳西布先生,你可真是一个有学问的人啊!不过,我觉得没有比马戏更好的东西了。"

"加布里埃拉,我不是已经对你说过了吗?你已经不再是我的厨娘了,你现在是一个有身份的太太。无论什么时候你都不应该忘记这一点。现在有一个很棒的讲座,伊列乌斯的重要人物都要去听,我们又怎么能不去呢?去看马戏团的表演又怎么能和这件事相比呢?"

"纳西布先生,你不能去看马戏团的表演吗?为什么?"加布里埃拉感到非常不可思议。

纳西布抚摸着加布里埃拉说:"没有原因,就是不能去。你知道我去看马戏团的表演,别人知道后会怎么说吗?他们会说,纳西布真是一个傻瓜,他不去听讲座,反而去看马戏团低俗的表演。之后,他们到酒店里谈论讲座,我却只能对他们讲讲马戏团里那些不入流的事情。"

"我懂了……纳西布先生是不能去看马戏团表演的……真是太可惜了!如果图伊斯卡能够看到纳西布先生的话,他会多么高兴啊!可怜的图伊斯卡。纳西布先生,你不去有你不去的道理。我要对图伊斯卡说,我代表我自己,也代表纳西布先生,去给他捧场。"加布里埃拉笑了笑。

"加布里埃拉,你听我说。你现在是一位太太了,你需要接受一点儿教育。你的言行举止再也不能像一个下人了。你必须像伊列乌斯的上层人那样生活。他们去的地方,你也得去。"

"你是说,我也不能去看图伊斯卡的表演吗?"

"我不是说过了吗?我要带你一起去听讲座。"纳西布有些不高兴了。

"我不喜欢听什么讲座。我也不喜欢和上层人物待在一起。我不喜欢那些先生和太太们。我喜欢看马戏表演,你就让我去吧,纳西布先生,以后我再去听讲座吧!"

"不行。这绝对不行。讲座可不是每天都有的。"

"马戏也一样啊!"

"你必须去听讲座。已经有很多人对你的行为提出非议了。我可不想这样。"

"我也想出去到街上走走,去酒店帮忙。"

"那些都是你不该去的地方。你要记住,你已经跟我结婚了,你是我的妻子了,是一位有钱人的太太了,你不再是一个……"

"你怎么了,纳西布先生?生气了吗?为什么啊?是我惹你生气了吗?我可什么都没说啊……"

"我要让你适应上层社会的生活方式,我要让你成为一个杰出的太太。我希望别人能够把你的不光彩的过去统统忘记,我希望他们能够正确对待你。"

"我可做不了你说的那种人。纳西布先生,我讨厌成为那样的人。我觉得我这样挺好的,我天生就是一个不值一钱的人。现在你要我变成上层社会的贵妇人,我可做不到。"

"没什么做不到的。慢慢学就能够学会。那些装得有身份有地位的女人,不也是从乡下来吗?只是,她们已经把该学的都学会了。她们可以学会,你也可以的。"

两个人都沉默了。纳西布又有些困了。

过了一会儿,加布里埃拉说:"纳西布先生,你就让我明天去看马戏吧!我求求你了……"

"我不是已经跟你说过了吗?你绝不能去。你明天要跟我一起去听讲座。"说着,纳西布把身子转到了背对着加布里埃拉的一面。他感到有些不痛快。加布里埃拉为什么就不能够像有钱人的太太那样,去参加社交活动呢?她已经成为有钱人的太太了,她那些荒唐的举动什么时候才会结束呢?

加布里埃拉感到有些不知所措。她不明白纳西布为什么会生气。难道他不喜欢看马戏吗?他为什么非得把她拉去听讲座呢?他为什么强迫她做不喜欢的事情呢?

第二天早上,纳西布出门时对加布里埃拉说:"今天我会回家吃晚饭。吃过晚饭之后,我们去听讲座。我希望你能够打扮得漂亮些。"

吃过晚饭之后,加布里埃拉在纳西布的强迫之下,只得去听讲座了。讲座结束后,纳西布去酒店打理生意了,加布里埃拉又跑去看马戏表演。

随着与纳西布相处的日子越来越久,加布里埃拉对纳西布提出的要求越来越难以适应。纳西布的好友托尼科这时候出现了。他使用手段博得了加布里埃拉的好感,与她发生了关系。

纳西布知道这件事后非常生气。他狠狠地揍了加布里埃拉一顿,然后把她赶出了家门。加布里埃拉离开后,纳西布感觉到屋子里空荡荡的。他知道,加布里埃拉已经离开他了,他们之间的感情结束了。

加布里埃拉离开纳西布后,住到了阿尔明达家里,她靠着给裁缝店做衣服赚钱。很多男人知道加布里埃拉离婚的消息后,都大胆地来追求加布里埃拉。可是,加布里埃拉心里只想着纳西布一人。她觉得,除了纳西布之外,她再也不会爱别的男人了。

纳西布虽然没有去看过加布里埃拉,但是他整天都在想着她。纳西布打算新开一家餐厅,却找不到合适的厨娘。这时候,他的朋友对他说:"加布里埃拉不是给你当过厨娘吗?你为什么不再把她请回来?"

"她曾经是我的妻子……"

"那又怎么样?你可以把她请回来,让她再次当你的厨娘,那样不是很好吗?"

"可是……"

"可是什么?她不就是和你结过婚吗?如果你同意把她重新请回来,我去找她说。"

"可是,她会答应吗?"

"她肯定会答应的,你就放心吧!我现在就去了!"

"我只打算雇用她一段时间……"

"为什么这样呢?只要她干得好,你就应该继续雇用她。"

就这样,加布里埃拉重新回到了纳西布的家里。加布里埃拉凭借高超的烹饪技艺使得餐厅开张的午宴大获成功。在场的客人都迫不及待地想知道,这么美味的饭菜是谁做的。这时,纳西布把加布里埃拉从厨房请了出来,并非常高兴地向众人宣布说:"我重新雇用加布里埃拉当我的厨娘……"

在场的人都热烈地鼓起掌来。加布里埃拉有些不好意思地笑了一下,然后低下了头。有人小声嘀咕说:"纳西布可真会享福啊!"

一天晚上,纳西布回家后走到加布里埃拉的床边。他默默地看着她。加布里埃拉伸出胳膊,把纳西布拉了过去。纳西布又重新感受到了加布里埃拉身上的温暖。突然,愤怒、仇恨、空虚、耻辱、痛苦等各种各样的感觉一齐涌上他的心头。他一把将加布里埃拉搂进了怀里。

"母狗!"

加布里埃拉微笑着小声说道:"没关系……漂亮的小伙子。"

联邦国会议员的竞选进入到了白热化的阶段。这个时候,拉米罗上校却意外地去世了,他的支持者们都转而支持蒙迪尼奥。港口工程在选举正式开始之前就顺利地竣工了。一艘从雅典开来的巨大的货轮来到了伊列乌斯的海面上。市民们得到消息后,都跑到海边来看热闹。为了庆祝港口通航,有人提议举行一次象征性的仪式。于是,在市民们热烈的欢呼声中,蒙迪尼奥与拉米罗生前最好的朋友阿曼西奥一起,把第一袋直接向国外出口的可可装进了船舱。

弗洛尔和她的两个丈夫

作者简介见《加布里埃拉》部分。

《弗洛尔和她的两个丈夫》是亚马多的代表作之一。小说中,少女弗洛尔不顾母亲的坚决反对,与不务正业的瓦迪尼奥结婚。婚后,她在饱尝夫妻生活的乐趣与甜美的同时,也陷入无尽的烦恼之中。后来,瓦迪尼奥猝然死去,弗洛尔因无法忍受寡居的孤寂,再嫁特奥多罗博士。婚后,日复一日的单调生活使她感到厌烦,不由自主地想起了亡夫。已经死去的瓦迪尼奥听到她的召唤,前来与她会面(只有她能看见)。于是,她在拥有两个丈夫的生活中不断挣扎。

正值狂欢节的一个星期天,瓦迪尼奥·弗洛尔太太的第一任丈夫突然去世了。当时,他正在离家不远的广场上跟着一支狂欢的队伍跳着桑巴舞。其实,他不属于这支队伍,而是跟另外四名伙伴一起化装成巴伊亚州妇女混进队伍去的。

在这些人中间,瓦迪尼奥的扮相最为搞怪。他将巴伊亚州的妇女服装胡乱地套在身上,还将脸涂成大红的颜色,眼底画上深深的黑眼圈,最让人忍俊不禁的是,他居然在两腿中间系了一大块粗大的木薯,每走一步还故意撩开裙子将其显露出来,使在场的女人捂着脸暗暗发笑,同时也为自己的想入非非感到害羞。

虽然瓦迪尼奥倒下的时候,其中的一位朋友替他解下了木薯,但他临死前的模样依然非常有失体面。他的妻子弗洛尔太太几乎是跟警察一起赶到现场的。

当时,她身上还穿着一件相当旧的、只有做家务时才会穿的便服,脚上踩的是一双拖鞋,甚至连头发都没有来得及梳理。即使是这样,她看起来依然很漂亮,就像她的丈夫瓦迪尼奥在柔情蜜意时经常夸奖她的一样,"令人垂涎欲滴"。

在他们为期七年的婚姻生活中,虽然这种甜蜜时刻极其少见,但也足以让弗洛尔太太甘之若饴,难以忘怀。当瓦迪尼奥兴致勃勃的时候,总是那样令人沉醉,弗洛尔太太根本无法抗拒丈夫的魅力,哪怕她濒临愤慨和暴怒的边缘也是如此。

当然,她也会不断地埋怨,后悔自己的命运跟这样一个放荡不羁的人联系在一起。然而,一听到瓦迪尼奥的死讯,她立刻觉得痛不欲生起来,仿佛丈夫身上的所有缺点顷刻间全部消失了。

这一切来得太突然,让她根本无法接受。因为她的丈夫刚满三十一岁,看起来那么结实,那么健康。在此之前,瓦迪尼奥总是夸耀自己从未生过病,可以一连八天八夜不睡觉地赌博、喝酒或者是跟女人们一起寻欢作乐。事实上,他确实有好几次一连八天没有回家,把妻子弗洛尔一个人丢在家里,让她绝望得近乎发疯。

不过,医学院开具的死亡证明却写得明明白白:此人肝脏功能丧失,肾脏受到严重损害,心力衰竭,已经完全无法医治。纵酒,无节制地寻欢作乐,为了赌博不要命地四处筹钱已经将他漂亮而健壮的身体彻底摧毁,只是表面还看不出来罢了。

等弗洛尔太太在诺尔玛太太的帮助下挤过人群赶到现场时,瓦迪尼奥正躺在用平行六面体砖铺成的地面上。他的嘴微微笑着,显得异常安静,异常纯真。弗洛尔太太呆立了一会儿,打量着自己的丈夫,仿佛很久才认出他来。或许她只是迟迟不愿意接受这个事实吧。

过了一会儿,她终于发出了痛苦的喊叫声扑了过去。她紧紧地抱住那一动也不动的身子,开始亲吻他的头发,亲吻他涂着大红颜色的面颊和睁着的眼睛以及那张永远失去生机的嘴巴和迷人的胡须。

殡仪馆的工作人员帮忙把瓦迪尼奥的尸体抬到家里的铁床上。这张铁床是弗洛尔太太六年前在家具拍卖市场买来的转手货。在这张床上,瓦迪尼奥曾留给她很多难忘而销魂的回忆。弗洛尔太太原本是一个庄重而羞涩的女人,但瓦迪尼奥偏偏不会理会什么叫羞涩。对他而言,同房就像过节一样,充满了无限欢乐和自由。

在新婚时期,瓦迪尼奥的这种想法曾经一度令弗洛尔太太极为害羞,而毫无办法。随着时间的推移,弗洛尔太太不再那么胆怯了,开始变得越来越狂热和无所顾忌。不过,从疯狂和忘情的呻吟中清醒以后,她就马上变回那个羞涩而端庄的妻子。

此刻,看到丈夫瓦迪尼奥的尸体正平躺在这张铁床上,弗洛尔太太这才意识到自己已经变成了寡妇。她再不用深更半夜等着丈夫回家,再不用监视他和漂亮女人之间的来往,再不会在他酗酒或者大发雷霆的时候挨打,也再不会因为丈夫而听到邻居们刻薄的议论。同时,她也再不可能跟丈夫一起欢度令人无法忘怀的爱的节日了。想到这里,弗洛尔太太顿时觉得喉咙发哽,胸口一阵剧疼,仿佛一把匕首狠狠地刺进了心脏。

没过多久,人们纷纷前来为瓦迪尼奥吊唁。在这个狂欢节的周末,很多人能够打乱自己的计划,前来给生性放荡的瓦迪尼奥守灵实在是非常难得。

瓦迪尼奥就是这样无忧无虑的人。这些前来的人中间除了屈指可数的几个亲戚,其余全是跟他有一定交情的朋友。不只是他们周围的邻居,那些经常光顾赌场、酒吧和妓院的人,就连一些声名显赫的大人物也纷纷前来与之告别。他们带着令人愉快的回忆朝他微笑,向他告别。他们原谅了他生前的种种疯狂之举,而高度评价了他好的一面。

这些大人物在笑声中回忆着瓦迪尼奥充满淫秽和狡诈的故事、令人开心的举止、大胆的欺骗行为以及他那狼狈不堪和慌乱不安的窘态。当然,他们也记得瓦迪尼奥有一颗善良的心,记得他总是殷勤礼貌,并具有不求报答的慷慨。

他的邻居们也有着相似的回忆,在他们眼中,瓦迪尼奥是一个生活毫无规律,放荡起来简直没有限度的人。

于是,有关瓦迪尼奥的神话几乎在他死去的同时便在他的尸体旁边产生了。有些人甚至夸大事实,虚构情节,编造起他的种种趣闻和冒险故事。

此外,弗洛尔太太烹调学校的女学员们,包括过去的和现在的,几乎都来了,她们都希望可以安慰这位可敬而高明的老师。当女学员们围着弗洛尔太太极力地安慰她时,一个名叫耶达的女学员引起了女教师的怀疑。

因为这个女孩子的目光一直停留在瓦迪尼奥的遗体上,而且根本无法控制自己的眼泪。弗洛尔太太注意到耶达的异常后,不由得开始思绪万千。

难道他们之间已经发生了什么不可告人的事情吗?尽管她从未发现任何异常,可谁又能保证他们不会在课堂之外暗地里约会呢?自从瓦迪尼奥和女学员诺埃米娅私通一事败露以后,他表面上就不再追逐女学员了。不过,他完全可能到街角去等待某一个人,然后跟人家胡扯一通。事实上,无论是哪个女人都经不住瓦迪尼奥的甜言蜜语。弗洛尔太太从耶达无比伤心的表情中,已经明白了一切,她的丈夫瓦迪尼奥总是这样让她毫无办法。

然而,不管事实的真相如何,瓦迪尼奥已经死了,他已经付清了全部债务,甚至付出了利息,为什么还要去指责,去抱怨,非要弄到水落石出呢?更何况瓦迪尼奥曾不止一次跟她说过,跟别的女人都是一时的开心,只有跟她,弗洛尔,才是永久的,别的女人谁也不行。弗洛尔太太意识到这些后,心情立刻平静了许多。她低下了头,不再监视耶达的举动。

瓦迪尼奥的葬礼于次日上午十点举行,为其送葬的队伍极其浩大。葬礼完毕后,弗洛尔太太在圣塔特雷扎教堂为丈夫举行了周祭弥撒。人们在背后低声议论,并对弗洛尔太太表示深切的同情。

不过,这些人为弗洛尔太太感到难过并不是因为她失去了丈夫,而是因为她曾经有一个这样的丈夫。这些尖酸刻薄的指责声中,以罗济尔达太太的话语最为恶毒,可这位太太不是别人,正是弗洛尔的母亲。

她是葬礼后的第二天得知瓦迪尼奥的死讯的。一得到这个消息,她立刻就于次日——圣灰星期三,赶往女儿的居住地巴伊亚市。

当初,她曾极力反对女儿的这桩婚事,她觉得这桩婚事是一个卑鄙阴谋的产物,冒犯了她的权威。所以,她极度厌恶瓦迪尼奥,并且因这件婚事一直对弗洛尔怀恨在心。

除了弗洛尔以外,罗济尔达太太还有一个名叫罗萨莉亚的女儿。在两个女儿尚未出嫁之前,她把女儿们看成改变自己命运方向的杠杆,当作她跻身于上流社会的台阶。因此,她尽自己所能,把两个女儿调教得温文尔雅且精通家务。

姐姐罗萨莉亚和妹妹弗洛尔也确实心灵手巧。罗萨莉亚最拿手的就是剪裁缝纫、绣花编织,而妹妹弗洛尔的天赋则表现在烹调上。她天生就能恰到好处地掌握火候,会使用各种调味品。从小时候起,弗洛尔便开始学做各种面饼和夹心饼,并从要求极为严格的莉塔姨妈那里学会了烹调这门高超的艺术。

遗憾的是,罗济尔达太太的愿望迟迟没有实现。经过日复一日、年复一年的等待,身份高贵、经济富足的求婚人一直没有出现。当二十出头的罗萨莉亚已经开始对缝纫机的踏板感到厌倦时,终于等来了一个名叫安托尼奥·莫赖斯的求婚者。这个人是一名优秀的机械修理师,并且拥有自己的作坊。

虽说安托尼奥·莫赖斯不是一个阔佬,也不是个大人物,但他来得正是时候,且不用受雇于任何一位老板,所挣得的钱财足以养活老婆和孩子,所以罗济尔达太太在命运面前还是屈服了,她没有为他和女儿罗萨莉亚的恋爱制造麻烦,也没有反对他们订婚。

然而,罗济尔达太太跻身于上流社会、登上通往富贵世界阶梯的坚定意志丝毫没有动摇。她相信,小女儿弗洛尔一定不会步姐姐的后尘。更重要的是,小女儿更加温顺听话,而且对于结婚的事情丝毫不着急,不害怕自己成为一个嫁不出去的老姑娘。因此,罗济尔达太太牢牢地抓着手里这最后一张王牌,拟订着各种计划。

谁知,她等来了更大的失望。在一次少校的舞会上,弗洛尔认识了瓦迪尼奥,并与之一见钟情。当时,瓦迪尼奥以警察署长助理欣博侄子、吉马朗埃斯参议员孙子的身份混进了宴会,并受到了少校的隆重招待。

毫无疑问,罗济尔达太太被瓦迪尼奥的假象欺骗了,她误以为自己的女儿终于碰到了富有而显贵的大人物,就竭尽全力想促成女儿与瓦迪尼奥的婚事。甚至,当瓦迪尼奥对弗洛尔做出非分举动时,她也视而不见,听之任之。要知道,她之前一直保持着女圣人的姿态。哪怕只是看到一位姑娘跟一个小伙子单独走在一起,都会说人家是个放荡的女人……

可是,这一次命运似乎是在捉弄罗济尔达太太。她心目中的完美女婿并不是什么声名显赫的大人物,也并没有在政府担任要职。他只不过是吉马朗埃斯家族一个远亲的私生子。他的生父跟一个富有的女人结婚后,就拒绝承认他。

因此,瓦迪尼奥尚未成年就失去了家庭的温暖,开始游离于赌场、夜总会、妓院等场所。要不是欣博看在他也是吉马朗埃斯家族一分子的面子上,为他谋求了一份公园管理员的工作,他便是一个彻头彻尾的无业游民了。

说起来也实在可笑,揭开瓦迪尼奥骗局的,竟是由于他的干预而当上公立小学老师的跛子塞莉娅。

当瓦迪尼奥为塞莉娅找到工作时,她在感激之余又觉得备受伤害。长期的艰辛生活逐渐让塞莉娅变成了一个嫉妒心极强而心术不正的女人。随着时间的推移,她对瓦迪尼奥的感激之情日益减少,而受到伤害的心情却日益增强,她觉得瓦迪尼奥完全是一个倒贴女人的家伙,根本没有本事帮她的忙。

一次偶然的机会,塞莉娅从一个人口中听到了一些蛛丝马迹,她说尽了好话,终于对这场开始于少校家的骗局搞得一清二楚。

原来,瓦迪尼奥自从混进少校的舞会与弗洛尔不期而遇以后,便深深地被她吸引,并产生了与之结婚的想法。但是,弗洛尔的母亲显然是个不好对付的角色。为了绕开这道坚实的屏障,瓦迪尼奥只好继续自己的谎言。

谁知,就在瓦迪尼奥与弗洛尔相恋的最初几个晚上,弗洛尔的小学同学塞莉娅遇到了麻烦——任命新教师的期限在那一周的周末将要截止了,而她为此奔走了数月,依旧没有接到应聘通知。

在这个时候,罗济尔达太太自然很想在邻里面前证实一下自己未来女婿的实力。聪明的瓦迪尼奥看出了未来岳母的心事,便煞有其事地跟未来的岳母保证,次日事情一定可以得到解决。作出保证的同时,他心里已经做好了打算,准备去找那几个颇有影响力的赌友。

这天晚上,瓦迪尼奥跑遍了所有的赌场,结果不但输光了所有的钱,而且没有碰到一个重要人物。午夜时分,他怀着沮丧的心情来到安德雷扎家里吃野餐。这个黑人女人是农学院大学生的教母,同时也是诗人戈多弗雷的情人。她从瓦迪尼奥口中得知了塞莉娅的事情以后,就热心地请求戈多弗雷帮忙。

这一次,瓦迪尼奥的确交了好运。因为戈多弗雷是政府的一名高级官员,而且是教育局长的近亲和挚友。教育局长对他一向是有求必应。不过,因为戈多弗雷不太愿意显示自己,他并没有透露自己与教育局长的关系,就连诗歌也极少公开发表。这次,为了讨好自己的情人,戈多弗雷特意关照了此事。

就这样,第二天下午,抱着试试看心态的塞莉娅再一次来到教育局长接待室时,竟然受到了局长秘书急切而热情的招待,并拿到了局长签过字的聘书。

· 精读名著 ·

然而,塞莉娅的工作得到解决后,并没有对瓦迪尼奥感恩戴德。相反,她得知了事情的真相后,立即兴致勃勃地跑去告知了罗济尔达太太。因为她知道,一场好戏即将上演了。

"卑鄙,无赖,恶棍,可耻!"罗济尔达太太深感自己词语的贫乏,恨不能找一个更为尖刻的词语来痛骂瓦迪尼奥那个骗子。

弗洛尔的态度却出乎所有人的意料。虽然这个谎言让她极其失望,可她从未想过要中断这场恋爱。她已经爱上了瓦迪尼奥,至于他从事什么职业,社会地位如何,是否是政界要人,对她而言都是无关紧要的。

就在瓦迪尼奥谎言败露的当天晚上,弗洛尔向自己的爱人表明了自己的立场。听完瓦迪尼奥对谎言的完美解释,弗洛尔流下了伤心的眼泪,还满含爱意地把瓦迪尼奥称作是"糊涂的疯子,漂亮的疯子"。自此以后,因为他们的交往由之前的热切欢迎和庇护变成了彻底禁止,他们只能将恋爱转入地下。

之后,随着莉塔姨妈最后调解的失败,弗洛尔决定采纳瓦迪尼奥提出的那个唯一可行的办法,将自己完全交给了对方。从那以后,弗洛尔总是千方百计地寻找各种躲避母亲追查的办法,与瓦迪尼奥幽会。

随着时间的推移,瓦迪尼奥想跟弗洛尔共同度过一整夜的要求越来越强烈,只在白天与她会面已经使他无法感到满足。他多想睡在弗洛尔的身边,听着她的呼吸声入眠啊!弗洛尔也是如此,她同样希望两个人能够不受时间限制地厮守在一起。

一天下午,瓦迪尼奥再一次向弗洛尔提出了这样的要求,可是弗洛尔也有自己的担心。因为她倘若在外面彻夜不归,以后就再也无法回家了。

"为什么要回去呢?那样我们就可以一直在一起了,你至今还不想把事情挑明吗?"

"可是,这样的话,结婚以前我住哪里呢?"

这时候,两个人不约而同地想到了莉塔姨妈。于是,红河区姨妈那里就成了弗洛尔的第二个家。

就在弗洛尔偷偷来到姨妈家的第二天,莉塔姨妈和姨夫找到罗济尔达太太。这个失望透顶的母亲显然已经完全失去了理智:"我什么也不想知道!她休想回到这个家,妓女的家是妓院!"

无论莉塔姨妈怎么苦苦相劝,罗济尔达太太的态度依然如故。她根本就不愿意承认这门亲事,更别说是参加婚礼。

弗洛尔的民事婚礼最终是在莉塔姨妈家里举行的。结婚仪式非常简单,弗洛尔这边,除了莉塔姨妈、姨夫、未来房子的房东诺尔玛太太,只有弗洛尔的几位最要好的女友等人参加了婚礼,瓦迪尼奥这边参加婚礼的人也不多,只有公园管理处处长(他所在单位的上司)、米兰当夫妇以及欣博等人。

至此,弗洛尔终于如愿以偿地结婚了,变成了弗洛尔太太。在婚礼上,她佩戴的还是米兰当临时借给他们的戒指。早在婚礼的前一天,瓦迪尼奥的朋友们给他凑了一笔钱,足够购买两枚早已看中的结婚戒指。不过谁也没想到,半个小时以后,瓦迪尼奥竟然去赌场把这笔钱输了个精光。

可是,这就是弗洛尔选中的丈夫。在结婚之前,她明明已经知道了瓦迪尼奥的真正面目,还是将自己的贞操交给了他。也许,她这种行为的确很愚蠢,但是她不这样做,生活就失去了目标。瓦迪尼奥就是这样的漂亮又富有男子汉气概,温柔而又善良,让她无法拒绝。

新婚之夜的凌晨两点,当弗洛尔太太从睡梦中醒来时,瓦迪尼奥已经不在家中。弗洛尔对他已经有所了解,她知道丈夫一定是拿着新婚的礼金出去赌博了。这毕竟是新婚之夜,这样做委实过分。弗洛尔太太在婚后的第一天,便流下了伤心的眼泪。

在之后七年的婚姻生活中,弗洛尔太太的泪水几乎从未中断过。尤其是瓦迪尼奥离家不归的夜晚,她流下的泪水最多。她多么希望丈夫能守在自己身边陪伴着她,可是丈夫却总是将她一个人丢在家里,让她品尝苦恼和孤独的滋味。

在婚后的日子里,瓦迪尼奥难得有晚饭过后不离家的时候。在这些日子里,他总是把头依在弗洛尔太太的怀里,与她一起收听电台广播,给她讲一些逸闻趣事,随后两个人早早上床,享受夫妻共枕的欢乐。

然而,这种时日是极少的,弗洛尔太太焦急地等待的夜晚却是数不胜数。更有甚者,瓦迪尼奥还有根本不回家的时候。遇到这样的情况,弗洛尔太太只好心神不宁地独自等待,直至次日白天,并强压着内心的委屈和羞辱为烹调学校的女学员上课。

整整七年,弗洛尔太太一直这样等待着。如今丈夫死了,她再也无须等待了。可是,她根本无法将他忘掉。她忘不掉那些美好的时刻,忘不掉他讲过的那些表示情爱的癫狂的话语和占有她时所表现出的男人的力量,同时她也忘不掉瓦迪尼奥躲进她怀里,在她柔情的庇护中所流露出来的男性的脆弱。

弗洛尔太太陷入极大的痛苦之中,几乎对生活失去了兴趣。她每天从上到下一身黑色孝服,将自己沉浸在无尽的悲痛里难以自拔。家里的墙壁、天花板和地面泛起了一股霉味,整个房间凄凄冷冷,仿佛已经无人居住。

看到弗洛尔被痛苦折磨的样子,女友们纷纷劝她忘记。经过将近一个月的痛苦挣扎,她也意识到,自己的确需要尽快忘记。可她身不由己,感情无法屈从于理智,她的肉体在绝望地呼唤着瓦迪尼奥的归来。有时候,她真想追随丈夫而去,重新投入他的怀抱,与之毫无羞涩地共享夫妻之事。

只可惜这一切都不可能了,更何况在世俗人的眼中,寡妇就应该将自己的情欲装进已故丈夫的灵柩,与之一起埋葬在墓穴之中,只有那些极端无耻、对丈夫毫无爱心的女人才可能去想那些见不得人的丑事。

好吧,既然如此,至少让她最后一次回忆那些难以忘怀的往事吧。

她想起了那些令人心醉神迷的夜晚,那些让她感到新奇、惊讶、心潮澎湃,同时又激动不已的夜晚。想到那时候的快乐,她真想感谢上帝!

当回忆到瓦迪尼奥唯一一次带她去赌场的场面时,弗洛尔太太停下了自己的思绪。就这样,瓦迪尼奥永远停留在轮盘赌的赌桌前,而她将他彻底埋在心底。

瓦迪尼奥去世整整一个月时,弗洛尔太太参加完月祭弥撒后,径直走向了鲜花市场。自丈夫瓦迪尼奥死后,除了那次七日祭弥撒,这还是她第一次上街。虽然她从头到脚还是一身黑色的孝服,但脸上那种痛不欲生的表情已经消失了。

寡居六个月之后,弗洛尔太太开始由丧服改为半丧服。她的生活也变得平静了许多,往昔的种种烦恼、惊恐、压抑和绝望也不复存在。

除了给学员们上课,她还会参加与一个庄重的寡妇身份相符的社会活动。尽管她的社交活动不是很多,但也几乎占去了她的全部时间,让她没有闲暇去想那些伤心的事情。

然而,好景不长。生活虽然充实,但也让她逐渐觉得空虚。一位年轻求爱者的出现使她的生活再无法平静了。弗洛尔太太似乎不能无视他的存在,因为他每天都站在电线杆下面,两眼望着她的客厅。只要弗洛尔太太一走到街上,他就紧紧跟随,形影不离。在电影院里,他用温热的呼吸和热情的话语烧毁了弗洛尔太太永远不再结婚的决心,她心中的欲火再一次被点燃了。

弗洛尔太太这才明白,自己的工作如此紧张,周围如此热闹,又不乏消遣,却依然感到困乏、空虚的原因。渐渐地,弗洛尔太太内心洁净的时间越来越短。表面上,她是贞洁的化身,温文尔雅,内心里却受着熊熊欲火的煎熬。一到晚上,她总是寂寞难耐,还不停地做一些五花八门的梦。

有一天,她实在忍不住,对诺尔玛太太说出了自己的心里话。这位热心的太太显然是个百事通,她一语道破玄机,并建议她马上再婚。经过一番推心置腹、直截了当的长谈,弗洛尔太太最终被说服了。

诺尔玛太太说得一点儿没错,像她这样漂亮的女人,只要愿意扯下假面具,丢掉清规戒律,一定可以在短期之内结婚。事实上,早在弗洛尔太太守寡之前,特奥多罗博士就已经对她产生了好感。

当然,这只是柏拉图式纯洁的情感,因为像他这种品格高尚的男人,绝不会跟一个有妇之夫有什么瓜葛,并产生什么不高尚的想法,但他的这种倾向最终还是被埃米娜太太发现了。女友们听说这个天大的新闻,连忙拉着蒙在鼓里的弗洛尔太太前去考证。

这个行为正派、颇受人们尊敬的药剂师果真以反常的举动出卖了自己的心思,当弗洛尔太太出现时,他的行为完全不受自己支配,脚步不由自主地跟着她。

很显然,四十来岁的药剂师特奥多罗博士是弗洛尔太太再婚的合适人选。这个男人秉性和善,待人谦恭,生活优裕,而且很有男子汉的气概。因为之前一直对外宣称不婚,所以人们在考虑婚嫁合适人选时,总习惯地将他排除在外。

如今得知这位黄金单身汉已经对弗洛尔太太充满好感,诺尔玛太太决定替自己的朋友出面,把事情彻底定下来。不过,诺尔玛太太还没来得及主动,那位深陷情网的博士已经写信向弗洛尔太太表明了自己的心意。在信中,他表白了自己的爱慕之情,同时列出了财产清单,讲明了自己的身份——市中心一家大药房的股东,还表示愿意将所有的一切都奉献给自己的心上人。

于是,弗洛尔太太开始了自己的第二次婚姻。与前夫瓦迪尼奥相比,特奥多罗博士是一个完全不同的男人。他总是充满了柔情和理解,举止平和,从来不会强加于人,也从来不会让她感到委屈。如果说他有什么不足,那么唯一的不足就是有点儿刻板,过分教条,要求每样东西都有固定的位置,每一件事情都规定精确的时间,不允许有任何临时变通。

再婚以后,弗洛尔太太的生活变得活跃又安定,恬静而愉快。婚后不满两个月,弗洛尔太太第一次登上了通往巴伊亚州医药公会会址的楼梯,并在那里亲眼目睹了一场惊心动魄的学术辩论。不过,出乎意料的事情,依然接连不断。接着,她又跟着丈夫来到神秘的音乐天地,领略巴松管乐曲的玄妙。

巴松管的声音在花园上空回响,弗洛尔太太眯缝着眼睛倾听丈夫演奏的浪漫曲,从心底里感谢丈夫给予她的一切。她从来不曾想过自己能坐在这里,坐在巴伊亚州最尊贵的宅邸,坐在身穿紫红色教服的大主教身边。

日子一天天过去,转眼已经过去了一年。婚后的生活安宁、平静,而又一成不变。正如弗洛尔太太给姐姐的信中所写,日复一日,而博士从来不变。我可以事先告诉你什么时刻要发生什么事情,因为今天和昨天完全一样。

可是,这种天天一个样的生活过久了,也会让人心烦。在庆祝结婚一周年的聚会上,弗洛尔太太听着朋友对她往昔生活的回忆,不由得想起了自己的亡夫。

午夜时分,丈夫出门去送客人了,家里只剩下弗洛尔太太一个人。她转身回到卧室,打开了灯。突然,一个热切而熟悉的声音传了过来。

"你回来了?"这个声音正是来自于她的亡夫瓦迪尼奥。

"你怎么来了?"弗洛尔太太惊异地问道。

"因为你叫我了。今天,你不停地叫我,我就来了。"说着,瓦迪尼奥依旧像以前一样,将手放在弗洛尔的身上。

"把你的手拿开,我现在是有夫之妇,只有我的丈夫才能把手放在我身上。"

"那么,我又是谁呢?亲爱的,我是第一个,而且具有优先权。"

瓦迪尼奥总是让弗洛尔太太毫无办法,就在这时,外面响起了坚定的脚步声。

"他回来了,瓦迪尼奥,你快走吧,很高兴见到你。"

"为什么我非走不可呢?傻瓜,他看不见我,只有你能看到我。我既然来了,就住下了,这张床虽然拥挤,还能容下我们三个人。"

"求你,看在上帝的面上,千万不要躺在这张床上,即便他看不见你,我也会难为情得要命。"弗洛尔太太的话语里带着哭腔,而瓦迪尼奥平常是最害怕她哭的。

"好吧,我在客厅睡,明天再商量。"

就这样,瓦迪尼奥重新回到了弗洛尔太太的身边。他像以往一样不遗余力地纠缠着她,一步一步地逼近她的底线。尽管弗洛尔太太对自己的亡夫旧情难忘,可她毕竟是个正派的女人,而且拥有一个令她尊敬的丈夫,她一次又一次地拒绝前夫,以此来保全自己的颜面。

不过,瓦迪尼奥依旧无法忘记自己的嗜好,依旧在赌场里流连忘返。他出现在弗洛尔太太面前的时间,依旧是去过赌场之后的闲暇。然而,他这一次肯定不能直接参与赌局了,所以他不停地搞恶作剧,帮助以前的赌友押对筹码,将庄家的赌注赢个精光。

因为瓦迪尼奥的搞怪,赌场的赌具出了怪事的消息不胫而走,弄得满城风雨。与此同时,魔鬼已经为弗洛尔太太打开了地狱之门,她终究没有成功地抵御瓦迪尼奥的纠缠,而是满心欢喜地答应了他的要求,心甘情愿地任他摆布。

同时夹在两个丈夫中间,让弗洛尔太太有些不知所措,因为两个人都有权要求她给予爱情,但她有时候甚至会将两个人张冠李戴,互相混淆。她觉得自己的生活是如此的荒唐可笑。望着现任丈夫的脸,弗洛尔太太顿时觉得一阵柔情涌上心头,他是多么的高尚,多么的完美。对他而言,弗洛尔太太和音乐就是他的全部,如果有必要,他甚至可以牺牲财富,牺牲社会地位。

相比之下,前夫瓦迪尼奥简直就是一个泼皮无赖,只想再次辱没她而已。他口口声声地柔情蜜意,却不肯做出任何牺牲,不肯放弃他一分钟的放荡生活。

想到这里,她不止一次地下定决心与瓦迪尼奥一刀两断,想彻底结束这种不即不离又不符合她身份和名誉的关系,但一见到瓦迪尼奥,她脑海里的仁义道德全部荡然无存。

对于她的这种纠结,瓦迪尼奥不以为然地笑了笑,并一语猜中了她的心事:"何必自己骗自己呢?你喜欢忠诚、正经,但你又离不开我。你应该同时跟我们两个在一起。为了幸福,你需要我们两个。只有我一个的时候,你得到了爱情,但一切短缺;只有他一个的时候,你应有尽有,什么都不缺,但也饱受折磨。现在好了,你已经变得完整了。"

渐渐地,弗洛尔太太开始享受这样的日子,她突然之间变成了一个完整的人,不再被分作两半,不再自相矛盾。她担心的只有一件事情——瓦迪尼奥要是再一次消失了、不见了该如何是好?

弗洛尔太太担心的事情终于出现了。一天,瓦迪尼奥突然变得越来越苍白,越来越无精打采。渐渐地,他几乎变成了一团透明的烟雾,透过他的躯体甚至可以看见后面的东西。

"亲爱的,你怎么变成空的了?"

"我也不知道是怎么回事?无论我多么想留下来,他们非要带我走不可,难道你不想要我了?只有你能打发我走,只要你要我、想我,把我放在心上,我就会活着,就会留在这里。弗洛尔,你干了什么事情吗?"

瓦迪尼奥这一问,弗洛尔突然想起了道场的事情。最初,为了抵御瓦迪尼奥的纠缠,惊慌之中,她许了愿,并托人请神巫举行神事,将瓦迪尼奥送到原本该去的地方。事后,弗洛尔太太也曾想中止神事,但为时已晚,那时候做贡品的畜生已经杀死,血已经流出。

"你干了什么事呀,弗洛尔,我糊涂的弗洛尔。是你打发我走的,我只得走,没有别的办法。你的愿望就是我的力量,你的欲念就是我的身体,你的爱就是我的生命,如果你不爱我,我就不存在了。永别了,弗洛尔,我要走了,他们用巫术捆住了我。"

说完,瓦迪尼奥消失了,化为乌有。弗洛尔太太的生活恢复了正常。她精神抖擞地挽着现任丈夫走在街道上,像正派的已婚女人一样谨慎、庄重,行为举止倍受尊重。瓦迪尼奥好似一阵轻风跟着她穿过街道,在她身旁吹拂,她感到非常满足,为同时拥有两个爱情而暗自欢喜。

·精读名著·

帕斯诗选

奥克塔维奥·帕斯(1914—1999),墨西哥散文家、诗人,1990年诺贝尔文学奖获得者。

此处主要选取了帕斯最具有代表性的短诗,帕斯作品中所蕴涵的民族气息以及超现实主义、存在主义、象征主义等思想在这里得以充分体现。

夏 夜

微风吹落繁星,
夏季沐浴在河水中,
泥土正在呼吸,
请感触一下夜的气息。

唇间苟延残喘,
唇上下起大雨,
水的歌唱幻化成天堂。

黑夜深沉,
星星幻化成鸟儿和眼睛。

思绪在梦游,
浸过盐水的舌头在与黑暗争执。

万物都在活跃着,
颤抖带来光芒,
空间是眼睛的战场,
心跳是心脏的舞蹈,
黑夜为了黑暗而存在。

黑漆漆的夏夜,
你将天空尽收眼底。

镜 子

一个空洞的夜晚,
寂静在指尖飞舞,
荒凉漫无边际,
寒冷终年不融化,
孤单成倍增长。

来到河边看河水漫游,
欲望突然像花儿一样沐浴着雨露,
像火一样点燃黑暗,
它没有迷路。
我的脸映照在冷漠的镜子里,
是我又不是我。

· 精读名著 ·

在狂妄的镜子面前,
我只是一撮灰烬,
一撮没有呼吸的灰烬。
我燃烧过,
还谎称第一个我已死。
第二个我,
要用短剑刺破第一个我的伪装。
而第一个我,
只希望能够忘却一切,
成为一个虚无的阴影,
烧毁一切谎言。

无论我戴上什么样的面具,
第一个我都生机勃勃。
我湮灭在自己心中。

长 街

这是一条寂静的长街,
我在黑暗中行走,
跌倒了,
爬起来,
踩着沉默的枯叶和石头盲目地继续行走。

有人跟在我身后,
我停他也停,
我跑他也跑,

却不见人影。
我在漆黑的街口转来转去,
又转回原地,
那里没有人等我,
也没有人跟着我,
倒是有一个人令我紧随其后。
他跌倒了,
他又爬了起来,
看见我就说:"一个人也没有。"

石与花

一

黎明时,
我们像石头一样反射着太阳光。

大地上布满岩石。
水在石头坟墓里沉静地流淌,
谦恭地闭上潮湿的嘴巴,
什么话都不说。

晨雾弥漫。
鸟儿展开褐色的翅膀,
与泥土一起飞翔。
地平线上飘扬着白云织成的锦缎。

平坦的大平原上,
龙舌兰像指针似的将大地分割。
天空广阔无边。

二

这是一片怎样的土地?
在它那被岩石覆盖的地下,
到底孕育着什么?
一年又一年,
是什么东西在不断地堆积并硬化,
直至像蒺藜一样尖利?

一个在太阳和水互相作对之前就已存在的地区,
跨越了生与死的界限。

植物在辽阔的种植园上疯长,
注视着游荡的太阳。

骄傲的龙舌兰,
从茎上抽出翠绿的舌形叶片。
尖尖的龙舌兰啊,
你就像一眼会喷出利剑的山泉。

沙地干涸,
旱情爬上了龙舌兰的头顶。
龙舌兰从地下吸收水分,

叶片奋力向上生长,
若无其事地注视着干涸的土地。

龙舌兰真是令人崇敬,
它即使奋力生长,
也能那么平静。

面对干渴,
它自酿了醇香的美酒;
它是一个蒸馏器,
第一个净化的就是它自己。

二十五年之后,
它会开出一朵火红的花,
高壮的花朵预示着生命的活力,
它自己却会枯死。

三

在石与花之间,
生将人引向死,
死将人引向生。

大雨倾泻在岩石上,
河水在火焰中舞蹈,
花儿迎战暴风雨,
鸟儿像闪电一般转瞬即逝,

这一切都是人作用的结果。

龙舌兰,
是白色与红色土地上的一抹浅绿,
是农工商业的代表,
它那活泼的纤维象征着交易所的行动。

它代表着自然流逝的岁月,
也代表着被人类挥霍的时间。

干渴与植物,
植物与人,
人在岁月中辛劳。

自从千万年以前,
你就开始脚步匆匆地忙碌着,
虽然度日如年,
仍然追随着岁月的脚步。
你不是银行家或领袖的报时器,
你只为太阳效力,
报酬就是汗水和晨露,
它们在你日复一日的磨难中化作一顶晶莹剔透的王冠。
你不是为耶稣擦脸的圣维罗尼卡,
也不是当权者,
而是印在钱币上的太阳,
是宇宙的缩影。
你与那些布道者不同,
他们得以你的名义发誓,

他们是你遗嘱的执行者和保护人。
你的话就像一棵扎根地下的树,
是地下水的精神支柱,
连接了无边的静默。
你克制,
你忍耐,
使生活像鸟儿一样能够依靠炒面和稀饭维持下去。
你不断行走,
脚步像细雨一样打在尘土上。
你穿着整洁的棉布衣衫,
衣衫上虽然打着补丁,
却比白云更纯洁。
你为月光而陶醉,
你像爆竹一样呼啸而上又散落在地,
又像朝圣者一样孜孜不倦地往返于家和祭坛之间,
跪得膝盖血迹斑斑,
在蜡烛的眼泪中燃烧。
你谦恭有礼,
虽然也像信徒一样伪善,
但又会用石头砸破装腔作势者的脑袋。
你让自己的女人在吊床上安睡,
并为她盖好暖和的绒毯。
正午时,
你放下手里的一切活计,
只为倾听那个百听不厌的声音——
大钟插上翅膀向鸟儿报时。
你正直、勤劳、温柔,
对你的小鸡和猪崽就像对待儿女一样。

你视圣人为上帝,
你已跨越了千百年的历史,
你以火鸡为骄傲,
并将它作为祭品奉献出去;
黄色的花瓣像雨点儿一样从你手中落下,
像太阳一样落在墓穴上。
使你在天地间运动的,
不是黑暗,
而是生死交替。

四

钱币的外形和面值,
使它像幽灵一样。
钱币又是一个奢华的地方,
那里的山峰是金和铜铸成的,
河流是银和镍铸成的,
树是玉石铸成的,
枯叶和藤蔓是用纸币做成的。

花园里没有细菌,
春天已经冻结,
花朵像冰冷的宝石,
鸟儿在电梯上飞翔,
时光随着时钟的旋律飞逝。

地球变成钱币,

钱币变成时间,
时间消灭人类。

死亡是一个金钱缺席的美梦,
金钱的多少很重要,
没有金钱很糟糕,
有很多金钱更糟糕。

会数钱不代表会唱歌,
欢乐和痛苦无法用金钱买卖。

金字塔、神像和法师排斥金钱,
圣母、圣父和圣婴也排斥金钱。

文盲是一门学问,
金钱永远也学不会。

金钱能打开权贵之门,
却堵塞了谅解之路。

金钱具有一种能让一切蒸发的魔力,
能蒸干人的血汗、眼泪和信念,
使人失去人性。

我们共同建造的金宫,
其实只是一个零。

金钱不是奖励而是惩罚,

劳动却能使我们远离饥饿和恐惧。
金钱是蜘蛛,
人是苍蝇,
蜘蛛以苍蝇为食。
劳动创造万物,
金钱却以万物为食。
劳动凝结在桌子、床榻、房屋之中,
金钱是无形的,
更没有灵魂,
只会喝人的脑浆。

在岁月的长河里我们不会相遇,
你的死是对死神的祭奠。

你的眼睛

你的眼睛不止会流泪,
还能够带来闪电,
能够无声地传达信息,
就像不起风的暴雨,
平静的大海,
笼中的小鸟,
温顺的猛兽,
又像冰冷的玉石,
还像凉爽秋日里的树林。
树叶全都变成了会唱歌的鸟儿,
阳光也在树梢歌唱。

清晨,
海滩上人来人往,
篮筐里盛满了火红的果实。
世间的明镜和阴间的门使生命延续。
中午时分,
大海一平如镜,
山野一片荒凉。

行 人

一个人走在赛帕斯德的一条大街上,
一边挤过人群一边思考,
然后在红灯前停了下来,
抬头仰望,
看见空中飞过一群褐色的鸟儿和一条银色的鱼。
绿灯亮了,
他一边过街,
一边问自己在想什么。

女孩儿

天色渐暗,
模糊了一个女孩儿的视线。
女孩儿放下书本,
注视着墙上渐渐消失的阳光。
她看到的是结束还是开始?

她会说她什么都没看见,
因为宇宙是透明的,
她永远不会知道自己看到了什么。

路 过

我静等黑夜降临,
写下你用眼睛传达给我的信息。
我置身于一片漆黑之中,
想畅饮黑暗然后沉睡不醒,
请你带走我的双眼。

石竹花笼罩在黑暗之中,
像一个谜。
我双眼紧闭,
然后在你的眼睛里睁开。

在那大红色的床上,
你的唇是那么的柔软、湿润。
在你的动脉上,
有很多清冽的泉眼。

我戴着一张血面具,
你茫然失措地看着我走向死亡。

洗 礼

青年哈桑为了娶一位天主教徒,
去接受洗礼。
神父视他为强盗,
并给他取名为埃里克。
现在他虽然有两个名字,
却只有一个妻子。

往事历历在目(节选)

灵魂和思想沿着记忆的脚步行走,
一座桥把一个字母与另一个字母连接起来。
脚步声在我心上回响,
就像细雨落在火焰上然后蒸发。
太阳在瓦砾上行走,
吞噬了黑暗,
我打开心口那扇朝向悬崖的窗户,
思绪沿着不远处的羊肠小道飘到远方,
思绪的碎片在阴影里闪亮。

黑色的音符覆盖了纸张,
蕴涵在语言之中。
我从那扇开向悬崖的窗户里走出来,
欣赏中午的太阳。

多少世纪以来,
婆罗门教徒都在四处掠夺。
无论感觉怎么延伸,
也不可能比思想的岔路长。
我不知道自己在哪里,
幻想与疑问同行。
我在哪里被否定,
就在哪里发现自己。

时间是一只水晶球。

我走进一座废弃的院子,
看见一棵白蜡树,
风在绿叶间畅快地喧哗着,
反衬着别处的空虚。
我觉得眼前的一切都不真实,
只有我那空白的意念在景物中穿梭,
我也是其中的一个景物。
液体沿着白蜡树弯曲地向上生长,
长成了一座会说话的高楼。

花园里荆棘丛生,
昆虫遍地。
土坯和石灰砌成的墙变成了褐色,
昭示着时间的似有若无。
墙缝里诞生了许多小奇迹,
比如神奇的蘑菇,
还有充满生气的小壁虎。

时间就像一口水井,
一个人从孩童时期就开始顺着它下落,
无法停息,
只是下落的时间有长有短而已。
我的影子也落入井中,
直至被逐渐上升的水淹没。

院子、白蜡树、墙壁、水井,
都渐渐变得模糊起来,
旁边滋生出一种透明的植物。
山峦和楼群逐渐清晰,
散发着幸福的味道,
几乎遗忘了一个横卧的逗号。
一株宽叶藤孤零零地站立着,
自言自语。

空中有东西飞过,
也许是一支箭,
还可能是甘蔗。
火石、十字架可是打开死亡之门的钥匙?
落日的余晖在延长,
炉火烧得越来越旺。
我手中的书变成了红色,
继而化作一团火焰,
书架上的书则变成了火红的木炭。
我无法继续书写,
只好收起书本喃喃自语,
却发现有人藏在字母中监视着我。

我的记忆像个混浊的水潭,
照不出我在哪里。
我从水面上注视着自己,
混浊的水召唤我说话,
因为语言才是我的双眼。
任何事物都有名字,
"亚当"是个比喻,
而不是一个泥捏的形象。
观察世界的目的在于破译其中的奥秘,
比如我来自哪里?
我用语言注视着水潭,
水珠在红色的背景上闪烁。
阴影、反光、回声不是符号,
而是模糊的言语。
我的眼睛很渴,
可是水却只能阅读。
水在太阳的照射下蒸发,
留下了尘埃等杂物。

我来自哪里?
我现在身处院子之中,
拉赫曼、庞培、西科登卡特尔等民族领袖却在与统治者决战。
墨绿的叶子在枝头窃窃私语,
太阳、蜂鸟、无花果树、教堂讨厌交流。
思想与触觉感到有幽灵在集结,
我坚定了死亡的决心。
欲望将我们变成了鬼怪,
性、烙印却拒绝向我开放。

门廊后面有绿色的血与火,
绿色的星星在黑色的草地上燃烧。
在音乐回荡在无花果树树梢的夜晚,
我用眼睛聆听一阵阵清香。
在那里,
空间非空间,
物是物又非物。

去留之间

白昼迟疑着不肯离去,
因为它热爱光明。

昏黄的落日照耀着海湾,
世界在平静的变化中运动。

一切都有形却又无形,
一切都很近却又遥不可及。

纸张、书本、杯子、铅笔,
都躺在自己的影子里休息。

时间在我的太阳穴上跳动,
血液在我的身体里顽强地流淌着。

太阳照在墙上,
给墙壁蒙上了一层神秘的色彩。

·精读名著·

我在一双眼睛里发现了自己,
而不是那双眼睛发现了我。

我并未动身,
无论我是走还是留,
都只是一个顿号。

密 码

墙壁上画满了符号,
犹如天空中布满了星星,
星空中既没有云朵也没有其他天体。
一个充满了斗拱和空穴的木制品,
在时间的长河里回响。

每一个印记都代表一个密码,
每一个密码都有一扇窗户,
每一扇窗户里都可以挤进一道目光,
这道目光在研判岁月和它自己,
它研判的不是过去或未来的自己,
而是现在的自己。
窗户就是印记,
而印记则代表命运。
两个人相识并结为夫妻,
是他们活着的印记,
同时也揭示了每天的变化。

佩德罗·帕拉莫

胡安·鲁尔福(1918—1986),墨西哥魔幻现实主义代表作家,作品大多以墨西哥农村生活为题材,反映了墨西哥的农村风貌和农村的阶级压迫。代表作品有《烈火平原》《我们分到了土地》《佩德罗·帕拉莫》等。

《佩德罗·帕拉莫》是魔幻现实主义的经典作品。科马拉村大庄园主佩德罗·帕拉莫抛弃了自己的妻子多洛雷斯·普雷西亚多,普雷西亚多被迫离开科马拉村。去世的时候,她让自己的儿子胡安必须回到科马拉村,找到他自己的父亲。但是,当胡安来到村子里的时候,发现村里的大部分人都已成为死去的幽灵,甚至自己的父亲也已经死了,只有几个活人。这些亡灵相互之间继续说着话,回忆村子里曾发生的故事。

母亲告诉我,我父亲佩德罗·帕拉莫住在科马拉村,并让我一定要去那里一趟。在我母亲死后,我立即来这里看望父亲。

我的母亲还活着的时候曾说过:"如果你见到父亲,千万别去求他办什么事,不过他该给我们的东西,你要问他要。有些东西,他从来没有给我……孩子,也许他早就忘了我们娘儿俩了。"

"我一定按您说的做,妈妈。"

那时正值酷暑,天气很热,我来到了科马拉村。在进村的时候,看到一个人赶着驴车。

赶驴车的人对我说:"是否方便告诉我你去科马拉干什么?"

"去看我父亲。"我回答说。

"请问您父亲是什么样子?"

"我不知道他的长相,只知道他叫佩德罗·帕拉莫。"

"原来是他!我也是佩德罗·帕拉莫的儿子。"

一群乌鸦掠过晴空,不时地发出"咿咿呀呀"的声音。

"您也是佩德罗·帕拉莫的儿子?"我问道,"他是什么样的人呢?"我又追问了一句。

"是仇恨的化身!"他回答说。

真奇怪啊!这个村庄为什么冷冷清清的,好像一个人也没有,仿佛被人们遗弃了一样。村子里有不少房屋,但是都没有主人。

我在村里的那条大道上走着,街上满目疮痍,四周破败不堪,杂草丛生。我说:"看来这里没什么人住?"

"这村庄确实没几个人住。"赶驴的人回答说。

"那佩德罗·帕拉莫不住在这里吗?"

"住在这里,不过他已死了好多年了。"

赶驴的人还要往前走,我要在村子里住下来。他临别时对我说:"我还得朝前走,我家在前面连接两座小山的那个地方,有空来我家看看。您可以在村庄里走一走,碰巧的话,也许能见到几个活人。"

我就是来找这个村子的,当然要留下来。

"这里有什么地方可以住宿吗?"我问他。

"去找埃杜薇海丝太太吧,就说我让你去的,如果她还活着的话,应该能给你找到地方住。"

"您叫什么名字啊?"

"阿文迪奥……"他回答我说,但他后面的姓我没有听清楚。

走过路口,我看到一个头戴面纱的女人一闪而过,立刻就消失了,就像鬼魅一样。我从门上的一个小孔往里看,发现那个女人又在我面前走过。

我问她:"埃杜薇海丝太太住哪儿?"

她说,在桥边的那所屋子。我发觉她的声音很奇怪,而且全身上下只有两只眼睛和人一样。

天已经黑了,但奇怪的是,这个村庄在夜晚反而有点儿生气了,也许是我头脑中充满了喧闹的声音吧。我的耳际确实在响着各种喧闹声,在这孤寂的村子里,这种声音听得更清楚了,这种沉重的声音就停留在我的心里。我回忆起母亲对我说过的话:"到了科马拉村,你会更容易听到我的话,我离你更近。如果死亡也会发出声音的话,那么你会发现,我回忆时发出的声音比我死亡时发出的声音更为亲近。"难道我已经死去的母亲在这里就能活过来吗?

我来到桥边去敲那所房子的门,但那门应手而开,仿佛是给风吹开的一样。一个女人站在门口对我说:"请进来吧。"

我走了进去。

"我就是埃杜薇海丝·蒂亚达,请进来吧。"

她仿佛早就在等我一样,对我说:"你妈妈真可怜,她被人抛弃了。我们曾说过同生共死,这样在黄泉路上也可以相互照应,可是我们还是没有死在一起。我们俩的关系很好,她没有向你提起过我吗?"

"没有,从来没有。"

"这就奇怪了。我俩还是孩子的时候就一起玩了。后来,她虽然结婚了,可我们的关系还是一样好。您妈妈很漂亮,还很温柔,谁见了她都喜欢她。没想到她先我而去了。不过,我会赶上她的,不管我们之间有多远,我都会抄近路赶上她。死了就能赶上了。想死只要告诉上帝就行了,即使某人不愿意死,上帝也会强迫他去死。如果谁愿意的话,还可以请上帝早点儿安排,尽快结束自己的生命。"

我以为这女人疯了,后来我的看法却发生了变化。我觉得自己好像在另一个世界,只能听任外界的摆布。午夜十二点,我热得醒了过来,身上全是汗水。我从床上起来,走到外面的街上,想找点儿凉风,因为没有风,热气一直跟随着我。空气好像也很少,我觉得呼吸越来越困难了。没过多久,我发现自己已经死了。

不知过了多久,一个老太婆对我说:"胡安·普雷西亚多,你是闷死的。在这里的一个广场上,我们发现了你。你看,我们现在正在埋葬你。"

"你说得对,我是到了广场。当时,我听到了嘈杂的人声,以为那里有人,就赶过去了。去那里的路上,我从墙里也听到了人声,但不是听得很清楚。"

"你干吗要到这里来呢?"

"我不是已经说过了嘛,我是来找佩德罗·帕拉莫的,他是我父亲。咦!我觉得好像有人在我们头上走过。"

"别害怕,你会被埋葬很长的时间。"

说来也奇怪,死去的我反而觉得这里有很多人。这个村子的人都死了,但好像依然住在这里,我看到了我已经死去的父亲佩德罗·帕拉莫的亡灵,他正在回忆着自己的往事。

佩德罗·帕拉莫清楚地记得,那天早晨天灰蒙蒙的,他和母亲一块儿出门,却看到一辆马车停在家门口。马车上是他父亲卢卡斯·帕拉莫的尸体,他父亲是被雇工杀死的。这件事对他的影响很大,原本他只是傻头傻脑的,总喜欢追求村里的姑娘。但现在,他变了,野心也大了,而且仇视这个世界。

他对村民们软硬兼施,渐渐获得了村里大部分的土地,如果有人不同意,他甚至会抢。

富尔戈尔·塞达诺是佩德罗·帕拉莫的管家。他来到佩德罗·帕拉莫家,敲响了他家的门。

佩德罗·帕拉莫的身影出现了。"进来,富尔戈尔。"

他们走进去,佩德罗·帕拉莫舒舒服服地坐了下来,等待对方开口。"你为什么不坐呢?"

"我喜欢站着,佩德罗。"富尔戈尔回答说。

"那就请便吧。不过,请在我名字前加上一个'堂'(巴西是用西班牙语的国家,在用西班牙语的国家中,人名前加"堂"字表示对别人的尊重)字。"

富尔戈尔取出借据,向他报告债务增加了多少。正当他想说一共欠了多少债的时候,佩德罗·帕拉莫说:"我们欠了谁的债?欠多少无所谓,主要看欠的是什么人的债。"

他念了一大串债主的名字,最后说:"现在关键的问题是没钱还债。"

"为什么?"

"因为您家里的人把钱都花光了。您的家人只会借钱,不停地借,不停地花。我早就说过,这样下去早晚有倾家荡产的危险。不过,还好我们的土地多,可以卖掉。有人对地很感兴趣,价格也不错,要是卖掉……"

佩德罗·帕拉莫打断了他:"好吧,我从明天开始来解决债务问题,就从我们最大的债主普雷西亚多开始吧。"

"普雷西亚多小姐继承了家里的一切,此外她还有一个牧场。"

"你明天就去向她求婚。"

"可我一个老头子,她怎么会看上我呢?"

"不是你,你是去替我向她求婚。你去对她说,我真的很爱她,如果她也认为合适的话……顺便给神父说一声,请他准备一下我们结婚的事。还有多少钱可用?"

"我们没有钱了,堂佩德罗。"

"先开个空头支票,就说有钱的时候再还。这件事明天就办。"

"那阿尔德莱德那里怎么办?"

"阿尔德莱德?怎么又多了个阿尔德莱德?"

"这是个地界问题。我们的地和他的地搭界,他在分界线上筑起了篱笆,还要我们在未筑篱笆的那一部分造围墙。他说这样地界才清楚。"

"这事以后再说。富尔戈尔,现在还是先安排一下我的婚事。"

这小伙子从什么地方学来这么多花招？富尔戈尔出去的时候这样想。富尔戈尔记得，老主人堂卢卡斯常常说："佩德罗是个废物，什么用处也没有。"我一直认为这话很对，可现在看来……

富尔戈尔来到普雷西亚多的住处，进去后对她说："佩德罗·帕拉莫非常仰慕您，他想您想得晚上无法入眠。因此，他让我来向您求婚。"

"可他想要什么女人，还不是手到擒来吗？这里的女人也有很多比我漂亮的，他怎么看上我了呢？"

"他只想您一个人。"

"您简直说得我心里发抖，堂富尔戈尔。我甚至连想也没有想过这样的事。是不是有点儿太匆忙了？我还没准备，要准备结婚礼服，要通知亲人……请您告诉他，让他再等几天。"

"他恨不得马上就举行婚礼。我们可以提供礼服。"

"可这几天还有点儿小问题，这是女人家的事。堂富尔戈尔，这事真不好意思和您说，还是等等吧。我来月经了，真是丢死人了！"

"怎么啦？结婚和月经有什么关系？"

"您还没明白我的意思，堂富尔戈尔。"

"明白。婚礼定在后天，就这样吧。"

富尔戈尔想，佩德罗这小伙子真够机灵的。回来的时候，佩德罗还告诉他，婚后女方的产业要由夫妇双方共同管理，这样那笔账务就再也不用还了。

"下星期你找阿尔德莱德，我们要重新测量一下地界，我看他好像已经侵占了我的土地。"佩德罗对富尔戈尔说。

"他测量得很精确，这一点我可以作证。"

"你去对他说，他量错了，我想推倒他的篱笆。"

"你不怕吃官司呢？不怕法律！"

"法律？富尔戈尔，以后法律该由我们来制定。在这里找个喜欢闹事的人，让他送阿尔德莱德去天堂。就算打官司，一个惯犯什么也不会怕的,我们给他钱。"

佩德罗就这样成为当地的恶霸,村子里的人虽然很讨厌他,但却不敢说什么,因为他的心狠手辣是出了名的。

这时候,墨西哥农民起义爆发了,附近的乡民们拍手称快,以为佩德罗·帕拉莫一定要倒霉了,但结果却令他们大失所望。

一天傍晚,村子里出现一帮带着卡宾枪,斜挎子弹带的人。

佩德罗·帕拉莫请他们吃饭。他们连帽子也不脱,也不说话,只是坐在桌子边等待着什么。饭菜上齐之后,他们也不客气,大吃大喝起来。

佩德罗·帕拉莫注视着他们,可他一个人也不认识。"老总们,"等他们吃完饭,他对他们说,"有什么要我帮忙的吗?"

"这顿饭是你请……"其中一个人说。

但是,另一个人立刻打断了他的话:"这儿应该由我来说话。"

"请说,看看我能帮你们做什么?"佩德罗·帕拉莫又问。

"你也看到了,我们举行了武装起义。"

"还有吗?"

"这就够了,怎么你认为我们还该做些别的什么吗?烧杀抢掠?"

"可你们为什么要起义呢?"

"因为大家都在这么干啊,您还不知道现在各地都在闹起义?至于起义的原因,我可以帮你问问我的上司。"

"我知道为什么起义,我可以告诉你。"其中一个叫卡西尔多的起义者说,"我们都已经受够了,就是要造反,要推翻政府和你们这些人。因为政府多次欺骗了我们,所以我们要推翻它;你们都是恶棍、土匪、强盗,因此我们也要推翻你们。"

"你们干革命得需要钱吧?"佩德罗·帕拉莫问,"也许在这一点上我可以支援你们。"

"不错,我们确实需要钱,想找个财团跟我们合伙,我看您就很合适!喂,卡西尔多,你说话不要这么激烈,先看看我们需要多少钱。"像是这支起义小分队的头领说。

"这家伙平时很吝啬,今天要叫他出点儿血。"卡尔西多说。

"卡西尔多,不要用暴力,他自己会给的。"

"本来我们只打算要两万,不过我看这位先生很有诚意给我们钱,那我们就要五万吧,同意吗?"

"我给你们十万,"佩德罗·帕拉莫对他们说,"你们这支起义小分队有多少人?"

"三百人。"

"我再借给你们三百人。一星期后,钱和人就会送到你们手里。人只是借用,如果不起义了,他们还得回来。行吗?"

"不错,这样很好!"

"那就再见吧,先生们。"

"好,"走在最后的那个人说,"记住你要实现自己的诺言。"

佩德罗派了三百人去参加起义军,所以当起义军打到这里的时候,对他秋毫无犯。不仅如此,他还趁机扩张了自己拥有的土地面积。

但是,佩德罗也并不是一直走好运。

那天夜里,睡觉的人们被马嘶声惊醒,村里的人都很奇怪,怎么现在会有马嘶声。以往,这种声音都是清晨的时候才能听到的,当听到这种声音的时候,村民们都知道这是佩德罗的儿子米格尔·帕拉莫回来了。他经常到离这里比较远的一个村子里,跟一些女人鬼混,但是这次再也没有回来,只有他的马回来了。

米格尔·帕拉莫死了,他是摔下马死的。这个恶棍的死亡让村民们松了一口气,这几年来,他不知糟蹋了多少女人,有时候还杀人,但因为他父亲的权势,一直没有得到惩罚。

儿子的死亡让佩德罗·帕拉莫很无奈,他觉得是自己该还孽债的时候了。他请求人们宽恕他儿子的种种罪过。

现在,我仰面躺着,不是只躺一会儿,而是要一直躺在这里。这里是埋葬死者的棺材,因为我已经死了。

但是,我却听到了女人的声音,另一个死去的村人告诉我,那座最大的坟里是苏珊娜太太,她是佩德罗·帕拉莫最后一位妻子。有的人说她疯了,有的人则不这样认为。她活着时就常常自言自语,现在死了还是这样。

说起苏珊娜,佩德罗·帕拉莫好像又开始回忆起了往事。

佩德罗自父亲死后,就开始产生了对这个世界的报复心理,但是其实他的内心却很孤独。他心狠手辣,专横残暴,但这些都无法掩饰他内心那可怕的孤独和痛苦。不过,有一个人却能治好他这内心深处的病,她就是苏珊娜。

小的时候,苏珊娜和佩德罗经常在一起玩——放风筝、游泳……一想起苏珊娜,佩德罗就想起了小时候那个自己——天真烂漫、无忧无虑。他是爱她的,从来没有像爱她那样爱过一个女人。她是唯一一个能让他内心不再孤独和痛苦的人。

但是,她在嫁给他之前,却经受了巨大的磨难。在她小的时候,她的母亲患病,人们都不理他们一家人,更不愿和他们一家人来往。她母亲死的时候,村子里连个送葬的人都没有。之后,她和父亲离开了这个地方,到一家矿上去了。

她的父亲成了一名矿工。她记得,那年自己还是个孩子,有一次父亲对自己说:"苏珊娜,到下面去,看看底下有什么。"

绳子从她腰上拴住,他父亲拉着绳子,把她往矿井里放。

"我什么也没有看见,爸爸。"

"再找找,苏珊娜,一定能找到东西。"

他拿着矿灯往井下照。

"还是看不见,爸爸。"

"再下去一点儿,踩到地的时候告诉我。"

她像荡秋千一样往下坠,两只脚来回摇晃,渐渐到了底部。"下面找不到落脚点。"

"再往下一点儿,苏珊娜,再往下。有没有看到什么东西?"

她两脚一着地就看到一样东西,惊恐得什么也说不出来,那是一具死人的尸骸。灯影在晃动,上面父亲的叫喊声让她打了个冷战:"苏珊娜,把下面那个东西拿给我。"

她把那颗头颅骨抓在手中,又松手丢下了。"这是个死人的头颅骨,要这个干什么?"

"再找找,把能找到的东西都拿上来给我看看。"

尸体都散成几块骨头了,她把一块块骨头递给他。

"你再找一找,苏珊娜,我得到一个消息,这里面有金币,你要找到它们。"

这次从矿井下出来之后,她就受到了极大的刺激,她的心里总有一个挥之不去的阴影。

她慢慢地长大了,也到了结婚的年龄。可刚嫁人没多久,丈夫又死了,她只好再回到父亲的身边。但是,这次回来让她彻底疯掉了,因为她的父亲强奸了她。

那天晚上,她的脚冷得像石头,她觉得她父亲开始咬她的双脚。她蜷缩着,无力地躺在床上。突然,她感到自己的肉体被弄破了,觉得自己像消失了一样。她那肉体就像被一枚钉子划开了一样,这枚钉子先是炽热的,然后是温暖的,后来又是甜甜的。它重重地刺着她那柔软的肉体,越来越深,直到钉得她不断地呻吟。

在她受苦的这段时间里,佩德罗一直在寻找她,终于找到了她的父亲。他让她的父亲带着女儿回到村里来,但是她的父亲并没有同意。

佩德罗对富尔戈尔说:"你知道苏珊娜是世界上最漂亮的女人吗?我已经找到她了,你明白该怎么做吗?"

"不知道您有什么想法?"

"我们要让她成为孤女,这样我就有义务保护她了,你以为呢?"

"我看这很容易。"

"富尔戈尔,这事你去做。"

"她要是知道了你杀了她父亲,怎么办?"

"这只有你我两人知道,谁会去告诉她呢?难道你想去告诉她吗?"

"我当然不会告诉她。"

苏珊娜的父亲死了,尸体也已经埋葬了。现在,她只剩下一个人。佩德罗派人把她接回了村子。

苏珊娜!我等你回来已经等了三十年,我希望得到你所有的一切。除了你,我再也没有别的愿望了。

当苏珊娜回来的时候,佩德罗觉得全世界一下好像突然明亮起来了,他精神十足地向她奔去,想让她高兴。苏珊娜,你还记得这个村庄吗?

这时候她已经疯了,但他还是娶了她。

因为疼痛,苏珊娜只能躺在床上。佩德罗打开门,站在她身边。他看到她那紧闭着的眼睛,看着她的全身因抽搐而弯曲着。

他走到床边,给她盖好被子。她全身挣扎着,狂乱地扭动着。他暗想,也不知道她的疯病什么时候能好,但就算她好不了,我也会一直这样对她的。

佩德罗·帕拉莫将她扶起来,喂她吃了半块饼。苏珊娜说:"我们度过了一段非常幸福的时光。"说完,她就钻到了像坟墓一样的被子下面。

雷德里亚神父来了,苏珊娜对她说:"神父,您要对我说什么?忏悔吗?我为什么要忏悔?"

"苏珊娜,我只是来跟你聊天的,来帮助你平静地死去。"神父回答说。

"我就要死了吗?"

"是的,孩子。"

"我想休息,为什么不让我安静一会儿呢?神父,您走吧!我只想休息一会儿,这有什么不好?"

"苏珊娜,我会让你安静的。我说一句,你重复一句,你慢慢就会睡了。你一睡着,就没人能叫醒你了……你再也醒不过来了。"

"好的,就这么办。"

神父坐在床沿,双手放在苏珊娜的双肩上,用很轻的声音说:"我嘴里塞满了泥。"说完,他停了停,看看她是不是跟着说了。

"我嘴里塞满了泥……"

雷德里亚神父又向她俯下身去,摇摇她的肩膀,轻声对她说:"你快到上帝那儿去了,上帝对犯有罪孽的人是毫不留情的。"

她摇了摇头说:"神父,别为我感到羞辱,您走吧。我心里很平静,只是觉得有些困。"

没过多久,她就死了,再也没有人能照亮佩德罗的灵魂和思想了。

人们在黎明时分被钟声惊醒,又是一个灰色的早晨。钟声响了三天,人们的耳朵都像要被震聋了一样。钟声一直响个不停,人们见面甚至无法交谈。有几只钟硬是给敲坏了,发出像敲瓦罐一样暗哑的声音。

"谁去世了?"

"苏珊娜太太去世了。"

不断响起的钟声吸引了附近各个村子的人,许多人像是来朝圣一样,从远方来到这里,都想看看到底发生了什么。不知从什么地方还来了一个马戏班和一些乐师,他们开始都是来看热闹的。但是,这些看热闹的人相互之间熟悉以后,竟然在露天演奏起音乐来。慢慢地,苏珊娜的葬礼竟然变成了一次盛会。科马拉村也因此人声鼎沸,好不热闹,就像过节演戏一样。

钟声停止了,但盛会仍在进行。最后,人们甚至不知道这是办丧事、还是办喜事的日子,人越来越多了,盛会也越来越热闹。

佩德罗看着热闹的人群,一句话也没有说,但他暗暗发誓,要对科马拉进行报复,要报复这里所有的人。果然,他真的这么做了,没过多久这里就成为了荒村。

他是那样地爱她,以至于在她死后,他彻底地垮了,对一切都失去了兴趣。他赶走了家里所有的人,放弃了自己的土地,让人烧毁了自己的农具。有人说这是因为他活腻了,也有人说是由于他绝望了。这之后,他就成天地坐在一张皮椅上,眼睁睁地看着通往苏珊娜墓地的道路。

自从那时起,这里的土地无人管理,村子慢慢变成了废墟,人烟也绝迹了。村子里虫蛇横行,房屋里布满了蜘蛛网,看一眼就会令人伤心。

原先住在这里的人都到别的地方去了,人们是抱着还要回来的想法走的。有很少一部分人留了下来,他们留下来是要等佩德罗·帕拉莫死。据他们说,佩德罗·帕拉莫曾经答应村子里的人,死后由他们继承财产。

佩德罗·帕拉莫坐在大门边一张旧皮椅上。他孤单单地一个人坐在那里,不知道有多少时间了。他一直没有睡觉,似乎忘记了睡眠,也忘记了时空观念。像他这样的老头子,睡得很少,就算不睡也没什么,有时连打盹都不用。但是,老人一直在思索着,这就是他要做的唯一的一件事。

假如你靠近他,也许会听到这样的话:"苏珊娜,你走了许多日子了。那时的阳光和现在一样,只是没有现在这样红,但阳光都一样的昏暗。我就站在这门边,望着黎明,望着你向天堂走去。你越走越远,身影在大地的阴影中显得越来越暗淡,慢慢朝着那开始显露晨曦的天堂走去。"

"还记得吗?苏珊娜,那是我最后一次见你。你的身躯擦着小路边树的枝条走过,随风带走了最后几片树叶,然后你就不见了。我对你说:'回来吧,苏珊娜。'"

佩德罗的嘴还在动,还在轻轻地说着什么。然后他闭上了嘴,眯着两只眼睛,眼中反射出微弱的光线。

阿文迪奥是佩德罗·帕拉莫的私生子,昨夜他的妻子死了,他为

•精读名著•

她守了一夜的灵。

他打着喷嚏走出店门,一口接一口地喝着烈酒。他听人说过,这样喝酒劲儿上来得快。他边喝边用衣襟往嘴里扇着风。喝完酒,他就想回家,打算继续守灵。可他走错了路,来到了佩德罗的住处。

阿文迪奥跌跌撞撞地往前走着。他低着头,有时会摔倒,他索性就在地上爬着走。他感到大地在摇晃,在他周围不停地旋转,然后又将他远远地抛开。他奔过想要抓住大地,当他觉得抓住了大地时,它又从他手中溜走了。就这样,他一直晃晃悠悠地来到了佩德罗的面前。

他站住了:"老爷,能施舍点儿钱吗?我要埋了我的妻子。"

初升的太阳几乎是冷冰冰的,照到了佩德罗·帕拉莫的脊背。他把脸埋了起来,像是要躲避阳光。这时侍女大喊道:"有人要杀堂佩德罗了!"

阿文迪奥听到有人喊叫,不知道该做些什么才能制止她叫继续喊叫,也不知道自己该干什么。他觉得那叫喊声传了很远,也许他的妻子现在也正在听这种声音呢,因为他感到耳边有人似乎在低语着说些什么。

他想到自己的妻子,现在正躺在他家院子里的那张床上。他将她的尸体搬到院子里,是想让尸体不会过快地腐烂。前天晚上,他的妻子还和他睡在一起,那时候妻子还好好的,还和他嬉闹,怎么突然就死了?嫁给他之后,她曾怀孕过,但孩子还没完下来就夭折了。她临终前,医生给她看病时说,她有眼病,还有胃气痛,也不知道这女人身上到底有多少病。为了请医生给妻子看病,他卖掉了家里最值钱的东西——几头驴子,因为医生看病的费用很高。结果还是毫无用处⋯⋯他的妻子现在就躺在那里,紧闭着眼睛,沐浴着清晨的阳光。

她已经见不到美丽的日出,见不到今天的阳光,也见不到任何一天的阳光了。

"帮帮忙吧,我要埋了我妻子,"他说,"施舍给我一点儿吧。"

连他自己也没有听到自己说的话,那女人的叫喊声似乎使他的两个耳朵失去了听觉。

随着女人的喊声,几个黑影渐渐地向这里跑来。来到之后,那几个人赶紧问道:"您没有什么事吧,老爷?"

佩德罗·帕拉莫露出了面孔,对他们摇了摇头。

阿文迪奥手里还拿着一把鲜血淋淋的刀子,那几个人赶紧把刀夺下。

"跟我们走吧,"他们对他说,"你有大麻烦了。"

阿文迪奥跟他们走了。

在他们押着他的时候,他走到路边,吐出了一堆像胆汁一样的黄色东西。这时他开始感到自己有些发烧,舌头也僵硬了。

"我好像喝醉了。"他说。

佩德罗·帕拉莫仍然坐在他那张皮椅上,默默看着那一行人离去。他觉得,他的左手在他想站起身来的时候已经死去了,现在毫无生气地垂落到膝盖上。不过,他并没有在意,因为他每天都能感觉到身上的某一部分死去。他看见了天堂,天堂像一棵大树一样正在摇晃着,掉下了许多树叶:村子里没人了,村民们都沿着这条路走了。接着,他继续回想刚才想的事,想起了自己在阿文迪奥来以前想的那个问题。

"苏珊娜,"他叫了一声,继而又闭上了眼睛,"你回来啊!你回来吧……世间有个圆圆的月亮。我看着你眼睛眨也不眨,甚至连眼睛都看坏了。月光照在你的脸庞上,我就一直这样看着你的脸,怎么看也不会觉得厌烦。这是你的脸,它柔和得胜过月色;你那湿润的嘴唇,好像含着什么,反射着晶莹的月光;你的身躯,在月夜的水面上像是透明的一样。苏珊娜呀。"

他想举起手来让自己的身影更清楚一些,可手像一块石头一样,根本无法动弹。他想举起另一只手,但这只手也不听使唤了,缓慢地垂落下去。

· 精读名著 ·

"看来我快死了。"他说。

在太阳光的照射下,大地万物一片混乱。已成为废墟的大地,空荡荡地展现在他的面前。他浑身发热,两只眼睛几乎不能转动了,在他面前闪过一幕幕的往事,而现实却一片模糊,他怎么也看不清。突然,他的心脏停止了跳动,时间和生命也随之停顿了。

他企图向前走,可没走几步就跌倒了。他心里在祈求着什么,但却无法说出来,因为他早就不能说话了。他重重地跌倒在地,身子像一块石头一样,慢慢地变硬了。

佩德罗·帕拉莫死了,但是事情好像还没有结束。他的儿子胡安——我来这里寻找他,也死在了这里。现在,我的亡灵已经和村里死去之人的亡灵在一起了,我们还会继续谈论佩德罗·帕拉莫和科马拉村的故事。

百年孤独

加夫列尔·加西亚·马尔克斯(1927—2014),哥伦比亚著名小说家。魔幻现实主义文学流派的代表人物,被评论界誉为"拉美小说界的掌门人"。1982年,加西亚荣获诺贝尔文学奖。他的代表作有《百年孤独》《霍乱时期的爱情》《没有人给他写信的上校》等。

《百年孤独》是魔幻现实主义文学的经典之作,被誉为"20世纪用西班牙文写成的最伟大的长篇小说"。小说讲述了布恩迪亚家族七代人充满神秘色彩的魔幻家族史,并借由这个家族从兴盛到灭亡的坎坷经历,向人们展现了哥伦比亚神话般的历史。

布恩迪亚家族人物表

何塞·阿卡迪奥·布恩迪亚　第一代
乌苏拉　何塞·阿卡迪奥·布恩迪亚的妻子　第一代
何塞·阿卡迪奥　何塞·阿卡迪奥·布恩迪亚的长子　第二代
雷贝卡　何塞·阿卡迪奥的妻子　第二代
奥雷连诺上校　何塞·阿卡迪奥·布恩迪亚的次子　第二代
雷麦黛丝·摩斯柯特　奥雷连诺上校的妻子　第二代
阿玛兰塔　何塞·阿卡迪奥·布恩迪亚的小女儿　第二代
皮拉·苔列娜　何塞·阿卡迪奥的情妇　第二代

阿卡迪奥　何塞·阿卡迪奥的儿子　第三代
圣索菲娅·德拉佩德　阿卡迪奥的妻子　第三代
奥雷连诺·何塞　奥雷连诺上校的儿子　第三代
十七个奥雷连诺　奥雷连诺上校的儿子们　第三代
雷麦黛丝　阿卡迪奥的长女　第四代
何塞·阿卡迪奥第二　阿卡迪奥的次子　第四代
奥雷连诺第二　阿卡迪奥的小儿子　第四代
菲兰达·德卡皮奥　奥雷连诺第二的妻子　第四代
佩特娜·柯特　奥雷连诺第二的情妇　第四代
何塞·阿卡迪奥　奥雷连诺第二的长子　第五代
梅梅　奥雷连诺第二的次女　第五代
巴比洛尼亚　梅梅的情人　第五代
阿玛兰塔·乌苏拉　奥雷连诺第二的小女儿　第五代
加斯东　阿玛兰塔·乌苏拉的丈夫　第五代
奥雷连诺·布恩迪亚　梅梅与巴比洛尼亚的私生子　第六代
长有尾巴的婴儿　奥雷连诺·布恩迪亚的儿子　第七代

第一章

　　多年之后,奥雷连诺上校面对行刑队,一定会想起父亲带他去见识冰块的那个遥远的下午。
　　奥雷连诺的家乡马贡多,远离海滨,最初只是一个二十户人家的村落,房子用泥巴和芦苇建筑,全都建在河边。河水清澈,河心到处是光滑洁白的大石头。
　　奥雷连诺的父亲何塞·阿卡迪奥·布恩迪亚是西班牙人的后裔,他的想象力极其丰富,以至于常常超越大自然的智慧,甚至比魔术走得更远。他执拗地相信科学发明的力量,于是他用一头骡子和一群山羊从吉普赛人梅尔加德斯那里换回两块磁铁石和一套咒语,希望用它们来发现金矿。妻子乌苏拉本来想用这些家畜重振破败的家业的。"过不了多久,咱家的金子就会多得用来铺地",这是何塞对前来劝阻的妻子的回应,但他最终只挖出一件早已锈蚀的破烂盔甲。

何塞的想象力,依旧像河水一样源源不断地在马贡多这个地方流淌着。梅尔加德斯又为何塞带来了新的科学发明——放大镜。何塞见识到放大镜能聚集太阳光、点燃干草的威力后,便产生了用它制造新式武器的想法。何塞无视妻子的阻拦,用两块磁铁和三枚金币置换了放大镜,一门心思地投入到自己的科学试验中。为了测试新式武器的威力,何塞不惜将自己置身于太阳光的焦点之下,造成多处灼伤,甚至差点儿点着了自家的房子。

在新式武器丝毫得不到认可后,何塞又迷恋上了航海用的观象仪、罗盘和六分仪。他抛弃了家庭事务,仿佛着魔一样,整日在屋内来回踱步,自言自语地嘟嘟囔囔。长期的熬夜和苦思冥想累垮了他的身子,他发着高烧,颤抖着向自己的孩子宣布自己的发现:

"地球是圆的,像一个橘子。"

后来,何塞又迷上了炼金术。他固执地要求妻子把压箱底的三十枚金币拿出来。这是乌苏拉的祖产。经过熔炼之后,这些金币却变成了一大块粘在锅底怎么也挖不下来的渣滓。

其实,何塞从前并非如此,他的事业心很强,马贡多就是由他一手创建的。

何塞和妻子乌苏拉出生在列奥阿察,是从小一起长大的青梅竹马。可就在他们决定结婚的时候,却遭到了双方家长的反对。因为他们是表兄妹,长辈们担心健康的两人在结婚后,会生出像他们的叔叔那样长着尾巴的怪胎。但是,何塞对此根本不在意。他认为孩子"只要能说话就行",坚持与乌苏拉举行了婚礼。

婚后,乌苏拉听从母亲的劝诫,一直穿着自制的"贞洁裤",不曾和丈夫过正常的夫妻生活。渐渐地,村子里开始流传一种说法,声称何塞有毛病。在一个星期天,普罗登肖·阿吉利奥尔因为在斗鸡比赛中输给了何塞,便用这个流言狠狠地羞辱了何塞。愤怒的何塞举起标枪,刺穿了普罗登肖的喉咙。

流言消失了,但何塞与乌苏拉的生活却失去了平静。普罗登肖的灵魂不断地在他们身边出没,使二人终日沉浸在良心的谴责之中。最后,何塞带着妻子,与几个年轻的朋友一起,离开了村子,打算寻找大海,在海边定居生活。

他们一路翻山越岭,却始终没能找到大海。在经历了将近两年的旅行后,他们走进了一片巨大的沼泽地。就在一行人在沼泽地中宿营休息的时候,何塞做了一个梦。他梦到宿营地上建起了一座城市,城市里所有的墙壁都是晶莹剔透的,闪着夺目的光芒。第二天,何塞对众人宣布,要在这里建立自己的村庄,定居下来。何塞像一位领袖那样,设计村子的街道,带领村民们修建房屋,教导大家如何种田、饲养家畜,为大伙造福。在为村子命名时,何塞采用了梦中那所城市的名字,马贡多。

在何塞的带领下,没过几年,马贡多就成了最整洁、最幸福的一个村子。居住在这里的三百多名村民非常年轻,都还不到三十岁。可是好景不长,在吉普赛人把磁铁等各种小发明带到马贡多后,何塞就变成了一个不事生产、外表邋遢,整日沉迷于各种试验的人。

即便如此,村民们依然对他充满信任,认为他只是中了邪,很快还会变成那个为村子造福的何塞。所以,当何塞决心开拓一条道路,将马贡多与文明世界连接起来时,不少村民还是拿起铁锹和锄头,加入了他的冒险之旅。

何塞根据自己对周围地区的了解,认为只有一路向北,才可以找到通向外界的道路。可当他带领村民走出不见阳光、充满诡异气息的魔幻区域时,非但没有看到新的陆地,反而来到了大海边。何塞绝望了,愤怒地叫道:"马贡多被海水给围住了!"

这次冒险之旅后,何塞变得非常消沉,他认为自己选择在这里建立村子是一种错误。何塞开始考虑把马贡多整体搬迁到别的地方去。最终,何塞在妻子的劝阻下,放弃了自己的想法,开始在试验室中教导自己的两个儿子读书写字,并运用自己的知识和想象,向他们描述外面的世界。

这样的日子没过多久,吉普赛人再次来到了马贡多。在吉普赛人那里,何塞不仅带着两个儿子见识到了更多的新发明,更重要的是看到了那块让奥列连诺上校始终难以忘记的巨大冰块。

奥雷连诺上校清晰地记得,当时自己父亲脸上的神情无比庄严,他并手放在冰块上,声称"这是当代最伟大的发明"。

第二章

在何塞见到巨大的冰块前,他只有两个儿子。大儿子叫何塞·阿卡迪奥,出生在他们离开故乡,寻找大海的旅途中。小儿子叫奥雷连诺·布恩迪亚,是何塞夫妇在马贡多生下的第一个孩子。

何塞·阿卡迪奥非常健康,甚至有些发育过了头。在他刚刚十四岁的时候,脸颊和下巴上就已经长满了胡须,魁梧的身材让他看起来更像是一个成年男子。他继承了父亲何塞执拗的性格,却对父亲着迷的科学试验丝毫不感兴趣。

小儿子奥雷连诺性格孤僻,不喜欢说话,并在很小的时候就表现出非凡的预言能力。而且,奥雷连诺和父亲何塞一样,喜欢各种科学试验,尤其在炼金术方面,展现出非凡的天赋。从此,父子二人便整天待在试验室里,努力研究梅尔加德斯留下来的日记,试图将乌苏拉的金子重新分离出来。

由于再次怀孕,乌苏拉时常让一个名叫皮拉·苔列娜的女人到家中帮忙做些家务。没过多久,大儿子何塞·阿卡迪奥和这名热情、喜欢用纸牌占卜的女子发生了关系。就在他沉浸在两性体验中时,何塞和奥雷连诺在经过不断的努力后,向众人宣布他们从那块渣滓中提取出了乌苏拉的金子。

何塞·阿卡迪奥对父亲的试验充满厌恶,甚至不惜用言语冲撞自己的父亲。这种厌恶使得他变得孤僻,开始习惯在深夜离开家,到皮拉·苔列娜那里寻找快活。这天夜里,何塞·阿卡迪奥没有去找皮拉·苔列娜,而是走进了一个表演杂技的吉普赛姑娘的帐篷。

两天后,乌苏拉发现大儿子失踪了。她在村子里四处寻找。后来,一个村民告诉她,何塞·阿卡迪奥已经在前一天晚上跟随吉普赛人离开了马贡多。得知这一消息后,何塞表现得非常镇定,他只是对妻子说,"他已经是一个男子汉了",便再次埋头于手头的试验。

乌苏拉决定自己去寻找儿子。她离开村子,沿着吉普赛人离开的那条路寻找,不断地向碰到的路人打听吉普赛人的行踪,希望能尽早追上儿子。当乌苏拉发现自己已经离马贡多很远的时候,她决定暂时不回村子,继续找下去。

直到听到小女儿阿玛兰塔撕心裂肺的哭声时,何塞才发现妻子不见了。他迅速召集了一些村民,前去找寻乌苏拉。可是,在经过三天的寻找后,仍然一无所获。何塞只得放弃,与村民们一起返回了马贡多。

对于妻子的失踪,何塞很苦恼。因为他不得不一边继续试验室的工作,一边亲自照顾小女儿。就在乌苏拉失踪几个月后,何塞的试验室里出现了一些奇怪的事情:空瓶子突然变得非常重,根本无法挪动;水会自己沸腾起来,直到完全蒸发;装着阿玛兰塔的篮子突然在房间里自己绕圈子。虽然无法解释这些现象,但何塞坚持认为这应该是某种预兆。

不久,这个预兆便得到了应验。乌苏拉在失踪五个月后,回到了马贡多。她穿着新式衣服,兴奋地向丈夫介绍跟随自己来到村子的一群人。这些人的外貌特征与马贡多的村民一样,也说着同样的语言。他们来自沼泽地的另一边的城镇,那里已经在使用何塞向往的新发明和新机器。原来,乌苏拉没能追上儿子,却在无意中发现了自己丈夫始终在找寻的,马贡多通往外面文明世界的道路。

第三章

在何塞的坚持下,乌苏拉把大儿子和皮拉·苔列娜的孩子接回了家里,依然取名叫何塞·阿卡迪奥。为了和他的父亲区分开,大家都叫他阿卡迪奥。

与外界连接的道路开通后,马贡多变得热闹起来,增设了不少商店和手工业作坊,重新修建了街道,不少来到马贡多的人选择留在这里定居。何塞也走出试验室,开始指导建设工作。很快,马贡多由一个小村庄扩建成了一个初具规模的城镇。

繁忙的工作让乌苏拉无暇照顾孩子,她把阿卡迪奥和小女儿阿玛兰塔都交给了一名印第安女人照顾。越来越沉默的奥雷连诺则一个人待在试验室里,努力练习制造首饰的技术。这天,奥雷连诺再次说出了预言,他告诉乌苏拉,"有人即将来到这里"。

奥雷连诺预言中的这个人是一个十一岁小女孩儿,雷贝卡。送她来的人给何塞带了一封信,声称雷贝卡是何塞与乌苏拉的远房侄女,因为父母双亡,希望何塞夫妇能够收养她。何塞夫妇虽然记不清楚自己是否有这样的亲戚,但最终还是留下了雷贝卡。

乌苏拉发现雷贝卡除了喜欢咂吮手指头,还有一个非常恶劣的习惯,喜欢吃泥土和墙上的石灰。在经过几个星期的强制治疗后,雷贝卡逐渐恢复健康,开始融入这个家庭,成为了布恩迪亚家的新成员。

后来,照顾孩子的印第安女人发现雷贝卡身上表现出失眠症的症状。这种失眠症虽然会让人睡不着觉,却不会感觉到疲惫,只是时间长了,人会慢慢丧失记忆,最后连自己都忘掉,变成白痴一样。虽然乌苏拉谨慎地将雷贝卡与家人隔离开,但几个星期后,布恩迪亚一家还是都染上了失眠症。由于不够留意,失眠症通过乌苏拉制作的动物糖果,使得全城人都患上了这种病。

刚开始,村民们对患上失眠症并不担心,甚至有些高兴。毕竟当

·精读名著·

时有太多的事情要做,不睡觉正好可以在很短的时间内完成工作。不过,很快,由失眠症引发的健忘症开始给生活在马贡多的人带来很大的麻烦。为了克服日益严重的健忘症,村民们只得给生活中的每样东西都贴上了标签,标明东西的名称以及作用,以此来维持日常的生活。

就在何塞想通过研制一种记忆机器帮助村民们对抗健忘症的时候,他的老朋友吉普赛人梅尔加德斯来到了何塞的家里。这位打算在马贡多定居的老人带来了可以医治健忘症的药水。马贡多人恢复了往日记忆。

随着时间的流逝,辛勤操持家务的乌苏拉突然意识到孩子们都长大了。小伙子很快会建立自己的家庭,生养下一代,姑娘们也需要有合适的地方接待客人。这样一来,家里现在住的房子就不够用了。考虑再三,乌苏拉决定拿出多年的积蓄,扩建自家的住宅。按照她的设想,新建房子的外墙壁将会被涂成白色。可是,一份由马贡多新任镇长阿·摩斯柯特签发的公文却要求所有房屋的外墙壁都涂成蓝色。

自马贡多建立以来,何塞都是这个地方领袖一般的人物,从来没有人对他下达命令,指手画脚。所以,何塞找到阿·摩斯柯特,告诉他"这里不需要别人发号施令",然后便将这名由共和国政府派遣的官员直接赶出了马贡多。一个星期后,阿·摩斯柯特带着自己的妻子和七个女儿,在六名带枪士兵的护卫下重新返回马贡多。村民们纷纷表示要将这些外人赶出村子,不过何塞这次打算和平解决此事。

在奥雷连诺的陪同下,何塞与阿·摩斯柯特进行谈判。何塞提出了两个条件:首先,要那六名士兵离开马贡多;其次,居民们"想把自己的房子刷成什么颜色就是什么颜色"。在阿·摩斯柯特答应了条件后,马贡多的居民们接受了这位镇长。阿·摩斯柯特一家人正式在这里定居了下来。

第四章

何塞家的房子盖好了,开心的乌苏拉在家里举办了一次庆祝舞会,并为舞会专门购置了一台自动钢琴。跟随这台自动钢琴来到何塞家的还有一位年轻的小伙子,他是负责装配和调准钢琴的皮埃特罗·克列斯比。

除了装配、展示如何使用自动钢琴,皮埃特罗·克列斯比还向姑娘们展示各种舞步,教授她们如何跳舞。每到这种时刻,乌苏拉都会在一旁进行监视,不让他们独处一室。

即便是这样,雷贝卡和阿玛兰塔还是都爱上了这个长相端庄漂亮、工作认真的意大利小伙子。不过,皮埃特罗·克列斯比只对雷贝卡心生好感。在离开马贡多后,他还专门拜托镇长的女儿安芭萝·摩斯柯特给雷贝卡送来了一封情书。

原本,雷贝卡因为皮埃特罗·克列斯比的离去,已经陷入了狂热的相思之中。她虽然已经是位非常漂亮的大姑娘了,但对爱人的思念让她恢复了吃食泥土的恶习。当安芭萝背着所有人,偷偷将信封上用绿色的墨水书写着"亲爱的雷贝卡·布恩迪亚小姐"的信交给雷贝卡后,她的焦躁和相思才得以缓解,并与安芭萝成为了密友。

除了姑娘们,乌苏拉的小儿子奥雷连诺也陷入了爱情之中。他爱上了镇长的小女儿雷麦黛丝。即使雷麦黛丝还是个年龄可以做他女儿的小姑娘,可她的形象却印在了奥雷连诺的心上,让他无法忘怀。他不断地用单个的诗句来表达自己对雷麦黛丝的爱。空气、音乐,生活中的一切东西都会让他想起雷麦黛丝。无法得到雷麦黛丝,给奥雷连诺带来了无尽的痛苦。在一次借酒浇愁后,他向哥哥以前的情人,皮拉·苔列娜吐露了心中的痛苦,并和她发生了关系。

与此同时,由于没能按时接到情人送来的情书,雷贝卡悲观失望地发了疯,她像要自杀一般,不断地吞食着泥土,然后呕吐,直到失去知觉。在无意识的呓语中,她与皮埃特罗·克列斯比之间热烈的爱情暴露了。这让乌苏拉感到非常愤怒,也让饱受单相思煎熬的阿玛兰塔因忌妒突然患了热病。

在得知小女儿患病的真正原因后,何塞与乌苏拉陷入了无限的痛苦之中。更让何塞夫妇头疼的是奥雷连诺在此时提出了要迎娶雷麦黛丝的请求。何塞冲着儿子怒吼,埋怨儿子为什么非要和敌人的女儿结婚。与丈夫愤怒的反应相反,乌苏拉对此很满意,她非常欣赏镇长的七个女儿,认为她们都非常美丽勤劳。

最终,何塞夫妇决定由何塞到镇长家,亲自为奥雷连诺提亲,并允许两情相悦的雷贝卡和皮埃特罗·克列斯比结为夫妻。至于小女儿阿玛兰塔,则由乌苏拉带着她到省城观光散心,排解她失恋的痛苦。阿玛兰塔服从了父母的决定,但内心早已发下毒誓,除非雷贝卡从自己的尸体上跨过去,否则她将尽力破坏雷贝卡与皮埃特罗·克列斯比的婚姻。

由于被奥雷连诺的真诚所感动,镇长夫妇接受了何塞的提亲,只是镇长夫人提出雷麦黛丝年龄还太小,要等到她长到能够生育的年龄后才能与奥雷连诺成婚。奥雷连诺表示同意,在他看来,这些都不重要,毕竟自己已经等了那么久,那么再等多久都无所谓。

正当何塞一家的生活刚刚恢复平静的时候,衰老的梅尔加德斯去世了。何塞按照老朋友的遗嘱,在他的房间里烧了三天的水银。直到尸体在水银热气的熏蒸下发出腐臭的气味后,何塞才以马贡多最高规格的葬礼掩埋了梅尔加德斯,并为他立了一块石碑。

举行完葬礼后,何塞继续研制自己的时间机器。一天,他突然像着了魔一般,大声尖叫着,砸烂了所有的试验器具,嘴里嚷着谁也听不懂的话。在邻居们的帮助下,奥雷连诺制伏了父亲,把他捆在了院子里的大栗树下。后来,何塞虽然平静了下来,却已经不再认得自己的家人。为了防止何塞再次发疯,乌苏拉只好用棕榈树枝为他搭建了一个遮挡风雨的小棚子,将他继续捆在树上。

第五章

在三月的一个星期天,奥雷连诺和雷麦黛丝·摩斯柯特举行了婚礼。

按照原来的计划,两对新人的婚礼应当是在同一天举行,但就在举行婚礼的前两天,皮埃特罗·克列斯比收到一封声称母亲病危的恶作剧来信,因此错过了举行婚礼的时间。随后,在阿玛兰塔的设计下,他们的婚礼又因为尼康诺神父修建教堂而延期。在皮埃特罗·克列斯比捐献了一笔钱后,教堂得以提前完工,他和雷贝卡的婚期终于确定了下来。

忌妒摧毁了阿玛兰塔的理智,她决定在婚礼之前的最后一个星期五,在咖啡里放进一些鸦片酊,毒死雷贝卡。让她没想到的是,最终喝下这杯咖啡的不是雷贝卡,而是年轻的雷麦黛丝。三天后,已经怀有一对双胞胎的雷麦黛丝因中毒而死去。

虽然结婚时,雷麦黛丝才刚刚进入成熟期,但她表现出的温厚态度和责任心令人惊叹,并很快赢得了何塞一家所有人的喜爱。她不仅不嫌弃绑在树上的何塞,经常给他送吃的,为他清洁个人卫生,还接受了皮拉·苔列娜为奥雷连诺生下的儿子,还在家庭仪式上承认他为自己的大儿子,取名为奥雷连诺·何塞。奥雷连诺更是从她那里得到了无比的幸福和欢喜。因此,当几年后奥雷连诺即将被枪决的时候,最后想到的不是别人,正是自己这位年轻的妻子。

乌苏拉宣布,家中的所有人都要为雷麦黛丝守孝一年,在这一年中,除非极端必要的事情,任何人都不许进出屋子。愧疚折磨着阿玛兰塔,她主动收养了奥雷连诺·何塞,希望以此来减轻自己内心的痛苦。

在一个炎热的下午,何塞家的正门被推开了,走进来一个身材魁梧的男子。满身风尘的他向屋子里的人逐个打着招呼。乌苏拉兴奋地又哭又笑,她认出了这个男子正是自己的大儿子何塞·阿卡迪奥。

何塞·阿卡迪奥离开家后,当了一名水手,经历过六十五次环球航行。回到马贡多后,他很少待在家里,经常出入妓馆。当他偶尔出现在家里的餐桌上时,便会谈起自己在海上的冒险遭遇。家里人感觉他已经变成了一个野人,非常不适应他的种种恶习,阿玛兰塔甚至毫不掩饰自己对他的厌恶。只有一个人对他情有独钟,那就是雷贝卡。何塞·阿卡迪奥也对雷贝卡表现出了赤裸裸的欲望。一天中午,何塞·阿卡迪奥将走进自己房间的雷贝卡压在了身下。三天后,他们结婚了。不过,乌苏拉坚决不承认他们的婚姻关系,并当众宣布禁止他们再进自己的家门。

雷麦黛丝死后,奥雷连诺心中充满了孤独和消极的失望感,除了像以往那样到岳父家玩多米诺骨牌以外,他把剩余的时间都投入到了自己的工作中。在岳父那里,奥雷连诺了解到了共和国的政治局势,以及保守党和自由党的区别。奥雷连诺虽然并不非常清楚两支党派为什么要发生争斗,但与身为保守党人的岳父不同,他更欣赏自由党人赞同非婚生子权利的主张。

很快,共和国的选举开始了。摩斯柯特先生率领六名带枪的士兵,在毫无政治热情的马贡多举行了郑重的选举活动。奥雷连诺因为岳父在选票上造假的行为,对保守党充满了厌恶,认为保守党人都是骗子。

十二月上旬,乌苏拉冲进奥雷连诺的作坊,告诉他,"战争爆发啦"!没多久,保守党的军队进入了马贡多,并将指挥所设置在了镇上的学校里。军队在马贡多肆意收缴物品,枪杀居民。奥雷连诺联络了一些往日里表示支持自由党的年轻人,在一个夜晚,用菜刀杀了领军的上尉和几名枪杀居民的士兵。

奥雷连诺把自己的侄子阿卡迪奥任命为马贡多的军政长官,自己则带领组织起来的队伍前去投靠革命将军维克多里奥·麦丁纳的部队。临行前,奥雷连诺拜会了自己的岳父。摩斯柯特先生认为奥雷连诺的行为太过疯狂。奥雷连诺反驳道："这是战争。以后请叫我奥雷连诺上校。"

第六章

阿卡迪奥成为马贡多的最高长官后，随意发号施令成为了他最大的乐趣。他向居民们施加了各种完全没有必要的严酷手段，这让他成为一名暴君。阿卡迪奥还带着巡逻兵闯进了摩斯柯特先生的家中，殴打他的妻女，将他绑到了兵营，宣布要枪毙他。乌苏拉得知此事后，既惭愧又恼怒。她手持鞭子，将阿卡迪奥抽打了一顿，救出摩斯柯特先生，并接管了马贡多的政权。

皮埃特罗·克列斯比被雷贝卡抛弃了后，又在阿玛兰塔的温柔体贴中得到了慰藉。两人展开了良好的关系。在取得乌苏拉的信任后，两人便经常幽会。皮埃特罗·克列斯比感觉自己找到了真爱。马贡多的居民们也认为两人会获得幸福的婚姻。终于，两人的关系发展到了确定婚期的程度。他对阿玛兰塔说："我们下个月结婚吧。"让意大利人没想到的是，阿玛兰塔微笑着告诉他"我死也不会嫁给你"，拒绝了他的求婚。失去了自制的皮埃特罗·克列斯比当场哭了出来。彻底绝望的他在万灵节前一天的夜里，割断了自己手腕上的静脉。

阿卡迪奥失去了对马贡多的掌控后，开始在女人身上寻找乐趣。尽管皮拉·苔列娜已经失去了往日的魅力，但他还是对自己的母亲产生了一种无法控制的欲望。他曾经强行抱住她，向她求欢，试图把她拉上自己的床。皮拉·苔列娜对此惊恐不已，她花费了自己所有的积蓄，为自己的大儿子找来了一名处女，圣索菲娅·德拉佩德。两人并没有举行婚礼，除了何塞·阿卡迪奥和雷贝卡，几乎没有人知道两人的私情。

后来，保守党的军队再次攻占马贡多。阿卡迪奥率领五十多人进行抵抗,遭到了失败。阿卡迪奥被俘,并在墓地的墙壁前被枪决。他死后,乌苏拉把圣索菲娅·德拉佩德以及她给阿卡迪奥生的三个孩子:大女儿雷麦黛丝、一对双胞胎遗腹子何塞·阿卡迪奥第二和奥雷连诺第二接回了家。

五月的时候,战争结束了。政府宣布自由党军队战败的公告传到了马贡多,随之而来的还有奥雷连诺上校被捕的消息。正当乌苏拉为小儿子还活着感到高兴的时候,奥雷连诺上校被保守党军队押回了马贡多,准备施行枪决。

作为一个拥有预见能力的人,奥雷连诺上校非常清楚家里之前发生的事情,而且凭借着这种能力他曾躲过多次针对自己的谋杀。这次,他并没有感受到那种死神即将降临时的预兆,因此他坚信自己不会就这样死去。果然,就在执行枪决的那天早上,何塞·阿卡迪奥手持猎枪,救下了自己的弟弟。

战争再次开始了,奥雷连诺上校带领着追随者到列奥阿察营救自由党军队的首领,维克多里奥·麦丁纳将军。遗憾的是,当他们赶到时,将军已经被枪决了。奥雷连诺上校被推举为加勒比海沿岸革命军总司令。在随后的三个月中,他组织的十六次起义都失败了,跟随他的一千多人也几乎损失殆尽。共和国内四处流传着有关奥雷连诺上校的传闻。

几个月后,他率领着由两千名印第安人组成的装备十分精良的部队,先是攻占了列奥阿察,随后又带领部队顺利地回到了马贡多。

第七章

并非一切都是好消息。何塞·阿卡迪奥和雷贝卡在帮助奥雷连诺上校逃脱枪决之后,就搬进了阿卡迪奥修建的房子。他们的生活非常平静,何塞·阿卡迪奥每天都会去打猎,雷贝卡则经常召集自己的密友在一起绣花。这天傍晚,何塞·阿卡迪奥因为突如其来的暴雨,提早回到家中。就在雷贝卡在浴室洗澡的时候,卧室里传出了枪声。何塞·阿卡迪奥的鲜血从门内流出,这股鲜血流到了大街上,沿着人行道,流向布恩迪亚家的房子,从正门的下面挤进房间,绕过客厅,穿过起居室,进了厨房,来到乌苏拉的面前。

乌苏拉跟随血迹,找到了儿子充满火药味的尸体。乌苏拉为儿子举行了葬礼,而雷贝卡则在何塞·阿卡迪奥的棺材抬出大门的那一刻,闩上房门,钻进了自己认为可以藐视整个世界的"甲胄",从此与世隔绝。人们也渐渐地把她给遗忘了。

此后没多久,就在奥雷连诺上校逃离马贡多八个月后,乌苏拉接到了小儿子寄来的一封用火漆封口的密信。信上说,"当心爸爸——他快要死啦"。乌苏拉相信儿子的预言,她请人将身躯高大的何塞抬进了卧室里。不过,何塞在第二天早晨又回到了大栗树旁。无奈之下,乌苏拉只好把他捆在床上,以防止他到处乱跑。两个星期后,何塞死了。天空中飘落无数的黄色花朵。这场黄花雨下了整整一夜,像密实的地毯一般铺满了整个城镇的地面。

一直跟在阿玛兰塔身边的奥雷连诺·何塞长大成人了,他对阿玛兰塔产生了一种无法解释的依恋。他习惯在阿玛兰塔身边入睡,以此驱除自己对黑暗的恐惧。阿玛兰塔也时常在他面前毫不避嫌地赤裸身体,并在他入睡后用手指抚摸他的肚子,以此缓解自己的孤独。就这样,两人在彼此都心知肚明的情况下,形成了一种特殊的关系。

后来,奥雷连诺·何塞跟随父亲奥雷连诺上校离开了马贡多。进入军队后,奥雷连诺·何塞也会到妓女那里寻求安慰,但他始终无法得到满足。最终,他因为无法忍受对姑姑阿玛兰塔的渴望,偷偷离开了军队。返回马贡多后,他时常在夜晚进入阿玛兰塔的房间,享受鱼水之欢。当他对阿玛兰塔提出结婚请求时,阿玛兰塔拒绝了他。很快,奥雷连诺·何塞就将阿玛兰塔抛到了脑后,他的身上显现出伯父何塞·阿卡迪奥的那种好色和懒惰,喜欢在各种女人那里调节自己的孤独。

几个月后,不断有女人领着年岁不一的孩子找到乌苏拉,声称奥雷连诺上校是孩子的父亲,希望乌苏拉能给孩子命名。虽然孩子们的相貌与奥雷连诺上校的相似处不多,但他们身上表现出的孤僻,让乌苏拉毫不怀疑他们的真实身份。乌苏拉都给他们起名叫奥雷连诺,只是姓氏跟随他们的母姓,加以区别。

在一次次的起义和征战中,奥雷连诺上校成为了革命军总指挥,登上了权力的巅峰。一天夜里,他突然感到一种彻骨的寒冷,白天火热的太阳又让他饱受痛苦,他患上了寒热病。病痛的折磨让他对战争产生了空虚和厌倦,他决定与保守党进行和谈。一年后,双方就停火达成一致。在签署了停战协定后,奥雷连诺上校用手枪对准私人医生在自己胸口上画的圆圈,扣动了扳机。不过,子弹虽然穿透了胸膛,奥雷连诺上校最终还是脱离危险,活了下来。

自杀未遂的奥雷连诺上校回到了马贡多,孤僻的他很少和家人交谈,只是整日待在自己的作坊里,制作金质的小鱼,做好了便化掉,化掉后再重新做,以此消磨时间度日。

第八章

阿卡迪奥的那对孪生遗腹子已经长大成人。他们的外貌十分相似,加上他们喜欢交换称呼,以至于他们的母亲圣索菲娅·德拉佩德也无法分清楚他们。在进入青年时期后,他们更像是两台同步运行的机器,连行动和思想都保持一致。直到后来,奥雷连诺第二长得像曾祖父那样魁梧,喜欢研究梅塞尔德斯留下的手稿,而何塞·阿卡迪奥第二则像奥雷连诺上校那样消瘦,喜欢血腥的行刑场面,众人才将两人彻底区分开。

从那以后,奥雷连诺第二经常待在梅塞尔德斯生前的房子里,与这位吉普赛老人的灵魂进行交谈,从他那里学习早已过时的知识。阿卡迪奥第二则在神父的教导下,成为一个精通神学奥秘,善于斗鸡的行家。

奥雷连诺第二见到自己的妻子菲兰达·德卡皮奥,是在一次联欢节上。奥雷连诺第二对她一见钟情,甚至追随她跑到一个遥远的城市。在获得她父母的同意后,奥雷连诺第二将她迎娶回了马贡多。在此之前,奥雷连诺第二有位名叫佩特娜·柯特的情妇。她是个在街边兜售彩票的女子。奥雷连诺第二和阿卡迪奥第二兄弟两个都曾与她发生过关系,并同时染上性病。在经过三个月痛苦的秘密治疗后,阿卡迪奥第二彻底断绝了与佩特娜·柯特的关系,而奥雷连诺第二则继续和她厮混在一起。

菲兰达·德卡皮奥在得知了佩特娜·柯特的情况后,曾经带着自己的嫁妆,径自离开了马贡多。直到奥雷连诺第二经过长时间的央求,并允诺与情妇分手后,才将妻子重新请回家。

不过,佩特娜·柯特始终坚信奥雷连诺第二会再次回到自己的身边。的确如此,生性沉默孤僻的奥雷连诺第二是靠佩特娜·柯特成长为男子汉的,他从她那里得到过太多的乐趣。妻子虽然美丽,但严格遵守教徒戒律的她常常让丈夫得不到满足。因此,在初生子何塞·阿卡迪奥出生后不久,奥雷连诺第二便回到了佩特娜·柯特的身边。这次,菲兰达·德卡皮奥选择了妥协,她只请求丈夫不要死在情妇的床上。于是,奥雷连诺第二就这样周旋于两个女人之间,开始了三个人的婚姻生活。

在奥雷连诺第二与菲兰达·德卡皮奥的女儿梅梅出生后不久,共和国政府决定给奥雷连诺上校颁发一枚荣誉勋章,并举行庆祝两党停战协议周年的活动。不过,奥雷连诺上校认为这些事情很无聊,也不喜欢别人把自己吹捧为民族英雄。他让人转告共和国的总统,如果对方敢来打扰自己的生活,他就会把子弹射进总统的脑袋。

在庆祝仪式举行的当天,奥雷连诺上校在战争期间生下的十七个儿子全都来到了马贡多。奥雷连诺第二要求他们留下来,只有奥雷连诺·特里斯特接受了他的邀请。几天后,其他十六个奥雷连诺决定返回各自在沿海地区的住处。临行前,阿玛兰塔带领他们前往教堂参加礼拜活动。神父在他们的额前用圣灰画上十字表示祝福,结果这些十字再也无法消除,成为了他们身份的标记。

第九章

留下来的奥雷连诺·特里斯特在马贡多的郊区开办起了一家制冰厂,实现了祖父何塞的梦想。几个月后,奥雷连诺·特里斯特的十六个兄弟再次来到马贡多。这次,奥雷连诺·森腾诺也留了下来,打算和奥雷连诺·特里斯特一起工作。奥雷连诺·森腾诺表现出令人惊叹的工作能力,在他的努力下,冰厂的产量不断提高。奥雷连诺·特里斯特开始考虑铺设铁路,将冰厂的产品推销到马贡多以外的地区。

在雨季来临前,奥雷连诺·特里斯特离开马贡多,外出寻求铺设铁路的办法。与此同时,为了缓解产品囤积带来的压力,奥雷连诺·森腾诺开始研制各种水果冷饮以及冰淇淋。雨季结束的时候,奥雷连诺·特里斯特依然音信全无。就在大家以为奥雷连诺·特里斯特可能已经客死他乡的时候,他带着一列黄色火车回到了马贡多。随之而来的电灯、电机、电影机、留声机和电话让这里的居民们应接不暇。这些新鲜事物让他们在兴奋与失望、怀疑与认可之间体验着现实的极限。

一天,一位名叫赫伯特的人来到了马贡多,住在布恩迪亚家。他用一种学者的神态和商人的眼光对马贡多盛产的虎纹香蕉进行了仔细的品尝和研究。一个星期后,几名身穿黑衣的重要官员带着一位杰克·布劳恩先生乘火车抵达马贡多。很快,这里涌入了大量外国人和各种建筑材料。一年之内,马贡多开辟了不少新的道路,还增建了不少铁皮屋顶的房子。变化之大,让很多老居民都感到惊讶。

直到这时,居民们才弄清楚这些外国人来马贡多的目的。他们看上了一片土地。它就是当初何塞带领村民寻找通往外界道路时,经过的那片充满魔力的土地。他们要在那里建立香蕉种植园。奥雷连诺上校的另两个儿子奥雷连诺·塞拉多和奥雷连诺·阿卡亚也随着不断涌入的人潮,再次来到了布恩迪亚家。

就在所有人都沉浸在这种由香蕉带来的狂潮中时,奥雷连诺上校预感到了自己儿子们的悲惨命运。开办香蕉园的美国佬和军队相互勾结,他们行事变得非常专横跋扈,随意伤害马贡多的居民,甚至草菅人命。这让奥雷连诺上校感到无比愤怒,他决心召集自己所有的儿子,除掉这些外国佬。没想到,对方先动手了。除了年龄最大的奥雷连诺·阿马多下落不明外,其他十六个儿子都被歹徒杀死了。这给奥雷连诺上校带来了致命的打击。几个月后,他站在院子里那棵大栗树下小便的时候,脑袋靠在树干上,死去了。

何塞·阿卡迪奥第二领导香蕉园的工会,组织了一次大罢工,希望以此让美国老板提高工人待遇。结果,政府派兵进行武力镇压,三千多人遭到了血腥屠杀。政府军将这些尸体全部装上火车,打算运往海边抛尸。因受伤而晕过去的阿卡迪奥第二在运送途中苏醒了过来。他跳下火车,偷偷潜回了马贡多。

在躲过了军队的搜查后,他便一直待在梅尔加德斯的房间里,像他的曾祖父那样执着地研究着吉普赛人留下的羊皮卷,直到他死去。就在同一时刻,他孪生兄弟的生命也结束了。他履行了自己的诺言,带着行李回到妻子身边,死在了自家的床上。

第十章

　　从阿卡迪奥第二返回家中的那天起,马贡多就开始下雨。这场雨下了四年十一个月零两天。美国人的香蕉公司已经全部撤离,街道上到处都是各种垃圾,铁皮顶的木房子也在飓风中消失不见。马贡多变成了一片废墟。

　　就像奥雷连诺上校曾经预见的那样,布恩迪亚家族也同马贡多一样,开始衰败,变得千疮百孔,不复往日的辉煌。先是阿玛兰塔猝然死亡,而后,患上白内障的乌苏拉饱受病痛的折磨,成了一个瞎老太婆。在耶稣蒙难周的那个星期四,年迈的乌苏拉走到了生命的尽头。当年年底,雷贝卡也离开了人世。

　　何塞·阿卡迪奥进入神学院,成为一名神父。梅梅则与一个名叫毛利西奥·巴比洛尼亚的汽车学徒发生私情,并生下了一个名叫奥雷连诺·布恩迪亚的小男孩儿。菲兰达·德卡皮奥认为女儿的行为是整个家族的耻辱。于是,她设计让军警枪杀了巴比洛尼亚,而后又把改名换姓的梅梅送到了远方的一座修道院中看管起来。为了遮掩这件丑事,菲兰达欺瞒众人,谎称奥雷连诺·布恩迪亚是从河上漂过的竹篮中捡到的孩子。直到这个孩子显现出与奥雷连诺上校极为相似的容貌后,她才向自己的丈夫说出了事实真相。

　　生意大不如从前的奥雷连诺第二拿出自己所有的积蓄,以及变卖钢琴、手风琴和所有旧家具的钱,把自己的小女儿阿玛兰塔·乌苏拉送往布鲁塞尔,去那里的天主教学校读书。

　　奥雷连诺第二死后,布恩迪亚家几乎断绝了一切经济来源。还在经营彩票生意的佩特娜·柯特,怀着赎罪的心态偷偷地接济布恩迪亚一家,直到菲兰达·德卡皮奥去世。没过多久,圣索菲娅·德拉佩德孤身一人离开了这个她生活了大半生的家。偌大的房子里就只剩下菲兰达·德卡皮奥和奥雷连诺·布恩迪亚两个人。

奥雷连诺·布恩迪亚每天都钻在梅塞尔德斯的房间里,研究羊皮卷。梅塞尔德斯的灵魂告诉他羊皮卷上那些神秘的符号是一种名叫梵文的文字。奥雷连诺·布恩迪亚拜托菲兰达·德卡皮奥买来了学习梵文的书籍,希望能够破解羊皮卷中记录的内容。

菲兰达·德卡皮奥在孤独中死去,何塞·阿卡迪奥从欧洲回到马贡多安葬了自己的母亲。随后,他在家里住了下来。可是,没过多久,何塞·阿卡迪奥被人杀死在浴缸中。十二月初,独自一人生活的奥雷连诺·布恩迪亚迎来了阿玛兰塔·乌苏拉夫妇。阿玛兰塔·乌苏拉给这个孤寂的大房子带来了生机和活力,也给奥雷连诺·布恩迪亚带了莫大的困扰。因为阿玛兰塔·乌苏拉对他产生了一种莫名的吸引力,他必须用尽全力,才能克制住自己扑向她的欲望。

马贡多的破败依然在继续,不断有人离开这个城镇。阿玛兰塔·乌苏拉的丈夫借口处理公务,离开了马贡多。阿玛兰塔·乌苏拉认为丈夫离开后,便不会再回到这里。于是,她和奥雷连诺·布恩迪亚彻底坠入了忘乎所以的爱情之中,无所顾忌地享受着爱意和情欲带来的快乐。

阿玛兰塔·乌苏拉怀孕了。两人都十分期待孩子的降生,认为这是布恩迪亚家族重新开始的基础。孩子出生了,屁股上却长着一条猪尾巴!而且,阿玛兰塔·乌苏拉产后大出血,血液像泉水一样喷涌,直至流尽了她的最后一滴血。

等到奥雷连诺·布恩迪亚从悲伤中回过神来,发现原本应该待在摇篮里的孩子已经不见了。他在花园的石子小径上看到了自己的儿子——一群蚂蚁正在将已经被咬烂的孩子拖进自己的洞穴。

看到这一景象的奥雷连诺·布恩迪亚,突然想起羊皮卷上的一句话:"家族中的第一个人将被捆绑在树上,最后一个人则会丧命于蚂蚁之口。"一阵飓风袭来,扫清了地面上的一切。马贡多以及遭受了百年孤独的布恩迪亚家族就此彻底消失,再也不会出现了。

·精读名著·

霍乱时期的爱情

作者简介见《百年孤独》部分。

《霍乱时期的爱情》讲述了一个发生在殖民地港口的爱情故事。年轻的阿里萨第一次见到费尔米纳,就爱上了她。少不经事的费尔米纳根本不懂什么是爱情。经过父亲的一番阻挠,她断然拒绝了阿里萨的求婚,随后嫁给了身份显赫的乌尔比诺医生。长达半个世纪的婚姻让她渐渐忘却了阿里萨的恋情,然而阿里萨对这份爱情却久久无法忘怀。当费尔米纳的丈夫去世后,阿里萨重新开始追求费尔米纳,最终如愿以偿地跟费尔米纳走在了一起,他们在阿里萨的轮船上开始了永生永世的旅途。

乌尔比诺是一位医道高明的医生。这天,他的急救任务有些特殊,需要抢救的是与自己交情颇深的棋友阿莫乌尔。当他赶到事故现场时,阿莫乌尔已经使用氰化金挥发出来的气体结束了自己的生命。在他的记忆中,很多人都是因为爱情用氰化物结束了自己的生命。不过,阿莫乌尔是个例外。

医生怀着极其痛苦的心情凝望着自己的挚友,在他与死神进行徒劳争夺的漫长岁月里,他的脸上很少出现这样的表情,他喃喃自语道:"真蠢,最糟糕的事情终于发生了。"

乌尔比诺医生已有八十多岁高龄,他的右耳听力越来越差,记忆力也日渐衰退,但他一直不愿意承认自己的衰老,甚至还在自己八十岁大寿的庆典上致辞说,自己尚未将死亡这件变幻不定的事列入议事日程。

很显然,挚友阿莫乌尔的自杀对他震动很大,他再一次感受到了死亡的出其不意。挚友的遗书使乌尔比诺医生感到一种不可移易、难以追回的东西在他的生活中失落了。

他试图让妻子费尔米纳被自己的忧郁情绪感染,但他并没有达到目的。费尔米纳不是那么容易动感情的人,更何况她根本不了解阿莫乌尔。她并不知道阿莫乌尔是一个残疾人,甚至从来没有见过他。

医生将挚友的遗书交给妻子,企图让妻子了解自己的心情,但费尔米纳并没有把信打开,而是直接将其放在梳妆台里,并用钥匙锁上了抽屉。她早已习惯了丈夫的莫名其妙、大惊小怪,习惯了他随着年龄增长,变得让人更加难以理解的夸大其词,以及那种与其仪表不相称的狭隘见解。不过,这一次费尔米纳却失算了。

就在将去参加挚友葬礼的下午,午觉醒来的乌尔比诺医生突然觉得极度悲伤,仿佛有一种无形的云雾正笼罩着自己的心灵。他认为,那是一种神谕,告诉他大限已近。因此,一想到自己将要参加葬礼,他的心情更加沉重了,甚至忘记了自己曾有一只帕拉马里博鹦鹉。

这只鹦鹉是乌尔比诺医生亲自驯化的,医生一直像喜欢一个人一样喜欢它。二十多年以来,医生每天下午午睡后,总会坐在院子的花坛上给鹦鹉上课。经过他的耐心训练,这只鹦鹉不仅会说一口流利的法语,而且还会用拉丁文做弥撒伴唱,并背诵《马太福音》的一些片段。因此,这只鹦鹉很快美名远扬,几乎无人不知,并引来很多贵客登门。也正是这个原因,这只鹦鹉在乌尔比诺医生家中享有神圣的特权,就连医生的儿子在儿时都没有享受到这种待遇。

不久前的一天早晨,当女仆们正准备给鹦鹉修剪翅膀时,它竟然飞到了芒果树的树冠上,任凭医生怎么好言相劝都不肯下来。在万般无奈之下,医生只好求助了自己募捐组建的消防队。

为了吓唬鹦鹉,消防队用高压水龙头将芒果树的叶子全部打光了。可这只狡猾的鹦鹉竟趁乱逃到邻居的院子里,随后不知去向。

那个准备参加葬礼的下午,当医生正怀着沉重的心情坐在院子里出神时,他突然听到一个声音说:"真正的小鹦鹉。"这声音很近,几乎就在他身边。他站起身来,果然在芒果树下找到了那只鹦鹉。

鹦鹉站得很低。于是,医生像往常一样,把拐杖伸过去,想让鹦鹉站在拐杖的银柄上,但这一次鹦鹉躲开了,跳到了旁边较高的树枝上。

医生估计了一下高度,认为只要爬上两级梯子,就能够抓到鹦鹉。当时,消防队员的梯子依旧架在芒果树上,并没有撤离。然而,医生低估了树的高度,不得不继续往上爬了第三级和第四级。

谁知,正当他左手抓紧梯子,用右手抓到鹦鹉的瞬间,梯子突然从他的脚下滑开了。在圣灵降临节这个星期天的下午,他来不及接受圣餐仪式,来不及忏悔,就离开了人世。

这时,妻子费尔米纳正在厨房品尝晚饭的汤,当她听到女仆可怕的喊叫声赶到院子时,看到丈夫仰面躺在泥地上,已经奄奄一息,正等待着她的到来。

医生终于认出了她,他看了妻子最后一眼。在他们共同生活的半个世纪中,他还是第一次用如此明亮、悲伤、充满感激之情的目光看着自己的妻子。最后,他用尽全身的力气对妻子说道:"只有上帝知道我有多爱你。"

妻子费尔米纳多想告诉丈夫,尽管他们夫妻之间多次出现疑云,但自己始终爱着他;她多想跟丈夫一起开始新的生活,以便互相表达长期压在心头尚未说出口的话,将过去没有安排妥当的事情重新做好。但是,在无情的死神面前,她只好投降了。

在未盖上棺盖之前,费尔米纳摘下结婚戒指,将其戴在亡夫的手上,然后用自己的手捂住丈夫的手说道:"我们很快就会见面的。"

听到这话,躲藏在吊唁人群中的社会名流阿里萨感觉自己的身体仿佛被击了一枪。当乌尔比诺医生发生意外后,他出现得非常及时,并帮忙处理慌乱的局面。从表面看来,他是一位乐于助人的严肃老人,但他孤寂的心灵中却深藏着一个信念,在这个世界上,谁也没有他爱得更深。

经过一段不愉快的恋爱,年轻时代的费尔米纳曾无可挽回地拒绝了他的求婚,但阿里萨时时刻刻在思念着她。为了防止自己将费尔米纳遗忘,他每天都会在墙壁上划一道口子计算日子,直到费尔米纳的丈夫去世,阿里萨已经和费尔米纳分手五十年九个月零四天了。

起初,在乌尔比诺医生的葬礼上,成为未亡人的费尔米纳并没有注意到阿里萨。等费尔米纳送走了最后一批客人,正准备关门时,却看到了身穿丧服的阿里萨。费尔米纳还没来得及为他的来访致谢,阿里萨就浑身战栗着,庄严地将帽子放在胸前,说道:"费尔米纳,我为这个机会等了半个世纪,我想再一次向您表达我的誓言,我永远爱您,忠贞不渝。"

这句话一直是阿里萨生命的支柱。半个世纪以前,他和费尔米纳因为一次偶然而相识。那时候,年仅十八岁的阿里萨已经是一位精通业务、前程远大的助理报务员,能够熟练地运用莫尔斯电码和电报系统。一天下午,阿里萨接到命令去给一个通信地址不太明确的人送电报。这个人正是费尔米纳的父亲。

当阿里萨在女仆的引领下离开时,突然听到院子里传来一个女子反复朗诵课文的声音。他循着声音看到了正在教姑妈读书的费尔米纳。因为这偶然的一瞥,他陷入了长达半个世纪的爱情旋涡。

只可惜她的父亲对女儿管教极严,阿里萨根本没办法接近费尔米纳。他只好用近乎天真的方式偷偷跟踪自己的意中人:早晨七点钟,他坐在公园里的长椅上,佯装读诗,直到自己的心上人无动于衷地从自己身旁走过。阿里萨一天四次看着姑娘和姑妈来回走过,星期天到教堂做弥撒时也能见到她一回。渐渐地,他将自己的心上人理想化了,甚至将一些不可能的美德和想象出来的情感都安在她身上。

两个星期后,费尔米纳成为阿里萨心中唯一的存在,他决定写一封信表达自己的情感。结果这封信在口袋里耽搁几天后,由最初的一张纸变成了七十多页,说它是一部情话词典也不过分。

不过,阿里萨听从了母亲特兰西托的建议,并没有将这封抒情长信交给自己心中的姑娘,以免这位在爱情上同样毫无经验的姑娘被吓到。

这位母亲的建议显然是明智的。尽管阿里萨那些既天真又聪明的花招使费尔米纳产生了好奇心,但几个月过去了,她还没有想得更远。阿里萨的出现的确让她和姑妈多了一项秘密的消遣方式。

"真是个苦命的孩子,我和你在一起,他不敢过来。但是,如果他真的爱你,总有一天会凑过来,送给你一封信。"

之后,姑妈的预言迟迟没有实现,费尔米纳的消遣渐渐地变成了焦虑。她感到全身的血液都沸腾起来,逐渐产生了一种急切想见到他的渴望。她从内心里希望姑妈能够言中,她祈求上帝能给他勇气,把信交给自己,她想知道信中到底说了些什么。

一个月末的下午,姑妈突然把手中的活儿放在椅子上离开了,让侄女单独留在铺满扁桃树叶的柱廊中。阿里萨不假思索地认为,这种安排是她们商量好的,就鼓起勇气,穿过大街,走到费尔米纳跟前。

"我有一个要求,请您接受我的一封信。"他说话时,那副果断的样子只有在半个世纪后,费尔米纳的丈夫去世后才再一次出现。

年轻姑娘的眼睛始终没有离开刺绣,她回答说:"在没有得到我父亲的允许之前,我不能收下您的信。"这温和的声音使阿里萨激动得浑身战栗。

"请收下吧,这是生死攸关的大事。"阿里萨的语气像是在委婉地央求。

"请每天下午都到这里来,等待着我换椅子。"姑娘说话的时候依旧没有看他,也没有停下手中的刺绣活儿。

到了星期一,阿里萨才明白姑娘的意思,那一天,他坐在小公园的长椅上,除了惯常的情景外,还看到一种变化:当姑妈回到房间去时,费尔米纳站起身来,坐上了另一把椅子。

于是,阿里萨在大礼服的扣眼里插上一朵山茶花,穿过街道来到她面前,激动地说道:"这是我一生中最美好的机缘。"

费尔米纳低着头,用目光扫视四周,见街道上空无一人,她说道:"把信给我吧。"

阿里萨用颤抖的手从大礼服的内侧把信掏出来。为了防止对方发现自己的手指也在颤抖,年轻的费尔米纳原本想举起绣花绷子来接信,谁知从扁桃树的枝叶中掉下了一摊鸟粪,不偏不倚正好落在绣花绷子上。

费尔米纳羞得满脸通红,她赶紧将绷子藏到椅子后面,以免引起他的注意。阿里萨把信拿在手中若无其事地说:"这是幸福的预兆。"

听到这话,她第一次笑逐颜开,流露出感激的神情。她从阿里萨手中把信抢过来,折叠起来,塞到紧身背心里边。这时,阿里萨把插在扣眼上的白山茶花献了上去。

费尔米纳拒绝了,她随即意识到时间已经到了,又恢复了原来的姿势。她自己也不明白为什么收下了那封信。事实上,她对这个沉默寡言的求爱者知之甚少,要不是他在信上落了款,她甚至连他的名字都不知道。

她打听过,知道他没有父亲,跟着勤劳严肃的独身母亲过日子。她还得知,他是一位助理报务员,原本不需要屈尊亲自给父亲送电报。他之所以这样做,不过是想找个跟自己见面的机会。想到这些,她大为感动。同时,她又得知,阿里萨是唱诗班的乐师之一。有个星期日,当整个乐队都在为大家演奏时,唯独他的小提琴只为自己演奏。

只可惜,他不是费尔米纳要选择的男人。不过,他弃儿般的眼神、神父般的装束,以及神秘的行动,总会引起费尔米纳难以遏止的好奇心。只是费尔米纳从未想过,好奇也是潜在爱情的变种。

最初收到信件时,她把自己关在浴室里反复阅读那封信,企图从五十八句话的三百一十四个字母中发现什么暗号,她希望从信中找出比表面语言更丰富的内容。她刚拿到这封信时,幻想着是一封感情炽烈的长信,但她看到的是一张洒了香水的便条,上面写的誓言使她非常震惊。

原本,她没有考虑一定要做出回答,但信里讲得如此清楚,让她不得不做出回答。同时,她陷入了无尽的忧虑,因为阿里萨的影子总在自己的脑海中浮现,而且对他的兴趣也与日俱增。最终,她克服了自己的惶恐,对阿里萨的信件做出了回答。

在起初的三个月里,他们每天通信,有时一天写两封,那种如胶似漆的情景,就连帮助他们点燃炽烈情火的姑妈也感到吃惊。不过,无论在那个让他们神魂颠倒的春天,还是在第二年,他们都没有约会过,除了急切地等信和回信之外,他们什么也没有经历过。

在那段时期,阿里萨每天晚上都会在母亲店铺后室的椰油灯下,不顾一切地拼命写信。因为受到一些诗作的影响,他的信写得越来越冗长,越来越疯狂,就连一度支持儿子的母亲也开始为儿子的健康担忧了。阿里萨并不理睬母亲的话,爱情已经让他忘记了一切。

然而,费尔米纳的情况却恰恰相反。在父亲和修女们的监视下,她几乎难得从笔记本上撕下纸来,想藏在浴室里写上半页信,或者在课堂上佯装做笔记时写上几句,也不可能。这不仅是害怕和时间不允许,同时与她不喜欢拐弯抹角和无病呻吟的性格也有很大关系。她喜欢以航海日记的风格来讲述自己的日常遭遇。她将与阿里萨的通信看作一种消遣,但自己并没陷进去。

当他们通信两年以后,阿里萨正式向费尔米纳提出结婚。看到这个建议,费尔米纳突然觉得死神正在撕裂自己的心。在命运的十字路口,她吓得六神无主。

费尔米纳心乱如麻,她要求对方给她一段时间考虑。起初是要求一个月,以后要求两个月、三个月。等到快满四个月时,阿里萨再一次寄来了山茶花,并在信中下了最后通牒,要么结婚,要么告吹。

最后,阿里萨终于收到了答复。这个答复用铅笔写在一张从学生作业本撕下的纸上,上面是这样写的:"如果您答应不让我吃苦头,我就跟您结婚。"

阿里萨没想到竟会得到这样的回答,不过他的母亲早就预料到了。自从半年前,儿子第一次告诉自己想结婚,她就开始着手操办,准备将整栋房子租下来。那时候,他们一直跟另外两家人合住在一栋房子里。

与此同时,阿里萨已被任命为电报局临时首席助理,当他去领导准备次年成立的电报和磁力学校时,他的上司已经打算安排他担任办公室主任了。

不管怎么说,又过了一个星期,结婚细节终于在通信中全部解决。费尔米纳同意在两年以后结婚,而且绝对保持忠贞。在这期间,他们依旧频繁而又热烈地通信,他们的通信内容开始以家人的口气相称,不再像以前那样遮遮掩掩。

然而,好梦不长,就在阿里萨准备正式办理订婚手续的四个月前,费尔米纳的父亲去电报局找到了他,并明确表示自己将会把女儿嫁给一个身份高贵的人,他要让女儿成为一个贵妇人。阿里萨的出现无疑是个极大的障碍。

"无论如何,在不知道费尔米纳的想法之前,我不能回答您什么,否则那就是背叛。"

"请不要逼我给你一枪。"费尔米纳的父亲眼皮发红,眼眶有些湿润,但他还是压低嗓门,说出了威胁的话。

"朝我开枪吧!为爱情而死是一件非常光荣的事情。"

此番劝说无效后,费尔米纳的父亲决定带着女儿去旅行,试图让她忘记过去的事情。费尔米纳原本想反抗的,最终还是被父亲气势汹汹的架势镇住了。在离开之前,她躲进浴室用卫生纸给阿里萨写了一封简短的告别信,就跟随父亲开始了长途旅行。

这绝对是一次疯狂的旅行。最初,他们和安第斯的骡夫们一道在高寒山区的崎岖的积雪小道上整整走了十几天,悬崖峭壁间的水汽总是憋得人喘不过气来。在上路的第三天,一头骡子被蛇吓得发了疯,竟带着它的主人一起跌下悬崖。另外七头跟它拴在一起的骡子也无一幸免。几个小时过后,八头骡子连同主人的惨叫声依旧在山谷回荡。那令人心碎的惨叫声,让费尔米纳终生难忘。

这次旅行的确让费尔米纳长大了不少,旅行归来以后,她已经不再是那个受父亲溺爱,同时又受父亲限制的女儿了,她担任起管理家庭的重任,得到了充分的自由。

回家第二天的清晨,当她看到那条阿里萨经常坐着的长凳,感到有些烦恼,此时她是把阿里萨当作一个地地道道的丈夫来想念的,而不是作为一个镜花水月的情人。

不过,等她真正与阿里萨在街市重逢时,她竟然在一刹那间觉得自己上了天大的当。阿里萨的两只冷若冰霜的眼睛,一张苍白的脸,以及两片因胆怯而咬紧的嘴唇虽然跟上次在教堂做大弥撒的情形一模一样,可此刻她的激情熄灭了,不禁开始扪心自问,怎么可能让这样一个冷酷的魔鬼长年累月占据着自己的芳心。

阿里萨勉强一笑,开口想跟她说些什么,试图跟她一起走,但费尔米纳将手一挥,一下子将他从自己的生活中抹去:"不必了,都忘掉吧!"

就在这天下午,费尔米纳彻底跟阿里萨断绝了关系,并告诉他,两个人之间的事无非是幻想而已。从那以后,阿里萨再也没有遇到跟费尔米纳单独相处的机会。后来,他们虽多次相遇,但再也没有单独谈过话,直到五十年九个月零四天,她失去丈夫的那天晚上,阿里萨再一次向她表白矢志不渝的爱情。

费尔米纳和丈夫乌尔比诺医生的相识完全是一次误诊的结果。那时候,他们生活的城市里有很多人死于霍乱。乌尔比诺医生因为建议政府采取严格的卫生防范措施,有效地防止了霍乱的蔓延,而声名远播。他从一位同行朋友那里得知老城富人区的一位姑娘身上出现了霍乱的征兆,就前去为其诊断。

这个姑娘正是费尔米纳。经过诊断,乌尔比诺医生发现患者只是因食物引起的肠胃感染,并没有感染霍乱。不过,乌尔比诺医生自从见到费尔米纳之后,就完全被她征服了,他甚至愿意忘记生活中其他的一切来换取与费尔米纳的爱情。

在一生中最关键的时刻,费尔米纳还是投降了。她没有考虑这个追求者英俊的外貌、祖传的财富、少年得志的声誉,以及他实际美德中的任何一点,而是担心错过机会。她眼看就二十一岁了。这个年龄是向命运屈服的秘密界限。这一点让她慌了手脚。

实际上,她对这个医生也不大喜欢,而且对其更加缺乏了解。医生给她的信件不像阿里萨的那样有许多令人心醉的表白。他只向她奉献尘世间的东西:保障、和谐、幸福。这些因素一旦相加,也许等于爱情,近乎爱情吧?但是,这些又不是爱情。这些疑虑让她心乱如麻,不过她并不坚信爱情是她生活中最需要的东西。于是,她最终决定抹去对阿里萨的记忆,嫁给乌尔比诺医生。

不幸的是,费尔米纳的美满婚姻只维持到结婚旅行的那段时间。丈夫是个屈服于家庭礼教的人,他总是无视母亲对妻子的百般刁难,对妻子的请求装聋作哑,他甚至相信上帝的智慧和妻子的无限适应能力将会使一切就绪。

渐渐地,费尔米纳发现,丈夫在学术权威和陶醉于尘世乐趣的背后竟是一个不可救药的懦夫,只是因自己姓氏的分量才显得轩昂不凡。最荒谬的是,在那些不幸的年月里,两人在公共场合却表现得和睦美满。

好在随着斗转星移,夫妻二人得出了明智的结论,他们不可能换个方式生活下去,也不可能换个方式相爱,因为世界上没有比爱更艰难的事情了。

费尔米纳的生活步入新轨道的同时,阿里萨的职位也开始日渐高升。之后,他们经常会在公共场合碰面。不过,费尔米纳看见阿里萨时已经表现得相当自然了,不再像以前一样连个招呼都忘了打。费尔米纳逐渐习惯了用另一种方式去看他,后来也不再将他跟那个坐在福音公园里为自己伤感的青年联系在一起了。无论如何,她看到他时不会无动于衷。听到关于他的好消息时,她总是替他高兴,因为这也多少减轻了她的罪责。

然而,阿里萨根本无法走出这个爱情的旋涡。对他而言,费尔米纳总是一个突如其来、转瞬即逝的幻影。每当他企图去试探自己的命运时,她总是迅速隐没,只是在他心上留下渴望的痛苦。这些形象记录着他生命的节奏,使他体会到光阴的残酷。

时光在无情地流逝,他不仅从自己身上觉察到了,也从费尔米纳身上那些细微的变化中感受到了这些。她弯曲的短发已经由原来的古铜色变成了银白色,那双美丽的眼睛在深度老花镜后面也失去了光芒,但阿里萨一看到她依旧会精神为之一振,依旧会神魂颠倒。看着费尔米纳挽着丈夫的胳膊出现时,他能做的只有一点,竭尽全力克制自己的情感。

为了克制对费尔米纳的思念,在五十多年的时间里,他寻找过很多情人,试图来代替费尔米纳。其中,记录在册的连贯性爱情经历共有六百二十次之多。此外,还有无数逢场作戏的风流韵事。

在漫长的岁月里,他将时间和最大的精力都安排在晚上,企图用放纵无度的生活来证明,没有费尔米纳他照样可以活着。然而,同一个与自己保持最长最稳定关系的情人决裂后,他对费尔米纳的思念又一次复苏了,这让他坐立不安。这个情人曾一度创造了使他减轻思念的奇迹。

随着与这个情人关系的断绝,他的生活又回到了那个小公园,只能没完没了地等待。这一次,他希望乌尔比诺医生一命归西的愿望也更加强烈了。

当他全部负责起加勒比内河航运公司的重任后,他就没有更多的时间和精力去寻花问柳了。而且,他也知道,费尔米纳是无可替代的。渐渐地,他就只限于去看望那些已经结交的女人,并尽可能地与她们继续交往,能得到多少欢乐,算多少欢乐。在她们离开这个世界之前,他打算一直这样下去。

圣灵降临节的那个星期天,当乌尔比诺医生去世时,他只剩下一个情妇。这位情妇刚满十四岁。在经历了许多成熟的爱情之后,跟一个天真无邪的女孩子调情虽说有些牵强,但也不无变态的情趣。

这个女孩子的制服、发辫甚至高傲任性的脾气都跟当年的费尔米纳一模一样,但阿里萨并没有将她与费尔米纳等量齐观。此外,他也放弃了刻意用另外的爱来代替费尔米纳的想法。他只是喜欢这个女孩子的模样,以老年人的一切痴心狂热地爱着她。

圣灵降临节的那个星期日下午,当丧钟敲响的时候,阿里萨刚好跟这个女孩子在一起,他不得不竭力压住自己对死亡的惊恐。他压根没有想到,这竟是他多年以来一直焦急等待的丧钟。

当他得知本城年纪最大、医术最高明的乌尔比诺医生为了去捉鹦鹉,跌断脊骨而死时,迅速命令司机开车前往医生家。这一刻,他等待了太长时间。为了费尔米纳,他有了名,有了利,并不过多地去注意是用什么方式得到的。为了她,他细心周密地保护着自己的身材和外貌,这在同时代的其他男人看来真是太没有男子汉气概了。

在这个世界上,恐怕没有人像他那样一刻也不气馁地等着这一天的到来。乌尔比诺医生的死,终于让事情变得对他有利,使他有足够的勇气在费尔米纳寡居的第一天晚上就重申他忠贞不渝的誓言。

他明白,这个行动有些轻率,缺乏起码的方式和时间观念。他也曾设想过,甚至多次设想过,用一种不那么莽撞的方式来做这件事,但命运之神却不容他有另外的选择。

怒不可遏的费尔米纳给阿里萨写了一封信,在信中发泄了自己的全部愤怒,情绪激烈,语带讽刺,但她怎么也想不到,阿里萨竟然把这封信件看成一封情书。收到这封信,一筹莫展的阿里萨反而心中有数了。他知道下一步该怎么做了。

事实上,他读了那些谴责自己的话并不感到难过,也无意把那些不公道的非难辩个水落石出。他了解费尔米纳的性格和问题的关键,不愿意将事情弄得更加糟糕。他唯一感兴趣的是,这封信本身给了他机会,并且承认他有权做出回答。说得更明确一点儿,是要求他做出回答。

接到费尔米纳信件的第五天,阿里萨做了回复。这封信共写了六页,无论是语调、文风还是修辞,都和初恋时的情书截然不同。他在信中根本没有提起费尔米纳寄给自己的问罪信的事,而是从一开始就采取了一种截然不同的方式开导她。他清楚地意识到,不能指望立即得到答复。事实上,只要信件不被退回来,他已经心满意足了。

后来,信件果然没有退回,但也没有得到回复。时间向前推移,越不见退信,他就越希望得到回复。于是,他又开始频繁地给费尔米纳写信了。最初是每周一封,后来是每周两封,最后就变成每日一封了。

从第一个月起,他就开始编号,每封信开头都像报纸上的连载文章那样,对前一封做一个小结,生怕费尔米纳不懂信件的连贯性。此外,他将之前那些带哀悼标记的信封换成了白色的长信封,从而赋予这些信件以一般商业信函的格式。

这一次,他准备接受更大的考验,至少在没有确凿的证据让他意识到自己在白白浪费时间之前,他是不会善罢甘休的。他确信自己能活下去,而且能活得很好,他确信终有一天,费尔米纳会相信只有他才能把她从孤苦伶仃的寡居生活中解救出来。

等到乌尔比诺医生去世一周年时,阿里萨已经寄出一百三十二封信了,但他并没有收到只言片语的回复。这促使他去参加乌尔比诺医生的纪念弥撒,尽管他并没有在被邀请之列。通过这次与费尔米纳的会面,他才知道,费尔米纳读过那些信件了,并从中发现了许多发人深省的道理,从而考虑要继续好好活下去。在后来的几年中,阿里萨在信中的见解对她恢复精神的平静的确帮了很大的忙。

那次弥撒过后,阿里萨会隔三差五地前去拜访费尔米纳。事情的进展总是这样,他想前进,费尔米纳则封死道路。不过,让阿里萨感到欣慰的是,费尔米纳竟然因为自己跟儿子撒了谎,说他们是从小就认识的朋友,后来因为走上不同的道路而逐渐疏远了。

事实上,随着时间的推移,阿里萨在费尔米纳心目中的地位的确发生了变化。她发现自己已经离不开他了。在阿里萨受伤住院的那段时间里,她感觉那些周二的下午显得格外漫长,格外让人难以忍受。

等阿里萨伤势痊愈,生平第一次用手杖代替雨伞前来看她时,大大振奋了费尔米纳的精神。这种情形让费尔米纳的儿子甚为欣慰,他认为两个孤独的老人情投意合是件好事。可她的女儿并不这么想,她竟认为这种交往是一种放荡的行为。

费尔米纳一声不吭地听着女儿的讲述,等她讲完的时候,费尔米纳像完全变了个人一般说道:"你这样大胆放肆,心术不正,真应该用鞭子抽你一顿,只可惜我没有力气。你必须从这个家滚出去,只要我还活着,你就别想再踏进这个家门!"

费尔米纳做出与女儿断绝关系的决定后,没有什么力量能说服她,儿子和好友的劝说都不能改变她的决定。最后,费尔米纳向儿媳妇透露了真情:"当年,我们因为太年轻,被别人破坏了幸福,而现在,我们老了,人们又想把这幕悲剧重演。去它的吧,如果说寡妇有什么优越的生活的话,那就是再没有人可以对我们发号施令了。"

做出这番决定后,费尔米纳重新考虑了阿里萨的意见,决定乘坐他的轮船出门远行。旅行的头三天,费尔米纳和阿里萨在轮船瞭望台的总统舱里度过了一段拘谨的时光。实行了木柴配给制后,舱内的冷气系统就不管用了,总统舱也变成了大蒸笼。不过,这种恶劣的环境对于他们而言却是一件大好事。

因为灾难中的爱情总是更加伟大,更加高尚。总统舱的潮湿让他们陷入一种超现实昏睡之中。在这种情况下,他们反倒摆脱了昔日的拘束,在栏杆的靠椅上拉着手,沉浸在爱情的欢乐之中。他们共同生活的时间让他们发现:在任何时间和任何地方,爱就是爱;但是越接近死亡,爱就越加浓醇。

在之后的一段时间,他们一刻也没有分开过,就连吃饭也不出舱门。如果不是船长写了一张条子通知他们,午餐后轮船即将抵达最后一个港口黄金港的话,他们是不会从船舱里走出来的。

当轮船抵达目的地时,费尔米纳看到了许多熟悉的面孔,有一些还是不久前参加丈夫的纪念活动时陪伴过她的朋友。于是,她赶紧躲回舱里。在这个时候,她宁愿死,也不愿自己的消遣之旅被熟悉的人发现。

她的沮丧对阿里萨的影响极大,他答应要想出办法,而不是让她像坐牢一样一直躲在舱中。当他们在船长的专用餐厅吃晚餐时,阿里萨突然有了主意。

"能否让轮船做一次直达航行,不装货物,不运旅客,也不在任何一个港口靠岸?"

船长告知他,唯有船上发生瘟疫,才可以不履行一切合同。阿里萨从桌子底下牵住费尔米纳的手说道:"那好,就这么办。"

就这样,"新忠诚号"轮船插上标志着霍乱的黄旗,在没有货物、也没有载客的情况下开始航行了。等船长询问这种漫无目的的航行将要继续到何时时,阿里萨告诉他一个已经准备了五十三年七个月零十一个天的答案,那就是永生永世!

森林之舞

渥雷·索因卡(1934—),尼日利亚著名剧作家、诗人、小说家。1986年诺贝尔文学奖获得者。诺贝尔评奖委员会称"他以广阔的文化视野创作了富有诗意的关于人生的戏剧"。代表作有剧本《森林之舞》《狮子和宝石》《强种》、长篇小说《阐释者》《混乱的日子》等。

被誉为"非洲的《仲夏夜之梦》"的《森林之舞》,是一出寓现实于荒诞剧情的戏剧。为了民族大团聚这个盛会的举行,人类议会决定让雕刻匠戴姆凯雕塑一个伟大的象征物,还准备邀请自己的祖先来参加。可是森林之王却送来两个幽灵参加聚会。人类当然不愿意接纳幽灵,不过瘸子阿洛尼把幽灵保护了起来,森林之王在他的帮助下,开了一个小型的死者欢迎会……

人 物

男幽灵——军队长的冤魂
女幽灵——男幽灵的妻子
戴姆凯——雕刻匠、宫廷诗人
罗拉——名妓、皇后
阿德奈比——议会演说家、宫廷史学家
阿格博列克——律师中的长者、宫廷占卜先生
老人——戴姆凯的父亲、议会中的长者

森林之王——化装成奥巴奈吉

阿洛尼——瘸子

埃舒奥罗——祭祀神

木列提——树精灵

奥贡——雕刻匠的保护神

御医

书记官——宫廷诗人的助手

森林传令官

瘸子阿洛尼的道白:

  人类准备举行一场欢庆民族大团聚的宴会,人类的议员开会决定:"应该请我们的祖先参加这个盛会。"为了满足他们的要求,我对森林之王说,这件事交给我来办吧! 我就把两个一直喊冤的幽灵派给了他们人类。

  男幽灵生前是马塔·卡里布军队中的队长,女幽灵生前是男幽灵的妻子。他们早已死去多年了,但现在有四个活着的人与这两个幽灵有着莫大的联系,这四个人是:议会演说家阿德奈比,臭名远扬、外号叫"乌龟夫人"的妓女罗拉,雕刻家戴姆凯,还有律师中的长者阿格博列克。现在,森林之王邀请这些人来参加我们森林居民们的舞会。虽然他们很不愿意来,但却一点儿拒绝的办法也没有,只好跟来了。

  可惜舞会没有取得预想的效果,因为半路上杀出个埃舒奥罗,他跑来说要报仇。这个满脑子阴谋诡计的人,在舞会上公开申诉的冤屈,也是本剧的一部分。

  人们崇拜奥贡,因为他保护所有的雕刻匠、铁匠和其他干铁匠活儿的人。为了人类社会的大聚会,人类议会决定雕塑一个象征物,它将象征着人类重新联合在一起,很显然,这将是一个伟大的作品。

  雕刻家戴姆凯被委以此任,但他却被奥贡附体了,在选择雕刻材料时,轻率地选择了埃舒奥罗的那棵神圣不可侵犯的大树阿拉巴来雕刻,就锯断了大树。埃舒奥罗大为恼火,发誓要报仇!

舞会开始了!

第一幕

（森林中的一片空地上，土地裂开一条缝，一个有身孕的女幽灵渐渐从地底下冒出来。离她不远的地方，一个男幽灵也从地下冒了出来，这个男幽灵是女幽灵的丈夫。男幽灵一身古代武士的装扮，到了地面后，他仔细地听着周围的动静。过了一会儿，阿德奈比从男幽灵身边走过。）

男幽灵：（对阿德奈比）先生，你能受理我的案子吗？

（阿德奈比看到他的样子，不禁吓了一跳，一溜烟儿地跑了）

男幽灵：（摇了摇头）哎！我本以为人们会欢迎我们的。

女幽灵：就是这里了。

（随后，戴姆凯、罗拉和奥巴奈吉分别从这里走过，但没人用正眼看这两个幽灵，也没人理会幽灵的申诉。只有奥巴奈吉看着两个幽灵，似乎在思索着什么。）

女幽灵：已经过去三百年啦，现在的世界真是令人难以明白。

男幽灵：我们一路奔波，穿过地下的河流和险地，才来到这活人们享乐的地方。可这跟我有什么关系呢？没人理我们，为什么要召唤我们来呢？我再也不需要什么了。

女幽灵：我被骗了。我肚子里的孩子已经整整怀了三百年了，本打算在他们召唤我来的时候生下来，可……

（远处传来声音，罗拉、阿德奈比、奥巴奈吉和戴姆凯上。）

奥巴奈吉：（对戴姆凯）你是那个雕刻匠？

戴姆凯：你怎么知道？

奥巴奈吉：（哈哈大笑）瞧你的手！你有着死人般的手指头，只有经常雕刻才会这样。

（戴姆凯正用一块石头雕刻一段木头。）

罗拉:(严肃地)你居然把那棵神树砍倒了,而且爬到树的身上雕刻。你还真有勇气,要知道在树上雕刻可不是件容易的事。

奥巴奈吉:这是一种拯救人类的举动。

戴姆凯:为了庆祝民族大聚会,议会开会决定要雕刻一件象征物,他们最终决定由我来做这项任务。

(男、女幽灵上。罗拉和阿德奈比迅速离开了,而奥巴奈吉和戴姆凯却迎了上去。)

奥巴奈吉:雕刻匠,我们往森林深处走走。

(舞台的另一角,树精灵木列提正打算从树干里钻出来,却因为听到外面有什么动静,就缩了回去。瘸子阿洛尼蹦跳着上,走过树干时突然停下来,使劲儿拍打树干。树精灵很疼,不禁尖叫了起来。之后,他畏畏缩缩地伸出头。)

阿洛尼:你今天也想离开吗?

木列提:是有这个打算。

阿洛尼:森林之王今天需要你们,这时候你却想背叛他,你真是让人不值得信任。

木列提:今天在活人里发生了很有趣的事。

阿洛尼:活人里?那么你难道是死人吗?

木列提:我虽然不是死人,可待在这儿就和待在棺材里一样,不就等于是个死人吗?本来这棵树好好的,可是埃舒奥罗突然跑来把树冠咬断了,他说有个疯子把他的树冠锯断了,他就来拿我的。

阿洛尼:我是来邀请你去参加宴会的。

木列提:欢迎死人的宴会?不,我要到活人的宴会上去喝酒。我真不明白,你们为什么要举行欢迎死人的宴会。

阿洛尼:这么说你见过那两个幽灵了,你还见过谁?

木列提:自然是召唤我出来的那个人——阿格博列克,他还向我抱怨你们欺骗了他,说他们人类要求你们为人类召唤出祖先,可你们却给他们安排了两个告状的幽灵。

阿洛尼:他知道了?

木列提:他怎么会知道呢?连我都不知道。

阿洛尼:你这个死骗子。好了,你要是看到奥贡就立刻告诉我,不过暂时不要离开这棵树,快点儿缩进去,什么时候可以离开我会通知你的。

(阿洛尼走了。木列提缩进树里了。阿格博列克来了,他头上扎着白头巾,穿一袭白袍,提着一桶酒上。)

阿格博列克:(往树下洒了一些酒,然后把酒桶放到树边。)我是阿格博列克,木列提,我是来召唤你的。

(木列提不回答,阿格博列克只好唉声叹气地走了。奥贡上,他抓住木列提就往他的嘴里灌酒,不一会儿,木列提就醉醺醺的了。)

奥贡:那四个人去哪里了?

木列提:(醉醺醺的,打着酒嗝指了一个方向。)

奥贡:我是奥贡,那四个人中的戴姆凯是我的仆人,阿洛尼叫我来问你有没有看到过。

木列提:你,你……(醉得说不出话来。)

奥贡:雕刻匠戴姆凯是我的朋友和仆人。你是用我的斧子,去砍那棵埃舒奥罗的神树——阿拉巴的。是我的铁,叫他裸露的皮长了疤。我不会忘记你的,戴姆凯。(下)

(奥巴奈吉、戴姆凯、阿德奈比和罗拉上,戴姆凯和阿德奈比以及罗拉说,不明白自己为什么会来这里。)

戴姆凯(对奥巴奈吉):都在这儿那么长时间了,我们还不知道你是干什么的呢。你为什么到这里来呢?

奥巴奈吉:我收集一些最特殊的事物,你们永远也想不到,我收集的东西有多么的丰富。

罗拉:我知道自己主要收集哪些东西。

奥巴奈吉:富人的资料?

罗拉:你太庸俗了……

奥巴奈吉:我最喜欢收集的是卡车的材料。是载人的卡车。

罗拉:这很奇怪。

奥巴奈吉:我昨天刚调查过一辆叫"埃列科的烟筒"的卡车。它经历了八次严重的撞车事件,此外还有两三次掉进坑里。它真像一个有经验的勇士,我非常喜欢它。

阿德奈比:所有的载人卡车都要经过我们议会成员的批准,所以我也知道这辆车,它的真名叫"上帝,我的救星"。不过现在我已经停止了这辆车的运行,它现在一跑起来就浓烟滚滚。

奥巴奈吉:我们昨天刚审理了一个案子。另一辆载客卡车,人们称它为"火葬炉",只能载四十人。可是车主找到了议会,对一位议员行了贿,给了这个工作人员很多钱,于是这辆车的载客量就变成七十人了。对于行贿这件事,我的朋友阿德奈比先生,这点就需要你们来调查了。昨天,这辆车突然起火了,车上只有五人幸免于难,其余的全部被烧死。当时车翻了,车身又是木制的……在当时那种干燥的气候下,火呼啦一下就烧了起来!他们可都是来这儿参加民族大聚会的。阿德奈比先生,你在议会里负责哪些工作?

阿德奈比:(警惕地)我只是议会的演说家而已。

奥巴奈吉:能帮忙调查一下那个接受贿赂的人吗?

阿德奈比:你见多识广,又是个聪明人,为什么你不亲自去调查呢?

奥巴奈吉:我只是为了使我对这件事的记录更详细,让我的资料看起来更丰富。

阿德奈比:去你的记录吧!你难道对那些遇难者就一点儿同情心也没有吗?

奥巴奈吉:他们不是我害死的,而且关于这件事我们两个的看法也不同。世界要一直前进,只有六十五人烧死算得了什么?你们那位受贿的人,也只是一个无足轻重的凶手而已。

(哑场片刻)

戴姆凯:我的工作需要火,雕刻和磨光都需要用火。我并不怕火,可我不希望被火烧死。在我活着的时候,我不希望看到我的身体被烧掉,应该有令人高兴的死法。

奥巴奈吉:你喜欢怎么死呢?

戴姆凯:从很高的地方摔下来。我见过这种事,我的徒弟……

奥巴奈吉:可这和你有什么关系呢? 你为什么要选择摔死呢?

戴姆凯:主要是我怕高,但我的工作却要求我必须爬高,假如我在高处完成了工作,那么就算掉下来摔死了,也是心甘情愿的。

奥巴奈吉:议会演说家……你打算怎么死呢?

阿德奈比:(狂怒地)你才要死呢,你愿意怎么被处死?

奥巴奈吉:让我想想……

罗拉:还想什么? 你就只是愿意死在床上。

奥巴奈吉:听你的口气,好像这样死去的人应该感到害臊似的。

罗拉:(轻蔑地)不,我看有些东西是爬进洞里去死的。

奥巴奈吉:那么你呢? 现在只有你没有说出希望自己怎么死去了。

罗拉:(大笑起来)你敢肯定你想知道答案? (罗拉突然转向他,搂住他,要吻他。)

奥巴奈吉:(挣扎着)放……放开我。

罗拉:我不在乎怎么死,假如你现在就杀死我,会发现我根本不在乎。

(奥巴奈吉挣脱了罗拉的拥抱,不小心把她摔到了地上。罗拉开始对他纠缠不休,谩骂、厮打,极尽侮辱之能事。戴凯姆看着一直状若癫狂的罗拉,突然想起了她是谁。)

戴凯姆:乌龟夫人,原来你就是乌龟夫人!

阿德奈比:原来你就是那个有名的妓女,啊! 天哪! 我怎么会和你在一起呢?

罗拉:滚! 像你这种愚蠢的男人,我碰都不会碰。

(因为罗拉的身份,几个人大吵起来。)

奥巴奈吉:(脸上出现一丝微笑)乌龟夫人……我认识你的祖先,认识……

罗拉:而你恐怕连祖先都没有,不知道是从哪里冒出来的。

(两个幽灵上。戴姆凯向男幽灵走去。)

戴姆凯:你是从树上掉下来的那个人吗?

罗拉:你再仔细看看,怎么可能是他呢!

戴姆凯:(对男幽灵)你见到我那死去的徒弟了吗?他有没有责备我?

男幽灵:这儿是我的故乡,我总渴望着回来。我走了很多路,才来到这里。(下)

女幽灵:三百年啦,这里还和以前一样,什么变化也没有。我太傻了,真不该来。(下)

戴姆凯:随我学艺的徒弟,是我把他推下去的,是我把他送进了地狱。

奥巴奈吉:仇恨、骄傲、盲目、妒忌。是妒忌吗?

戴姆凯:大家是了解戴姆凯的,我是雕刻家的儿子,木头的主人,铸铁塑造者,奥贡的奴仆,我像拥抱情人一样紧紧地拥抱着树干。我曾三番五次说,要把那棵树砍断,让它平卧在地,我们骑在它的身上刻出螺纹,雕刻和制伏它。可是奥列姆勒、埃舒奥罗的奴仆和侍者讥笑我!我把他拽了下来!在他还没落地的时候,我的斧子已向那棵树的脖子砍去。我当时可能是奥贡附身了,我还记得我的保护神奥贡说,如果这算是犯罪,就算在他身上,而我只是他的工具,他拽下奥列姆勒——埃舒奥罗的崇拜者,让他摔了下去。他杀死了那个高傲的家伙,因为他不肯在那棵树上雕刻,他是埃舒奥罗的信徒。

一个男人的声音(很近):戴姆凯。

奥巴奈吉:谁?

还是那个男人的声音:戴姆凯!

奥巴奈吉:那是谁的声音?你知道吗?

戴姆凯:那是我父亲的声音。

奥巴奈吉:快走!

(阿德奈比先走了。奥巴奈吉领着剩下的两人也赶紧离开了,走错了方向。奥贡唱着冤屈的歌上,不过,当一个老人在两名议员的陪同下上来的时候,奥贡又溜了。)

老人:你刚刚在森林里碰到的人,可以确定不是戴姆凯吗?

议员:对,他是阿德奈比,议会演说家。

老人:我曾告诉戴凯姆不要来森林,所以他应该不会来这里的。唉!这办的是什么事啊!我让他们召唤我们的祖先来参加民族大团聚的盛会,他们却给我们派来了这样一些人!我真想烧了他们,可不能因为这几个人就把整个森林都烧了。我知道该怎么做了,你还记得那辆破烂不堪的火车吗?

议员:"埃列科的烟筒"吗?

老人:对,就是这辆车。去告诉车主,他可以继续行驶了,但只能在森林里开。他可以开车经过这里,还要给车加满油,油费由议会划拨,车可以随意地冒浓烟。我想,车上冒的烟一定可以制伏这个森林的。我要把那些不该来的人统统赶走。

(阿德奈比上。)

阿德奈比:你要赶走那些来参加民族大聚会的人吗?啊,这怎么可以?怎么能赶走客人呢?民族大聚会是一个伟大的场面,几世只有一次。这是具有历史意义的大事。为此,我们还决定雕刻一个伸向云霄的图腾。

老人:我知道,而且雕刻的任务是交给我儿子做的。

阿德奈比:你儿子?戴姆凯是你儿子?

老人:不用这样惊奇,我们是雕刻世家。

阿德奈比:我们还说过,应该请我们骄傲的祖先的后代回来,即使他们远在天边,也要找到他们,让他们作为我们民族杰出的象征。就算他们在地狱里,也要把他们赎回来,让他们作为我们的历史纽带,联系这人类狂欢的时刻。武士们、圣人们、哲学家们、神秘主义者们、胜利的将军们、建设者们,让我们把这些人都聚集在民族图腾的周围,为他们复苏了的荣誉举杯同庆。

老人:说的是不错,可我们的敌人不知从哪儿听到的消息,派来的客人都是些奴仆和走狗。这些客人都是心怀叵测的家伙,他们是来捣乱的,跑来控诉我们卑鄙无耻的,跑来让我们申冤的。真可笑,竟然把我们这里当作法院。

阿德奈比:我曾想,这将会是一个多么激动人心的场面啊。紫红色的

　　　　法衣,披着金甲的白马,穿过广场的队伍……不过,我对你儿子的手艺很失望,他的雕刻带着浓重的异教徒味道。

老人:你可以和他说啊!

阿德奈比:我想和他说的,可他已经完工了。我今天才刚刚见到他。

老人:你见到他了,我真为他担心啊!

　　(阿格博列克上。)

老人:你可回来了,快说说外面的情况。

阿格博列克:两个幽灵只是满腹冤屈,其他的人都被阿洛尼保护起来了。

老人:怎么办呢?看来只有直接找到阿洛尼了。

阿格博列克:我再去召唤一次木列提。(下)

老人:(冲着他的背影喊)告诉木列提,我让他一年之内都能喝到好酒。

阿德奈比:我想我该走了。

老人:嗯!等等,你刚才说见到我儿子了,还说他和几个人在一起。糟了,其中一定有埃舒奥罗,和他在一起准没好事。啊!埃舒奥罗会在哪里开庭呢?阿格博列克!

　　(阿格博列克上。)

阿格博列克:我刚才去打探了一下,两个幽灵和那四个人说过话,那两个幽灵想找活人作证人。估计又是阿洛尼在捣鬼。

老人:要是我们赶走幽灵找的证人,那他们就毫无办法了,除了乌龟夫人和戴姆凯,还有一个人是谁呢?

　　(老人和议员以及阿格博列克下。)

阿德奈比:戴姆凯,那个雕刻匠去哪里了?还有乌龟夫人!他们都去哪里了?我从哪儿走出这座森林啊?

　　(奥巴奈吉、戴姆凯和罗拉上。)

奥巴奈吉:(对阿德奈比)我要你帮我查的事,你查到了没有?

阿德奈比:什么事?

奥巴奈吉:是哪个议员接受了贿赂,间接害死了那六十五条人命?

阿德奈比:我不知道……

（见他回答不上来了，奥巴奈吉就走了。）

阿德奈比：我迷路了。

奥巴奈吉：你走错了，不是这条路。这条路通往森林的更深处。

阿德奈比：你要把他们带到哪里去？

奥巴奈吉：去参加死者的欢迎会。

（阿德奈比本不愿跟随奥巴奈吉，不过天色渐渐黑了，望着一望无际的黑色森林，他只好跟了上来。）

第二幕

（木列提的住处。木列提正要动身去参加人类的庆祝活动。埃舒奥罗突然从后面掐住了他的脖子。）

埃舒奥罗：我问你，阿洛尼举行的死者欢迎会是不是在今天？

木列提：我怎么会知道呢？

埃舒奥罗：别撒谎了。我知道，今天是人类举行民族大聚会的日子。阿洛尼邀请一些人去参加聚会，可阿洛尼给他们派来的都是告状的。他知道，人类绝不会欢迎这些人的，所以他又举行了一个欢迎死者的小宴会。可他们没邀请我，这就是阿洛尼的实用主义。

木列提：我不关心这些。

埃舒奥罗：他们人类竟然用汽油来毒化我们森林中的空气，想烧死我们这森林中的四亿蚂蚁精灵。今天是个还债的日子，阿洛尼的那个小型欢迎会将会变成一场流血的判决。人类想在住处的周围保留一片森林，只不过是为了给自己留一片倒垃圾的地方罢了。那里有人类的排泄物、动物的尸体残骸，搞得森林气味难闻，到处都臭烘烘的。不知道从什么时候起，生灵竟然变得这样软弱了，以至于人类竟用汽油把森林的主人赶走，然后安稳地在森林里享福！

木列提：可你为什么不找森林之王帮忙呢？

埃舒奥罗：不去找他，你也别告诉他，不然我就让蚂蚁咬你七年。

木列提：可其他的没有可抱怨的啊。在他们宰每头牲口的时候，在他们砍伐每棵树的时候，不管是他们主动献出的，还是被迫给我们的，我们都得到了他们给的祭品。总之，我们得到了赔偿。

埃舒奥罗：（拧木列提的胳膊）你今天站远点儿。看看你站的哪一边？像你这样态度不坚定的人最好滚远点儿！如果你喜欢他们，就去参加他们的民族大聚会吧。阿洛尼打算这件事一完，就让那些被自己骗来的人证离去。如果人类像往常一样，给自己制造混乱的话，那么怎样阻挡也阻止不了他们要做的事，他们不是总喜欢自己决定自己的命运吗？

木列提：我觉得不管怎么斗，最后胜利的都是森林生灵。

埃舒奥罗：他们的这个大聚会分明是在侮辱人。作为森林之王的儿子，我栽在了一个无耻的小人手里，蒙受了从未蒙受过的耻辱。我的眼睛被挖掉了，我的枝丫被一根根地砍掉了，根也被无情地抛弃在地面上，我的身体受到了极大的侮辱。我得找他们讨个说法。

木列提：是不是在说那个劈下你树冠的雕刻匠？

埃舒奥罗：你没见过他用我的身体雕刻的东西吗？那就是民族大聚会的标志——图腾，它是对人类这些蠢猪们最后的嘲弄，也是我最后的耻辱。那个奥贡宠爱的铁匠铺奴仆戴姆凯，用那双邪恶的手剥下了我的树皮，我的头也被他砍了下来。难道我能放过这一天吗？不！我一定要报仇。

（森林的另一边，森林传令官一边敲着锣，一边念着手里的纸。）

传令官：土地妖、树精灵、草精灵、露水精、女妖、风妖、小喽啰们，所有住在森里的都听着，今晚举行欢迎死者大会。现在请森林之王揭去面纱！

（传令官下。森林之王由阿洛尼陪伴上。）

森林之王：还好，刚才和那几人在一起的时候，我没有暴露自己的身份。阿洛尼，一切都准备好了吗？

阿洛尼：准备好了。

森林之王：我们要回到什么时期？

阿洛尼：回到大概八个世纪以前。处于人类的一个大帝国时期，是哪一个帝国我不记得了。

森林之王：开始吧！

（阿洛尼挥动胳膊，画了一个大大的圆圈。幕布重新拉开，时间回到了八个世纪前的马塔·卡里布宫廷里。两个王座上分别坐着马塔·卡里布皇帝和皇后乌龟夫人。马塔·卡里布正在生气，宫里的下人们都吓得不敢言语。皇后看起来却很高兴的样子，还不时地搔首弄姿。宫廷诗人戴姆凯站在她前面几步远的地方，他身后是他的书记官。书记官随时准备记录。宫廷里的人都已经各就各位。）

乌龟夫人：悲伤一直缠绕着我，我的金丝鸟丢了。

诗人：夫人，金丝鸟生来就长着翅膀，就像你生来就是裹在锦缎和丝绒里一样。

乌龟夫人：我命令你和你的书记官一起去找金丝鸟，找到之后，你要像奴隶一样把它呈给我。

（诗人鞠躬后离去。一个戴脚镣的武士从另一边被推了上来，他就是那个男幽灵。不过，他的衣服是新的，是那时候的武士衣服。看到他，马塔·卡里布大为恼火。）

卡里布：狗奴才，竟然有这样的想法！

武士：陛下让我去打仗，可这是一场不义的战争，我不能带领我的士兵去打，更不会仅仅因为皇后的几件衣服就去打仗。

卡里布（打了武士几个耳光）：你这该死的奴才，还敢顶嘴！

（御医上。他在卡里布的耳边说了什么，卡里布暂时放过了武士。）

御医：我救了你一次，听我的，你还是去打仗吧！不然的话，你不会有好下场的，陛下会⋯⋯这是一场维护我们尊严的战争。

武士：维护尊严？从什么时候起，抢夺别人的妻子变成了一件体面的事啦？这人吃人的不人道格局，让马塔·卡里布改变一下吧。男人们为了他们的残酷无情,必须寻找新的争吵机会,我突然对自己这种总为他们卖命的军人生涯感到很厌恶。

御医:别忘了,你的妻子和她肚子里的孩子。

武士:哦,不管怎么样,我都不会去打仗的。

(史学家——也就是阿德奈比拿着一卷古书上。)

史学家:陛下,战争决定我们的命运。作为军人,从来不应该问是为谁流血,应该无条件地去参加战斗。可是,这个人却不愿意去参加战斗,他是个叛徒。

武士:我不是叛徒。

史学家:我们要处置这个叛徒。

卡里布:不错!我的国家不能有叛徒。

(占卜先生阿格博列克上。)

占卜先生:我算了一卦,看到了血,看来战争是不可避免的了。

卡里布:这就意味着有一场大的战争!把武士卖到下游去,还有他的部下,统统卖到下游去。要没有船的话,就把他们沉到河里淹死。

(众人下。诗人提着一个鸟笼来到皇后面前。鸟笼里是一只金丝鸟。)

乌龟夫人:那是我的金丝鸟吗?可我又不想要它了。

诗人:美丽的女人都是善变的,这话一点儿都不假。

乌龟夫人:啊,怎么只有你一个人,你的书记官呢?

诗人:当看到房顶上的金丝鸟的时候,他太心急了,从房顶上摔了下来,摔断了一条胳膊。

乌龟夫人:下去吧,诗人。

(诗人下。官里的人都退下了,乌龟夫人看到了跪在那里的武士。)

乌龟夫人:(娇笑着走向武士)你就是那个不愿意为我打仗的兵?看起来还真像个男人。你知不知道刚刚有一个人为了我而摔断了胳膊,我的魅力大得很,难道你不想和我在一起吗?马塔·卡里布只是一个傻瓜,难道你不想取代他吗?我可以帮你做这一切……

武士:(大惊失色地喊道)卫兵!
（一个卫兵带着一个孕妇上。那个孕妇正是前面那个女幽灵,她是武士的妻子。皇后看到她,气得直喘气。）

乌龟夫人:我竟然被一个不起眼的武士给拒绝了!武士,我要让你和你的妻子吃不了兜着走!
（灯光突然熄灭,当灯光亮起的时候,又回到了现在。森林之王和阿洛尼正盯着上一个场景,埃舒奥罗上。）

埃舒奥罗:这个武士真是个傻瓜。(转向阿洛尼)你没有邀请我,又一次怠慢了我。我受到了这样的耻辱,难道不该报仇吗?

森林之王:我当然知道,可我还是要举行死者欢迎会。
（奥贡上。）

奥贡:埃舒奥罗,终于见面了。卑鄙无耻的家伙,你要找戴姆凯报仇,我是站在他那一边的。

埃舒奥罗:我受够了,不要再奚落我了,你小心……
（两人正要争吵时,森林之王把他们拉开了。）

森林之王:我要为死者安排仪式,这样的晚上你们就不要闹了,不然我会生气的。从现在开始进行审判,不许任何人打扰。把审判官叫来。
（灯光再次暗了下来,当灯光亮起时,男、女幽灵上。）

森林之王(过了一会儿):通过审判,我们已经知道了男女幽灵的冤屈。阿洛尼,你带着女幽灵,帮助她把孩子生下来。
（阿洛尼带着女幽灵下。）

森林之王:可以给死者开欢迎会了!
（女幽灵抱着孩子上。埃舒奥罗开始跟孩子玩游戏,孩子输了。他们把孩子扔来扔去,最后把孩子扔给了戴姆凯。）

阿洛尼:戴姆凯,你手里抱着的是一个已经被判决的东西。许多年前的行为,要想推翻它,绝不是一件容易的事。现在得看你怎么做了,不然森林里的生灵是不会放过你的。
（女幽灵做出了哀求的表情,一双眼睛看着戴姆凯,等待着他做出

·精读名著·

决定。于是,戴姆凯把孩子交给了女幽灵,阿洛尼立刻带着她走了,森林之王也走了。远处,人类的民族大聚会上,戴姆凯刻的图腾轮廓清晰可见。村民们围着图腾,默默地跳着舞。戴姆凯坚定不移地朝着图腾和默默跳舞的人群走去。老人和阿格博列克上。)

老人:(对戴姆凯)我们一晚上都在找你,听说你和几个人在一起,有一个人我却没听说过,他是谁?

戴姆凯:他是森林之王。

老人:啊!是森林之王。你看到他身边的瘸子了吗?

(戴姆凯点头。)

老人:我们被愚弄了,狡诈的阿洛尼抓住了我们的弱点。

(罗拉上,她现在看起来很老实。)

阿格博列克:乌龟夫人……没想到她还活着,真是命大!(转而对戴姆凯)这一晚的经历,有没有让你对我们的未来有什么新的认识。

老人:(拉着阿格博列克到一边)等庄稼收获以后……

阿格博列克:(不同意老人的话,但还是以沉闷的语气表示了肯定)真是至理名言啊!

绿 房 子

马里奥·巴尔加斯·略萨(1936—),秘鲁著名小说家,2010年诺贝尔文学奖获得者,被人称作"结构写实主义大师",创作出了《胡利娅姨妈与作家》《绿房子》《天堂在另一个街角》等一系列具有影响力的作品。

《绿房子》曾获西班牙批评奖、西班牙语小说最佳奖、罗幕洛·加列戈斯国际文学奖。这部作品讲述了这样一个故事:外乡人安塞尔莫在皮乌拉城建起了第一座妓院"绿房子",后来安塞尔莫勾引少女安东妮娅,并致使安东妮娅难产而死。安塞尔莫受到了人们的唾弃,"绿房子"也被烧掉。后来,安东妮娅的私生女琼加也开了一座妓院,名字也叫"绿房子"……

十二月的一个清晨,荒凉的皮乌拉城迎来了一个外乡人。那个人骑着一头疲惫不堪的驴子,来到了城南的沙丘上。他穿着一件很薄的斗篷,头上戴着一顶宽檐帽子。当看到卡斯提亚区挤在一起的一片白房子后,他的脸上露出了微笑。于是,他骑着驴子向城里走去。他沿着城里的一条主要的街道来到阿玛斯广场后,便停了下来,坐在地上休息。

可以看出,经过长途跋涉,他已经相当疲惫了。因此,他很快便在阿玛斯广场上睡着了。城里的人们来到阿玛斯广场,都被眼前这个外乡人给吸引住了。人们看到,这个年轻人十分健壮,肩膀宽阔有力,很久没有修理过的胡子几乎遮住了整张脸。他身上的衣服、帽子、斗篷都脏到了极点,而且非常破。

这个年轻人醒来的时候,被眼前围观的人们吓了一跳。他仔细地打量着众人,眼睛透露出惶恐和不安。可是,出乎他意料的是,人们都非常友好,纷纷向他伸出了手。有一个老人挤过人群,来到他的面前,递给他一瓢凉水。老人的举动让他彻底地放心了。他接过那瓢水,开心地喝了起来。人们开始时都在小声地议论着这个年轻人,当看到他放松戒备后,说话的声音也变得越来越大。他们争先恐后地拿各种问题来问他。

年轻人自称是秘鲁人,名叫安塞尔莫。

从此之后,他就留在了皮乌拉城。第二天,他出现在阿玛斯广场上。他把浓密的胡子都刮了,人们看到的是一张充满朝气的脸。从那一天起,他每天早上都会去那里。他很大方,每天都会邀请路人喝上一杯。通过这种方法,他交了很多朋友。另外,他还十分健谈,经常夸奖这座城市,以及在这里生活的市民。通过这个方法,他得到了当地人的喜爱。他还学会了本地话,甚至连本地人说话的腔调他都能模仿得惟妙惟肖。

他对什么东西都充满了好奇。城里哪个人最富有,哪家死了人,哪家生了小孩,他都会打听得清清楚楚。很快,城里的很多事情他都能说得头头是道,就连很多城里人都没办法和他相比。

他每天晚上都会光顾北方星旅馆的酒吧,而且总是最晚离开的那个。每个星期日,他都会去圆形露天剧场看斗鸡。他也经常和别人玩牌,每次玩牌时下注都非常大,就算输了也依然保持良好的风度。这使得城里的商人和财主们都对他刮目相看,有些人甚至和他成了非常要好的朋友。他的名声越来越大,当地的权贵们外出打猎时,也会邀请他一起去。

曼加切利亚地区的每个小酒馆他都光顾过。可是,他最喜欢去、去得也最频繁的,还是安赫利卡·梅塞德斯开的那家酒馆,因为那里有一架三角琴。他演奏三角琴的水平远远高出一般人。当人们在酒馆里举杯痛饮的时候,他就一个人静静地躲在角落里弹琴。

如果说当地的居民对他有什么不满意的地方,那就是他粗俗的性格。每当喝醉酒后,他就会非常放肆地盯着女人看。他会向女人们提出某些建议,有时甚至会编一些污秽不堪的打油诗调戏人家。他的朋友劝他要收敛一些,可是他一点儿都听不进去。

后来,安塞尔莫在城郊的曼加切利亚地区盖了一座房子。他让别人把这座房子全部刷成绿色。当地人看到这座表面被刷成绿色的房子后,都嘲笑安塞尔莫的做法简直异想天开。他们还把这座房子称为"绿房子"。

几个星期后,安塞尔莫带了一群妓女回来。于是,这座"绿房子"就成了皮乌拉城的第一座妓院。城里的很多男人知道这件事后,便开始去"绿房子"寻欢作乐。开始时,他们趁着天黑偷偷地出城。后来,他们的胆子变得越来越大,竟然明目张胆地去"绿房子"嫖妓。城里的加西亚神父看不过这种放荡无耻的行为,经常对此进行谴责。另外,当地还成立了一个"慈善和品行"委员会,委员们去找警察局局长和市长申诉安塞尔莫的行为。可是,安塞尔莫的做法并不违背国家的法律,因此警察局局长和市长也无能为力。随着"绿房子"在皮乌拉的影响力不断扩大,城里越来越多的男人去那里偷欢。就连那些作风最正派的男人,也经受不住诱惑,开始了荒唐的生活。

安塞尔莫不断地把他的"绿房子"向四周和高处扩展。他在"绿房子"的四周造了一道石头围墙,之后又种了很多蓟草,插上了很多荆棘和瓦片。如此一来,整个底楼就被掩盖起来了。他又把围墙和房子之间的空地铲平,摆上了很多仙人掌花盆。"绿房子"原本是两层的,他又在上面加盖了一层。后来添上去的一砖一瓦也全都被刷成了绿色。

安塞尔莫住在最高一层。那里不允许任何人进去,就连他的那些最好的嫖客,堂欧塞比奥·罗梅罗、警察局局长恰皮罗·塞米纳里奥、彼德罗·塞瓦约斯医生也不例外。安塞尔莫在顶楼上可以把那些穿过荒漠赶来的客人,观察得一清二楚。在"绿房子"的鼎盛时期,曼加切利亚的年轻姑娘安赫利卡·梅塞德斯也曾住在那里。她十分聪明,而且能做一手好菜。安塞尔莫经常和她一起去买一些食品和饮料。安赫利卡·梅塞德斯做的好菜成了"绿房子"的招牌,很多人就是冲着她的手艺才到"绿房子"来的。

瓦卡庄园是皮乌拉最大的庄园之一。庄园的主人基罗加带着妻子和养女外出旅行时,遭到了土匪抢劫,基罗加和他的妻子都被土匪毒打致死,只留下他们的养女安东妮娅。

"真是太奇怪了,这个小女孩的眼睛被兀鹫啄瞎了,舌头也被扯断了,她居然还活着。"发现安东妮娅的人说。

彼德罗·塞瓦约斯医生也觉得有些不可思议,他说:"或许她的伤口得到了太阳和沙尘的帮助,结了痂,因此血才得以止住。"

"这或许就是天意吧!"加西亚神父说道。

安东妮娅失去了亲人。曾经服侍过基罗加的洗衣妇胡安娜·保拉收留了她。安东妮娅举止温顺,沉默寡言,因此在皮乌拉城里很受欢迎。她每次拄着探路棍来到阿玛斯广场时,男人们就会把她抱到马上,然后带她去散步。妇女们则会主动走到她的面前,拿出糖果给她吃。有一次,安东妮娅病倒了,有几个庄园主将市政府的乐队硬拉到胡安娜·保拉的门前,让他们为安东妮娅演奏乐曲。

安东妮娅长大成人后,安塞尔莫盯上了她。他把她引诱至"绿房子",然后强暴了她。不久后,安东妮娅便怀孕了。谁知在生产的时候出现了难产,最终艰难地产下了一个女婴,而安东妮娅则没能撑过来,很快就死了。

星期六的早晨,胡安娜·保拉像往常一样到河边去洗衣服。突然,她听到有人在她背后哭泣,而且哭声越来越近。她有些不知所措,身体一下子失去了平衡,坐到了水里。她没好气地回过头去看,看到了安塞尔莫先生。他正在哭泣,而且哭得极为伤心。他的靴子都被河水打湿了,他也浑然不觉。胡安娜不明白安塞尔莫为什么要如此痛哭。她走到他的身边,说了几句劝慰的话。可是,安塞尔莫仍然大哭不止。

"别哭了,安塞尔莫先生,到底发生了什么事?您不舒服吗?对面就是塞瓦约斯医生家,要不要我把他叫来?"胡安娜说道。

安塞尔莫的头发、衣服都沾满了泥土,帽子也掉在地上,就快被泥沙掩埋起来了。可以看出,他待在那里已经有一段时间了。

胡安娜看到他没有反应,就更加着急了。她说:"您快告诉我出什么事了!您看您,哭得简直像个女人!这到底是为什么呀?"说完,她在胸口画了一个十字。

这个时候,安塞尔莫把头抬了起来。他的样子显得十分苍老,胡子又脏又长,眼圈发黑,眼皮又红又肿。

胡安娜看到他的样子后,急忙问道:"我能帮您什么忙吗,安塞尔莫先生?"

"胡安娜太太,我一直在等您。"安塞尔莫用颤抖的声音回答道。

"您在等我吗?安塞尔莫先生?"胡安娜感到有些不可思议。

安塞尔莫点了点头。之后,他又哭了起来。

"您这是怎么了,安塞尔莫先生?"

"胡安娜太太,安东妮娅死了!"安塞尔莫痛哭流涕。

"天哪,您说什么?您说什么?"胡安娜简直不敢相信自己的耳朵。

"您可不要恨我啊,她一直住在我的'绿房子'里。"安塞尔莫用颤抖的声音回答说。

胡安娜听到这个消息后,立即惊叫起来,一边叫一边向远处跑去。

住在附近的人们听到胡安娜的叫喊声之后,都纷纷把头伸出窗外,看到底发生了什么事情。

当安塞尔莫勾引安东妮娅,并使她怀孕致死的消息传开后,皮乌拉城里的人们都异常愤怒。加西亚神父率领众人把安塞尔莫的"绿房子"烧掉了。

从此以后,安塞尔莫一手拉着他与安东妮娅所生的女儿琼加,一手拿着三角琴出现在曼加切利亚区的各家酒店里。酒店的老板娘都很尊敬他,经常拿出酒饭招待他。有时他喝醉了,酒店的老板娘也不赶他走,而是给他找一个角落,再给他找出席子和毯子,让他睡在那里。曼加切利亚区的人,不但没有看不起他,反而把他当自己人看待。他的私生女琼加也得到了人们的喜爱。琼加是一个很安静的小女孩,在安塞尔莫演奏三角琴或者睡觉的时候,她从不去打扰他,而是一个人躲在一个角落里,静静地发呆。曼加切利亚区把安塞尔莫称作琴师。

自从"绿房子"被大火烧光之后,安塞尔莫就明显地比以前衰老了很多。他的脸上出现了皱纹,两个宽阔有力的肩膀垂了下去,过去挺直的腰身也弯了下去。他仿佛完全变了一个人,浑身上下都脏兮兮的,衣服上满是尘土,而且又破又烂。他的双眼布满了血丝,眼角周围全是眼屎,指甲又长又黑,说话的声音不再像过去那样清脆悦耳,动作也不再灵敏轻盈了。

开始时,很多权贵在遇到重大节日的时候,会把他请到家里,让他演奏三角琴。他用赚来的钱付房租和饭钱。小琼加开始说话以后,他肮脏的形象一点儿也没有改变,而且他酗酒越来越厉害,不喝得酩酊大醉绝不罢休。因此,那些有钱人不再请他到家里去演奏了。此后,安塞尔莫只好随便干一些帮别人搬家、扛包一类的活儿来混饭吃。

每天傍晚时分,他都会带着琼加和三角琴到酒店去。在曼加切利亚区,每个人都知道他。每个人都和他保持着不错的关系。他见到别人时总是会脱帽致敬。可是,他很少与人交谈,他的生活已经完全被女儿、三角琴和烈酒给占据了。他经常酗酒,但是喝醉后却不会放纵胡来。

他的生活过得非常有规律。中午离开住处,他有时候一个人,有时候带着琼加,飞快地向大街上走去。他精神抖擞地迈着步子,在曼加切利亚区迷宫一样的小巷中穿来穿去。他来到某家酒店门口,然后大大方方地走进去,什么也不说,只是静静地等待有人请他喝上一杯。喝完后,他离开酒店,继续向前走去,直到走累了,在某个地方停下来。之后,他就躺在沙土地上,用帽子遮挡住阳光,呼呼大睡起来。他会向过路的行人要烟抽,如果人家不给他,他也不会生气。到了晚上,他就赶回住处,拿上他的三角琴赶往酒店。他去那里是为了演奏,因此他十分用心,琴弦在他来回拨弄之下流淌出美妙的音乐声。

有时,他会去安东妮娅的墓地。有一次,警察把他拦在了入口处。为此,他向警察破口大骂,摆出一副一定要进去的架势。这之后的第二年,他带着快满六岁的小琼加去墓地。胡安娜·保拉无意之中看到了那个小女孩。胡安娜看到小琼加衣衫褴褛的样子后,感到阵阵心痛。她把小琼加叫到身边说了一会儿话。此后,胡安娜就经常到曼加切利亚地区来。每次来的时候,她都会给安塞尔莫带些香烟和几块钱,给琼加带来食物和衣服。安塞尔莫拿到钱后,会立即到附近的酒店把钱花掉。胡安娜觉得小琼加跟着安塞尔莫简直太受罪,就把琼加带走了。安塞尔莫失去琼加后,依然像以前那样不断地走路,只是越来越显得衰老和潦倒。人们也都改变了对他的看法。在曼加切利亚地区,安塞尔莫成了一个可有可无的人。

数年之后,皮乌拉城发生了翻天覆地的变化。城市的街道变宽了,道路两旁都建起了新房子。酒吧间、旅馆也不断地出现,外地人也多了起来。皮乌拉人的生活也发生了很大的变化。马靴、马裤已经没有人穿了,男人们都西装革履,还打上了领带。长到脚踝的黑裙子再也没人穿了,女人们都穿上了颜色艳丽的服装。她们出门时再也不用裹着披巾、蒙着面纱了,而是披散着头发,露出了脸面。城市不断地向外延伸,贫民区被富贵人家的住宅区所取代。屠宰场后面的茅屋,全被一把大火烧光了。住在那里的居民,都被警察局局长带领着手下赶了出去。

安塞尔莫在无意之中遇到了"年轻人"阿历杭德罗和卡车司机"圆球"。"年轻人"像安塞尔莫一样,也有着悲惨的遭遇,也同样是光棍一条,最重要的是,他也像安塞尔莫一样喜欢音乐。"年轻人"经常向安塞尔莫讲述自己的不幸遭遇,把安塞尔莫看成了亲兄弟。他们经常拿出自己的乐器,演奏美妙的乐曲。有时候,"圆球"也会和他们一起演奏。很快,他们三个人就成了密不可分的好朋友。曼加切利亚地区的人们,都传说他们三个人组成了一个乐队。"圆球"为了能够像两个朋友一样,成为一个艺术家,毅然决然地把干了十年的工作给辞掉了。

自从与"年轻人"和"圆球"交上朋友后,安塞尔莫发生了巨大的变化。他的生活变得有规律,再也不会像幽灵一样到处游荡了。他每天晚上都会去安赫利卡·梅塞德斯的酒店里找两位好朋友。在"年轻人"的催促下,他会与"年轻人"一起来一个二重奏。演奏结束后,安塞尔莫就会与两位好朋友凑到一张桌子上,一边喝酒一边闲聊。

安塞尔莫仿佛重新找到了生活的乐趣。他再也不像过去那样到处乱跑,也不躺在沙地上昏睡了。另外,他也不会像过去那样穿得又破又烂。有一次,他还穿了一条白裤子出现在曼加切利亚区的人们面前。对此,人们都非常吃惊。

安赫利卡·梅塞德斯雇用了他们这个乐队。于是,他们三个人晚上就去安赫利卡·梅塞德斯的酒店里演奏,上午睡觉,下午排练。他们的乐队在曼加切利亚区越来越出名,经常去给别人进行免费演奏,有的人家生了小孩,甚至会用他们的名字来给自己的孩子命名。此后,这支乐队还被有钱人请去,在庆典上演奏或者唱小夜曲,并逐渐成为一种习惯。曼加切利亚区的乐队很多，可是从来没有一支乐队能像他们那样保持长期稳定，并且具备相当大的影响力。

琼加也发生了很大的变化。她从一个衣衫褴褛的小女孩变成了一个大姑娘。她先是开了一个酒吧，后来酒吧关门了。她从外地带回来一队工人。这些工人把酒吧加以改造，土坯墙被拆掉了，取而代之的是砖墙，房顶上还铺了锌板。琼加每天都忙着指挥工人，或者是给他们帮忙。安塞尔莫听说这件事后，情绪变得激动起来。

"'绿房子'又要死灰复燃了！"安塞尔莫的伙伴和他开玩笑说。

每次经过那里，安塞尔莫都要求"年轻人"和"圆球"停留一会儿。尽管他的眼睛几乎什么也看不见了，但是他对于工程的进展、房子的样式十分关心。曼加切利亚地区的人们打趣他说："琼加可是发财致富了，你看到她正在建造的那座房子了吗？"也有一些老年人会问他说："'绿房子'又要重新搞起来吗，安塞尔莫先生？"这时，安塞尔莫就会假装什么都不知道。

一天早晨，琼加到曼加切利亚区来找安塞尔莫。经过一番打听之后，琼加终于找到了他。当时，安塞尔莫正躺在家里呼呼大睡。琼加走了进去，然后把门关上了。这个时候，琼加来找安塞尔莫的消息很快就传遍了曼加切利亚区，很多人跑来看热闹。安塞尔莫醒来后走到街上，派一个孩子去叫"年轻人"和"圆球"。安塞尔莫的两个朋友到来之后，门被关上了。于是，曼加切利亚区的人们都悄悄地说："琼加这次来，不仅为了看她父亲，还为了雇乐师。"他们在屋子里谈了很长时间，等他们出来后，那些曼加切利亚区人都因为等得不耐烦而离开了。但是，有些人还是从自己家中看到了他们出来时的情景。安塞尔莫张着嘴，跌跌撞撞地向前走，好像得了梦游症似的。琼加挽着"圆球"的胳膊，有说有笑地向前走，而"年轻人"好像受了伤，走起路来显得有些吃力。他们一路向前走，一直走到了安赫利卡·梅塞德斯的酒店里。吃了一些东西后，"年轻人"和"圆球"显得很兴奋，又弹又唱。

·精读名著·

安塞尔莫则显得有些无所适从,他一会儿微笑,一会儿又显得很痛苦。琼加走后,曼加切利亚区的人们都迫不及待地把他们三个人围起来,向他们打听发生了什么事。安塞尔莫什么都没有说,"年轻人"也耸了耸肩,"圆球"则告诉众人,琼加请他们去演奏。曼加切利亚区的人们听到这个消息后,都劝慰安塞尔莫说:"你发什么愁啊!为琼加演奏,她还会亏待你不成。她那地方是不是也要刷成绿色?"从此以后,安塞尔莫、"年轻人"和"圆球"就开始在琼加开的妓院舞厅里伴奏。

伏屋是巴西籍日本人,他从巴西越狱后来到了秘鲁境内,并与商人列阿德基相识。他们合伙做起了走私橡胶的生意,从当地土著手中低价买进橡胶,然后高价卖给美国人。琼丘族印第安人的一个首领胡姆意识到伏屋和列阿德基的做法是一种剥削,于是便组织印第安人进行强烈的抵制。可是,他们的做法并没有收到预期的效果。在警察和列阿德基等商人的镇压之下,他们只能选择屈服。印第安人的反抗虽然被镇压了下去,走私活动却受到了政府的关注。一大批走私犯被逮捕了。列阿德基因为在官府中有人,成功地逃脱了法律的制裁。他的合作伙伴伏屋就没有他那样的好运气了。伏屋成为官府的重点逮捕对象。在无奈之下,伏屋只好带着诱拐来的情妇拉丽达来到一个荒岛上。在潘达恰和阿基里诺的帮助下,伏屋占岛为王,干出了很多烧杀淫掠的事情。

有一天,伏屋的情妇拉丽达救了一个叫聂威斯的士兵。拉丽达因为不满伏屋的虐待而疯狂地爱上了聂威斯,并在伏屋外出时,与聂威斯一起远走高飞了。他们来到了圣玛丽亚·德·聂瓦镇,在那里定居下来。那个镇上有一个传教所,是西班牙修女开办的。修女们还在那里打着"开化"土著居民的旗号,开办了一所女子学校。当地的土著居民都不愿意把孩子送到学校来。修女们看到开办的学校招不到学生,就借助警察的力量,强行把适龄女童抓进学校。那些女童进入学校学习两三年后,就会被当地军官或者过路的橡胶商人买去做女佣。

一天，修女院的安赫利卡嬷嬷急匆匆地冲进了住持嬷嬷的办公室。

"你这样慌慌张张的，发生了什么事情了吗，安赫利卡嬷嬷？"

"嬷嬷，孩子们都跑了，一个……也没剩。"安赫利卡嬷嬷结结巴巴地说。

"安赫利卡嬷嬷，你在说什么啊？孤儿们都逃跑了？"住持嬷嬷听到这个消息后，立即朝门口走去。

"是的。上帝啊！这可怎么办啊？"安赫利卡嬷嬷回答说。

住持嬷嬷来到传教所的后门。这时，帕特罗西纽嬷嬷对她说："您看，就是从这儿跑的！"

住持嬷嬷看着半开半闭的大门，气不打一处来。"安赫利卡嬷嬷，请让鲍妮法西娅到我办公室来一趟！"

"是，我马上去。嬷嬷。"安赫利卡嬷嬷回答说。

过了一会儿，鲍妮法西亚来到了住持嬷嬷的办公室。

"大家都不要浪费时间，把事情全部说出来吧，鲍妮法西亚！"住持嬷嬷说道。

鲍妮法西亚没有回答。住持嬷嬷显得有些不耐烦了，她说："我问了一个问题，你怎么不回答我，你还在等什么，鲍妮法西亚？"

"你是不是聋了，快回答。"安赫利卡嬷嬷大声喊道。

鲍妮法西亚一直沉默着。

过了不久，镇长亲自跑来询问这件事。他对住持嬷嬷说："嬷嬷，请放心吧，我们已经派人去找了。也许今天晚上就能找到。"

"不知道那些可怜的孩子们现在怎么样了，幸亏今晚没有下雨。这件事可把我们给吓坏了。"住持嬷嬷叹息着说道。

"她们是怎么跑出去的呢？"镇长问。

"鲍妮法西亚离开孤儿室时，忘了关门。"住持嬷嬷一边说，一边指了指鲍妮法西亚。

镇长朝鲍妮法西亚看了一眼,他的脸上露出一种既严厉又痛苦的奇怪表情。可是,他立即微笑起来,朝住持嬷嬷点了点头。

"镇长先生,小孩子们什么事也不懂,我真担心她们会发生什么意外。"住持嬷嬷说道。

"是啊,谁不担心啊!鲍妮法西亚,这都是因为你疏忽大意所致,以后你可千万要小心儿点才行。"镇长说。

"鲍妮法西亚,如果这些孩子出现什么意外,你可就要后悔一辈子了。"

"嬷嬷,她们逃出去时,你们没听到什么动静吗?"镇长问安赫利卡嬷嬷。

"她们从这个傻瓜手里偷去了钥匙,打开门后才跑的,因此我们什么都没有听到。"安赫利卡嬷嬷回答说。

"亲爱的嬷嬷,我得告诉你,我可不是什么傻瓜,而且她们也没有偷走我的钥匙。"鲍妮法西亚说道。

"你就是一个彻头彻尾的傻瓜,"安赫利卡嬷嬷说,"你还敢顶撞我,真是太过分了,以后你不要叫我嬷嬷了!"

"实话告诉你吧,是我给她们开的门,放她们逃走的。"鲍妮法西亚说,"我还是一个彻头彻尾的傻瓜吗?"

住持嬷嬷和镇长听到鲍妮法西亚的话,都显得非常震惊。安赫利卡嬷嬷想说什么,却一句话也说不出来。过了一会儿后,她才说道:"你说什么?是你把她们放走的?"

"没错,是我把她们放走的。"鲍妮法西亚答道。

鲍妮法西亚的做法彻底激怒了传教所里的人。为了惩罚她,住持把她驱逐出了传教所。

在鲍妮法西亚无依无靠的时候,聂威斯和拉丽达收留了她。他们还特意把鲍妮法西亚介绍给了当地的警察局局长利杜马。很快,利杜马就与鲍妮法西亚结婚了。结婚之后,他们搬回到了利杜马的老家皮乌拉城去住。利杜马依然当警察,并与以前的朋友猴子、何塞费诺、何塞等几个二流子混在一起,把皮乌拉城搞得乌烟瘴气。

一天,利杜马在琼加的"绿房子"里与当地的一个庄园主塞米纳里奥发生了口角。利杜马喝醉了,他从口袋里掏出来一把手枪,一只手握着枪管,一只手抓住枪柄,打算用力把手枪掰开。在场的人都不知道他在干什么。掰开手枪后,利杜马把子弹一颗一颗地取出来,整整齐齐地摆地桌子上。

塞米纳里奥这才意识到了问题的严重性。他说:"警长,你这是要干什么?"可能是因为害怕,他说话的腔调都变了。

琼加害怕事情闹大,就对利杜马说:"赶紧把枪收起来,你这是要干什么?"

"琼加,你都听到了,不是我和他过不去,是他先骂娘的。"利杜马说,"我今天就要看看他到底有多大本事!"

塞米纳里奥大声叫了起来:"你真喝醉了吗,警长?你就不要再演戏了!"

"塞米纳里奥先生,你就别再装蒜了!要是你害怕了,你就老老实实地说出来,警长会放你一马的。"何塞费诺说道。

有人劝塞米纳里奥说:"你还是赶紧离开这里吧,别再惹是生非了。"

塞米纳里奥不但没有领情,反而还打了那个人一巴掌。

"你他娘的赶紧给我滚开,否则我打死你。"塞米纳里奥大声喊道。

利杜马一直很平静。他手拿着左轮手枪,全神贯注地看着转轮上的五个小孔。接着,他拿起一颗子弹,塞进了枪膛子。

这时,猴子劝他说:"警长,别玩了,咱们该走了。"

何塞也劝他说:"老兄,你还是听猴子的吧,别玩了,咱们走。"

塞米纳里奥也掏出一把枪来,在利杜马面前炫耀似的晃了晃。

利杜马仍然非常平静。猴子急着大声说:"快拉住他们,否则就要出事了。"

何塞说:"老兄,你别太固执了,我们还是赶紧走吧!"

只听"叭"的一声,利杜马把手中的枪合上了。他镇静而自信地看着塞米纳里奥,好像在对塞米纳里奥说:我已经准备好了,你还在磨蹭什么?

"我也准备好了,我们开始吧!"塞米纳里奥说,"狗娘养的利杜马!"

"塞米纳里奥先生,这是你第四次骂我了。"利杜马说。

一般来说,俄式轮盘赌需要抓阄来决定由谁先开始。可是,利杜马非常干脆地说:"我先来!"说着,他把枪口抵在了自己的太阳穴上。然后,他闭上眼睛,扣动了扳机。随着"叭"的一声响,他的脸色发白了,在场的人也都被吓出了一身冷汗。看到他安然无恙后,大家才放心了。利杜马警长满脸都是汗。他把手枪放在桌子上,然后拿起一个空杯子就慢慢地喝了起来。在场的众人看到他拿是的空杯子,也没有人笑话他。

"今天我才算开了眼了。"猴子断断续续地说,"老兄,我求求你了,别再玩下去了,咱们快走吧!"

何塞也说道:"老兄,今天你可做了一件惊天地、泣鬼神的事情。不过,到此结束吧!"

利杜马依然非常平静。塞米纳里奥却发怒了。他狠狠地拍了一下桌子,大声叫道:"妈的,你们都给我住嘴。现在轮到我了!"说着,他把左轮手枪举起来,放到太阳穴上。扣动扳机后,他的身体向前扑去,倒在了利杜马身上。他们两个人相撞后,都倒在了地上。

有人立刻大声喊道:"快去请塞瓦约斯医生。"

利杜马看到溅在自己身上的血后,顾不得站起来,就用两只手上下乱摸一气。也许他以为那是他自己的血。

这个时候,警察们进来了。他们手里拿着枪对在场的众人说:"都别动,要是警长有什么意外,你们都逃脱不了干系。"

在场的人都吓坏了。尽管警察用枪指着他们,但是他们都纷纷跑出去了。一个警察向塞米纳里奥看去。只见塞米纳里奥趴在地上一动也不动,左轮手枪还握在他的手里,殷红的鲜血不断地从他的脑袋向外流。在离他不远的地方,利杜马依然在用两只手上下乱摸。

那个警察问利杜马说:"警长,这是怎么回事?是不是他对您不敬,您把他给结果了?"

利杜马已经被吓得魂不附体了。他昏头昏脑地说:"是的,是的。"

虽然塞米纳里奥是自杀身亡,但是他的死与利杜马有着直接的关系。利杜马因此被判入狱服刑。利杜马坐牢后,何塞费诺让鲍妮法西娅做了他的情妇。不久后,何塞费诺让鲍妮法西娅成了琼加的"绿房子"里的一名妓女。

利杜马刑满获释后知道了这件事。他虽然非常生气,但是也无法改变这一事实。此后,他便整天到处流荡,和城里的二流子们鬼混。

安塞尔莫八十岁的时候依然在到处演出。一天,他正在兴高采烈地演奏时,突然一下子就栽倒在地上了。安塞尔莫死亡的消息震惊了整个皮乌拉城。

塞瓦约斯医生在与加西亚神父聊天时,谈到了安塞尔莫与安东妮娅之间的事情。原来,安塞尔莫把安东妮娅骗到"绿房子"后,一直对她非常好。可是,安东妮娅在生孩子时,却意外地大出血。当时安塞尔莫哀求塞瓦约斯医生救安东妮娅一命。可是,安东妮娅在生下小琼加后,最终还是死了。

·精读名著·

荆 棘 鸟

考琳·麦卡洛(1937—2015),澳大利亚当代著名作家,因为《荆棘鸟》的问世,她开始蜚声世界文坛。在西方文坛,《荆棘鸟》被誉为"继《飘》之后最成功的家世小说和爱情传奇"。

克利里一家原本在新西兰过着清贫的生活。一天,他收到了住在澳大利亚的姐姐玛丽的邀请信,邀请他们一家去澳大利亚生活,并接受她的遗产。克利里全家迁居澳大利亚,开始了新的生活。克利里的女儿梅吉聪明漂亮,她与当地的神父拉尔夫之间感情暧昧。两人之间的感情被玛丽看在眼里,因为玛丽也深深地爱着拉尔夫,所以对梅吉心生嫉恨。玛丽去世时留下一封遗书,正是这一封遗书,改变了拉尔夫梅吉以及克利里全家人的命运……

有一只鸟儿一生只唱一次歌,它的歌声比世上所有生灵的歌声都更优美动听。这只鸟从它刚刚会飞的时候起,就一直在寻找着荆棘树,直到找到才会停止飞翔。然后,它把自己的身体扎在最长、最尖的荆棘上,在荒凉的树枝上放声高歌。在歌唱中,它的生命慢慢走到尽头,在它即将离去的那一刻,它似乎忘却了所有的痛苦,那歌声使所有善于唱歌的鸟儿都自愧不如。这是一首世上最好的歌!一曲终了,也是它生命的终结。然而,整个世界都在静静地听,就连上帝也在天堂点头赞许。因为,最美好的东西只能用最深痛的代价来换取,它那优美的歌声是以生命为代价的,所以是世间最美的声音。这是一种生活的态度,更是一种感人的爱的方式。

——荆棘鸟的传说

在梅吉第九个生日的前六天,她的妈妈菲奥娜·克利里又生下了一个男孩。菲奥娜四十岁了,这个年纪生孩子是很危险的,所幸母子平安。不过,这个孩子一生下来身体就很弱,经常要去看医生。梅吉的兄弟姐妹本来就多,再加上这个孩子,父亲帕迪·克利里的负担就更重了。

帕迪很烦恼,因为他刚刚失去了自己的工作——给人剪羊毛,现在还没有找到新的雇主。第一次世界大战结束后,农村越来越萧条,工作越来越难找了。

这天,帕迪收到了他的姐姐玛丽·卡森的信,刚一拿到信,他就迫不及待地撕开看了起来,他希望信里的内容对自己一家来说是个好消息。

果然是个好消息,他看完信之后,一边挥着那几张信纸,一边对着家人高喊:"咱们要到澳大利亚去啦!我姐姐邀请我们一家到澳大利亚,还说让我们继承她的遗产。"一阵沉默之后,孩子们都用惊喜的目光看着自己的爸爸。

一家人兴奋地找到了那本旧得泛黄的地图册。在地图上,他们找到了澳大利亚的新南威尔士州。他们已经习惯了住在新西兰这个小环境里,因此他们从没想过看看地图上的别的国家。于是,他们开始收拾行李,一切打点妥当之后,他们出发了。

在经过一番颠簸之后,梅吉一家踏上了澳大利亚的土地,来到了新南威尔士州,然后他们坐火车去了基兰博。

他们坐在火车里,满怀着敬畏、惊异,望着车窗外的一片异国风光。他们做梦也没想到,除了新西兰之外,地球上居然还有这样的地方,这里有起伏不断的丘陵。一切都是灰蒙蒙的,甚至连树都是灰蒙蒙的!在太阳光的强烈照射下,冬小麦已经变成了一片银褐色。绵绵不断地往前延伸的麦田,迎风起伏着。再往前,一片片稀疏而修长的蓝叶树木,和那令人讨厌的灰蒙蒙的灌木丛隔断了延伸的麦田。这是一片毫无遮挡、令人害怕而又广袤无垠的土地,没有一丝绿色。

太阳快要落山的时候,基兰博到了。这个陌生的小地方有一条满是尘土的宽阔街道,街道的两边排列着一些木房子。渐渐西沉的夕阳给世界涂上了一片金色,这金色给予这个镇子一种短暂的、金碧辉煌的庄严。

车站广场上,一辆闪闪发亮的黑色小轿车停了下来,一个教士带着淡然的表情向他们走来。他穿着一件长法衣,这使他看起来像古人,更像一个梦幻中的人飘然而来。扬起的尘土在他的周围涌动着,在落日的最后余晖中显得红红的。

"你好,我是拉尔夫神父,"他一边说着,一边向帕迪伸出了手,"你一定是玛丽的弟弟吧,你和她长得很像。"他转向了梅吉的妈妈菲奥娜,吻了吻她那柔弱的手,带着惊讶的神态微笑着说:"啊,你真漂亮!"

接着,他的目光转向了那些挤在一起的男孩子,但并没有停留多久,就看到了独自一人站在男孩们背后的梅吉。梅吉张着嘴,像是看着上帝一样傻呆着。

拉尔夫越过了那些男孩子,似乎没注意到自己的长袍已经拖在了灰尘中,走到梅吉面前,蹲下身来,用双手搂住梅吉,微笑着问她:"啊!你是谁呀?"那双手坚定、柔和,充满了友爱。

"梅吉。"她说道。

"她的名字叫梅格安(梅吉是梅格安的爱称,梅格安是正式称呼)。"梅吉的哥哥弗兰克绷着脸说,他讨厌这个漂亮的神父和他那令人惊讶的高大身材。

"梅格安,啊!我最喜欢这个名字了。"他站起身来,但仍拉着梅吉的手,"今晚你们就住在我那里。"他一边说话,一边领着梅吉向汽车走去。"明早我开车送你们去德罗海达,玛丽就住在那里。"

拉尔夫神父长得既高大又英俊,他是爱尔兰人,被天主教会派到德罗海达担任教士。他之所以来接梅吉一家,是因为受到了玛丽的嘱托。玛丽是德罗海达最富有的孀居妇人,所以虽然他心里十分厌恶她,却不得不经常和她打交道。

拉尔夫把梅吉一家带到了自己的住处,给他们安排了休息的地方。一切都安顿好了之后,他伸了个懒腰,坐到了椅子上。他一边抽烟,一边呆呆地望着炉火微笑。他在回想着今天去接克里利一家人的情景。

那男的真像玛丽,但是家庭的重担使得他的腰开始弯了,他的性格应该不会和他的姐姐玛丽一样刻薄;他的妻子有些慵懒,不过看上去却楚楚动人;弗兰克长着一对黑眼睛,目光阴郁,性情乖戾;斯图尔特很像他的妈妈,长大后也许是个美男子;还有几个小一些的男孩,大多像他们的父亲。还有梅吉,在拉尔夫所见过的女孩当中,她是最甜美、最可爱的。她那双银灰色的眼睛闪烁着柔和、纯洁的光芒,她头发的颜色既不是红色的,也不是金色的,但看起来却兼而有两种颜色的美丽之处。

他站了起来,把烟蒂丢进火中。连他自己也不清楚,自己开始想入非非了,真是很奇怪啊!

第二天,拉尔夫神父开着车子送帕迪一家去玛丽家。一路上,孩子们兴奋地评论着外面的景物。

"这里的绵羊可真脏啊!"梅吉看着外面红褐色的绵羊说。

"是啊!看起来我们应该去新西兰,那里有洁白的羊群。"神父调侃着说。

玛丽正坐在那间宽敞的客厅里等着,不过在她看到弟弟一家已经来到门口的时候,并没去迎接他们,而是坐在椅子上等着弟弟走到自己身边。

"啊,帕迪。"玛丽还算高兴地说,吃力地站了起来。这时,她看到了臂上抱着梅吉的拉尔夫神父,梅吉的那双小手紧紧地搂着他的脖子。

然后,帕迪把自己的妻子和孩子一一给玛丽做了介绍。

梅吉一家在德罗海达住了下来,父亲仍然做剪毛工,梅吉在一家教会学校上学。他们很快适了新生活,并且开始喜欢上这里了。

拉尔夫神父经常来看他们,他们一家都很喜欢他。随着时间的流逝,梅吉渐渐地长大了。在她的眼中,拉尔夫不但是可以信赖的师长,也是无话不说的朋友。因此,她和拉尔夫的感情也越来越深。

玛丽的年纪虽然已经很大了,不过她很喜欢拉尔夫神父,她最看不得拉尔夫和梅吉在一起。但是,拉尔夫神父很喜欢和梅吉在一起,梅吉也喜欢听拉尔夫讲一些事。所以,玛丽很忌妒梅吉。

不知不觉中,梅吉已经十七岁了,这一年玛丽去世了。在临终的时候,她交给拉尔夫神父一封信,并交代在她去世后才能看信。

现在玛丽去世了,拉尔夫参加完她的葬礼,想起了她生前说过的这封信。于是,他打开了这信封:

我最亲爱的拉尔夫:

在这张信纸的下面是我新立的遗嘱。我之前已经写过一份十分完整的、经过签字、加封的遗嘱,存在了律师事务处。这个信封里面的遗嘱,是我前几天才写的,如果你能按我说的做,那么我之前的遗嘱就是作废的,这个信封里面的遗嘱将生效。我向你保证,这个新遗嘱绝对是合法的。

但是,除了你和我以外,我不想让任何人知道这份遗嘱的存在。所以,我亲爱的拉尔夫,只有你一个人知道它的存在,没有一个人知道你有这份遗嘱。

在《福音书》中有这样的记载:魔鬼撒旦将耶稣基督带到了一座山顶上,魔鬼用整个世界为诱饵诱惑耶稣,但耶稣没有屈服。我发现我现在就像撒旦,而且打算用整个世界来诱惑我爱的人,这是多么令人兴奋的事啊。你读完遗嘱之后,就会明白我为什么要这样说了。

当我在地狱中被焚烧的时候,你依然留在人世,但我却会让你经受另一个"地狱"的考验。

从我们第一次见面开始,我就知道你想得到我的钱财。拉尔夫,是这样吗?你想用这笔钱来打点教会的高层,作为你升官之用。不过,自从梅吉来了之后,你就不打算和我交往了,似乎也忘记了你曾经的这个美梦,对吗?你来拜访我只是一个借口,每次你来都会跑去和梅吉在一起。不过拉尔夫,你知道吗,我的财产大概有一千三百万英镑。

现在,你看看这份新的遗嘱吧。在这份遗嘱中,我将自己的全部财产一千三百万英镑献给罗马天主教会。我还在遗嘱中说,之所以献给天主教会,是因为你工作很出色。我还在遗嘱中要求,虽然钱捐给了教会,但拉尔夫神父享有这笔钱的管理支配权。

亲爱的拉尔夫,你应该知道,我本来是立有遗嘱的,打算将财产留给我弟弟一家人。这个遗嘱我在前面已经提过,现在仍然有效。那么,现在你怎么选择呢?

你是打算公布新遗嘱,还是打算毁掉新遗嘱?你是打算用这些钱在教会站稳脚跟,还是打算把这些钱留给梅吉一家呢?

拉尔夫,我爱你!但是,你却不爱我,我真想杀了你。但是,后来我又觉得,用这种办法进行报复要比杀了你更有趣。我爱你,可你却经常和那个梅吉黏在一起。我不是一个多么高尚的人,既然得不到你,那我就要让你痛苦。我知道你最终会做出什么样的决定,而且我可以肯定你会做出这样的决定。拉尔夫,你会痛苦的,你会明白什么是痛不欲生。我英俊的、野心勃勃的教士,你怎么选择自己的命运呢?

拉尔夫站在房间里,手里拿着玛丽信里的那份遗嘱呆住了。

不知过了多久,拉尔夫自言自语道:"好吧!玛丽,你战胜我了,我向你屈服。"

拉尔夫看不清纸上的字了,因为泪水模糊了他的视线。一千三百万英镑,一千三百万英镑啊!在梅吉来到之前,这正是他打算追逐的东西。随着她的到来,他本来已经放弃了这个打算,因为他不能和梅吉一家进行竞争。但是,他不知道这个老太婆竟然有那么多的钱,以前只知道她很有钱,但却没想到有那么多。

拉尔夫心中十分矛盾:如果他公布这个新遗嘱,他必将受到教会的重视,进而会在教会里有着良好的发展前途,但梅吉和她一家就什么也没有了;如果自己毁了这份新遗嘱,那么梅吉一家就可以继承全部遗产,但他自己就会失去这个机会,此后也许都没晋升的希望了。

七年来,帕迪一家住在牧场的房子里,不分昼夜地为玛丽干活儿。他们为的是什么?仅仅是玛丽付给他们的那点儿可怜的工资吗?不是的!因为他们认为这里将来是自己的,因为他们以为自己会继承这里的一切。如果现在告诉他们,他们无法继承遗产,那……

一千三百万英镑也许能让自己成为红衣主教,但是这却严重伤害了梅吉一家的感情。玛丽像魔鬼一样看透了拉尔夫!

思前想后,拉尔夫最后还是决定向自己的野心投降。

这天晚上,拉尔夫和梅吉一起散步,他和梅吉聊了很多。以前,梅吉总喜欢问他:"怎么了,神父?"在这次散步的时候,当梅吉发现拉尔夫愁眉不展时,她又这样问道。

他微笑着说:"我把你卖了,梅吉,卖了一千三百个银币。"

"把我卖了?"

"我只是随便说说,你不要怕。以后也许我们再也没有机会一起聊天了。"

"你是不是觉得我长大了,如果我们还在一起,别人会在背后说我们的闲话?"

"不完全是这样。我是说我要离开这里了。"

梅吉没有哭,也没有反对。她只是身体轻轻地抽动了一下,好像被什么东西压了一下。她吐了口气,也许那是一声叹息。"什么时候走?"

"就这几天。"

"哦,神父!这个消息真是让人难过,你知道我的哥哥弗兰克也离家出去闯荡了,他走的时候,我都没有这么难受。"话虽这么说,但作为一个固执的女孩,她立刻想到了今后即将失去他的日子,她想那一定很难熬。

"你多大了?梅吉。"

"快十七岁了,神父。"

"你已经辛苦了十七年,艰苦的工作让我们早熟。梅吉,当你有时间考虑自己的过去时,你会想什么?"

"想我的家人,想骑马奔驰,想老家的羊群,我还会想男人们谈的所有的事和我第二天要做的事。"

"你想过有一个丈夫吗?"

"没有,不过如果我想生孩子的话,一定会有一个丈夫的。"

拉尔夫现在很痛苦,但他还是笑了。他用一只手托着梅吉的下巴,低头盯着她说:"梅吉,就在今天,我明白了一些自己本来早该明白的东西。因此,我知道当你告诉我你曾经想过些什么的时候,你并没有完全说实话,是不是这样呢?"

"我……"她想要说什么,却没说出来。

"你没有说你提起过我,是吗?本来你应该提到我的。离开也许是好事,你认为呢?作为女学生的热恋对象,我年纪大了一点儿。我喜欢你,特别是你没有别的女孩那样世故。可我也知道,女学生的恋爱最后都是很痛苦的。"

她好像要说什么,可最终什么都没说,只是闭上了含泪的双眼,一个劲儿地摇头。

"梅吉,这是你成熟的必经阶段。当你长大之后,你会遇上一个男人,一个会成为你丈夫的男人,你的生活会变得很忙碌起来。而我,你会把我想象成为一个老朋友,能够帮你度过可怕的成长期的朋友,除此之外,你就没有想我的理由了。你想我的时候,千万不能以一种浪漫的遐想来想。你也千万别希望我成为你的丈夫,我根本没有用那种眼光来想过你。梅吉,你明白我的意思吗?当我说我爱你的时候,我说的这个'爱'并不是其他热恋中的男孩对女孩说的那种爱。我和其他男人不同,我是个教士,所以你的脑海中不要总是浮现着关于我的梦幻。我要走了,而且很可能再也不回来了。"

她抬起头,盯着他的眼睛。"别担心,我知道你是个教士,不会对你有太多幻想。"

拉尔夫说:"但是,我并不后悔自己的职业,相反教士这个职业使我的心中充满了一种需要。"

"我知道。在你做弥撒的时候,我就觉得你有一种力量。"

"在教堂的时候,我总能感到来自天堂的气息,梅吉!每一天过去的时候,我便死去了;但在每天清晨做弥撒时,我又复活了。"

梅吉把话题转到了自己身上:"神父,我不知道失去了你该怎么活下去。"

"梅吉,我永远不会忘记你的,只要我活着就不会忘记。我要好好活下去,这就是对我的惩罚,只有不断活下去,才能一直受到惩罚。"他轻轻地、充满深情地用双臂搂着她,"梅吉,我想这就是分离了。"

"神父,如果你不是个教士会娶我吗?"

拉尔夫没有回答。他抱着梅吉,心乱如麻。他想吻她,但最终没有这么做。最后,他说:"该走了!"

处理完玛丽的丧事之后,拉尔夫公布了新遗嘱,离开了德里海达,离开了梅吉。

梅吉一家虽然没有继承到玛丽的遗产,但拉尔夫临走之前安排他们一家住进了玛丽原来居住的一套大房子里,并让他们以德罗海达牧场的代管人身份长久居住在这里,还给他们留了一些钱。梅吉一家开始按着自己的爱好,重新装修了这个大宅院。

这天,梅吉的妈妈菲奥娜正坐在椅子上看报纸,她突然脸色发白,浑身颤抖。

"妈,你怎么啦?"梅吉问道。

菲奥娜没有回答,只是目光呆滞地凝视着前方,额头上出现了一片汗珠,似乎正在克制着绝望的痛苦。

"爸,爸!快来看看妈妈怎么了!"梅吉惊慌地尖叫起来。

帕迪看到妻子这个样子,也吓了一跳。他向妻子弯下腰,抓起了她的手。"亲爱的,怎么了?"他用一种孩子们从来没有听到过的温柔语调说。

她似乎还能辨别得出这是自己丈夫的声音,这特殊而又熟悉的声音让她从恍惚中缓过神来,她望着他的脸,指了指报纸下方的一条消息说:"看这里!"

斯图尔特站在母亲身后,轻轻地扶着她的肩膀。

帕迪开始看那篇文章,标题是——《拳击手被判无期徒刑》:

弗朗西斯·阿姆斯特朗·克利里,二十六岁,职业拳击手。去年七月,他殴打一名男子,后该男子经医院抢救无效身亡。当地检察机关以谋杀罪起诉弗朗西斯,今日本地区法院作出判决——判处弗朗西斯·阿姆斯特朗·克利里终身监禁。

菲奥娜绝望地说道:"上帝啊!我可怜的孩子啊!"

1930年,经济萧条从美国迅速蔓延到全球,德罗海达也不例外。这年冬天,天气又干又冷。帕迪想,天气这么冷,应该把羊群转移到稍微温暖一些的地方。在转移的时候,他遇到了大风暴。闪电引起了大火,久旱的草原刹那间成为火海,帕迪和羊群就这样被大火吞噬了。

帕迪出去转移羊群却一直没有回来,菲奥娜不放心了,让斯图尔特出去找找。

斯图尔特出发了,在一片被烧焦的树林里,他看到了爸爸被烧焦的尸体,旁边还有爸爸骑的马,也被烧焦了。

斯图尔特呆呆地看着父亲被烧焦的尸体,却没有看见在北边的树林里出现了一头很大的野猪。

这头野猪像牛一样肥大,当它低头拱着地走过来的时候,能看到它那粗壮有力的腿。它身体一侧的稀疏的黑毛被烧光了,露出了鲜红的肉。当斯图尔特注意到它的时候,还没有从失去爸爸的悲哀中回过神来,但他很快意识到了危险。

那头野猪一动不动地站在那里,因为它也被烧过,所以现在全身都很疼痛,它那发红的小眼睛里全是疯狂的神色,尖利的獠牙向上翘着。

斯图尔特弯下腰去摸枪,却想起枪还没有上膛。这时,斯图尔特的马叫了起来,它似乎也意识到了危险。

野猪看了看嘶叫的马,便摆好了架势准备攻击。在它的注意力转向那匹马的时候,斯图尔特飞快地弯腰抓起了步枪,"啪"的一声拉开枪栓,另一只手迅速地从口袋里摸出一颗子弹。虽然下着雨,野猪还是听到了子弹上膛的声音,因此它在最后的一刻将攻击的方向从马转向了斯图尔特。

斯图尔特开枪了,子弹射进了野猪的胸膛。但是,野猪并没有立时气绝,它凝聚起身上所有的残余力量,咆哮着扑到了他身上。那对獠牙一下就刺在了他身上,他跌倒在地,血流如注。鲜血瞬间就浸透了他的衣服。

野猪用那笨重的身体死死地压着斯图尔特,几乎将他压进了泥土里。他的双手抓着土,狂乱地挣扎着,试图挣出来。过了一会儿,他觉得自己生存的希望不大了,便放弃了挣扎。他似乎早就料到自己会有这么一天,这也是他以前为什么没有过希望、梦想和愿望,每天只是沉迷于时间的流逝,却没有时间为自己的命运而痛苦的原因。慢慢地,他什么也不知道了。

父亲死了,哥哥斯图尔特也死了。妈妈和弟弟们都去处理哥哥和父亲的后事了。梅吉留在家里,她绝望而又沉默地坐在庄园里,一句话也不说,静静地承受着上天带来的苦难。

正在全家都很哀痛时,拉尔夫神父回来了。但是,他参加完死者的葬礼之后,又匆匆离去。当然,他还是和梅吉见面了,当看到梅吉仍对自己旧情难舍的时候,他抱着梅吉说:"梅吉,我爱你,我永远爱你,可我是个教士……我永远也不可能和你成为一对。"

梅吉默默地说:"那么,你不打算和我吻别吗?"

拉尔夫的回答是转身离开了。不久,他升为大主教。

父亲和哥哥去世了,而自己的几个弟弟还小,家里的活儿有时没人干。因此,梅吉家新雇了一个叫卢克·奥尼尔的牧工。

当梅吉见到这个卢克的时候,不仅大吃一惊,原来他长得竟然像极了拉尔夫神父。因为这个发现,她甚至没有听见卢克和自己打招呼,只是含混地应付了几句,就忍住不再看他。这太不公平了!怎么还有其他人的眼睛和脸庞,竟然和拉尔夫神父一样呢!不过,当她自己细看时,发觉他们两个还是有区别的。她还记得,第一次见拉尔夫时,她从他的眼神里看到了爱,而卢克不一样,他的笑容是自己所特有的,没有对她的爱。

卢克的出现使梅吉心烦意乱,自从和他见过之后,她就时刻关注着他。她知道这是因为拉尔夫神父才这样的,然而自己却又控制不住地想要接近他。她想要在卢克的身上,重新找回拉尔夫给自己的温暖和呵护,重温两人之间的柔情。

三十岁的卢克并不爱梅吉,但怀着发财的梦,卢克还是对梅吉展开了热烈的追求,因为卢克要借梅吉的财力来实现自己的梦想。卢克经常这样想,我要是有自己的牧场该多好啊!所以,他打算用自己做工挣的钱,再加上梅吉的钱买一个牧场。梅吉见到他就想到了拉尔夫神父,最后她竟然以为自己爱上了卢克,终于答应嫁给他。

婚后,他们离开了德罗海达到了别的地方。这时候,卢克的本性就暴露出来了,他把梅吉所有的钱都存到银行,还对她说:"我们要买个牧场,可是现在钱还不够,要不你去给别人做家务吧,这样也能挣点儿钱。"

卢克不但让梅吉去给别人干活儿,自己也是拼了命地干活儿。为了挣钱,他甚至顾不上与梅吉见面。更让梅吉感到气愤的是,在她生第一个孩子的时候,他也没有回来。

女儿朱丝婷出生时,卢克却不在身边。

这天,卢克回来了,可还没待上一段时间,又要出去。梅吉实在忍不住了,就和他吵了起来,但吵也没用,卢克还是出去了。

虽然和卢克吵架了,但梅吉第二天便平静了下来,她知道卢克只是去工作,他只是为了早点儿实现自己的梦想,任何人都拦不住他。梅吉打算去麦特劳克岛去散心,那里是一个疗养胜地。

当梅吉正在麦特劳克岛上悠闲地晒太阳的时候,一辆老罗布汽车向自己的住处开来,一个手里提着箱子,一身休闲装扮的男人从车里跳了出来。

"嘿!奥尼尔太太!"他走过来说。

梅吉以为是卢克,再一看发现不是卢克,竟是拉尔夫神父。这一刻,梅吉觉得不管是自己的腿、大脑,还是心脏,都不听使唤了,似乎她身上的任何器官都不起作用了。拉尔夫来了,为什么她不能动感情呢?这是拉尔夫,是自己想从生活中驱逐出去的人;她试图忘了这个人,可往事在她的脑海里无法抹去。他该死!真该死!为什么当她开始试图忘记的时候,他又出现了呢?难道这一切又要重新开始了!她有些不知所措,也有些生气。她望着那优美的身影向自己越走越近,自己却只能木然地站在那里。"你好,拉尔夫。"她咬着牙说,却并没有看他。

"你好,梅吉。"

梅吉将拉尔夫带进客厅,给他倒了一杯茶,两个人就开始沉默起来。不知过了多久,他开口了:"怎么啦,梅吉?"

她的心狂跳了起来,他的声音还是那样的慈爱,温柔。这是一句成年男人,对一位少女最常见的问话。他根本不是来这里看望她的,而是来看望几年前还是少女的那个"梅吉"。他爱的是少女时的自己,而不是已经成为女人的自己。

她看着他,充满了惊讶、悲伤和痛苦,甚至有些怨恨。她就这样盯着他,眼睛眨也不眨。他则不知所措,吃惊地看着她。

十六年了！从他们第一次见面到现在已经过去了十六年了，难以置信而又漫长的十六年啊……拉尔夫已经四十五岁了，梅吉也已经二十六岁了。

她还在看着他的眼睛，突然她发现自己错了，自己不应该像刚才那样想。为了这个错误，她决定躲避他，突然向外面跑去。

她还没跑到走廊就被他抓住了，当她转过身的时候，奔跑的惯性使她撞在了他身上。这一刻，他抛弃了一切——意志对愿望的长期压抑，为保持他灵魂的完美而进行的令人苦恼的斗争，一生的努力在顷刻间瓦解。他需要自己处于一种混沌的状态，在这种状态中，理智让步于情欲，理智的力量在肉体的热情中消失。她抱住了他的脖子，而他则用双手痉挛地抱住了她的后背。

他的嘴探寻着她的嘴，找到了，他们深情地吻着。

他把她抱到床上，事后，他完全忘了自己是怎么上床的。他只记得，自己和她都在床上，相互触摸着皮肤。哦，上帝！我的梅吉！

时间不再以小时、分、秒来计算了，而是开始从他的身边慢慢漂走，最后甚至都变得没有意义了，天地间只剩下了一种比时间更为真实的尺度。他能感觉到她，感觉到她的身体，他想使她永远成为自己的一部分。

她的一生就是为了他，而他也是为了她才降临的。十六年来，虽然有时候他们不在一起，但他都在不断左右着她。从今天之后，他再也不能说自己不知道隆起的乳房、小腹和臀部，以及那肌肉的褶皱和那里的缝隙是什么了。

他搂着她，用满含泪水的眼睛看着她那平静而又微微发亮的脸。她的嘴微张着，大口地喘着气，无法抑制地发出了"哦哦"的声音。她用胳臂和腿缠绕着他，就像是要把两个人永远缠在一起一样，这使他神魂颠倒。过了一会儿，他来到高潮中。

梅吉一直躺在他的身边，有时候是睡着了，有时候虽然醒着，却还是想躺在他身边。她感觉现在的自己非常幸福，比自己一生中经历过

·精读名著·

的任何值得高兴的事都要幸福。从他把自己从门边拉回来的那一刻起,他们就开始了一种富于诗意的身体接触,这种接触是一种纯粹的快乐的举动。我生来就是为他的、只为他……为什么我对卢克的感情就比较淡呢?就是因为我是属于他的。

他醒了。她看着他的眼睛,蓝色的眼睛里充满着爱意,这种爱在自己还是孩子的时候就一直温暖着自己,给自己以意志和力量。

他正在想,自己一生之中,还从没有在醒来时看到有别人和自己睡在同一张床上呢。他觉得,这比先前的性行为更使自己感到亲切,这意味着她对自己的依恋和她与自己在感情上的联系。

在麦特劳克岛,拉尔夫和梅吉度过了他们一生中最幸福的时光。

但是,幸福的时光总是不会长久。这天,拉尔夫突然把梅吉拉到怀里,深情地吻着她。之后,他对她说:"我要到罗马去了,教会有重要的事。"就这样,这个男人又走了,梅吉并没有为此悔恨,她知道自己也许永远得不到他。

拉尔夫走后不久,梅吉发现自己怀孕了,她可以肯定这个孩子是拉尔夫的,不过她还是打算将这个孩子生下来。从麦特劳克岛回去之后,梅吉认真思考了自己和卢克的婚姻,认为自己有必要重新审视一下和丈夫的感情。在考虑了一番之后,梅吉决定和卢克分开,她带着女儿朱丝婷,重新回到德罗海达,与母亲住在一起。

时间过得很快,几个月之后,她生下了拉尔夫的孩子,她给这个男孩取名叫戴恩。

一次,梅吉在和母亲聊天时,告诉母亲戴恩是拉尔夫的孩子。她的母亲说:"你知道你大哥弗兰克吗?他并不是你爸爸亲生的,我在嫁给你爸爸之前,他就出生了。年轻的时候,我深深地爱着一个男人,还和他有了弗兰克。这事后来被我们家族知道了,我这个家族的人都自以为很高贵,容不下我,把我赶了出去,这才嫁给了你爸爸。我知道,你喜欢拉尔夫,可是你们注定不能在一起啊!没想到我们母女俩都是同样的命!"

梅吉和母亲、兄弟们、女儿、儿子在德罗海达一起过着安静的生活,朱丝婷和戴恩也慢慢长大了。

朱丝婷的性格很张扬,而且我行我素。梅吉不怎么喜欢她,而且她又是卢克的孩子,所以梅吉把情感都寄托在戴恩的身上,因为梅吉从戴恩身上看到了拉尔夫的影子。不过朱丝婷毕竟是自己的女儿,她也并非不管不问,只是对她没有对戴恩的感情深。

拉尔夫也已晋升为红衣主教。没过多久,第二次世界大战爆发了。在战争中,他运用宗教影响保全了罗马,他也因为此举而深受人们的赞扬。但是,他的内心深处一直牵挂着梅吉。

朱丝婷当了演员,在澳大利亚和英国的话剧舞台上,很有名气。后来,她嫁给了德国的一位内阁大臣。

戴恩也长大了,在一次和梅吉聊天的时候,他说:"妈妈,我想当教士。"

对于儿子的这个愿望,梅吉很震惊。她当然不同意,却不忍心违背儿子的意愿,只好忍痛把他送到了罗马神学院学习,并给拉尔夫写了一封信:

亲爱的拉尔夫:

戴恩打算做教士,现在已经去了罗马,希望你能照顾他。我偷了你的一样"东西",现在戴恩替我还给你。

拉尔夫和戴恩相处得很好,梅吉也很高兴。但是,美好的日子总是不能长久,戴恩在一次游泳时心脏突然痉挛,溺死在海里。

直到此时,梅吉才告诉拉尔夫,戴恩是他的儿子。

拉尔夫强忍着悲痛为儿子做完了弥撒,然后在悔恨交加中离世。

儿子的早亡,拉尔夫的离世,这一切并没有打倒梅吉。相反,她因此对人生有了新的认识:"我谁都不会怨恨,一切都是我自己造成的,我一点儿也不会去追悔结局。"

·精读名著·

耻

约翰·麦克斯维尔·库切(1940—),南非著名小说家,2003年获得诺贝尔文学奖,诺贝尔文学奖评选委员会评价他的作品:"精准地刻画了众多假面具下的人性本质。"

《耻》描述了一个白人大学教授的荒淫生活,他每周召妓一次。不仅如此,他还诱奸了一位大二女学生。事发之后,他丢掉了教授的职位,郁闷地回到女儿露茜在乡下的农场。一天晚上,教授和女儿从外面散步回来,遇到了三名歹徒的袭击,露茜被强暴。令教授不能理解的是,当再次遇到了那晚的罪犯时,女儿却当作什么都没有发生过……

戴维·卢里觉得,对自己这个五十二岁、结过婚又已经离婚的男人来说,性需求的问题解决得相当不错。

卢里是一名教授,或者说是学者,在开普敦大学授课。每个星期四的下午,他都会开车到一栋公寓大楼,因为这栋楼的一一三房间里,索菲亚在等着他。然后,两人在柔和的灯光下做爱。每次会面九十分钟,他要给索菲亚四百卢比,当然这钱不全是索菲亚拿了,她还要上交一半给公司。他每次都能从她的身上得到满足。索菲亚是个妓女,他每周都会找她一次,但却很少向她提起自己的工作。

他每年可以开设一门专业课程,今年开了论浪漫主义诗人的课。他曾出版过几本书,但没有一本引起过关注。这几年他一直在写关于拜伦的书,现在他准备写一部歌剧,名字叫《拜伦在意大利》。

由于对自己所教的课程一点儿兴趣都没有,他讲的课也没有给学生们留下什么很深的印象。他讲课时,学生们的目光呆滞,这种茫然令他很恼火。虽然如此,他还是比较尽职的,总能很好地完成自己的所有工作。

一个星期六的上午,他进城闲逛,在人流中看到了索菲亚,她两只手都没有闲着,一手拉着一个男孩子,男孩的手上提着包,看来他们在购物。他犹豫着跟在他们后面,在拐弯处他看到了另一个男孩子的脸,眉宇之间很像索菲亚,只能是她的儿子。这时,索菲亚也看到了他,两人的目光短暂地交织在一起,他转身就走了。

又是一个周四下午,他们两人又来到了那栋楼的一一三房间,但他们两人在做爱时出现了那两个男孩子的身影。两人之间再也不能像以前那样了,这次之后,他再也没有见过索菲亚,她好像失踪了一样。

没有了星期四的约会,他的生活变得像沙漠一样枯燥无味,有些日子他竟无聊到不知道该干什么。

一个星期五的下午,他在回家的路上遇到了选修自己课的女学生——梅拉尼·艾萨科斯。

她此刻正悠闲地走着,看到教授经过,就用微笑和他打招呼。她矮小瘦弱,头发短而整齐,一双又黑又大的眼睛。她的上身穿着一件薄毛衣,下身穿着红色超短裙,腿上套着黑色连裤袜。

他觉得自己开始迷恋上这个女孩了,这丝毫不奇怪,他每学期都会看上一个班里的漂亮女生。他邀请女孩到他家里喝一杯,女孩同意了。他们一边喝酒一边聊诗歌、谈拜伦,就在他们正聊着的时候,他的手贴在了她的脸上。

"你很可爱。"他说道,"我想请你干一件很刺激的事,别走了,陪我过夜。"

她用眼睛瞪着他道:"为什么?"

"因为你应该陪我一夜。"

"为什么我应当陪你一夜?"

"为什么?漂亮的女人并不全属于自己,那是她带给这个世界的恩惠,她有责任与别人分享美丽。"

"如果已经有人在你前面分享过我了呢?"

"那你就应该让更多的人分享。"说着,他抱住了她,"美丽的女人总是让我亢奋,愿美丽永生!"

这句诗让女孩立刻意识到自己是学生,而抱着自己的男人是老师,于是她挣脱了他的怀抱。"我得走了。"说完就跑了出去。

他本该就这样结束的,但他偏偏不放弃,还想继续下去。他打电话给她,约她去吃饭。女孩本来可以撒个谎拒绝的,但她太年轻了,时间就在她犹豫的时候过去了。

吃完饭后,他把她带到了家里,他们做爱了。

这之后,女孩好像一直躲着他。他实在忍受不了了,直接找到了她的住处。进门后就把她抱在怀里,脱她的衣服。

女孩说:"现在不行,和我住一起的人随时可能回来。"但这丝毫阻止不了他的行动。

这不是强奸,但不管怎么说,他并没有得到女孩的同意。他还有一种感觉,女孩好像要摆脱自己。

此后,女孩一直躲着不愿见他。

这天晚上,女孩突然半夜跑来了。她说打算在这里住一段时间,他只能同意。

过了一个星期,一个像小混混的学生闯进了他的办公室,还说了他和女孩的事。下班的时候,他发现自己的汽车轮胎不知道被谁放了气。

女孩现在一直和他保持着一定的距离,也不怎么来上课了。但是,想不到一周之后,她又来上课了,而且身边还带着那个像小混混的学生。

他知道,这个小混混不知道还要干出什么事来。果然,他在课堂上故意刁难自己。好不容易下课了,他叫女孩到他的办公室,要和她好好谈谈。小混混就在门外面等着。

进门之后,他对她说:"不管怎么说,你也应该来考试,你现在已经缺了很多课了,再不考试的话就麻烦了。还有,上课的时候不要带着别人过来,那样会影响我的课堂。对了,找个时间,我请你吃饭吧。"

可是,女孩不仅没有来考试,还打算退学。

这件事最后被全学校都知道了,他也不知道到底是谁泄露出去的,反正现在认识他的人都知道他诱奸了自己的学生。女孩的父亲也知道了,他来到学校大骂了一通。

为了这件事,学校专门成立了一个纪律调查委员会,对他进行问询。他承认自己有错,愿意为此忏悔。学校让他发表一份道歉声明,他却坚决不肯。学校和媒体的压力让他不能继续待在学校里,只好来到女儿居住的乡下。

他女儿露茜是他和前妻生的,今年已经二十岁了,一个人住在乡下的农场里。每当想起这事,他就感到有些奇怪,他和前妻都是城里人,为什么女儿偏偏愿意住在乡下呢?

见到女儿,他和女儿亲切地拥抱了一下,随即就问道:"你一个人住在这里害怕吗?"

露茜说道:"有狗呢,狗还是很有用的,而且这里还不止一条狗。如果有人要硬闯进来,多住一个人和一个人没什么区别。"

"你还真乐观。对了,你还有一杆枪?"

"是的,不过我从来没用过。"

女儿就是靠卖一些农作物、园子里的花来生活,她现在已经完全变成了一个乡下女人。

吃完饭后,女儿带他在农场四周转了转。他看到了四五间狗棚,里面有不少狗。他问女儿:"你能顾得过来吗?有这么多事要做。"

女儿说:"我雇了一个助手,他叫佩特鲁斯。"

回到家里,他对女儿说:"我辞职了,打算暂时住在这里一段时间,想写点儿东西。"

这时,佩特鲁斯站在了门口,他是一个黑人。他是来要喷雾器的。露茜去给他拿了。他在女儿走开的档口,没话找话地问佩特鲁斯:"你没事的时候照看那些狗吗?"

"那些狗是我负责的,此外我还要在园子里干活儿。"佩特鲁斯笑笑说。"又看狗又是园丁。"他想了想,又补充说,"看狗人。"接着又说,"我刚从开普敦过来,一想到女儿一个人生活在乡下,我就有些不放心。"

"这里有时候确实有危险,不过现在待在哪里没有危险呢?"

露茜把喷雾器拿给佩特鲁斯,佩特鲁斯接过喷雾器就离开了。

"佩特鲁斯也住在农场吗?"他问女儿。

"他住在这里的一间马棚里,我给那里通了电,现在住起来很舒服,他和老婆孩子一起住在那里。"

女儿在和他一起散步的时候开口问道:"你和那个女学生到底是怎么回事,你不会只是想玩玩吧?"

他回答道:"她选修了我的一门课。学习成绩一般,不过长得挺好看。我不知道是不是想玩玩,不过后果很严重。"

"现在这一切都过去了,你还想她吗?"

"我们已经不见面了。"

"不过,她为什么要告发你呢?我是说她一开始为什么不告发你?"

"我不知道。"

"有没有想过再结婚?"

"露茜,你是说找个年龄和我差不多的人结婚?我不适合这样做。"

"可是……"

"你是不是想说我这样追年轻的女孩子不妥当?"

"我不是这个意思。我是说你的年龄越来越大了,你也渐渐老了,是该找个老伴儿了。"

"我接触的每个女人都让我看清了自己的一个方面,可以这样说,她们使我渐渐成为一个完美的人。"

"那么反过来呢?是不是那些女人和你交往过也变得更加完美了呢?"

他严肃地看了她一眼。

她笑了笑说:"和你开玩笑的。"

这个周末是赶集的日子,露茜带着土豆和花束,和戴维·卢里一起去了集市。她的生意很好,土豆和花束很快就卖完了。

在回家之前,女儿带戴维·卢里见了动物保护会的贝芙·肖女士。贝芙是一个又矮又胖的女人。她在经营一家动物保护会,不过得不到政府的支持,现在人的事还忙不过来呢,谁还能顾得了动物。所以,贝芙这里人并不是很多。不过露茜却经常来这里,看来很熟悉的样子。

"得不到政府的支持,她一定很泄气吧!"在回家的路上,戴维·卢里对女儿说。

"有一点儿,这没什么的,只要她帮助过的动物能好起来就行了。"

"你们做的事确实令人刮目相看。不过,说实话我对此没有什么兴趣。你和她对动物的关怀让我感动,可我认为从某一方面来说,关注动物有点儿像基督教徒。每个人看起来都很高兴、很善良的样子,和他们待在一起让人马上就想离开,去干抢劫、强奸这样的事。也许这有些夸张,但离开他们的时候,假如有一只猫经过旁边的话,我一定会踹那猫一脚。"

"那么,你觉得我应该做一些更体面的事是吗?你认为我是你的女儿,所以就应该在生活中做一些上等的事情。"

戴维·卢里摇了摇头,低声说:"不,不。"

"你觉得我应该去学画画,去学外语,去学法律……你不赞成我和贝芙这种人交朋友,因为和她们一起永远进入不了那种高层次的生活。"

"露茜,我不是这个意思。"

"不管怎么样,事实就是这样。贝芙这样的朋友,确实不能将我带入更高层次的那种生活,那是因为根本就不存在这样的生活。在我看来,生活就是现在的这个样子——那就是我们和动物共同拥有的。贝芙在做出榜样,我也愿意学习她的做法。我可不想回到城里,过那猪狗一样的生活。"

"孩子,不要生气。我认为你的生活方式是不错的,我们也确实得对动物善良一些。可我们不能盲目地这么做,要知道我们虽然不一定比别的动物高级,但与动物相比,我们人类肯定是不一样的。所以,对动物的善心应该是单纯地出于大度,而不是因为心里有愧或害怕报应才这么做。"

露茜深吸了一口气,似乎要反驳的样子,但她最终没这么做。就这样,两人一直沉默着回到了家。

回来后,露茜的心情好了一些,她对他说:"你现在看起来有些闷,因为你没有工作可干,等你找到事情做就不会这样了。"

"找事情?有什么建议给我?"

"你可以帮我给狗喂食,也可以帮帮佩特鲁斯,他最近正忙着围自己的地呢。"

"啊,给佩特鲁斯做助手,我喜欢这种带着历史味的刺激。你觉得他会给我报酬吗?"

"你可以去问问他,不过我想应该会给的。"

"他贷了一笔款,买了一顷地,还从我这里买了一些地。他的日子越过越好,应该雇得起你。"

"好吧。帮狗喂食,给佩特鲁斯打下手,还有什么可做的吗?"

"你能去贝芙那里帮忙吗?他们那里就缺少人手,不过是没有工钱的。"

"我想我应该很难和她相处。"

"这个不用合得来,你只需帮她做一些力所能及的事就行了。"

"露茜,这个我现在还决定不了去不去,听起来,这好像是社区服务,又或者是做善事来弥补以前的罪过。"

"你放心,那些得到你帮助的动物们绝对不会询问你为什么帮它们。"

"那好,我可以做。但是,我不会改变自己,我就是我,永远也不想改变。"

她笑了笑说:"原来你打算继续做坏人。放心,你不需要改变什么,也没人会让你改变。"女儿揶揄着对他说道。

戴维·卢里看着自己的女儿,突然心头莫名地忧伤起来,他说道:"露茜,对不起。"

"对不起?怎么这样说呢?"

"我是把你带到这个世界上的人之一,但却没能好好地指引你。不过,我会按你说的做,去帮那个叫贝芙的蠢女人。对了,我什么时候可以去?"

"我打个电话给她。"

第二天的下午,他就去了贝芙的诊所里。贝芙在治疗狗的时候,他在旁边帮忙,一直忙活了一下午。贝芙很高兴,不断地感谢他。他临走的时候说:"你知道我为什么来这里帮忙吗?"

"她说你现在遇到了麻烦?"

"是啊,是有些麻烦。有人把这叫耻辱。"

晚上,他怎么也睡不着,想到露茜的生活很艰难,他就更无法入睡了。他只好爬起来看书,那是关于拜伦的书,他一直没忘记写一部关于拜伦的歌剧。

一个星期三的早上,他和女儿吃过早饭后,一起去遛狗。

"你觉得你能一直住在这里吗?"露茜突然问道。

"为什么这样说,是不是我看护狗的工作做得不好,你想换一个人?"

"不是。不过,你为什么不试试别的大学,也许你在别的大学能找到工作。"

"露茜,这没用的。不论我走到哪里,丑闻都如影随形,这一辈子我也别指望能够摆脱掉它了,而且就算找工作,也得找那种和人接触不多的,不用和人打交道的那种工作。"

"不过既然你管不了别人会怎么说,你自己就应该站出来维护自己的声誉。如果你一直这样躲着,流言蜚语会更多的。"

露茜小时候是不怎么说话的,而且从不会对他的做法发表什么看法或评论。现在不同了,她开始对他做的事发表评论了。现在的露茜,种菜,养狗,穿中性的衣服。她似乎想独自过自己的生活,不想再活在他的阴影下。她似乎要和世界上的男性断绝关系一样。

"难道你觉得我是故意躲着,故意逃离?"

"起码你没能去面对,这和逃避有什么区别?"

"亲爱的,你说得对。你刚刚的提议,我根本不可能做到。因为我们这个时代什么都做不成。就算我想去做,也没人听我的。"

"我不同意你的说法。别说你现在这样,就算是一个即将被枪决的歹徒,也有人想听听他的故事呢,更何况你。只要你愿意接触社会,我保证有很多人对你好奇。你到底做了什么?"

"事情是因为我的欲望。"

他似乎又想到了在那女孩屋里的景象:在昏暗的屋子里,他跪在女孩面前,一件一件地脱她的衣服。那时候,他就像爱神的侍从,并不是别人想象的那般不堪,他一直也是这么认为的。那时候,神附身于他。在这件龌龊的事情里,他努力想表现出一点儿高洁的东西来。

散步回来的时候,父女俩看到有三个男人在他家门前,两个大人,一个可能还是孩子。

露茜问道:"你们有事吗?"

其中一个回答:"我一位朋友的姐姐要生孩子了,借你的电话用一下,在你这里打个电话。"

"进来吧。"露茜打开了门,一个男人跟着她走了进去。

过了一会儿,第二个男人推了他一下,也跑进去了。

戴维·卢里忽然觉得不对劲,立刻高声喊道:"露茜,快出来!"可他不知道是在这里看着这个男孩呢,还是应该进去帮忙。

露茜没有回答。就在戴维·卢里打算再喊的时候,门从里面插上了。

男孩这时立刻向侧门跑去,戴维·卢里大喊一声:"佩特鲁斯!"他想让佩特鲁斯来帮忙,然后放开手里两条狗的绳子,让它们去追那个男孩。

戴维·卢里顾不上男孩了,赶紧向后门跑去,几脚踹开了后门,想去看看露茜到底怎么样了。就在这时候,他的头被什么东西砸了一下,立刻昏了过去,什么也不知道了。

当戴维·卢里醒来的时候,发现自己被锁在卫生间里,他使劲儿用手扒着门,大声喊着"露茜"。门被推开了,差点儿把他撞倒在地。

开门的是露茜,她的头发湿漉漉的,看起来刚洗过澡。

两人一起去了医院,医生把他头上的伤口包扎了一下。露茜和他没有回到农场,暂时住到了贝芙那里。当贝芙出去的时候,他悄悄问露茜:"我也不知道该怎么说,可是你应该看看医生。"

"看了。"

"男医生什么病都看吗?他怎么能看这种病?"

"女的,"她强调说,"是女的,不是男的。"说到这里,她似乎很愤怒。

他当然理解。露茜被那三个闯进来的混蛋强奸了!他们难道不知道自己在犯罪吗?难道不知道这是在触怒上帝吗?尤其是强奸一位不愿意和男人接触的女人,会更令受害者痛苦。

过了一会儿,他低声说:"我们下面怎么办?"

"回农场。"

"然后呢?"

"和以前一样生活。"

"还在农场生活?"

"当然了,我还能去哪里?"

"露茜,我们刚在那里出事,怎么还能回去呢?"

"为什么不能呢?"

"那里不安全啊,你这个办法太糟糕了。"

"那里一直就没有安全过。这也不是什么办法,不管它是好是坏,我都要回去,我回去就是回去。"

她披着睡衣坐在床上,梗着脖子和他争辩。这不是那个父亲面前的小女孩了,再也不是了。

他找到了贝芙,对她说:"露茜昨天说自己去看了医生。可我觉得她应该再去看看妇科,她有怀孕的危险,还可能感染上艾滋病。"

贝芙有些很不自然。"这个你得问露茜自己。"

"我问了,可她不肯和我多说。"

"那你找个时间再问问。"

两个警察来了,他们是来调查这个案子的。露茜在回答他们的提问时,只说家里被抢劫了,父亲的车被抢走了,还有一些东西也被抢走了,却一字没有提强奸的事。

警察问话的时候,戴维·卢里就在旁边,但没有插嘴。他不禁想:这是怎么回事?这是露茜的秘密,也是他的耻辱——自己被关在洗手间里,女儿却被人强暴了。

晚上睡觉前,他终于来到露茜床前,说道:"你为什么不把全部事实告诉警察?"

"以后别再提起这件事了。这只是发生在我身上的事,属于我的个人隐私。如果换个时代或国家,也许这是一件与公众有关的事。可现在,这里不是。这只是我一个人的事。"

"这里是什么地方?"

"这就是南非。"

他们吵了一架,两人之间以前从来没有吵过,也从来没像现在的距离这么远。

佩特鲁斯开着一辆大卡车回来了,他终于回来了。车上是满满的建筑材料,他似乎要盖房子了。

戴维·卢里对露茜说:"佩特鲁斯回来了。我有些怀疑:他为什么不打招呼突然消失了,而且他刚一消失就出了这样的事,你不觉得太巧了吗?"

但是,露茜什么都没有说。

这段时间,戴维·卢里没事就会仔细观察佩特鲁斯。他发现佩特鲁斯很有心计,而且很有耐心,又很会撒谎。佩特鲁斯绝不甘心只种那一顷多的地,肯定想吞掉露茜的地。

可是,戴维·卢里也只能这样想想,并没有真凭实据。现在,他就像个隐士一样,每天在农场里干活儿,只在周末去集市上摆摊。

又到星期五了,佩特鲁斯对戴维·卢里说:"你和露茜来参加我的聚会吧,我在星期六搞了一个很大的聚会。"

戴维·卢里把这事和露茜说了,久未出门的她竟然同意去。戴维·卢里也只好和她一起去。

戴维·卢里对乡下的这种聚会提不起来什么兴趣,就一直坐着,也不说话。突然,露茜来到他的身边,紧张地对他说道:"我看到了。看到了那天抢劫我们的人中,有一个就在那边跳舞。我们快走吧,我不想再惹什么事。"

但是,戴维·卢里的怒火刹那间就涌了上来,立刻来到了跳舞的人群附近,四处寻找着。终于,他看到了那个人,他认识那人的脸。那个人就是那天抢劫的三个人中的那个男孩。

戴维·卢里走到男孩身边,一脸阴沉地说:"我认识你。"

男孩一点儿也没有害怕,只是愤怒地说:"你是谁?"

很快,佩特鲁斯跑了过来,和男孩用他听不懂的语言说着什么。

戴维·卢里不耐烦地抓住佩特鲁斯的袖子,问道:"你认识这个人吗?"

"我不明白,到底是怎么回事?"佩特鲁斯说。

"他就是那天来农场抢我们的人！他是畜生！"

"不是这样的。"那男孩嚷道，然后又和佩特鲁斯用他听不懂的语言说了什么。

旁边跳舞的人都停了下来，看着他们。

"他说他不明白你在说什么。"佩特鲁斯说。

"他说谎，他自己知道自己做了什么。露茜也可以作证。"

可是，当着这么多人的面，露茜怎么可能出来指证男孩呢？

"我要报警。"戴维·卢里说。

周围乱糟糟的，一片抗议的声音，都说聚会的时候为什么要叫警察。

"我要报警！"戴维·卢里冲着佩特鲁斯又喊了一遍。接着拉着露茜就走。刚进家门，他就直奔电话那里去，要打电话报警。

这时露茜抓住了电话，说："这不是佩特鲁斯的错。千万别打电话，如果你打电话，他的聚会就开不成了。你要讲道理。"

听到女儿竟然说出这样的话，他感到很震惊，恼火地说："不是佩特鲁斯的错？是他把那个暴徒邀请到舞会上的！讲道理？那个暴徒强奸了你，你还让我讲道理！我真不明白，为什么当时你不告诉警察。我也不明白，你现在为什么又要护着暴徒。那涉嫌包庇，甚至策划了整件事的佩特鲁斯！很有可能，他们是一伙的。"

"戴维，别大喊大叫的。这是我自己的事。这些事是在我身上发生的，要面对的也是我，和你无关。我不想让这件事曝光，也不想为此找什么理由，也不想向你说明些什么。佩特鲁斯和我是合作关系，我没有权利解雇他，也无权过问他和什么人交往。现在，你不能叫警察，起码要等佩特鲁斯的解释。"

两人又吵了一架，而且这次更凶，他不明白女儿是怎么想的。

第二天，戴维·卢里看到了佩特鲁斯。

佩特鲁斯好像昨晚的事没发生过一样，只是和他说一些琐碎的事，关于那个男孩却只字未提。戴维很恼怒，直接问道："昨晚那个男孩现在在哪里?他叫什么?"

"戴维,你不应该说他是贼。他说自己没偷东西。就是这么回事。我知道你的车丢了,可是保险公司不是正在受理你的理赔案子吗,你再用保险公司的钱买一辆就行了。"

"不光是车子,他还犯了一件不可饶恕的罪过。"

"我知道。"

"你知道?"

"我知道。可他才十六岁,还是个孩子,他可不能去坐牢。"

"我的女儿想找个好邻居,她喜欢这里,想在这里生活下去。可是现在,她却受到暴徒的凌辱,而暴徒却在逍遥法外,而你却包庇暴徒!这样,她怎么能安全!"

佩特鲁斯突然大声说:"她在这里很安全。"

"佩特鲁斯,她不安全!那天发生的事你不知道吗?"

"我知道,可现在没事了。"

"没事了?"

"我可以保护她。"

"那么你在哪里?你知道那天发生了什么,可你没有救我的女儿?而且你竟然还和一个歹徒有关系,我怎么能相信你能保护她?"

佩特鲁斯并不说话。

现在,戴维每晚睡觉都提心吊胆的,害怕女儿会有什么危险,一有什么风吹草动,马上就惊醒过来。白天,他想抽空写写拜伦,但却一直没有心情。他现在一有时间就跑到贝芙的动物防疫站,到那里帮忙,只要他能做的,他都会做。他甚至可以为死去的狗火化,佩特鲁斯因而称他为护狗员。现在他竟然成了护狗工作者,是狗来世的灵魂管理员,成了一个南非的贱民。

这天,女儿想起了什么一样对他说:"我不知道他们为什么这样对我,你知道他们强奸我的时候是什么样子吗?他们似乎要把所有的恨都发泄在我身上一样,他们一边恐吓我,一边狠狠地进入我的身体。"

他痛苦地回答说:"这也不全是他们的错,他们是黑人,你是白人,这里有深远的历史原因。好了,别去想了,都结束了。"

戴维去防疫站帮忙的时候,贝芙提起了他在大学时的丑闻,并问他为什么不在事发之前将这件事停下来。他说那是很正常的,那时候他和女学生正搞得火热,怎么能停得下来! 当他这么说的时候,他发现贝芙的脸红了,以前还一直没发现她的脸红过。一时冲动之下,他拿起了她的手指,放到了自己的嘴边。

第二天下午,他接到贝芙的电话,要他到防疫站去,他立刻明白了这个女人想要什么。他到了哪里之后,发现贝芙背对着他,地上已经铺好了两条毯子。她看到他来了,立刻脱掉了衣服,钻进了毯子里。他也脱了自己的衣服,钻了进去……

贝芙对他的表现相当满意,基本完全满足了。他的脑子里却不时闪现着这样的画面:一个肥胖的老女人和一个大学教授偷情,她一定会兴奋地照镜子,对着镜子大声喊——我有情人了!

戴维准备和女儿好好地谈一次,已经很久没有和女儿谈心了。他对女儿说:"你应该面对你自己。现在你有两个选择,一是继续留在这里,每天会痛苦地面对自己身上发生的事;二是换一个地方,忘了这一切。我当然支持你做第二个选择。"

"戴维,别再提这件事了,我不能提起它! 我知道你不理解,我很想和你说清楚,可是我却说不清楚,因为我们是不同的人。你是你,我是我。你对我很失望,我也觉得对你有愧。"她把头埋在他的臂弯里抽泣起来。

戴维抽空去了一趟梅拉尼的家乡,见到了梅拉尼的父亲。他和梅拉尼的父亲说了自己和梅拉尼的事,并向他道了歉。梅拉尼的父亲原谅了他,并说,她已经重新入学了,学校对她进行了特殊照顾。现在她一边学习,一边忙着排练话剧。

梅拉尼的父亲带戴维到自己的家里,梅拉尼母亲见到他很吃惊,很显然有些愤恨。临走的时候,戴维对着她的母亲跪了下去。

戴维来到了开普敦大学,整理一下自己的东西。听说梅拉尼在学校排练话剧,他就过来想看看她。她在话剧舞台上,看起来比以前更漂亮了,也更加自信了,看起来并没有被那件事情击倒,而是很快就恢复了过来。

在戴维离开农场的这段时间,他一直和露茜保持着联系。但是,露茜好像在故意隐瞒着什么,一直说农场里一切正常,这反而让他有些不放心了。匆忙处理完开普敦的事,他打算再回农场一趟。

农场还和以前一样,但他很快发现了不对的地方。露茜说她自己怀孕了。他有点儿不相信自己的耳朵,对她叫道:"我当时还叮嘱过你,你没吃避孕药吗?"

"没有。"

"你一定早就发现自己怀孕了吧!为什么不早点儿告诉我?上帝啊!你不是想把孩子生下来吧!他们三个人,你都不知道孩子的父亲是谁!"

"不告诉你,是因为我不想你见到我就大发脾气,我不能根据你的喜好过我的生活。从小时候起,我就像你的一部分一样,我再也不想这样了。我的生活,只有我自己能够做决定。"

"为什么要生下孩子?"

"我是个女人,有女人会讨厌自己生下的孩子吗?"

"好吧!无论你做怎么样的决定,我都支持你。"

露茜回房之后,戴维靠在墙上,双手捂着脸,不断抽泣着,最后终于哭了出来。

第二天,戴维在晚饭的时候又得到一个消息,那天晚上参与抢劫的那个男孩现在就住在佩特鲁斯的家里。奇怪的是,露茜竟然对此无动于衷,不仅如此,她还让戴维避开那个男孩。

戴维恼火地说:"为什么?难道就因为那男孩可能是你肚子里孩子的父亲!露茜,我不知道你在干什么,也无法理解。我救救你了,离开这里吧!"

"不,我绝不放弃这里。"

第二天,戴维找到佩特鲁斯,试图让佩特鲁斯赶走那个男孩。但是,佩特鲁斯竟然说:"那男孩是我妻子的弟弟,就因为他犯了一个错,就得离开这里吗?"

"可你不知道他是个小流氓、小恶棍吗!"

"他还小,不然的话就可以娶露茜,也许过几年就可以了。不过现在,我来娶。"

"你娶谁?"

"娶露茜。"

戴维震惊了!原来这才是佩特鲁斯的最终目的。"你能给我解释一下,你这么说是什么意思吗?好了,闭嘴吧!别解释了,我不想听你的解释。"

"我已经这样说了,麻烦你转告露茜。"

"露茜并不打算结婚,她只想一个人生活。"

"可是不管怎么说,女人还是要结婚的,这里太危险了。"

尽管他对这个消息感到荒唐,他还是把它对露茜说了。

想不到露茜竟然同意了,并作出了如下解释:"佩特鲁斯并不是想和我结婚,只是想要我的地。我想我可以答应他,他就可以保护我了,我不在乎在公开场合他怎么向别人介绍我,哪怕是他的情人呢。你现在去告诉他,我可以嫁给他,以求得他的保护,可以把土地转让给他,但这房子必须归我,还有他必须承认我肚子里的孩子是他家的人。"

卢里无论如何也不同意,但他的女儿却坚持这么做。"真是丢人啊!我一个大学教授,自己的女儿竟然落到……"

"确实很丢人,但也许这是一个新的开始。从什么都没有开始,没有权利,没有尊严,没有财产,没有武器,没有办法。"

"像狗一样。"

"不错,和狗一样。"

我的名字叫红

奥尔罕·帕慕克(1952—),土耳其著名小说家,2006年诺贝尔文学奖获得者,还曾获得过都柏林奖、欧洲发现奖、美国外国小说独立奖等诸多奖项。代表作品有《塞夫得特州长和他的儿子们》《新人生》《我的名字叫红》等。

《我的名字叫红》主要讲了这样一个故事:在外漂泊了十二年的青年黑,被他的姨夫写信叫回伊斯坦布尔,因为那里发生了一件奇怪的谋杀案,需要他去帮忙处理。可是,当他回到伊斯坦布尔后,他的姨夫也意外地被人杀死了,于是黑开始查找凶手……

一位名叫高雅的细密画家被人谋杀了,尸体被凶手残忍地抛到了井里。人们认为,他的死与他生前接受的一项秘密任务有关。

1950年年底,土耳其国王苏丹为了赞美他的生活和他的帝国,决定秘密制作一本伟大的书籍。高雅也参与了这项工作。他与其他三位最有名的画家被召集到京城。他们要用欧洲的画法精心绘制一本令人拍案叫绝的伟大作品。可是,作品尚未完成,却发生了这样的意外。

黑从小生活在伊斯坦布尔。在外漂泊十二年之后,他回到了那座熟悉的城市。

十二年的时间,伊斯坦布尔发生了很大的变化。黑再也看不见当年的那些亲戚朋友了。他深深地爱了多年的姨妹谢库瑞已经变成了别人的妻子、两个孩子的母亲。谢库瑞的丈夫去了战场之后便音信全无。她无力承担家庭的负担,只好搬回娘家住。她的父亲,也就是黑的姨夫,就是国王苏丹秘密委托的画师之一。

黑之所以会重新回到伊斯坦布尔,是因为他的姨夫给他写了一封信。在信中,黑的姨夫说他在为苏丹国王编纂一本秘密书籍时遇到了麻烦,需要黑赶回来帮助他。

黑收到信之后,就立刻返回了。一回到伊斯坦布尔,他就被姨夫叫到了家里。姨夫对他说:"我奉苏丹陛下之命,秘密地编纂一本手抄绘本。这是一项很宏大的工程。有几个苏丹画坊里最优秀的细密画家与我合作,他们的代号分别为'蝴蝶''橄榄''鹳鸟'和'高雅'。我分配给他们不同的任务,他们有的画一条狗,有的画一棵树,有的画一匹马。我想通过各种事物把苏丹帝国的全貌给表现出来。我的作品与众不同的地方在于,它不是要描述财富,而是要表现苏丹帝国的内心深处,包括各种喜悦、恐惧。我不能把我们所画的图画的类型,以及使用的方法告诉给你。我这样做,既不是不想告诉你原因,也不是不能告诉你,而是我也不知道它们是什么样子。

"每一幅画都是活生生的,都在诉说一个故事。细密画家都会用最鲜活的场景,来美化我们阅读的手抄本。这些场景有:英雄鲁斯坦把怪兽的脑袋砍了下来;鲁斯坦发现,所杀的人竟然是自己的亲生儿子,伤心得无法继续活下去;梅吉农为爱迷失了心智,在到处是狮子、老虎、豺狼的大地上漫无目的地游荡着;亚历山大在一场战役前想用禽鸟占卜一下结果,却看到了自己的山鹬被一只巨雕撕得粉碎……我们的眼睛不能够总看文字,那样非常容易疲倦。如果在读了这些故事的文字之后,看看图画休息一下,那将会是一件非常惬意的事情。插画还有一个好处,就是当我们阅读完文字之后,仍然无法想象文字所描述的情景,这时候,插画就能够为我们提供帮助了。但是,如果没有故事内容,插画也就没有什么存在的必要了。"

他继续说道:"以前我就是这样认为的。两年前,我奉苏丹之命,去了一趟威尼斯。在那里,我把意大利画家的肖像画仔细地观察了一下。这些图画出自哪些故事,我根本一无所知。我只是非常单纯地观看。有一天,我看到的一幅画让我大吃一惊。那是我在威尼斯宫廷里看到的。它就挂在宫廷的墙上。那幅画里面有一个像我一样的异教徒。我非常清醒地意识到那不是我。可是,我越看越觉得他和我很像。他的脸又圆又胖,根本看不到颧骨。此外,他的下巴没有我的下巴坚挺。虽然我们并没有相像之处,可是不知道为什么,我越看那幅画,就越觉得画里的人就是我。

"是一位威尼斯绅士带着我参观皇宫的。他告诉我说,画里那个人是他的一位朋友,同他一样,也是贵族。在看画的过程中,我一直在思考着一个问题:这幅画所描绘的是什么样的一个故事呢?经过反复琢磨,我逐渐发现,这幅画所要表现的,就是画里面的那个人。它不是哪一个故事的延伸,而是为那个人所创作的一幅作品。

"那幅画给我留下的印象太深了。我永远也忘不了它。离开皇宫后,我的思绪仍然没有离开那幅画。我也希望,有人能够用同样的方式,把我画下来。不,我觉得不是任何人都有这种资格。只有苏丹陛下,才应该这样被描绘。因此,正是在威尼斯皇宫里看到的那幅画,给了我绘制这本手抄本的灵感。

"意大利画家所画的贵族肖像,可以令人非常容易地认出他是谁。就算你与那个人素不相识,只要借助肖像就可以把他从人群之中找出来。意大利的画家们真是聪明,他们发现了一种通过脸型来确认身份的方法。人们把这种画称作'肖像画'。

"如果用这种方式把你的脸画下来,那么你想让别人忘了你都难。无论你在不在身边,只要看到你的肖像,就好像看到了你本人一样。即使你死了,去了另一个世界,别人也能够真真切切地看到你。"

黑默默地听着姨夫的诉说。过了一会儿,姨夫继续说道:"有一位叫高雅的细密画家,是为苏丹陛下制作秘密手稿的画家之一,他也经常悄悄地来我这里。可是,有一天,他从我这里离开后就消失了。我怀疑他已经被其他三位细密画家杀害了。"

"真是他们杀的吗?"黑问。

"是的,我怀疑就是他们杀的。"

过了一会儿,黑说:"我去了阿克萨拉依街,感觉那里一点儿都没变。"

姨夫没有理他,继续说道:"他们就可以杀人吗?我不知道高雅是不是已经遇害了,但是他肯定失踪了。我们的细密画家,受到画坊总监奥斯曼大师的邀请,最近在为苏丹陛下制作一本庆典叙事诗。奥斯曼在皇宫的画坊,而他们则在自己家中作画。他们的名字分别是'蝴蝶''橄榄''鹳鸟',这是奥斯曼大师多年前为他们取的工匠坊称号。我非常担心,他们会互相仇视,甚至会互相残杀。因此,你最好去他们家里见见他们。你也会见到奥斯曼大师的。有关他的传言甚嚣尘上。有人说他瞎了,也有人说他变成了老糊涂。据我所知,他不但瞎了,而且还因年迈而头脑发昏。"

为了追查真凶,黑拜访了宫廷绘画大师奥斯曼和其他三位细密画师。在与他们进行风格、签名等艺术问题的谈论之后,黑一点儿头绪也没有,根本无法判断真正的凶手是谁。

不久后,黑的姨夫在家中被人杀死了。那天,黑和谢库瑞悄悄地跑出去约会了,只有他的姨夫一个人在家。凶手想让黑的姨夫把最后一幅未完成的也是最为关键的细密画拿给他看。可是黑的姨夫没有答应。凶手对黑的姨夫说,杀害高雅先生的凶手就是他。他还把杀死高雅的原因告诉了黑的姨夫。另外,凶手还和黑的姨夫谈了很多艺术方面的问题。他问黑的姨夫,他的画是否具有自己的风格。黑的姨夫赞美了他的作品。凶手很满意,但他还是要杀死黑的姨夫。凶手用黑送给姨夫的墨水瓶,照着黑的姨夫的头狠狠地砸去,直到黑的姨夫停止了呼吸他才停手。凶手杀人的方法非常残忍。他不仅杀了人,还把一幅虽然尚未完成却十分关键的细密画拿走了。

谢库瑞回家后看到了父亲的尸体。她感到伤心和恐惧。可是,为了不让孩子们看到,她变得坚强起来,一个人吃力地把父亲的尸体拖到了另一个房间。她还决定,不让别人知道父亲被害的消息。

　　黑依然像以前那样疯狂地爱着谢库瑞。在谢库瑞最无助的时候,他决定娶她,担负起照顾她和两个孩子的责任。

　　黑的姨夫被杀的第二天,谢库瑞用冰冷的口气对黑说:"昨天晚上,我父亲在家中被一个恶棍杀死了。他再也不会对你说三道四了。那个杀我父亲的恶棍把我的家彻底地破坏了。我觉得,他的目的还没有达到。他还会再回来。因此,我要你保护我和我的孩子们,千万不能让他得到我父亲的书。现在,我们需要讨论一下,你将以什么名义来做这件事。"

　　黑想要开口说些什么,但是他看到谢库瑞的眼神后,便什么都没说。

　　谢库瑞继续说道:"按法律规定,我父亲死后,我的丈夫和他的家人就成了我的监护人。法官认定我的丈夫还没有死,因此他仍然是我的监护人。只是我丈夫的弟弟在我丈夫不在的时候,对我图谋不轨,这件事让我公公羞愧难当。于是,尽管我还没有成为一名寡妇,却能够回到父亲身边。可是,现在我的父亲也死了,我失去了保护人。如果我还有监护人的话,那么毫无疑问,我丈夫的弟弟和我的公公就是我的监护人。你也知道,他们总想着把我带回家。我父亲还在时就这样。如今,我父亲死了,他们会变得更加肆无忌惮。我可不想回到那个家里。也正是因为这个原因,我才要隐瞒我父亲的死讯。可是,这样做究竟能起到多大的作用还很难说。或许我父亲的死就与他们有关。"

　　"另外,"她深深地望了黑一眼,继续说道,"我隐瞒父亲的死讯还有一个原因。我害怕被人指控为杀我父亲的凶手。因为他死的时候,我并没有不在场的证据。家里的仆人都知道我父亲不想让我嫁给你,我不想因此惹麻烦。"

　　"你说什么？他不希望你嫁给我？"黑问。

"的确是这样。他怕我嫁给你之后会离开他,跟你去很远的地方。现在既然他已经死了,你也不必为此担心了。现在让我来说一下结婚的条件。第一,你要在两名证婚人面前发誓,如果结婚后你对我不好,让我无法忍受,那么我可以提出离婚,你不能阻拦我,还得支付给我赡养费;第二,你要在两名证婚人面前发誓,如果你外出超过六个月没有回家,那么我们的婚姻就算结束了,你同样得付给我一笔赡养费;第三,你要把我的孩子当成你亲生的对待,不能随便教训他们,更不能随便责罚他们;第四,结婚之后你搬到我家来住,但是这并不意味着你可以和我睡在一张床上,你要找到杀害我父亲的凶手,然后为我父亲完成苏丹陛下的书,我才能答应同你睡在一起。"

"我全都答应。"黑毫不犹豫地回答说。

"好。如果没有障碍阻拦我们的话,我们结婚的日子就不远了。"

"是的。虽然结婚,却不能睡在一张床上。"

"你不要心急。婚姻只是一个开始。没有婚姻,就没有爱情。不要忘了,婚姻是爱情的坟墓。无论多少甜蜜的爱情,只要结婚之后,都会消失得无影无踪。不过,没有了爱情,还可以享受到快乐。虽然如此,仍然有太多的人在结婚前就急不可耐地坠入爱河,把所有的热情全都耗尽。为什么呢?因为爱情已经成了他们生活中最崇高的目标。"

"什么才是真正的目标呢?"

"快乐!无论爱情还是婚姻,都是为快乐服务的。就像现在,虽然我的丈夫失踪了,父亲也死了,可是与你过的那种孤苦伶仃的生活相比,我还是很幸福的。我有可爱的儿子们陪着我。看着他们在我面前玩耍、打闹,我所有的悲伤都会烟消云散。既然你想要得到我,就算我们不能睡在一起,你也得好好听我说几句话。"

"请讲。"

"如果要确保和丈夫成功离婚,我可以找到很多方法。我可以找一个证人做假证,让他证明我丈夫已经战死沙场了。或者让他证明,我丈夫在出征前就允许我有条件地离婚。可是,我知道,这样做会遭到我夫家的反对,而且我父亲刚刚死了,法官不会轻易相信证人所说的话。尽管我的丈夫自从四年前离开家后,就再也没有回来,而且也没有留下赡养费,但是我的离婚申请仍然无法得到汉那非法官的批准。于斯曲达尔的法官就比汉那非的法官好多了。他比较有同情心,而且也能体会到像我这种女人的悲惨处境。因此,这位法官偶尔会对我这样的女人开恩,允许我们离婚,并判给我们赡养费。现在,你要花钱雇两位证人,带他们到于斯曲达尔晋见法官。这样我就可以离婚了。之后,再找一位传教士为我们证婚,那么你很快就可以搬到我家里了。家里有了一个男人,我也可以睡一个安稳觉了。就算夜里有什么动静,我也不会因此感到害怕。还有,当我父亲的死讯发布出去的时候,有你在我身边,别人也不会把我当成一个孤苦无依的女人了。"

"好,今天就是我娶你的日子。"黑说。

"不行,现在我们还有很多事要做。有一些人认为我的离婚和我们的婚礼无效,另外一些人会使用各用伎俩让我父亲的书无法完成。我们要想办法对付他们。我不想再给你增添烦恼了,因为你的烦恼已经够多的了。"

"不会的。"

黑为了能与谢库瑞结婚而四处奔走。在完成谢库瑞交给他办理的事情后,他和谢库瑞匆忙地结了婚。有人来向他们祝贺,但是他们全被黑用姨夫重病的谎言阻挡了。黑和谢库瑞结婚之后,才正式对外公布了姨夫被害的消息。所有牵涉其中的画师得到消息后都非常害怕。

在埋葬了姨夫之后,黑迎来了一位不速之客——苏丹国王的侍卫队长。他对黑说:"苏丹陛下下令,让你协助画坊总监奥斯曼大师,把那个杀人者给揪出来。这是一项紧急的任务,苏丹陛下只给你们三天时间。在这三天里,你们可以对细密画家进行调查盘问。他们完成的彩绘书页也任由你们查看。为了能够查出凶手,苏丹陛下还命令我和

·精读名著·

财务大臣哈泽姆一起帮助你们。你们一个是赫赫有名的大师,了解工匠坊里的每一个细密画家;另一个则是死者的亲戚,关于细密画家们怎样干活、本书背后的意义,死者一定也给你讲过。现在各种谣言满天飞,苏丹陛下早就不堪其扰了。因此,他只给你们三天时间。如果三天后你们仍然没有找出凶手和被他偷走的书页,那么亲爱的黑先生,你将会第一个遭到惩罚。之后,其他细密画家也会遭到和你一样的下场。"

于是,黑和奥斯曼开始寻找凶手。他们首先检查了从书法家和细密画家家中搜集来的书页,分辨出哪部分是谁所画。当奥斯曼大师看到黑的姨夫的书本插图时,他的第一感觉便是厌恶。他觉得书页中有些蹊跷,于是开始仔细地观看黑的姨夫让其他细密画家所画的九张书页。

在第一张书页上,奥斯曼大师看到了一棵树。他仔细地观看,希望能够从中看出细密画家心中所想的故事。可是,他只看到了一棵孤零零的悲哀的树。在图画的背景上,为了体现出孤立感,地平线的位置显得很高。不过,这也带来了另外一个问题。地平线提高后,画面出现了一大片空白。这幅画所用的技法是威尼斯画家的,而世界观则是波斯画家的,因此它便成了一幅畸形图画,既不像威尼斯的作品,也不像波斯的作品。大师认为没有比这更糟糕的作品了。其实,这幅画所包含的两种世界观,并不是真正激怒大师的原因。大师看不过的是这幅画根本就毫无技巧可言。

接着,大师又在另几幅画中看到了一匹马、一条狗、狂热的红。那些画给大师的感觉和第一幅画完全一样。他认为,这些拙劣的作品就不应该出现在苏丹国王的手抄本中。在那张充满了狂热的红的作品中,大师凭借着高超的艺术修养和丰富的经验,向黑指出梧桐树是鹳鸟所画,风筝和花朵是蝴蝶所画,船只与房舍则是由橄榄所画。

这时,黑开口问道:"您是一位非常伟大的细密画大师,而且这么多年来一直担任着细密画部门的总管,能分辨出手下各个插画家的特点是很自然的事情。可是,像我姨夫那样爱书的人,要求您手下的插画家放弃以前的技法,改用另外一种独特的技法作画,您还能判断出哪些图案是哪位画家所画吗?"

奥斯曼大师没有直接做出回答,而是讲了一个故事。他说:"在很久以前,伊斯法罕住着一位伟大的君王。他爱他委托别人绘制的手抄本,也爱他的女儿。他对女儿特别溺爱,这让他的敌人都看不过去了。他的敌人说他爱上了自己的女儿。国王认为,在这个世界上,没有任何人能够配得上他的女儿。当有别的国家的国王或者王子来向他提亲时,他甚至会与那些人发生激烈的冲突。他把女儿囚禁在一个密封的房间里。他害怕别人看到他的女儿。因为在伊斯法罕有一种风俗称,那些漂亮的女人一旦被别人看到,她们的美貌就会消失得无影无踪。有一天,国王委托别人制作的《胡斯莱夫与席琳》顺利完成了。可是,伊斯法罕却出现了这样的谣言:在书本的一幅图画中,出现了一个美女,那不是别人,正是国王的女儿。其实,国王在谣言还没有到处流传之前就产生了怀疑。他看到自己美丽的女儿出现在书中后,立刻伤心地流下泪来。其实,这件事与国王的女儿无关。她从来没有离开过被关的屋子一步,可是她的美貌却通过她屋子的钥匙孔被一位插画家看到了。那个插画家把这位佳人画入了他正在绘制的图画之中。那幅画所画的场景是,在一次郊游中,席琳意外地发现了胡斯莱夫的画像,并因此深深地爱上了画像中的人。"

"亲爱的大师,这真是太巧了,《胡斯莱夫与席琳》这个场景我也非常喜欢。"黑说。

"你要是以为我说的是寓言,那就大错特错了。这是真实发生的事情。可是,让人意想不到的是,那位细密画家并没有把国王的女儿画成席琳。他把国王的女儿画成了席琳身边的侍女。因为他当时正在画侍女这个人物。结果,席琳的光芒完全被她身边的侍女给掩盖住了。这幅画的平衡也因此受到了严重的破坏。国王在画中看到自己的女儿后,就迫不及待地想把这个天才的细密画家给找出来。然而,这位细密画家十分机警。他害怕自己的鲁莽行为惹恼了国王,因此便想到了一个隐藏自己身份的方式。他放弃了自己的风格,描绘席琳和侍女的时候,使用的是另外一种新技巧。"

"那国王最终找没找到这位细密画家?"黑问。

"找到了。"

"他是从哪里找到的?"

"耳朵。"

"谁的耳朵?是肖像上的,还是她女儿的?"

"都不是。国王多年前就知道,每一位细密画家的才华有高低之分,他们所画的耳朵都风格迥异。凭着这一点,国王把他手中所有细密画家所画的作品都拿出来,然后仔细地观察画中每一个耳朵。"

"他为什么要这样做?"黑问。

"每一个大师画脸时,总是会把脸部的极致精美作为最高的追求。因此,对于人物的表情、相似性等问题,他们都非常重视。可是,当他们画耳朵的时候,情况就完全不一样了。他们根本不重视人物的耳朵,只是根据自己的记忆随便画。"

"可是,那些伟大的画师,他们创造出来的经典作品,不也是倚仗他们的记忆吗?"

"你说得很对。但是,那些记忆是经过他们多年的思考、反省才形成的。如果画家没有经过深思熟虑便开始作画,那么他们的作品就会有某种缺陷。因此,它就像签名一样各具特色。"

"那位被国王逮捕的细密画家,最后受到了什么样的惩罚?"黑问。

大师回答说:"国王把女儿嫁给了他。"其实,大师所说的并不正确。那位细密画家的眼睛被国王刺瞎了。大师这样说是担心黑知道后会变得沮丧,失去寻找凶手的信心。

他继续说道:"从那之后,这种辨别细密画家的方法逐渐流传开来。很多君王都用这种方法来追查画中出现的不敬的人物,或者含有犯罪的图案是出于哪位细密画家之手。可是,那需要把很多图画中不经过思考、重复出现的细节都搜集起来才行。如果细密画家对自己图画的细节所具有的秘密签名已经有所察觉,那么他就会想办法把这些隐藏起来,这个办法也就行不通了。现在让我们来看看,在你已故姨夫的插画上,都有哪些细密画师留下了笔迹。"

于是,奥斯曼大师和黑开始拿出两本手抄本的书页进行对比。之后,大师又对三位细密画家的才华、技艺与气质进行了非常细致的分析。橄榄、蝴蝶、颧鸟都是大师细心训练的好徒弟,因此他非常清楚他们的个人品质和艺术风格。奥斯曼大师向黑分别介绍了他们三人。

橄榄本名叫作威利江,他从来没有在任何作品上签过名。他具有过人的能力,无论是镀金还是描格,他都能轻松地掌握,而且做得非常好。他是画坊里最擅长描绘人脸、动物、树木的画家。奥斯曼大师曾多次引导他把这些风格彻底忘掉,可是都没有成功。在橄榄身上,有两个连他本人也不知道的优点,一是他非常执着,这会促使他不断取得进步;二是当他遇到困难的时候,他会不自觉地把他灵魂深处的东西充分发挥出来,这能很好地帮他度过难关。

橄榄有一双犀利的眼睛,什么都能看到。在他面前,连奥斯曼大师的缺点都暴露无遗。可是,他的谨慎不允许他指出别人错误。他很乖巧,奥斯曼大师觉得他不可能是杀人凶手。因为他不信任何东西。如果从缺乏信仰这一点来判断,那他无疑是真正的画家。与蝴蝶和颧鸟相比,他的才华要逊色许多。但是,这并不影响他在奥斯曼大师心中的地位。奥斯曼大师一直希望橄榄就是他的亲生儿子。用黑墨水绘画是橄榄最精通的技术。狩猎场景、战士、中国式风景、一群漂亮的男孩在树下吟诗弹琴是他最擅长处理的题材。对传奇恋人的悲伤、英雄躲避恶龙攻击时脸上的惊恐、持剑君王怒火的描绘,是他最拿手的。

蝴蝶本名叫作哈桑·却勒比。他在童年和少年时期非常俊秀,不仅如此,他的才华也非常出众。对于色彩的使用和把握是他的拿手好戏。他绘画时充满了热情。但是,他有着明显的缺点,做事漫无目的、不够果断。尽管如此,他作画时那种发自内心的真诚仍然令人佩服。如果细密画的目的是带给人们视觉享受,那么蝴蝶就是一位真正的细密画家。他绘画时使用的线条是欢快的、轻松的,这是他的创造。奥斯曼大师爱他的程度远远超过了自己的儿子。在蝴蝶童年和青年时候,奥斯曼大师经常用各种工具打他,但是这无法改变奥斯曼大师对他的爱。蝴蝶的艺术作品,向人们证明了,画家必须通过天赋神赐的色彩感受力,才能创造出一幅喜悦之画。可是,他的作品缺少了一些东西,这是因为他作画的目的是为了取悦别人,而不是为了自己的喜悦。因此,别人的恭维对他来说非常重要。他的作品还是有另外一个缺点:没有深度。只有年迈的后宫嫔妃、年幼的王子才会喜欢他的画。

蝴蝶作画时总是想着取悦别人,能赚多少钱。这使得奥斯曼大师经常生他的气。大师认为,很多才华比不上蝴蝶的艺术家,却对艺术有着更加执着的追求。为了使自己的短处得到弥补,蝴蝶总是想办法证明他把自己贡献给了艺术。他像那些又蠢又笨的细密画家一样,把精力投入到精雕细琢的手工艺当中。

獾鸟的本名叫作穆斯塔法·法勒比。他不在乎是否拥有自己的个人风格,他会在他们的作品上大方地签上他的名字。他很听奥斯曼大师的话,并按照大师的指点,取得了非常大的成就。他会仔细地观察每一件事物,然后把它们画到他的作品中。他的作品风格独特、主题鲜明、关注微小的细节。如果让他处理一幅画的各个层面,那他一定能够出色地完成任务。从这一点来看,让他继承奥斯曼大师的职位并不为过。可是,他也有着非常明显的缺点。他太自负,太有野心。这使得他无法管理很多人。在他看来,画坊里的所有工作都由他一个人来做就行了,这正是他自负的一种体现。当然,如果他想,他并不是不能办到。

獾鸟会在作品中把每一个小细节都呈现出来。这与威尼斯大师的手法非常相似,但是他们之间又有着明显的不同。在他的眼里、他的笔下,人的面孔总有很多相似之处。这正是由于他瞧不起别人,因此才会忽视别人的面孔。另外,就算让他画一个至关重要的主题,他也会忍不住在画面的某个角落多添加一些东西。他的自负让他有勇气嘲笑他创作的任何作品。

为了找出凶手,黑与奥斯曼大师进行了周密的调查。他们把能搜集到的秘密绘制的图画全都找出来,然后进行一一对比,试图将凶手偷走最后一幅图的根本原因找出来。可是,他们找了很久也没有找到蛛丝马迹。

正当他们一筹莫展的时候,黑收到了谢库瑞送来的图画和一封信。谢库瑞称,这张图画是从高雅先生的遗孀那里得到的。它是在高雅先生的尸体上发现的,或许能够有助于找出凶手。

于是,黑和奥斯曼大师开始仔细地检查那张图画。图中所画的是一匹栗色的、威风凛凛的马。奥斯曼大师拿着放大镜细致入微地观察,终于发现那匹马存在着一个相当微小的缺陷:裂鼻。

因此,马鼻子成了找出凶手的唯一线索。黑和奥斯曼大师开始查阅橄榄、蝴蝶、鹳鸟这几年来为各种书籍所画的马,希望能够从中找到同样的问题。可是,他们花了很多时间却仍然一无所获。

当苏丹国王查看他们的进展时,奥斯曼大师想到了一个好主意。他请求苏丹国王下令举行一场比赛,让橄榄、蝴蝶和鹳鸟各画一匹马,然后看他们谁画的马存在着裂鼻的缺陷。这的确是一个好主意。可是,凶手非常狡猾,成功地掩饰了作品的特色,奥斯曼大师的方法没有起到应有的效果。

出于无奈,黑与奥斯曼大师为了找出凶手,请求进入苏丹国王的宝库,仔细查看宝库中存放的各种画册和其他国家送来的珍品画作。他们想通过三位画师的师承和风格入手,将凶手找出来。

在国王的宝库中仔细查看绘画作品时,黑与奥斯曼大师同时发现了一根金针。奥斯曼大师对黑说,以前的伟大画师如果被要求模仿别的细密画家,那么他就会觉得受到了莫大的侮辱。正是因为这个原因,前辈大师毕萨德用这根金针把自己的双眼刺瞎了。

·精读名著·

奥斯曼大师和黑查阅了大量的绘画珍品,最后终于在一幅画上看到了一匹裂鼻的马。奥斯曼大师凭借多年积累的经验和对三位细密画家的了解,认为从高雅先生的尸体上找到的那匹马是橄榄画的。正当黑仔细地察看着那幅画时,奥斯曼大师却用那根金针刺瞎了自己的双眼。可是,奥斯曼大师的脸上却出现了心满意足的表情。

从宝库出来后,黑去了橄榄家里。黑搜出了好多幅尚未完成却十分关键的细密画。橄榄看到证据确凿,便承认了他就是杀死高雅先生和黑的姨夫的凶手。

黑用从苏丹国王宝库偷出来的金针刺瞎了橄榄的双眼,但橄榄并没有束手就擒。他趁着黑不注意,夺过黑手中的匕首刺向黑。之后,他急匆匆地赶到码头,想坐船去印度。正当他准备离开时,谢库瑞丈夫的弟弟,也是谢库瑞的追求者哈桑拦住了他。哈桑误以为橄榄是自己的情敌黑,便夺过橄榄手中的匕首,杀死了橄榄。哈桑因为杀了人,便逃离了伊斯坦布尔,再也没有回来。

谢库瑞为父报仇的愿望终于实现了。虽然凶手不是黑所杀,但她还是履行了自己的诺言,允许黑与她睡在同一张床上。此后,黑与谢库瑞一直过着幸福的生活。

谢库瑞把这个故事告诉给了她的小儿子奥尔罕,希望他有朝一日能够将它写下来。

奥尔罕长大后成了一名作家,他把父母的这个具有传奇色彩的故事完完整整地记述了下来。